浦子 著

北方联合出版传媒（集团）股份有限公司

春风文艺出版社

·沈 阳·

图书在版编目（CIP）数据

长骨记/浦子著． —沈阳：春风文艺出版社，
2020.9（2022.2重印）
ISBN 978 - 7 - 5313 - 5847 - 3

Ⅰ．①长…　Ⅱ．①浦…　Ⅲ．①长篇小说 — 中国 — 当代
Ⅳ．①I247.5

中国版本图书馆CIP数据核字（2020）第168709号

北方联合出版传媒（集团）股份有限公司
春风文艺出版社出版发行
http://www.chunfengwenyi.com
沈阳市和平区十一纬路25号　邮编：110003
永清县晔盛亚胶印有限公司印刷

责任编辑：姚宏越		责任校对：曾　璐	
装帧设计：郝　强		幅面尺寸：170mm × 240mm	
字　　数：316千字		印　　张：16.5	
版　　次：2020年9月第1版		印　　次：2022年2月第3次	
书　　号：ISBN 978-7-5313-5847-3			
定　　价：68.00元			

楔　子

五点四十五分。德富大屋。

这个时间本来能听到鸟雀的鸣叫声，可那是乡间的大屋，这里虽然顺他这个屋主人的意叫大屋，却是省城 H 市的一座别墅，虽然院子里也种了花花草草，却没有鸟雀。没有鸟雀的花草真可怜。死前听不到鸟雀鸣叫的他更可怜。

屋主人、德富炒货公司董事长施德富现在还活着。当第一阵心绞痛袭来时，他不知道这是什么病，只是预感这痛来势不妙，老天要收我了！他确定地想。老天收人也不事先说一下的。

一阵阵排山倒海似的涌来的疼痛，让他坚定了自己的想法。他马上恐惧起来，头上涌出豆大汗珠。他是硬汉子，从不怕死，况且昨晚刚做了七十大寿。

他拼了命从床上起来，他没有手机，房间里没有电话，这是恐惧的力量，从床边，到壁橱，只有三步路，可是他迈不动脚步，疼痛让他的身体空前乏力，仿佛这个身子变成了一座山。

山也挡不住恐惧。施德富终于来到壁橱前，他用惊人的毅力打开壁橱，再开始打开里边的保险箱。

咔咔——旋钮里发出了轻微的齿轮摩擦声，此时像是放大了许多倍。

脚下的地板在颤动，头顶的天花板在颤动。

有粉尘似的东西从老人的头顶降下来，差不多遮住了他的双眼。

他把眼睛最后的光射出，那些遮挡的粉尘才留了一个缝隙。

保险箱打开。钱，有价证券、珠宝、字画、黄金首饰，他的目光没有丝毫停留。钱，钱有何用？他想，对这个即将死去的老人来说。但是，这口气无论如何咽不下。

他打开保险箱时，有一个目光从外边扫入，那是从阳台上厚厚的窗帘缝隙进入的。那目光瑟瑟的，与他平日里的木讷低调相似。

瘦瘦的，长长的，身上不长肉，只是目光里厚厚的醇醇的，蕴藏了很多内容。这是他的大女婿，一个在银行上班的白领，却从来都是被他女儿骂为窝囊废神经病的男人。

施德富的手从那些钱财上走过，实际上，连碰一下也没有，这可是他一辈子积聚的财富啊。

他打开了一个小抽屉，再打开另一个小抽屉，在那抽屉里拿了一件东西，就紧紧地握着，连小抽屉也没推上，连保险箱的门也没有关上，连壁橱上的推门也没闭上。就这样，他后退几步，重新躺回床上，把那东西握着，拼尽最后的力气，将自己的身体摆成一个字，自己的魂魄就让阎王派来的小鬼勾走了。

这个故事，本来是可以改写的。尽管昨晚做寿完毕后，两个儿子一个女儿都带着自己的家人走了，妻子和保姆习惯一早去菜市场买新鲜菜蔬去了，连一直住在娘家的大女儿施大男也在半夜里被一个电话召走。可是还有大女婿秦明在。

秦明只要走进岳父没锁的卧室，发现岳父的异样，施德富也许就有救。

秦明的脚步声没有在岳父的房间里出现。

命运其实都留了生命通道的，可就是让人忽视了。

一

六点十三分。宿舍大院。

施大男在一阵尖锐的鸟叫声中醒来。床不是自己的床，房不是自己的房。施大男终于想起来，是昨晚半夜来的。枕头旁空空如也，他早锻炼去了，空留下昨晚淫荡欢乐的气息。这才是生命的气息，她想。

可是，她终于在鸟叫声中慌乱起来。

她慌乱中套上衣裳，来不及在洗手间化妆一番，就匆匆下楼。那鸟仍然在叫，叫声在空空的楼道里回荡。

楼道里响起脚步声。她慌慌地低下头去，却不是丈夫秦明的脚步。她估计他不会来到楼道里，如果他想来，一定堵在房门口，他知道这门口在哪里。

走出楼道，那鸟叫声仍在响亮。

她脚步匆匆地冲向一棵树。凭她从小练过的武功，捡一个地上的石子，轻易就能将鸟儿打下来。鸟叫声就是从这棵树上发出的。她轻轻地却是狠狠地骂："别叫，笨鸟！贼鸟！死鸟！叫叫！让人睡一个安稳觉也不行，怕是前世欠了你的！"

骂声刚起，那鸟叫声就停了。从树后，走出一个人来，是秦明。是秦明的叫声，这特殊的鸟叫声，是他们恋爱时的发明，只有施大男听得懂。

秦明会两种鸟叫：一是喜鹊；二是乌鸦。刚才是尖厉的乌鸦叫。

秦明立在树旁，一脸的愧疚，绯红，像是做错事的孩子。施大男继续骂："叫！叫丧啊！"秦明哭丧着脸说："快，爸，出事了。"

六点二十九分。大屋。

施大男和秦明赶到。母亲和保姆上早市仍未回家。

施德富卧室保持原貌，丝毫未动。

施大男打开没有锁的卧室门时，头向前，声音却朝后，"离我远些！"秦明于是自觉与妻子保持一米以上的距离，可是仍然闻得到她身上浓浓的肉欲残留。秦明努力着，才抑制了一阵喷嚏的爆发。

首先映入施大男眼帘的是打开的壁橱和洞开大门的保险箱里的金银财宝，大男哼哼笑起来，回望瑟缩的丈夫，说："哼，狗改不了吃屎的，你一定拿了不少，才让我回来？"

秦明的目光先盯住的是床上的岳父。岳父的神色安详，却用身体摆了一个奇怪的样子。"快看爸，他怎么啦？"

"你是故意转移视线吧？哼！"大男将死死盯在钱财上的目光转向床上。

父亲施德富的身上没有盖被子，手向两边平伸着，脚斜叉着蹬出。

"大！"大男脱口而出。

"不，不，"秦明讷讷着终于说，"天！"

施大男顺着秦明的指点看过去，父亲的头顶是一个枕头。这身子与枕头确实是一个"天"字。

施大男回了一次头，迅速扫过那敞开的壁橱，保险箱里两个没有关拢的小抽屉，那一层层叠放着的财物。目光在上面停留了足足三秒钟，没有零乱的蛛丝马迹，才重新转向床上。

"爸早死了啊！"秦明惊叫起来。

"你早知道了是吧？还摆成这样吓人样子？"

"天地良心，天打五雷轰！我没进来过，"秦明跺跺脚说，"快看看爸怎么了？"

"你快打112，不，打110，"施大男吩咐着，"离我远些！"说完施大男就把手伸向父亲的一只手，一只手里居然拿着购房合同。

这时候，母亲回来了。一进房间，就扑上床去，揉她丈夫的脸，扯他的手和脚。哭声像是突然崩溃的水库大坝。保姆闻声进来，去推保险箱里的小抽屉，想关保险箱和壁橱的门。

"别关，"施大男尖尖的声音，"不要动现场，现在，这家里，除了我，谁都是嫌疑凶犯。"

保姆上前帮着女主人搬那腿，也搬不动。

112的医生比警察早五分钟到场。医生说，床上的老人死于心肌梗死，若是早发现就可得救。随后赶来的警察，在证明老人已死的前提下，看着敞开的壁橱和壁橱里的保险箱上被拉开的抽屉和叠得整整齐齐的财物，问现场有没有动过。施大男回答说没有。

警察对她的话似乎有疑问，施大男才想起，于是将那个合同放到原来的位置。一旁的保姆插了一句，老人的手臂和大腿一直这样撑着，搬也搬不动。有个法医似的警察说，死者生前执意的。那是一种精神的力量。

为首的警察叫了一声："天！"

施大男冷笑了一声："你也识字啊？"说着，拿过父亲手中的合同，合同沉甸甸的。施大男的手摸到合同背面有东西，翻过来看是一张照片，彩色照片。在场的人，只有施大男一人识得照片的人——方靖北，一个商人，他们这一场旷日持久房屋买卖官司的死对头。

只有施大男一个在心底发出怒吼声，她拼命咬住嘴唇，快十年了，历史总该有算总账的时候。施大男这样想着。

下午一点三十分。法院门口。

下午三点十七分。区政府门口。

下午四点二十一分。市中心最繁华的商业步行街。

施德富的尸体被人抬到了上面三地。尸体上没有遮盖，只是脸上贴有薄纱，手脚依然撑着没有变换角度。就是识字不多的人，也不难认出：尸体形状呈"大"字，头上却顶一横担，变成"天"字。

在法院门口静坐，大家举着一幅标语："天地良心，公平执法！"另一幅是："官司赢了不执行算个屁！"

区政府门口打的横幅上写着："保护工商利益，维护社会稳定！""清除外地奸商，还我天地清静！"

步行街商铺门前大家背着标语："天地良心，还我商铺！血债血偿！"

二

维稳中心的一间会议室。墙上挂着大屏幕。闪闪跃动的画面，全是三地静坐抗议的画面。

开始进入会议室的是一般的工作人员。一个个脸上全挂着霜。他们不敢大声说话，可还是轻轻地互相交流。

"区里这下完了，今年的社会稳定奖全敲掉了。"

"是啊，史无前例，空前绝后。"

"这帮人真是疯了！"

"抓起来，最起码为首的该抓起来。"

大家坐定，眼睛不一而同盯着大屏幕看。先是法院的场景。庄严肃穆的法院门口，映着国徽的光辉。那些人不知从哪儿冒出来的。显然，为了照顾一些没有看到实时监控录像的领导，现在正在回放。为了节省时间，三个地方不同时段发生的画面同时呈现在大屏幕上。

那些人一律的装束。头上戴孝，身穿白色T恤，上面用墨汁写着黑色的"冤"字。脸上一律哭丧表情。有人瞪大眼睛，就这样硬瞪着，就如有无形的竹篾撑着它们；有人一脸的恐慌，极力想用头上的白孝布遮去很多的脸皮；有孩子从这队伍边上走过，突然被静坐人脸上的肃穆吓得哭起来。画面没有声音，可是仍然觉得孩子的哭声十分可怖……

有人这时候哧哧笑起来，原来画面上有个男人躲在墙角小便，那男人就直接对准了镜头，他一定不知道这个墙角有个摄像头对着他。

区委书记江枫是最后一个到达维稳中心的。看着大家脸上严肃的表情，江书记的脸上现出微笑，说："我进来之前有说有笑的，我，就那么可怕？""担心呢书记。"有人说。那个刚才窃笑的女领导脸上变得刷白，不敢正视书记。

大屏幕上正播放商铺门前那标语："天地良心，还我商铺！血债血偿！"江枫书记问："最有嫌疑的是他的女婿秦明吧？拘了吗？

公安局局长说："当场查了，这人也真是，让老婆规定了私自不能进岳父卧室半步，说是家规。"

大家都笑。笑声中有人问："岳父房间里钱财多？这人贪吧？"有人就答：

"钱财，多的是，这人，不贪。"

"啧啧，这规定，害死人哪。"有人表示遗憾，"要不，老头子还死不了呢。"有人补充："这世上从来没有'要不'。"引发部分领导的唏嘘声。

"看看这阵势，区里从未有过，市里也没有，全省也罕见，"书记说，"一定有高人指点，谁啊？"

公安局局长忙说："目前，由于时间短促，可公安民警仍然排除万难，查出的这伙人，是来自德富炒货公司的员工。从今天起，公司停业了。写标语大字的人，是公司门房的看门老头儿，叫独眼老八。一只眼失明，嘴角旁长了一个黑痣，痣上长了八根一寸长的黑毛，却写得一手好字……"

"好，我对公安民警的敬业精神表示感谢，"江书记打断公安局局长的汇报，问，"高人呢？在哪里？"局长马上闭住嘴，脸上刚才那喜色没了，反而生出一些惧怕来。

马上有人插嘴："肯定是施大男了。"又有人补充："是啊，市人大代表、先进青年企业家典型。这公司，这施家，只有她，才有这能量。"

"是吗，院长？"有人把目光对准法院院长，院长的脸马上紧张起来。那人继续说："听说施大男经常来法院，打官司包赢？"院长冷静地回答："是我们的行风监督员、人民评审员。"

江书记调整了一下脸上的表情："说说，大家都说说。"

于是，按照每次会议的规矩，从最小一级干部开始汇报，待一一汇报完了，区委副书记、政法委书记说："最后，我们听江书记拍板做重要指示。"

"哪有重要指示了。"江书记微笑着，正要说话时，秘书走进来，悄悄在耳边说了几句话。一旁的人还是听到了，秘书说的是市领导秘书的电话。书记马上将脸上的笑容收了，说："我说两点，一、传达市领导指示：稳定压倒一切，对我区今天发生的抬尸上访事件，我们不是要处治上访人，而是要检讨我们的工作。德富公司是我们当地的知名企业。我了解过，他们的官司打赢了，却执行不了。不就是在众多的商铺里，割一间商铺给人家嘛，有何难？这是为什么？同志们，我们的社会稳定局面来之不易，什么是'天'？社会稳定就是'天'！这不仅仅是这些群众用死者的肢体告诉我们的。大家都得想想我们应该怎么办。我建议法院的执行庭马上行动。你们这是依法执行，你们怕什么？二、马上查找施大男，你们看看，镜头里哪有她的影子？她在干什么？她要干什么？必须马上找到。"

"是啊是啊，在现场，我们警方确实没有人注意到施大男。今天会议上看录像，还是江书记眼睛最尖最亮啊，我们都没有发现呢。"公安局局长谦逊地说。

果然，江书记用有些温度的余光扫了局长一眼。江书记最后说："今天既是维稳小组会议，又是政法委会议，建议有关部门贯彻执行会议精神。"

第二天，第三天，不断有人将消息告诉区委书记江枫，施大男不见了，包括她的红色法拉利跑车。

三

当商铺的电话打给沈乾大时，他第一个感觉就是：终于出事了！一定是方靖北要了施德富的命。当进一步了解到施大男失踪时，他进一步肯定，是方靖北出重手了。

商铺的电话本不应打给他。他不是商铺的主人，他只是商铺的开发商。而商铺的主人不是本地人，远在上海。也就是说，远水救不了近火。而他，则成了商户们的第一求助对象。

他虽是一个见钱就赚的房地产商人，可是，他没有想到会在这个步行街参加开发。他暗暗觉得这地方人多，事多，赚的钱不会多。所以，当政府开发步行街的管理委员会找到他时，他搔搔头皮，尽管上面油光光的，没有几根头发。爱钱的女人躺在怀里说他的头发好比黄金。不，他说，智慧的头脑更比黄金贵。

管委会主任丁壹盛和蔼地笑起来。

竹竿似瘦长的丁主任笑着拉住他的手说："我的身后有分管城建的副市长，副市长身后有市长有书记，你跟我们合作，你想想，管委会是什么？会亏损吗？"

"你这样的表态，不只是对我一家公司吧？"

丁主任脸上现出一丝尴尬，可是，马上被更灿烂的笑遮蔽："你，沈董事长，沈老板，我们可是朋友啊，哥儿们啊，这不是你昨晚酒桌说的吗？"

沈乾大闭住嘴，他不再说。他明白在以说作为职业的人面前，是无论如何也说不过他的。

在外行人来看，如果不与政府合作，开发商需要在拍卖市场取得挂牌的国有土地使用权，而与政府合作，土地使用权是捆绑在项目开发之中，虽然也走挂牌这个程序，但以议标代替了招标，省却了许多麻烦。之后开发商只需要拿出一部分启动资金，让管委会用于拆迁补偿，余下的钱，银行会贴上来，以正在开发的地产项目作为抵押。

在不明就里的人来看，与政府合作，必赢无疑。就如船在水中走，借着风力船会更快。只有他这个撑船的，才知道借风的懊恼所在。

当丁主任再次用一只温暖的手掌拍他的肩膀时，他皱了皱眉头，还是签下了合同。

之后，终于在规定时间内，将项目完成了，进入全面销售阶段。其实销售早在建造时期就开始了，因为这个项目取得了预售权。商业步行街底下一、二楼是商铺，之上是住宅。没有料到，政府和开发商原先以为的香饽饽，却少有人理睬。也就是说，在中国东部发达地区商业街的黄金地段，在这个经济欠发达省份的省城，仍然是明日黄花无人睬。

丁主任找到他，比上一次更急。

那些天丁主任一直缠着他，像是恋母乳的孩子叼着母亲的乳头不放。丁主任的态度极其谦卑，把话说到了尽头："沈老板，救救兄弟。我们这些四体不勤、五谷不分的机关干部，哪里有经商的脑子，你得帮帮兄弟。"

沈乾大也挖空心思推销商铺，总算有两三间商铺售出，签了正式合同，收了钱，他们计划在商铺全部售出后，统一办理房产证。可是，离全部商铺售出，道路还十分遥远。有一天，终于传来好消息。市里组织队伍，去上海招商。这不仅是这个经济欠发达省份发展经济的重头戏，也是全国上下正在走的一步棋。改革开放中的开放，就是招商引资。

沈乾大不止一次向丁主任汇报，将全体商铺包装成一体出售，会加大投资者的投资压力。丁主任都笑哈哈回答："生意上的事，我不懂，你沈老板说了算。"

上海商人方靖北这条鱼就是这样上钩的。人在心底的话总是比说出嘴的要肮脏得多。就算是屎，拿出来展示时，也会刷上薄薄的金粉。

方靖北用他无与伦比的资金实力，用现金一次性买走了步行街上所有的商铺。在沈乾大眼里，方靖北简直是一个怪人——稳、准、狠！瞄准目标不惜血本！不达目的誓不罢休！

直到把所有的手续包括房产证办理完，沈乾大偷着乐了好几回（嘿嘿，那里边有屎呢），也不该将事先已经出售几间商铺的事告诉他。

小算盘打得滴溜溜转，连丁主任和他的上司也表扬过他。他坚信事先售出的几间商铺，只要给人家一定的好处，加上管委会的力量，没有办不妥的。

小阴沟里却翻船了。其中两户人家果然按着他的思路，与另一个繁华地段的商铺进行了置换。可施德富一户却死死不肯，一口咬定不放，就要原先说定的商铺。面对管委会和房产商沈乾大各种招数使尽，一个字：不。施德富还凭着合同起诉开发商。一审、二审，加上再审，施德富赢了。法院要求开发商兑现合同，交商铺。执行时，遇见方靖北手里的房产证，法官把房产证看了个遍，说了句："真的，房产证。"施德富手里只有合同，没有房产证，执行不了。施德富再次说不，起诉区住建局。"民告官"，却一告一个准。法院判决住建局撤销方靖北手里的房产证，并限令其在规定时间内，从偌大一片商铺里割出一间给施德富。让执行，由于种种原因，还是执行不了。不，不，方靖北说。

敢说不字的人是因为有一颗坚不可摧的心，方靖北说，我也是说不的人。

沈乾大理解。几年前，他目睹一个其貌不扬的小姑娘牵着一个老人走过一个街角，不小心踩翻了小商铺放在人行道上的水果篮，结果引起堆存在一起的水果摊坍塌，水果滚落一地。小姑娘连忙一边赔不是，一边捡起地上的水果，连老人也弯腰帮着捡拾。待全部捡完，姑娘想走，这时候跳出一个光膀子大汉来，要小姑娘赔水果，否则不能走人。这时候，恰好在现场看到事情经过的方靖北说，让姑娘和大爷走人，他来赔付。大汉的粗眉挑了几下，明显的得理不让人。方靖北说，你说一个数字。大汉指了指整个水果摊。沈乾大不服，要让一些黑道上混的兄弟出来调停一下。方靖北不让，从包里取出一沓钱，竟然是一万元，按时价，可以买下几个水果摊。大汉拿了钱，知道是遇见了有钱人，扑地要拜真神。方靖北拉着沈乾大就走。对着一脸疑惑的沈乾大，方靖北说，世上能用钱摆平的事，简单。

这，沈乾大心里说，这一次，施德富让方靖北彻底摆平了。只有方靖北，才能摆平施德富。这世上，恐怕找不出第二个人了。

听说施德富的女儿施大男也失踪了，他更坚信自己这个想法。这个娇滴滴貌美如花招人疼又招人恨的女人啊！

天！天哪！沈乾大合掌在胸，又似乎用右手画了一个十字。

四

真正处在风口浪尖的是自己啊，法院院长王正中回到法院，坐在宽大的办公椅上时，身上的冷汗仍流不止。

他的父亲是新中国第一代法官。他在恢复高考后却考上了华东政法学院。毕业后，成了法官。一直在基层法院打拼，最终成了目前这个样子。

父亲临死时说："正中，你心里得有党性，得有良心。"却让他为这句特殊时代说的话，纠缠了一辈子。

刚才会议上江枫书记的袒护让他心里生出一些暖意。这些暖意就催生了紧张和恐惧。那是书记最后强调的两点内容，都与他有关：其一，为了维稳而执行，这是他的活，推也推不了。其二，找到施大男，表面看起来是与公安局局长有关，可是，她的下落，他不着急吗？她可是他的脑子里不想，心尖尖老是疼着的女人。不仅仅她是一位公认的美女，昨晚的后半夜，就是与他伴枕而眠，待他清晨跑步归来就突然不见的。

在回法院的路上，他几次拨打她的电话。关机，还是关机。到了办公室，他又拨了几次，都是关机。啊，组织了这么一次声势浩大的抬尸抗议的她，到底去了哪里？我的宝贝心肝肝肉哟。

这是一个最简单不过的案子，稍稍有法律常识的人都会辨出个大概来，只要这个人有良心。

市政府为了发展经济，搞了一个闹市区步行街商业开发项目。施德富在前边与开发商定了商铺预售合同，按合同要求付了款。开发商却将所有商铺统一打包售给了上海商人方靖北，方靖北签了合同付了款，且得到了商铺房产证。这当中，施德富拥有债权，与开发商之间有债务关系；方靖北拥有财产权，现在已经与开发商没有民事关系。而财产权大于债权。

可之前的三次民事案件审判，都判被告开发商沈乾大和财产拥有人方靖北输，后三次的行政案件审判，都判被告住建局和连带责任人开发商、方靖北输——撤销房产证，分割方靖北商铺交原告施德富。

怎一个"判"字可说尽？王正中拭了拭额头上的汗丝，让办公室马上通知召开院党委会议，不，党委会议和院务会议、审判委员会会议连着开，因为有一个副院长不是党员。打完电话，再用手绢擦汗时，就闻见那上面幽幽一缕香，那是她的气息。

"同志们，区委、政法委，区维稳领导小组交给我们法院一个光荣而艰巨的任务。"王正中就这样开了头。

王正中又大谈特谈这个任务的重要性和必要性，要大家提高对这个问题的认识水平。

有个人在这个时候举了一下手。一旁的人扳了他的手，轻轻斥了一句："这里不是大学课堂。"他却笑起来，虽然轻轻的，可是会场上的人还是都听到了——"认识能解决问题，要我们法官干什么呢？"这人是法官助理祈一水，他是代会的。

哄堂大笑，连院长王正中也笑了。只是王院长笑到三分之一时，才马上意识到这是神圣的法院会议，才像敲法槌一样敲了桌子，让大家的笑如数收回去。

"你这孩子，这是人民法院，我们在代表人民行使权力，你都不知道这权力是从哪儿来的？这是党和国家为我们创造的，你得好好珍惜才对。"

底下有人悄悄批评那位说错话的助理法官小祈，这也是王院长想说的。

"您，又混淆了一个概念，我们只是在行使法律授予的权力……"这孩子还在顶撞，可终于让周围的大人用手堵上嘴了。

然而，更大的声音响起："抬尸抗议，性质恶劣，我们不能助长这种歪风邪气，不然的话，法律怎么会保持它的公正性？我们法院的颜面又在哪里？"

这人是刚从部队野战团转业的干部，说话时老是拍拍自己的腰，仿佛那里正佩着一把枪。

"肃静！"院长王正中又敲了一下桌子。执行庭的老范盯了转业干部一眼，眼中有锋芒。

"为了完成这个光荣而神圣的任务，我们得全院发动，责任在执行庭，其他庭也得努力配合，还有，所有的法警暂时归执行庭指挥。"

"这两天开庭也不能用法警了吗？"有人问。

"对，你的听力没有问题吧？现在听清了吧？那就请按我说的做。"王正中有些懊恼，可还是没有发火，大战在即，他深深觉得作为总指挥的他临阵不能有丝毫的慌乱。

会议结束后，大家纷纷行动起来。走出会议室时，王正中与政治处主任说："你得去教教他，乱说话。"主任说："哪个同志？""还能是谁？小祈这孩子嘛。"主任说："要给他一个处理吗？""不，只是教育一下，谁不都是从孩子一路走来的呢？"主任抬头看了一眼院长。院长脸上现在有一丝温暖。

走回院长办公室，王正中看见桌上遗留的那块手绢。只是瞬间，那气息像是再次拥了他一下。他再次默默念叨：你知道我在为你急，为你忙，为你想吗？宝贝，你到底在哪里？

五

下午一点三十分。大屋。

施大男最后看了一眼父亲，心里默默说："父亲，小女无才，只得依靠您的在天之灵了。放心，您的遗愿一定会实现。"

父亲死亡的当天上午，施大男一步也没有离开大屋。她在组织明天抬尸抗议，亲手拟订标语内容。

施大男与家人说是去往乡下老家，为父亲安葬选择墓地。

施大男发动汽车，红色法拉利迅速离开大屋。

下午五点零一分。上海闹市区的一座别墅前。

恰巧，有一个身影出现。施大男取出身上那张合同，那张照片。那人正是照片上的那个人，方靖北。手上牵了一只狗，全身是毛的哈巴狗。哈巴狗的目光暖暖的，如主人的目光。施大男立刻怒从心头起，她的目光落到车门边上的盛物架，那里有几颗石子，是她平日里放着防身用的。她只要取出一颗随手一掷，即刻就会要了方靖北的命。

就在这时候，方靖北牵着的哈巴狗抬头望了她一下。不，是朝她的红色法拉利跑车看了一眼。这一眼，让她的心震颤了一下。尽管有厚厚的车玻璃挡着，那目光犀利得如同一条鞭子，狠狠地抽了她一下，仿佛能让自己丧命。天，她想，父亲到底要告诉我什么？

施大男甩了一下头发，兴奋至极，就如刚烈的战马振鬣长啸。她万万不同于一般的女人。别的女人激情过后是极端的空虚，而她则表现为更坚强和踏实，她把那些欲望当作火，而自己是火中锤炼的剑。

她忽然觉得眼下有比让方靖北丧命更重要的事要做。她把举起的石子轻轻扔进盛物架里，就如虎口放弃了一个猎物。不是怜悯才会终止杀戮，她想。

她在离开上海之前，给一个人打了电话，布置了他要做的事。那个人会杀人，只要付了钱。

晚上十点十七分。乡下大屋。

红色法拉利的灯光照亮了乡下大屋。狗叫声在灯光中爆响起来，十多只狗箭似的射到车前。

天，她想，父亲到底要告诉我什么？

大屋的狗识得红色法拉利里的女主人，因此停止了嗥叫。

施大男将车门打开，走出车子，那些围着的狗轰然离开，一只只躲在远远的黑暗里，拿眼睛看着，狗的眼珠在晚间会发亮，关了车灯，那些放着幽光的狗眼绿玉似的缀着大屋。

大屋后边就是绵延不绝的大山，如狗眼一样的光不时闪烁着。那些光或者是狼，或者是别的凶兽类。它们仇恨人类，却经常围着人类转。有人说，狗是人类从远期的狼驯化而来。可谁弄得清是人要驯化狗，还是狗要做人的贴心奴隶？

这些山上长满了小核桃等坚果。大男知道她年少时这些小核桃不多，散落在大山的角落里，而眼下，是一片片的核桃林，或别的坚果林。这山上的林木，也是人驯化的吗？

她年少时，只记得自己或者家人上山里摘了，自己用锅炒了吃。后来，允许农民做生意，父亲就摘了果子炒了到市上去卖，山上野果不多，自己就成片成片地栽种，还从别人那里收购果子。

山上栽种的果子多了，钱也赚多了，有人就眼热，常常就有人偷果子。偷摘果子虽是小事，就是发现也不好拿别人怎样，但人多了就影响产量。就养狗，果子熟时就护果子，白天晚上都守着。

有一些村民不怕狗。不是不怕狗，而是带更强更凶的狗上山去，让大男家的狗惧怕不敢近前来。父亲施德富遇见了，放开让摘，不够，还把已经摘下的果子相赠。少女大男很是想不通。父亲说："我们好心相待别人，人人都有羞耻心，他们下次不敢再强摘了。"

偏偏这些人得寸进尺。看着父亲一再忍让，少女大男不让。那天，她口发尖哨，指挥家里的狗集中扑上去。狗仗人势，向那只恶狗扑去。可那只恶狗毫不惧怕，一阵嗥叫，震耳欲聋。所有的狗都退后三尺。这个时候，少女大男出手了，她捡起地上一块石子，狠狠一击，恶狗的一只眼睛顿时溅出鲜血来。大男还不作罢，一个箭步上去，用手指戳穿了另一只狗眼。

恶狗痛苦地叫，恶狗的主人也叫。自家的狗跟着围着，像是簇拥着凯旋的英雄。父亲知晓了，将她绑起来，斥责她："与你说过多少遍了，从小教你功夫，是健身用的，不是让你对付别人的，乡里乡亲的，和为贵，懂否？"

"不懂不懂！"少女大男反问，"爷爷忍了一辈子，你忍了一辈子，你们好吗？"

父亲正要举起藤条抽打她，屋里有弟弟的惊叫声："爸爸，不好了，爷爷又吃屎了呢！"父亲扔了藤条赶到屋里去。在给爷爷洗了臭嘴巴和臭身子后，爸爸没再打她，反而把她松绑了。

为何红卫兵会打一个普通的村民？是由于爷爷屋里有一尊孔子的木雕像，还有一本线装的《论语》。少女时的大男不理解，不就是一个破木雕一本破书吗？给他们就好了。

施大男对少女的记忆，那就是全家的人，都听父亲的，父亲是人司令，而全家的狗，都听她一人的，她是狗司令。

后来家里的炒货生意越来越大，在省城里开了公司，除了爷爷在这里，别的人全离开这里了。施大男跳下车，在那些幽幽的光亮簇拥下，走入大屋。在一个老保姆的引导下，大男来到爷爷的床前。爷爷颤抖的手摩挲着大男。摸到大男递过去的合同，手不再颤抖，眼睛也似乎能看见，说："你的爸，我的儿，死了。快，快，快。"爷爷居然还摸了一下那张照片，说："像，像极了。杀！杀！"说完这几句话，竟然笑着闭上了眼睛。死了，含笑而死。施大男看得清清楚楚，爷爷一边笑着，一边伸动自己的胳膊双脚，像是事先有设计似的，将自己整个人摆成一个"大"字，连同刚才放在他头肩上的枕头，又是一个"天"字。

杀！杀！这是爷爷疯了以后常常吊在嘴角的话。施大男一直理解成报仇雪恨，此刻也是。让家里的保姆通知家里别的人后，自己拿过爷爷头边的荷包，驾车离开。她觉得爷爷吩咐的事，远远比老人死去更为重要。

复仇，或者不复仇，正等着她呢。

次日七点二十九分。家乡的祖坟山上。

眼中全是血丝的施大男正奋力爬上山顶。多亏当地开发旅游，她才将红色法拉利停在离主峰不远的盘山公路上。她从未来过这里，只是凭着父亲在世的时候，零碎的交谈拼凑起来的路线图。

她爬的是山峰的西边，一直被阴暗笼罩着，她的心也开朗不了。一直到了峰顶，她攀着那块凸出的岩石时，就有一股阳光热水般浇在她的手背上。

霎时，手背的温暖，让她忍不住抬头看，自己的手已经变得透明，融化在温暖的阳光中。

很快，登上峰顶的她，全身都沐浴在东边照过来的阳光中，而长长的身影被拖向西边。

西，西边，她心里说着，身子也转过去。她看见她长长的身影，恰好叠在一座隆起的土堆，不，是一座坟茔，传说中的坟茔，她父亲时常唠叨的那座坟茔，那座祖坟。

她是跑着过去的，她隐隐觉得自己应该飞着过去的。

她在一片狼藉的土堆，不，坟茔前立住。这座坟茔已经被人动过，泥土是新鲜的，墓碑也不知去了哪里，只留了一些风化的石块碎料在现场。东边如血的阳光，恰好照进坟茔的墓室里，墓室空空的，一条肥大的蜈蚣，慢慢地从这头爬到另一头。

忽然，墓室里有一阵声音响起，很轻很轻的，仿佛是晨风在墓室里的回响，可她还是隐隐听到了，就如狗叫，又如狼嗥。天啊，到底要告诉我什么？

施大男取出合同，还有那张照片，那人在笑。施大男说："迟了，来迟了。"

这个时候，她刚开机的手机突然响起。铃声撕破了盖苍山摩天柱峰的寂静，连刚升起的太阳都颤抖起来。

那个人就是离开上海之前，她打电话布置他做事的人。他在电话里冷冷地说："方靖北到了，进了房产公司了。"

她对着电话说："继续监视，不要轻举妄动，待我回来再说。"

之前，她布置他，做了方靖北。离开祖坟山顶之前，她捡起地上一颗石子，远远地掷向那条蜈蚣，蜈蚣就轻易地断成两截。

黏稠的液体马上流了一地。断成两截的蜈蚣，那些数也数不清的脚，仍然在动。

施大男咬了咬牙，还是扭头离开了。

六

方靖北出现的时候，没有紧张感。

就是发现身后那个时隐时现的身影时，方靖北也没有紧张。

方靖北闻讯来到这里的时候，反而想起几年前欢欣的情景。

那时候他经朋友介绍来这里投资。之前庞大的招商团队，已经在上海的著名大酒店举行过盛大的招商晚宴，他没有参加。在他一踏入这个城市时，就有人前来为他引路，直到招商办。早有人候在那里欢迎他，让他出席晚宴。到达酒店时，才知道豪华的晚宴为他一人举行。市里分管招商的副市长出席。

在不知他确切身份、投资意向的情况下，如此高规格地招待，让他受宠若惊。当副市长让他落座在他身边的主宾位上时，他发觉自己的脸膛一直红扑扑地热，像是被炭火烙红的孩儿脸。

"欢迎投资，这里就是您的福地。"副市长说。这座城市的角角落落，包括拉板车的扫厕所的，都这样说。那时候正是冬天，可连路上的尘埃都是暖暖的，让人好受。

那天晚上过后，总有招商办的人跟着方靖北，希望为他全程服务，他婉拒。但方靖北找他们，总是有求必应。方靖北一个人走在空荡荡让寒冷的长风自由穿行的步行街上，两边的商铺早已经建好，却全都闭着门。

想到这里时，那个跟踪他的人闪了一下，马上就消失了。干什么要跟着我？方靖北想，可那人暂时消失了。方靖北的思路又回到了从前。

走过来，走过去，好几天了，连那里的保洁人员都识得他了。方靖北问那些保洁员，保洁员都摇摇头，说这里的商铺前后有很多人来过，却很少有人买下它。

那些得了空闲的麻雀，成群结队的，从这头飞到另一头，除了鸣叫声，还有热热的鸟屎，在地面上砸出一朵朵灰色的屎花来。

方靖北抬头看天，低头看地。

问冷冷的天：这些商铺撑起的明天会转暖否？

问空空的地：今后会有人的足印否？

天地一片寂然。

方靖北抬腿走出这里，围绕步行街，都是一片萧条景色，问了许多人，都对步行街的前景持不乐观态度。

方靖北通过招商办搞到了市政规划图，看了三天三夜。

最终，他敲开了地产商沈乾大的门。他看见沈乾大的办公室，大吃一惊。他的出现，也让沈乾大觉得万分惊讶。

眼下的办公室，被装饰得金碧辉煌。大白天，开着所有的灯，空调热热的，里边的人只穿衬衣。足足有一百平方米，摆放了宽大的办公桌，沙发，鲜花盆景。让人称奇的，是一整面的墙体全做成了鱼缸。鱼缸里游着的是一条条巴掌宽手臂长的硕大的鲤鱼。

方靖北与沈乾大熟悉了才问起："沈董事长，见过办公室鱼缸养金鱼、热带鱼的，没见过养鲤鱼的，想鲤鱼跳龙门吗？还是别有用意？请问一下。"

沈乾大哈哈笑起来，说："你真是一个什么？哦，儒商，干吗这么文绉绉地说话，我养鲤鱼，是看中了它的尾巴，特别灵活。你看你看，它多灵，它多活！"

"就如做人、经商？"

"是啊，是啊，"沈乾大十分虔诚地说，"我要有鲤鱼尾巴十分之一的灵活就好了，呵呵，难，难啊。"

可是，方靖北很快发现，那宽大的办公桌上，落着一层薄薄的粉状物体，用手一抹，竟然是灰尘。进出沏茶的女子一个个曼妙身材，却都浓妆艳抹，看一眼衣着朴素的客人，自顾自与老总眉来眼去，打情骂俏，谈吐粗俗。

现在，轮到沈乾大对方靖北的惊讶了。当方靖北提出要将步行街的商铺悉数购下时，沈乾大搁在桌子上戴着硕大祖母绿玉扳指的手举了起来，面对只挎了一个帆布挎包身着普通羽绒服的方靖北，问："你，方老板，您的秘书您的随从呢?"

方靖北看见沈乾大的目光是不屑的。有钱人怎么会如此寒酸呢,沈乾大一定这样想。

"这,不是开玩笑吧?"沈乾大说,"这要好多钱的。"

签合同付款时,沈乾大睁大了眼睛,仿佛从未见过这么多钱。却让方靖北等等。"你不要钱?"方靖北问。沈乾大第二天回答:"要搞一个隆重的合同签字仪式。"方靖北不解。

沈乾大说:"不要您出钱,您只要出席就好了。"方靖北说不出钱也不要搞什么仪式,他需要低调,就如他的做人。

沈乾大与方靖北耳语,告诉他,不是他一个人要搞仪式,是管委会的丁主任要搞,是招商办的主任要搞,是分管招商工作的副市长要搞。

"您不要说与您无关,"沈乾大又哈哈大笑起来,指着方靖北说,"您不出钱,却为您做了广告宣传,难道与您无关?"

"说您脑筋死,您真的是死脑筋啊!"沈乾大说着指了指那些尾巴十分灵活的鲤鱼,在鱼缸里正游得欢。

签字仪式十分隆重。副市长到场。众多媒体到场。各级领导热情洋溢的讲话,不离一个主题,那就是步行街商铺的成功招商,迎来了全市招商引资的春天。

寒风还在时不时地敲打会议厅的窗玻璃,可是,窗内仿佛真的有了春意。

电视台记者在签字仪式结束后采访了各级领导,最后想采访方靖北。方靖北却不见了。

让他们把我当成异类吧,方靖北这样想。

方靖北回了一次头,那个若即若离的影子又闪现了一下。要干什么?要我的命?方靖北想,我在这里合法经商,没有做伤天害理的事啊。

方靖北这样回想的时候,已经来到沈乾大的办公室外。

办公室里传来一阵女人的惨叫。

七

院长王正中恨恨不已。这两天中,他无数次拨打施大男的电话,都没通。哼!哼哼!奋斗到现在,除了上级,这个院里,在相当的社会层面里,没人敢这样对待他。

王正中怨怨的，竟然来到他们第一次相聚的地方。这是关帝庙。他们的激情相遇在附近的宾馆，出来后已经夕阳西下。平日里很多人游览的关帝庙前，却少有人迹。施大男突发奇想，想去拜一下关公。王正中很喜欢大男身上的这种特性，他认为是青春，而自己已经没有了。

拜了关公，大男说："你现在身上有劲了吧？嘻。"

"嗯，嗯。"

王正中刚才和大男一起燃烧，身上一点力气也没有了。

"我们得留一个纪念。"大男找来一片瓦，要在上面刻一个图形。正中没有刀。大男却带着，是一把瑞士军刀。两个人一起动手，终于刻好了。大男四处找地方安置，终于找到了。

王正中现在就站在几年前安置瓦片的地方，是一个墙角，他像以往一样，踮起脚，摸索了一下，很快找到了。拿在手里，仿佛闻到了她留在上面的气息。

你在哪儿？在哪儿呢宝贝？王正中想着，将那瓦片扔出墙外去，仿佛这一击就有回声。可是，什么声音也没有。墙外是一块草地。

走出关帝庙大门时，王正中看见一个人影闪了一下，并朝大门一侧消失了。

王正中第二个到的地方，是中山公园。那里有一棵老槐树，可能上千年了。在目力能到的地方，王正中推开车门，就隐隐听到了银铃般的笑声，那是施大男的笑声。不管在哪里，不管什么时间，施大男想笑就笑，一笑就如开了闸门，不管不顾。

那天他们相聚后来到中山公园，无意中看到遮天蔽日的老槐树。大男轻轻叫，董永董永。正中扭过头，左看右看。大男指着他的鼻子嗔怪，你这个傻董永啊。正中才乐起，嗬，天仙配啊。正中要走，大男说董永莫走，让老槐树为我们做证。大男的瑞士军刀起了作用，在大树上，留下了他们俩合力刻下的图形。

此刻，物是人非，正中心里在流泪，一股酸楚不可抑止。

正中看看左右，没有人注意这棵树和他，他才从身上取出事先准备的削笔刀。下刀前，略为迟疑了一下。因为那图形变大变圆变润了。树，在长，在大吧，他想了想，一刀，两刀，三刀，就将眼前的图形刮去了。

看了一眼伤疤似的树皮，竟然有液体往外流，乳白，竟然变为褐红色，如死尸的血。他不忍再看，拔腿就走。

王正中最后来到的是跨江大桥。几年前，他们一起来到这里时，正中问大男，不会在桥上也刻一个吧？大男点点头，长长的睫毛扑闪着。每每看到她的睫毛跳动，就会有令他兴奋的主意出来，挡也挡不住。

大男笑声如铃，说："让千年不断的江水见证我们的心吧！"正中拍着手，由衷地感到高兴。在他按部就班的工作状态里，哪有这样的想法和举动？早就成了不会思想的木头人了。

说罢她从手袋里取出一个物件来，那东西如一个半月形，就如闭合的河蚌。物件的一头系着一根细铁丝，大男找了一座桥桩，里边恰恰有一个工字钢形成的凹槽。大男就小心翼翼地往下放，直到水面之下很深处才停住。铁丝的一端就扣在一般人看不见的背角里。

自那以后，他每次驾车经过这里，身上都莫名其妙地发热。现在，他把车停在一边，打开车门。这时候，他有个幻觉，当他的脚步踩响桥面时，一个高跟鞋的声音随着响起。可是，他环顾四周，没有一个人在人行道停住脚步。

他走向那个桥栏。桥栏下面就是那座桥桩。他伸手往别人不曾注意到的角落，很快摸到了那根铁丝。历经几年，摸上去表面有些黏滞，可能是铁锈相裹。他庆幸能在它锈断之前摸到它。

铁丝有些烫手。这不仅仅是太阳照在上面的温度。

这么细的铁丝，他想只要他轻轻一扯也会扯断。可是，他还是从事先准备的包里，取出一把小剪子，左手扯过铁丝，右手稍稍用力，剪子就把它轻易剪断了。

岁月是剪不断的，他想，可是，他要向它们告别。

但是，惊人的一幕发生了。人人都不知道下一刻会发生什么。

只是瞬间，那条断了的铁丝很快如天上断线的风筝线一般，线的那一头本来固定在卡槽里的半月形的物体，脱离了束缚，竟然在水中打开，并快速地浮到水面来。

那是什么呀，首先浮起的是红色的粉末，将一带江水都染红了。

那血一样红的江水，托浮着一个巨大的由压缩空气吹起的心形。那事先设计的半月形物件里，居然有这样的自动装置，让正中十分惊讶，就如惊讶这位具有多变特性的美丽的女性一般。

这时候，在大桥人行道上行走的人马上围了上来。

"看，看，这是什么？"

"哗！好浪漫！好酷！"

"真看不出，一个中年大叔，还玩这样的酷？"

有几个人拿出手机狂拍。

正中扭头看了一眼，在血红色江水中越漂越远的心形，低着头走向一边的轿车，打开车门，发动车子，轿车轰鸣着在大家的注目礼中缓缓离开。

关帝庙里那块瓦片，中山公园那棵古槐上，都刻着相同的心形图案。现在，它们都消失了。

可是，就在同一天晚上，他打开卧室的电脑。他发现邮箱里有三张不知谁发来的照片。

一张是刻着心形的瓦片。

一张是被胡乱刮过的仍能辨识的心形图案的槐树干。

一张是在血红色江水中浮动的心形充气物。

啊啊，正中大叫起来，冷汗止不住地流，心里万分恐惧。他想，历史的足迹是上帝也无法抹去的。

八

方靖北推开沈乾大的办公室门时，里边的女人惨叫声仍在继续。有鲜血，从一根手指头往下滴。一滴，两滴，三滴……那惨叫似乎就是鲜血跌在地上，摔成一朵朵血花的声音。

那手指头是一个风骚极了的女人的。看见方靖北走进门来，将一双娇滴滴噙满泪水的眼睛看了他一下。

方靖北笑起来："沈老板发明了绝世武功——咬功。"

方靖北随手递过去一只创可贴，这是他的习惯，走到哪里，都带着急救必需品。在这个世界上谁都别依赖，只有自己救得了你自己。原来刚才女人喂鱼，手伸到鱼箱里逗鱼玩，结果让鱼咬了。仁慈的鱼啊，方靖北想，这么大的鱼，就是将女人的手指头整个咬下来也容易。

沈乾大丢了一个眼色，女人就出门去。沈乾大一边给方靖北泡工夫茶，一边说："怎么才到？"

"我有你这么好的兄弟在此，我才懒得来呢。"

"我代表不了你什么，"沈乾大狡黠地说，"你的那个宝贝安安，才是你的代表。她，也没有来过呢。"

"别，你养了这么多鱼，总是怀疑别人一样喜欢吃腥，"方靖北说，"她有你这个大哥在，也不来了。再说，她只是业余时间做我的收费代表。她是学生得每天上课呢。"

"嗬，想当年，水果摊旁，风起云涌，险象环生，方兄一掷万金救美人。当时，你连她叫什么都不知道，就出手救她，后来，她没钱读大学，又是你赞助，叫她如何不感激？除非她不是血肉之身。"

"别多说了，我来这里不是听你瞎叨叨的。"

沈乾大闭住嘴，盯了方靖北一眼，说："遇事不慌，不是你老兄时常告小弟的吗？怎么，大将风度哪儿去了？"

"你公司门口，有人贼头贼脑的，像是对你感兴趣啊？"

"不，不，"沈乾大仿佛早就知晓，说，"是对你感兴趣，这房子是我造的，卖给了你，你是商铺的主人，感兴趣的是你。"

看见方靖北摇头，又点头，沈乾大终于指着窗外说："你看看，我不说，你也知道，你是聪明人。"

方靖北看见窗外院子里，有很多人在那里活动，实际上他一进门来就看见了，就是不知道这些人在为什么忙碌。

直到看到那些人在写一个个标语和牌子，方靖北才说："你这是，要组织上访？"

沈乾大故意不回答，说："你一定不想知道那个女人组织抬尸静坐的情景，那真是这个城市的绝唱，史无前例……可那女人不在现场，跑哪儿去了？帅不在场，却运筹帷幄于千里之外，那该是何等的智慧？哦，你不喜欢听？"

沈乾大接着说："那你知道区委常委会会议室顶上的灯泡有几盏？白色的，还是红色的？无色？

"你知道法院党委会、院务会议、审判委员会里有几个人头，几颗烟蒂？"

"直话直说吧，老兄。"

"区委常委会开的不是常委会议，而是维稳会议，维稳小组成员、政法委全体成员，都参加了。"

"你拣要点说吧。"

"我，说一个要点，你肯定喜欢听。那就是区委书记听了下属发言后，要做一个总结性发言。他正要说话，秘书进门来，在他耳边说了一通话，这几句话是市委书记的指示，看看，上级领导无处不在吧。"

"说吧，说吧，我不是听说书来的。"

"书记本来是笑着听汇报的，后来做指示，脸上就不笑。书记做了只有两点指示，对，没有三点。书记说，我说两点：第一点，传达市领导指示，稳定压倒一切；第二点，马上找到施大男。

"为了说明书记指示的重要性，我这里引用一句书记的原话：同志们，我们的社会稳定局面来之不易，什么是'天'？社会稳定就是'天'！这不仅仅是这些群众用死者的肢体告诉我们的。大家都得想想我们应该怎么办。我建议法院的执行庭马上行动。你们这是依法执行，你们怕什么？"

"你别不相信，什么？你现在信了。我没有安装窃听器，那是犯法的事。哈哈，明白了？我的这些窃听器，不用电，平日里只要喂一些烟酒，外加洗脚和桑拿，按你们读书人的话来说，既生态，又环保啊。是啊，没有这么一点功夫，你小弟我，怎么在这里混啊？"

方靖北说："佩服，佩服，兄弟我哪有不佩服你呢，当年选择了买你的商铺，不就是看在兄弟的能耐上吗？"

沈乾大似乎从方靖北的话里得了甜头，他是个贪婪的人，没有节制的人，他再放下身段，近乎讨好地说："哥儿们我，够义气不？你不在这里，我都先动起手来了。这叫，以其人之道，还治其人自身。这点子费，恐怕也得值十万吧？"

方靖北不断地点头，想，这是一个空口也能拔下牙齿的时代呢。

沈乾大感觉到方靖北对自己的欣赏，就再次为自己喝彩，说："组织人工制作，得费用，组织商户议事，得费用，如果真的罢工，我已经答应给他们每天补贴，一切的一切，你懂的，都得……"

"懂得，懂得的，"方靖北说，"谢谢，十分感激。"手中正拿大饼油条在啃。沈乾大给了他一杯白开水。他知道方靖北不喝茶，也不喝咖啡。

沈乾大偏偏又说："好久未来这里，兄弟，我得请你喝早茶，好好请一次，拣最好的饭店。"

看看方靖北理会也没有理会，就如一潭死水，任他砸一个石头下去，也没起半点涟漪。

一辈子都不吃亏，谁让爹娘生了一副聪明脑袋，嘿嘿，沈乾大这样想着，都有些自大了。

方靖北吃完早饭，走到房产公司院子里，用手机拍了一些照片。

又有人影在门口闪了一下，马上不见了。

九

强势的女人需要虐待。从小就跟着父亲练武常常将两个懦弱的哥哥打得满地找牙，她的婚姻又遇上了羸弱无比的丈夫。大男一直以为这与人生持什么观念无关，这是身体做主的事。父亲开始时直摇头，当看到躺床上被打致残的爷爷后，才极不情愿地点了点头。那时候，被取名大男的她，就一直昂着头。

那一晚喝酒，他们的第一次。一年一度的法院行风监督员会议，人大代表施大男被聘为监督员。会议上提意见毫不留情的她，在会后聚餐喝酒时，也咄咄逼人。可这是一个以男人为中心的"狼"时代，就算有最多铁打的施大男，也会被狼们以阴谋阳谋拿下。喝酒竟然从饭店包厢移到卡拉OK厅。大男也真够厉害，饭店时就有许多男人倒在她的石榴裙下，在卡拉OK厅喝酒时，她也咕嘟嘟倾倒一桌的啤酒瓶和三三两两的男人。只有一个男人清醒着，那就是院长王正中。那是个几十年保持警惕状态的男人，世人皆醉我独醒，这时候，就得益了。

王正中将施大男扶出卡拉OK厅，大男仍没有醒来，只得将她扶到路边的午夜咖啡厅，喝了咖啡仍然醉着，就只好扶到宾馆房间。一路上都是跌跌撞撞的，到了房间，施大男更是如母老虎般，让坐不肯，让躺不许，就与王正中对着干。那武功借着酒劲飞扬跋扈着，王正中却不怕，他身上的劲恰恰比她高半手，几下就让她规规矩矩躺在床上。

王正中从施大男颈下拔出手时，奇迹就出现了。施大男反过来拉住王正中的手不放。王正中感到，原来施大男身上硬硬的，就如一头犟牛的腱子肉，忽然，如同向火的冰一般迅速融化了，软了，软了，施大男全身变得没有骨头似的，连呼出的气也轻轻的觉察不出，那原先凶凶的眼光变得月光和水一般迷离。

那些月光和水，就轻易地弥漫了王正中的心房，以至于将他身上最后一丝理智也淹没了。不，如果他再坚持一下，他的高地还不会丢失的。

"我，是人民法官吗？"回家碰到妻子的身体，他突然发起颤来。

第二天早上，他准时来到法院上班。他习惯地在整容镜前整理自己的制服。看自己头上平日里十分可亲的帽徽，此时有金光射出，让他睁不开眼。

他也不知道这个异常的反应期是怎么过来的，人堕落遭受的痛苦不比进步要少多少。

施大男说："亲爱的，我知道你这时候硬不起来，才策划了这起抬尸静坐抗议。你满意了吧？"

王正中点了点头，说："好可怕，想你，真的，我以为你出事，我的幸福生活完结了。执行，这次批准了，终于硬起。"

施大男坏笑，"哎，亲爱的，你怕了，你说你怕，你真的怕了？都说法院院长是阎王，让人三更死，绝不拖到天明。"

"是的，怕。"

"怕失去我？"

"怕失去宝贝。"

施大男盯住王正中看，紧盯着眼睛看，像是在一只深不可测的黑洞里的探寻。"别看了，我真的怕了。"王正中说。

"怕我出事后，你受到牵连？"施大男突然说，说完又嘎嘎笑起来。

"哪里有什么牵连？只是，我的心，连着你的心。"

施大男又笑："看你这把年纪的人，莫非是当年的琼瑶迷？我不信这软软的能把人的骨头变酥的话，竟然会出自你口。"

"不喜欢吗？"王正中问。

"喜欢。"施大男答得很认真，说着就掐住王正中的喉咙，掐得也很认真。

王正中这一刻留在脑子里的，是一幅幅别人发在他邮箱里的照片。

一张是刻着心形的瓦片。

一张是被胡乱刮过的仍能辨识的心形图案的槐树干。

一张是在血红色江水中浮动的心形充气物。

"我要杀人！我要杀人！我要……"施大男喊着，手中的劲头更大了些。

王正中剧烈咳嗽起来，脸变得青紫起米。

＋

方靖北找到执行庭庭长老范。

老范一开始不信，揉了揉眼皮，眼前确实立着的是方靖北，就笑起来："天下哪有这奇事，猫要抓鼠，老鼠竟然送上门来。"方靖北也笑起来："看看老猫的牙口好否？"

老范把牙齿狠狠咬嚼几下，发出咯咯的声音。

"廉颇老矣，尚能饭否？"

"坚决不吃饭，"老范说，"你都死到临头了，还在这里扯闲篇。"

老范看见方靖北一点都不着急的样子，自叹了一句："咳，就算是皇帝不急太监急，我还是忠告你，你真的不知道面临的危险？"

"虽然，我知道你是吃亏的，"老范继续说，"这事于理于法，你都没有错，我老范在各种场合都这样说，一直都这样说。可我老范说了没用。我虽是执行庭庭长，可执行庭不是我老范的，它是法院的，是法院这架机器的零部件。我说了这么多话，你听懂了没有？区法院，要执行你的商铺了，你知道吗？也不是我们法院要执行，是区维稳办、是区委政法委要执行，懂吗？"

方靖北一直坐在老范对面，听着，笑着，连进到庭长办公室的法官看到笑着的方靖北也感到不可思议。

方靖北说："老范，不是我遇到了危险，而是你，你们，看在老朋友的面子上，我今天特地上门给你提醒来了。"

方靖北说着从口袋里掏出手机来，老范盯着方靖北的手，就如看凶手掏手枪一样，感觉有些不妙。方靖北将手机递给老范，老范不要："啧啧，要行贿我？你这破手机。"

方靖北虚晃一枪取回手机，不打电话，却将手机的图库打开，再递给老范。老范忽然来了兴致，说："都说你方老板不近女色，该不会弄一个艳照让我吃惊一下吧？"

"同喜，同喜。"方靖北笑笑说。

老范看着方靖北这样笑，心里似乎有些放心。可一当他翻看了几幅照片，那手机便像是烫手的山芋一般从他手中跌落。

方靖北看了老范一眼，想从地上捡起手机，没想到老范的身手比自己更为敏捷，抢在他下手之前就已经将手机捡回。

但在手里的手机，跳着，颤着，像是活的精灵。方靖北说："老范你是魔术师，人人都是魔术师，就看你心里有没有魔劲。"

"这，这是真的？"老范的眼球像是要从眼眶里跳出来，"都这关键时刻，你，还有心思开玩笑！"

"假，假的，就算是假的好了。"

"这，是真的，真的。"老范的眉毛也在挑。

"我什么时候说过乱话？"

"这确实是真的，是真的。"老范的耳朵也竖起来。

"爱信不信吧。"方靖北说着要夺过手机。

老范不让。老范的嘴角开始抽搐，像是喜剧演员的嘴角，而这些变化老范是没有感觉的，那是潜意识的活动，就如深海里的一只龟，它舞动起来，水面是觉察不出涟漪的。可是，那只龟，确实动了。

老范突然结巴起来，仿佛话音也跳着，说："你，方靖北，先生，跟我一起走，到院长，院长办公、办公室走一走。"

"照片？"王正中在办公室看到这只手机问，"又是照片？"

"是的。"老范肯定地说。

"是。"方靖北坚定地说。

王正中院长的眉头紧皱，说："都是些商户，快把沈乾大叫来，还有，将区开发办的丁主任，也一起请来。"

沈乾大到来看到手机图片后，有些愤怒，不管周围的人，指着方靖北说："你出卖我？我是多管闲事反而不讨好了？"

方靖北笑笑。老范笑笑。刚来的开发步行街管委会丁主任却惊讶："这，这是真的？天啊，要出事了，出大事了。"

丁主任翻一幅照片，就惊叹一声："天，都是天。这一张，没有经济发展，哪有天？"

"步行街惊现乌云，我们要青天！"

"我们今天停业，是为了明天！"

"商户们团结起来，反对非法拆解！我们要步行街完整的天！"

丁主任最后说："天，这些标语就出现在我们的眼皮子底下，这是要停业罢市啊！"

沈乾大说："谁说不是呢？步行街的商户一共三十六户，户户都订立了合法的租约，执行谁的都不行，户户都不好惹，户户身后都有铁硬的关系。"

"地雷，三十六颗地雷，不，炸弹，"丁主任说，"这要是炸起来，我们的步行街可是要天下闻名啊！"

王正中盯着丁主任说："你一来，就知道要出大事，你的政治敏感度高，所以把你请来了。"

丁主任是正科级，王正中是副处级，干部级别差了半截，听了王院长的话后，连忙说："谢谢领导表扬，这是我们每一个基层干部首先应该想到的。"

"好了吧，"王正中颇大度地说，"谁不知道你在书记区长面前是大红人啊。"

方靖北这时候才说："请停止执行，否则事态会不可收拾，你懂的，照片。"

王正中突然变了脸色，相信是由于羞涩和懊恼引起，问："方老板，你是说我不答应你的要求，你就会有另外的照片等着我？"

"照片？"方靖北从王正中的眼里读出了恐惧，可是不理解它的起因，他侧脸向沈乾大丢了一个眼色，说，"沈老板，还有照片，是否？"

"嗯，嗯。"沈乾大其实是不置可否的回答，但在王正中看来，他们手中正暗藏着那危险的三张照片，就如三把随时刺向他的尖刃。王正中现在才知道，战战兢兢的人，他身下那块随时可破裂的薄冰不是别人给的。

王正中指着方靖北和沈乾大说："请记住，这里是人民法院，不是商铺，不是由你们说了算，我们也不怕你挑衅！"说完王正中扔下他们，拔腿就走。从他的步态和神色看，那是气急败坏。

"王院长，那是真生气了。"老范说。

王正中走进里间，乓！地将门重重摔上。沈乾大想走，被方靖北拉住，沈乾大脸上全是恐惧，轻轻说："再不走，怕是来不及，王院长肯定是叫法警把我们逮起来了。"

其实王正中躲在里屋是为了打电话给区委书记。那些照片似一座大山，压得他喘不过气来。王正中在心里说，顶住，现在千万不能倒下来。他在向书记的汇报中，故意渲染了如果执行将会产生的严重的社会稳定问题。他说："三十六户商户，个个都是地雷，现在联在一起，那是要引爆整个步行街，不，是整座城市。"

书记在电话那端要比王正中稳定多了："别慌，停止执行。从他们的策划开始，我们就掌握情报了。"

其实书记是第一次听说这次情况，在搁下电话后马上拨通了市领导的电话。他称区里制止了一次史无前例大规模的步行街罢市抗议活动，而且已经对组织者进行了监控，对广大商户进行了说服教育工作。

"好好，维稳是一切工作的关键，你抓住了就好。"市领导在电话里高度赞扬他的工作，并告诉他另一个重要信息，明天下午，市领导要来步行街视察文明商户建设工作。

王正中在打电话时，全身止不住地颤抖，头上脖子上都流出了汗水。打完电话，觉得重负卸下，顿觉轻松。在拭去头脸上汗水时，那具活生生的肉体又浮现上来，那是怒目相向的施大男。罢了罢了，王正中在给自己打气，在大是大非面前，他从来没有含糊过。他首先是人民法院的院长啊。

他正了正头上帽檐上的帽徽，打开门，态度凛然走出去，命令他们："滚，趁着我现在还没有改变主意，你们都滚！"

沈乾大慌乱着拉住方靖北就往门外跑。方靖北边走边说："王院长一直是儒雅大方之人，今天这是怎么啦？"

刚进电梯，方靖北的手机就响了，是老范的电话，一旁的沈乾大也听清了："院长让我通知你们，明天停止执行，不过你们要做好全体商户的工作，不惜一切代价，做好维稳工作。"

电话未说完，沈乾大就抱住方靖北。方靖北边挣脱边说："兵不血刃，屈人之兵，这是孙子兵法。"沈乾大笑着说："你到之前，也没经你同意，我就策划了这起罢市抗议，你这人光想着做合法生意，怎不想一想，之前的官司为什么输？"

"为什么？"

"输就输在你不会闹，不是有一句俗语叫'会哭的孩子有奶吃'吗。"

呵呵，方靖北竟被噎住了一般，说不出话来。

沈乾大乘机表扬："想不到你更是高人，技高一招，几张照片，就击倒了法院。"方靖北说："这些歪脑筋，得少用，正经生意，多想想。"

"那，买纸，人工，这些费用？"

"我出，你报个数字吧。"

然而，方靖北与沈乾大万万没有想到，他们在电梯里的举动，一一被一个摄像头摄下，连他们的声音也记录无误。法院摄像头记录的这个图像声音资料，具有法定的证据效力。

十一

死亡在悄悄降临，不以人的意志为转移。

你，美女，你杀了人吧？

哦，你刚上床过？你把一个猛男生吞活剥了？

要不，你的脸怎么会这样白？那白可是那些透顶了的红撤去后的白，就如炭火彻底燃烧之后的炭灰。

你，不要赞美我，我这人禁不住客户表扬，尤其是美女。哈哈，你也不要惊讶。像这样看脸色辨识人心，心理学上叫读心法，对我们来说，只是小菜一碟。俗话说得好，没有金刚钻，别碰瓷器活。

哦，你也不喜欢听别人赞美。好，你要听一些干货。放心，受人钱财，替人消灾，这是我们这一行的座右铭。

昨天早上五点三十七分。我通过火车站的一扇边门进入火车站第三站台，差三秒五分钟后，从上海驶来的列车进入站台，那一阵长长的车笛声，让我心灵为之颤动。也不全是，你知道的，干我们这行的，哪会为一声巨响惊讶呢？我惊讶的是，他，一个亿万富翁，竟然从一辆普通硬座车厢里下来。我，识人的本事还是蛮强，他从车门一露头，我就看见了。你提供的照片，我只是看了一次，他就深深刻入我的脑海中了。他不是第一个走下车厢，他是第十三个走出的。走下车厢的第一个是丰乳肥臀的中年女人，提着一个硕大的皮箱，像是要急着来这里嫁人一样。第二个下车的是一个竹竿似的男人，几乎是贴着前边女人屁股，一看就不是个好东西。这条淫棍可能也是读心专家，要不，他怎敢在大庭广众之下吃女人豆腐呢。第三位是个孩子。第四位是个军人，左手右手提满了行李，学雷锋做好事呗。第五位的嘴角有个黑痣，嘴上有七八根黑毛。第六位第七位是对情侣，手挽着手。第八位是个孩子母亲，一手抱着孩子，一手牵着一个孩子。后边紧跟着的是第十一个，肯定是孩子的父亲，肩上、双手全是东西。第十二个是个漂亮姑娘。对，第十三个就是他。

哦，我的天，我这一口气不停地说下来，我都透不过气了。你开始欣赏我了？这就是专业精神。对，马上就进入主题了，刚才只是个铺垫。

他是一只手一条腿先进入我的视线的。对，你照片里没有拍摄他手足的模样，可是，我的第三感觉告诉我，这样的手足才是属于他的。很快，我的预感得到了证实，他踩在下车厢的门梯上，他的脸正对着我，五官构成的识别坐标很快与照片提供的形象对上了，我的脑子确实如电脑一样好使。

他的目光很慈祥，对，我们对视了。瞬间的对视，我差一些忘记了自己的使命。因为，他的目光没有仇恨，没有贪婪，充满了温暖。像这样的人，为什么是我的雇主您的仇人？我在他温暖的目光里，打了一个寒战。那是阴影在阳光下的颤动。他的个子并不高，可他的目光让他升高了不少，我得仰视，才看得清他的脸，至少感觉上是这样的。

他身上居然没有行李，只是一个斜挎包，是一只军用挎包，已经洗得发白了，隐约可见当年的黄色，可是不见破损，连上面的线脚也没有缺损。因为没有行李包袱，他的手脚就很麻利，他出站的速度就快。

我大步流星才能赶得上他。就这样一个亿万富翁，居然没有一个接站的，就排在出租车等待站里候车，轮到的那辆车是一辆桑塔纳，车身脏脏的，有一些呕吐物还挂在车窗边，他不管不顾走上前去，不等驾驶员开车门，就直接拉开车门坐了上去。我排在他的后边，也就直接坐在后边一辆车上。我对驾驶员说，跟住前边那辆车。

前边的车子经过站前街，向右转入衙后街，再进入太平路，车水马龙的，突然在一个转角停住，我以为撞人了，却没有，只见他急急地下车，进入旁边的一个厕所。我也紧急让停车。谁知道厕所有没有后门呢？天下的路总是多到令人莫测。我随后进入厕所。进入厕所的细节你要听？哈哈，声音，哗哗的声音，我和他相隔了好几格尿池。多大？多长？哈哈，你有兴趣下次告诉你。我只是看到他结束时，肩膀颤抖了好几次，打尿颤吧？我以为我的手机会响的，可是，没有响。这个时候如果下手，那是最好的时机，人在尿尿的时候，是最没有警惕性的。

重新上车，车子行驶时，我的车不依不饶地跟着。正好处在上班早高峰，路上的车子堵成一锅粥，他几次探头出来看前边的车。有一次，他的车门被推开，我看到他的一只手臂，一只伸出的脚，我等待他整个身子下车来。可是，那只脚缩了回去，车门重新关上。开门和关门，我都不怕。因为我时刻准备着，身子像是装了弹簧一般，随时可以弹出。

车子到达西郊路时，在师范大学门口停住。他跳下车来，向大门走去。我装作学生家长一般，尾随着他。他却没有往里走，只是折身走向了传达室。透过窗玻璃，我看到他从挎包里取出一只信封来，那信封的口子是封着的，不知道那里边装了什么东西。他在与传达室的人打手势说话，凭我的职业经验，那是些平常的嘱咐话。

从师范大学重新出发，车子继续在人车较少的西郊路行驶。我盼望这个时候你的命令能到达，可是，直到转入繁华的平海路，手机始终没有响。没有办法，我行动的脑子没有长在自己头颅上。

到达房地产公司时，我给你打电话了，我是希望你能下达命令。我没有脑子的身体那时候真的很无奈，无奈到了极点。什么？你说我不适合做这个行业？错矣！这世上没脑子的人多了，生恨的也不止我一个，还不是没心没肺乐和着，就算是主人端上来的是屎，也不照样吃下去？还啧啧称赞有声有色呢。

房地产公司的看门狗厉害着呢。他走进门去，我进不了门。我不进门不是代表我怕那些看门狗。有时候，守株待兔也是个不错的主意。我的身体进不了门，我的目光进得了，我的耳朵就进得了。这不，我一会儿就听到一阵女人的惨叫声，杀猪一样的叫声。我身上的汗毛忽然全部竖立起来，就如闻见猛兽的猎犬。可是，惨叫声过后却是一点事没有，就如光打雷不下雨一般。

一共待了两小时零七分钟，他就出来，在院子里到处拍照。对了，院子里也有异常，那些人在那里不停地制作什么标语口号。我原来以为是房地产公司卖房的广告，后来发现不是。很多的标语都有一个"天"，我的天啊，卖房的要天干什么？

他出了大门，又上了一辆出租车，我赶紧招了一辆车跟上。他到的是区法院。什么？不用说了。那可不行，每一行都有自己行内规矩，这一路说来，每句话，都是我的劳动所得，比如农民种的玉米、冬瓜，比如渔民网中的鱼儿，不让我展示完，我会害羞我会无地自容，我会觉得白拿了雇主的钱财，这是最忌讳的事，这事要是传出去，我如何在这一行里立足呢？

到底，我没有做了他。

要不这样，你的费用，我退你一半。你数数，哦，你不数，我也没有办法。

十二

方靖北有了感觉，是因为剧痛。感谢痛，痛是生命存在。

开始时，他不知道自己在生命的哪个时间段，在哪里，甚至为什么剧痛。掌握人的命运之手到底在哪里？

渐渐地，他感觉自己的剧痛来自肚子。大热天的，身上的汗水，还是泪水，身下是一张破草席，泥地，四周是板壁构成的老房子，阳光从格子窗的方格泼进来，洒在他肚子上的阳光，就如一块块白色的豆腐。

不等他看清旁边的咸菜缸酱豆腐瓶凳子腿桌子腿，也不等他听清屋子外鸡叫声狗吠声，那疼痛已经水似的从肚子里腾地冲天直飙，再洒落下来，霎时淹没了整个身子。

家里没有一个人。方靖北出生于1959年，他身上有这个疼痛时，是五六岁的时候。母亲把一碗薄粥一个草药团放在地上，说了一句你疼就叫就哭，就走了。父亲兄弟姐妹早走了，母亲是最后一个走的，他们都奔食去了，在生产队割稻种田，母亲是晒谷。

疼痛袭来的时候，有三种境界：肚子的疼痛是从局部开始的，可是来得猛烈和突然，就如人拿了尖刀往肚皮里戳，戳到底了又拔出，戳到另一个地方；肚子疼的程度在增加，就如一把无形的剪刀，把他的肠子一寸一寸地剪断；最疼的时候，仿佛有一条恶狼，一口咬住他的内脏，迅速往外撕扯，直到把他的内脏掏完，空空的什么也没有。方靖北从此不怕世界上任何的疼。

方靖北不哭不叫了。他躺在这里已经半个月了。疾病让他骨瘦如柴，屁股上的皮肤严重松弛垂地差不多一尺。他已经不哭了，因为他的眼中已经没有眼泪；他已经不叫了，因为叫了也没有别人来帮助他（偶尔有邻居大人走过，丢下一声这孩子可怜），这世上从来没有救世主，只能靠自己救自己。这个道理是在剧痛之中懂得的，还惠及他一生。

那个草药团子叫"苦辛草"，据说能治他的肚子疼。他的肚子疼据说是蛔虫作怪，可是吃了杀蛔虫的"宝塔糖"也没有用，在他成年之后他回想起那一次肚子痛他怀疑为蛔虫致胃穿孔，可是在缺医少药连饥饿都解决不了的年代，他只得躺在草席上啃那团草药。

这个药从山上采来后，没有煎制，母亲只是将它揉搓一下成为一个团。这些闻着就有些腥甚至令人恶心的草，方靖北用他的牙齿咀嚼它，也把一种苦嚼到生命中去。先是口腔打战，牙关咬紧。这种苦颠覆了他过去对所有苦的记忆，如果过去的苦是一条小沟，那眼下的苦就是大江大海。就是这种苦的汁液，不单要咀嚼，而且还得咽下肚子。咽，咽下苦去是为了生命。可想而知，那种苦把世上所有的苦都比下去了。从此以后，方靖北再也不怕苦。

那碗粥是母亲煮的。父亲是商人后代，体弱不适农业劳动，偌大一个家庭就全靠着母亲支撑。眼下夏日里，母亲的体重只有七十斤，天凉时能增加到九十斤，被院子里的邻居称为铁骨。家里七个孩子，九张嘴，还有两头猪，生产队割稻时还得上晒场晒谷。夏日里，她鸡叫头遍起床，给七个儿女洗衣裳、做饭，家里人在吃饭，她在喂猪。喂了猪乱扒拉几口，就直奔晒场，抽空到附近的田野割了猪草，到自留地割了菜摘了带豆（家里缸里常年腌着菜），快中午时提着两大竹篮猪草和蔬菜急急往家赶，闾门口远远传来嗵嗵的脚步声，方靖北就知道母亲回家来了。母亲回家的第一步，是先将饭菜煮到锅里，再看一眼躺在地上的他。只是一眼，母亲马上回到灶旁。因为灶里柴火烧着，还得风箱鼓着。一家子九张嘴等着呢。如此一直忙到半夜，母亲才能上床休息。

在此后漫长的人生中，方靖北想起，那个时候喝着母亲的薄粥活着，倒不如说是感染着母亲的生命力活着。

这个时候，又一阵剧痛袭来。剧痛居然让他睁开了眼睛。有人在喊，醒了，醒了。

"快放，快放。"有人用命令的口气说。

方靖北将眼睛开成一条缝，无论他怎么努力，也看不到格子窗，看不到旁边的瓶瓶罐罐，连一些酸酸的咸菜味也闻不到。

吱吱的电流声。

手机铃声。方靖北听出了，这是自己的手机铃声，用了好几年了，是儿子为自己选的彩铃声——老式电话机的铃声。我，有了儿子？方靖北一下子觉得与刚才的梦境有些时差，刚才感觉的确实是童年时的景象啊。穿越，穿越，方靖北突然想起了一个很时尚的词。

然后是方靖北接听电话的声音。然后是很轻的电话听筒的声音："院长让我通知你们，明天停止执行，不过你要做好全体商户的工作，不惜一切代价，做好维稳工作。"这是执行庭老范的声音。接着是噪声。

方靖北的声音响起："兵不血刃，屈人之兵，这是孙子兵法。"沈乾大的笑声："你没到之前，也没经你同意，我就策划了这起罢市抗议，你这人光想着做合法生意，怎不想一想，之前的官司为什么输？"

"为什么？"

"输就输在你不会闹，不是有一句俗语叫'会哭的孩子有奶吃'吗。"

一阵空缺，显然是方靖北回答不上来。

"想不到你更是高人，技高一招，几张照片，就击到了法院。"沈乾大的声音。

方靖北说："这些歪脑筋，得少用，正经生意，多想想。"

"那，买纸，人工，这些费用？"

"我出，你报个数字吧。"

这时候，方靖北的眼睛全部睁开了。方靖北说："我这是在哪里？是在家乡的厨间，还是在市里街道的斑马线？"

一个人像是天使般回答："你在你该待的地方，别乱动。"

"我听到我的声音了，还有沈老板的，我们的交谈声，你，你们在窃听？刚才是偷录的声音？"

"不要问我们是谁，"一个声音严厉着，"人在做，天在看。"

"我，受伤了？"

"没伤，你只是昏过去了，"一个声音说，"人人都有犯浑的时候，清醒了就好。"

"你，方靖北先生，参与了策划扰乱公共秩序。"另一个声音补充，每一个字都充满威胁。

"你曾经是守法商人，"原先的声音甜甜的充满诱惑，"只要你不做对社会稳定不利的事，你，继续是我们的朋友，人民的朋友。"

"凭这录音证据，"不同的刺耳声，"我们就可以让有关部门拘留你，让你尝尝铁窗生活。"

方靖北忽然笑起来。

"你，笑什么？是答应做个守法公民，还是想过铁窗生活？"

"我笑我自己，也笑你们，"方靖北说，"也笑这个世界。"

"我知道你是个硬汉子，"那声音柔里有刺，"但是你惧怕坐牢，因为你是正人君子。"

"要我做什么？"方靖北说，"你们抓住我不放？"

那声音说："你是聪明人，一点就灵。可我们今天与你说话不代表我们自己，我们代表国家，代表这个社会。试想一下，这个国家不稳定，这个社会不和谐，覆巢之下焉有完卵？"

"别与他说这么多，他这么聪明之人，"有个声音插了进来，"方先生，你是老板，不叫你老板，而叫你先生，是因为你懂得，有些社会潮流，不是以个人意志为转移的。告诉你，只要你答应将施德富原先购下的商铺还了，让法院完成执行，你就为稳定做了贡献。"

方靖北又笑起来。

一旁的人都不说话，突然静静的好可怕。有一个声音弱弱的像是一条蚯蚓爬过来："让他笑，我们走，别管他了，因为上面转风向了。"

方靖北这时候才睁开了眼睛，只看到了他们的背影。

十三

施大男走进没有父亲的家里。

丈夫在家里哭泣。一看到她就不哭了。

施大男连劝慰一句的心情也没有。

施大男走进里间就给区委书记打电话，书记没接电话。书记没接电话，施大男就想，天下男人不接电话的理由有很多，况且是当了书记的男人。

丈夫开了一条门缝探头进来，顾不上拭去眼泪就说："打你电话不通，我就怕。"

"去，去，怕什么?"她尖声叫起来，"天会塌下来吗?"

秦明关上门，又推开门，仍是一个头颅塞进来，说："你都好几天没洗澡了，你脱了短裤内衣我给洗洗吧。"

"去，去，还不去银行上班，一天到晚闻着女人短裤，能有多大出息!"施大男说着关上门。

施大男再次拨打电话，这次打通了，她叹了口气，冲着电话说："官人，小娘子这厢有礼了。"电话那头的声音软软的："轻一些，娘子，相公还礼。'她说："听说，上面转了风向?"

"嗯，嗯。转了。"

"转了你就没有办法了?"

"是的，"对方似乎有凛凛正气，"是，因为法院是人民法院，不是我的法院。"

施大男突然加大声音对着电话说："你的狗爪数那东西的时候，你为什么什么都有办法？"

对方也突然笑起来："那东西，真有神奇作用。"

施大男感觉不出对方的口气是讥笑，还是肯定，可她像是一把火被点燃。她猛地挂了电话，再打了另一个电话。打了电话，就驾车来到宾馆的房间，将自己脱光了，门窗全部打开。

重重的脚步声响起，尽管那是踩在厚厚地毯上发出的声音。

脚步声又消失了。不知道下一个脚步何时能出现。

不，我不能在这里等待，应该勇敢地杀上去。

一个鲤鱼打挺从床上跳下来，只是短短的一刻钟，施大男驾驶着红色法拉利跑车出现在步行街的街口，就看见一阵烟火在那里升起，叠加着啊啊的吼叫声。烟火是柴油浸出的火把发出的，吼叫声是那些兄弟发出的，那只有电影战争场面才有的情景啊，霎时出现在眼前，迅速引起了现场骚动。

施大男的眼睛不敢往那里瞧。在此之前，她指挥公司的人，将父亲的尸体抬在这里借尸抗议。更在之前，父亲中风后，她让父亲坐着轮椅来这里静坐抗议。

虽然，她都不在现场，可都是闹出了响动，领导批示，维稳办、政法委紧急协调，法院响应，形势按照她的想象发展。

这个不闹不得利的世界啊，这个需要女人打头阵的世界啊，施大男忽然觉得自己不是利用色相改变世界的女人。

眼睛看着车里的仪表盘，可耳边的叫嚣声越来越响。但她明白，街上那些戴了头套画了京剧脸谱的猛兽，尽管已经张开了血盆大口（焚烧打砸），可项上的铁链还是自己的手扣着。

施大男咬了咬牙。咬牙的霎时，整个世界都在颤抖。

这个时候，手机响了。铃声特别响，像是冲锋号。施大男猛地按了一下，下令："你们回家吧！"

施大男本来想在电话里说，我们是有社会地位的，到底不是混混，说不定会把自己送进监狱。可是，话到嘴上，变成了"撤，你要多少，兄弟们可要喝一杯酒的，说一个数字"。

"我，我不要钱，我要……"

施大男想笑，却笑不起来，本来想说"你以为我是人尽可夫的婊子啊。哼，你也配"，话到嘴上却成了"你发一个银行账户给我，拜托了"。

施大男的红色法拉利掉转了车头，她从倒车镜里看到，那嚣张一时的烟火已经熄灭了。

挂入前进挡，正要起步，手机响了。

不是别人，正是王正中。

她想那些甜蜜的日子：凡是她有官司，必赢。

那些甜蜜铺垫现在的厌恶，施大男虽然知道床上绝对没有扼死对方，她却对着电话喊："你没有死，还活着?!"

"我，怎么死了呢，亲爱的。"电话那头仍然甜蜜着，"但是忍不住还是告诉你一个坏消息，就是天变了。上头要以发展经济为主了，维稳退其次。所以，你得注意啊。"

"注意？注意你个屁！"

施大男还是恨自己，刚才为何不将店铺砸了。

施大男松刹车踩油门，车子即将驶离。右侧车门有人拍响玻璃，施大男侧眼看，那人又是王正中。

王正中阴着脸，却不是正面。王正中让放下车窗玻璃，看着另一地却悄悄地似乎自言自语，施大男却听清楚了："你看周围布满了公安特警，说不定有狙击手的枪口准星对准着你，快离开。"

说完这句话，只是三四秒，王正中就消失在人流中。

十四

"您看到他们的背影了？他们是谁？为什么绑架，不，让您昏过去？他们要对您干什么？"

安安又问："他们代表国家？代表社会？他们是法院？公安？检察院？"

方靖北笑笑："你怎么那么多的问题？"

"那您总知道自己是怎么昏过去的吧？"

看方靖北还是没有回答，安安就说："那你身上何处受伤了？头疼，还是肚子疼，或别的地方有疼的地方？有没有伤口？"

"没有，没事，"方靖北站起来，摇了摇头，拍了拍胸脯，弯了弯腰，笑着说，"只要知道自己还活着知道自己名字，就可以了。"

安安也笑起来，凑上前去，问："那，您叫什么名字？"

方靖北刮了安安一个鼻子，说："请安安同学坐好，方靖北伯伯有话交代。"

安安果然在沙发上坐好，这是一个豪华餐厅的包厢，客人未到，只有头上的顶灯灯光如雨般洒在两个人身上。安安不待对方说话，就抢着说："都说您夫人的脸相是旺夫相，很多人说的，不是我说的。"方靖北看了安安一眼，发现安安白朗俊俏的脸上红了许多。安安接着说："不管您相信不相信，也有不少人，说我这脸，也，也是旺夫相呢。"说完，安安脸上让红晕全部占了去，不怕人看反拿眼睛盯着方靖北，想从他脸上找出什么来。

"是沈乾大沈老板说的吗？"方靖北平静地说，"我让你做商业街商铺的收租人，他乱说你是我包养的大学生小蜜。"

安安说："我才不怕他说呢。"

方靖北说："你用自己的劳动所得养得活自己和爷爷，上得起大学，不怕人乱嚼舌头，你保持了自己的人格尊严。"

"我的人格尊严是您给的，"安安忽然掉下眼泪，"我从小没有父母，是爷爷扶养大的，没有您，我……"

"不许哭鼻子，安安不是小学生，安安是大学生了，"方靖北说，"对了，今天叫你来，是要你知道，这些天，商铺不平稳，我不在的时候，你记得要多把信息传给我，如果收不了租金，也不是你的责任，我自会来处理。"

"我大四了，我选的第一个社会调查作业，也是我将来的毕业作业，是什么内容，您想听听吗？"安安看见方靖北点了点头，就接着说，"调查标题《一个儒商的成长经历告诉我们什么》，这个对象就是您。"

"啊，我成了一个新闻系大学生的研究对象了？好啊，我，全力支持。"

安安不停地点头。远远地，传来脚步声和说话声，安安站起来："我要走了。"方靖北说："留下吧，你一个大学生，怕人看啊。"安安说："我不，我是您的安安，可我不陪他们吃饭，不让他们乱嚼您的舌头。"

安安刚走出包厢，客人到了。这似乎是定例了，每一次方靖北到这里来，都要由他买单请生意场上的朋友聚一次。今天来的是清一色的法院朋友。尽管他的本意不是如此，因为法律是最崇高无邪的，可眼下蒙了尘埃的现实，让他不得不如此。这是些一次次让他输了官司的可恨又可爱的法官。

方靖北照例微笑着立在包厢门口，迎接着每一个走进包厢的人。门外的事，他不感兴趣。

那些走进包厢的人，事先得走过长长的铺着地毯的走廊，那一长溜包厢的门，都朝着走廊。有的门开着，有的门闭着，有的门半开半闭着。这么高档的饭店，除了一些商人之间的交往之外，那些有脸面的人，大都来自机关单位，比如某某局长某某科长，就连法院的某某庭长、某某院长，检察院的某长，公安局的某长，见了面，只是打一声招呼，没有半点惊讶，似乎这里就是机关食堂。一派和谐。

方靖北先让座，让服务员奉上茶水，再问要吃些什么。以往，他来饭店时早早点了菜，客人一到就上菜。那时候客人来得迟迟疑疑，遮遮掩掩，主人点什么吃什么，现在，客人一招即来，坦坦荡荡，且主随客便，客人吃什么点什么。虽然客人就是那些客人，菜也都是好菜，可主客之间由生疏变熟络。果然就是熟悉的原因吗？方靖北觉得自己有责任，可是，他在这个矛盾的旋涡里，已经深陷其中，脱身不得。

很快按宾主坐下，客人都是熟面孔。今天有一个例外，就是来了法官助理祈一水，是个天不怕地不怕的主儿。方靖北多看了他几眼，倒是祈一水反客为主，斟了满满一杯酒后，立在方靖北的身边，说："祈一水，法官助理，请方老板您多关照，我们这里不是美国，所以法官得与人民群众打成一片。"

方靖北从祈一水眼光中看出了不一样的东西，笑着问："是吗？美国法官？"

"美国法官就不能与您见面，除了开庭时间，其余时间，他们都躲在图书馆里，或者在远远的地方休假，就是禁止法官与原被告见面。"

今天的主角应该是两个主审法官。一个是李鸿，民事主审法官，在民事官司中将沈乾大连带方靖北判输的法官；一个是黄滔，行政主审法官，在行政官司中将住建局连带沈乾大、方靖北判输的法官。按惯例，当事人饭局请的是主审法官，别的都是连带请的客人，就如这是他的自留地。

可坐在主宾位上往往是今天最高职务的人。这就与法官判案的规矩一样，看似主审法官在主审，可最后裁定的是他的上司。

今晚开宴后一切正常。酒过三巡前，绝口不谈案子的事，就如老朋友的聚餐。酒是好酒。如果红酒，最好的是拉菲，每瓶一万八千元，如果白酒，最好的是茅台，价格在两千元左右。菜更是当下最好且最合口之菜。这些酒菜在法官来说，是最平常不过的。

今天酒过三巡，无案可谈。只是有人提起商铺的案子不再提执行，因为上头风向转了。方靖北早知道此事，只是一笑了之。倒是有人提起方靖北昏厥事件，方靖北就觉得奇怪，此事他只是与安安提了提，在场法官是如何知道的？祈一水提高嗓门几度说："朗朗乾坤，竟有人非法绑架一个守法商人？这到底是不是法治社会？"也有人问方靖北伤得怎么样身上还疼不疼。待得到肯定的答复后，祈一水笑了，说："在座的都是我的前辈，只要稍有知识的人都知道，国际刑警发明的一种昏厥法，让被受控的人只有疼痛而无损伤的技术，早在十年前就引进了。"一个法官说："法院的电梯会有窃听装置？嘿，你们年轻人以后别在电梯间说暧昧的话了。"这句话让大家都会心地笑了。

宴会结束，大家十分自然地来到附近的一家卡拉OK厅，叫陪侍小姐，点歌，唱歌。先是小姐在包厢里排成一排，让在场的人挑选，大家就如上超市农贸市场挑选商品一般，点一下，那个小姐就坐在那位身旁，大都小鸟依人般。稍有职务的，开始是正襟危坐，渐渐地，藤蔓似绕上去。这叫与民同乐。

一切，都没有异样。法官与当事人打成一片，急群众所急，想群众所想，极大地推动了服务业发展。只是，中途时方靖北内急，上了一趟洗手间，回来时，他推开厚厚的包厢门，当门缝初开之时，他看见烟雾弥漫的包厢沙发上，自己那只黄色的挎包被打开了，有一只手伸在里边，似乎在摸索什么。

这些个法官，不会贪图里边的小钱的。况且，在众目睽睽之下。还是祈一水的嗓门大了起来："这算是什么事嘛，堂堂司法部门，自己搞窃听不算，还怀疑别人对你搞窃听？自己怕说错话，就别说嘛，自己怕做错事，就别做嘛。"

"小声一点，小声一点，我的小爷儿们小祖宗。"有人悄悄说，包厢里音乐声很大，却还是有人听见。

方靖北把那缝关上，靠在门外，好久，才推门进去。

里边一个个法官正襟危坐着，一个个花枝招展的小姐集体坐在相隔很远的角落，仿佛一开始，就与那些男人没有任何关系。

就如包厢的角落安装着监控摄像头，方靖北又想起那句俗语：人在做，天在看。

从卡拉OK厅出来后，方靖北又请他们吃了夜宵，吃完夜宵回到住宿的房间，准备明天离开，有一个电话告诫他，明天不能离开这个城市。

电话里的声音不冷不热的，像是机器人发出的。

十五

就在方靖北接到别人电话的时候，法官助理祈一水看到王正中从午夜咖啡的门厅往里走。身上酒气熏人。

王正中从哪里喝的酒并不重要，他要喝酒，就如普通市民拧开自来水龙头一样不费力气。

这灰暗的空间，适合老鼠和人的灵魂出没。王正中是来找施大男的。王正中在外边喝了酒，习惯回到办公室，打开电脑，想浏览一下当地论坛，以往他是关心有没有法院的负面帖子，现在，他关心那三张照片，是否会出现在上面。网络上没有，十分平静，连负面帖子也没有新出现。他心中念叨，打开邮箱，那三张照片就如魔鬼一般再次出现了。他马上拨打她的电话，关机。他的头大了。顺手抄起柜子里的一瓶酒。拨打电话，喝酒。电话拨了无数遍，差不多将一瓶法国人头马喝完了。然后，他走出法院，长长的街，竟鬼使神差地让他踱进午夜咖啡。他的心掉在这里，他想捡回它。

祈一水本来不会来这里，他在方靖北那里喝了酒唱了歌，走出歌厅时，发现有许多的未接电话，原来是大学同学到这个城市出差，也就不去吃夜宵约在这里喝咖啡。大学同学偏偏带了一个女朋友，为了炫耀自己的法学功夫，居然在这里展开"口舌之争"。祈一水看到院长后，立即停住辩论。

同学有些疑问："看见美女了，还是看见魔鬼？"

"等等，等等。"祈一水说。

同学的女朋友笑起来："不是我不相信，是你的辩论水平，确实不如我亲爱的——这贼。"同学一下了似乎找到了炫耀的资本，朝祈一水翻翻白眼。"院长，法院院长，"祈一水指着昏暗中的王正中轻声说，"喝了酒，似乎有心事。"

同学明白了似的也放低声音说："你堕落了，你如此对领导察言观色，也是对社会的察言观色，司法真是权力的奴婢吗？这与我们大学时期所提倡的司法精神大相径庭，你这样一个中国司法精神的捍卫者的现实面貌，中国司法无救了。"

"谁堕落了？我们继续辩论，谁怕谁啊？"祈一水说，"只是，装着没看见，别去惊动领导，也是对人的一种尊重。"

同学女朋友拍手，对两位说："继续，继续，洗耳恭听。我还远远没有过瘾。"

"你在大学时，是有名的'宪政'铁杆，"同学这次抢先发言，"怎么一到法院几年，就换了样。"

"怎么我就换了样？"

同学终于有了发现，他暗指了一下远处的院长。三个人都掉转头去，看见隔了四五张桌，还隔了过道，院长就一个人在那里干坐着，不知在等什么。

"我们就说一些纯粹理论的吧，比如秦国的强盛是不是得益于商鞅变法？判例法和成文法哪个更科学？《古兰经》里的律例虽非法官的判决，但作为教法最重要的渊源，对后世释法、执法具有指导意义，其作用和影响甚至超过判例，你赞成吗？"祈一水提议。

"不，远了，远了，就如外太空，"同学似乎抓住了他的软肋，"我就要你这个奴婢说说司法的现状。"

"对啊，我超有兴趣，"她跟着帮腔，"要不，你举白旗，要不，你接招。"

"就没有第三种死法？"

"你试试，"同学说，"要不我把你扔上外太空活着去！"

"对，对，让你永垂不朽，像一个卫星，每天让我们瞻仰。"她仍然帮腔，说话时，手指都几乎要碰到祈一水了。

"哈，有谁这样不讲理，都欺负到我们祈法官身上了？"有人突然说，三个人都回过头来，祈一水叫了一声："王院长，您，您怎么在这里？"

"我早来了，一直听你们的辩论赛呢，"王正中将刚拿到的咖啡端在手里，不等邀请就坐在他们的桌子边，"你们的单我也随手买了，还需要什么说一声我让服务员拿，我是祈一水的领导，就按你们刚才的说法，就是主人，主人偶尔打赏一下奴婢，也可以的。"

王正中不等几位年轻人把脸红了又白了，就说："刚才小祈答不出的内容，我替他全回答了吧？小祈，在我们单位可是个全院上下少有的'愤青'，总是把别人的观点批得体无完肤，可是，心软，善良，不想说一些令人尴尬的话头。"

同学女朋友问："我们说的是国家领导，八竿子打不着吧？"

王正中说："我是正式接过你们刚才的话题了，说一说两位委员长答记者问的事。刚才小祈说了，两位委员长面对记者的提问，都有一个笑，且这笑，各有特点。彭委员长，笑得憨厚，周副委员长，笑得巧妙。但不管如何笑，引起的效果却一样，笑嘛。然而，这笑的背后，两位委员长的感觉也是一样的——尴尬。你们认为不尴尬吗？他们是无奈的尴尬：说'党比法大'吧，就等于承认我们是专制而不是法治，当然不行；说'法比党大'吧，又有'否定党的领导'之嫌，自然也不妥。"

"那，那您自己的观点呢？"同学女朋友问。

"不管你们是怎么考虑的，我是这样的想法，所谓'党大'还是'法大'其实是一个伪命题，甚至是一个陷阱。我认为不存在这样的对立关系，宪法法律是党领导人民制定，但是我们也强调党要带头执行，带头遵守，所以我认为不存在谁比谁大的问题。"

"哇！太精彩了！"同学女朋友首先拍起手来。

"他是我们校友，'文革'后第一届，我们学校第一届学生辩论赛的冠军。"

祈一水说。

同学拍起手，拍了手，伸出手，抢着与王正中握在一起。

同学女朋友没有拍手，也没有握手。她对祈一水说："我知道你这是为他，还专门请来自己的领导，编织了一些美丽的谎言，可是，我为这些谎言，高兴。以后，你再与别人说起今晚的事时，不要讲你的同学名字，也不要讲我这个姑娘的名字。我，也是你们的校友，不过是在读学生。可是，他们是真实存在的，他们是一群不知名的为中国的司法制度改革进行呼吁和憧憬的人，就足够了。"

王正中率先叹的气，说："这些孩子，我这样说，怎会不理解呢？"

祈一水和同学一起叹气："后生可畏，也不能拿好心当驴肝肺呢。"

王正中说："我刚当法官的时候，有一次一个赢了官司的当事人往我们家送来几个番薯表示感谢，我母亲发现了，她当场还了番薯，骂我：'畜生，你忘了你爸生前给你说的最后一句话了吗？'我父亲临死时亲口对我说：'正中，你心里得有党性，得有良心。'"

"你们爱信不信。"王正中说完就走了。

十六

方靖北说："你昨晚电话里怎么冷冰冰的，吃东西被烫了吗？"

那人哈哈笑起来，说："烫了嘴，才冷冷说话，稀奇，稀奇啊。"

那人是区委政法委办公室主任李大田，老熟人了，以往为这案子协调了好几次，以往跟在副书记后边都不是主角，这一次调研，唱的是主角，说话的口气也变了。

李大田说话总是挂着书记。书记在的时候，他总是说"书记您看"，书记不在的时候，他总是说"书记说"。方靖北熟悉了后有一次问："您自己在哪里呢？"李大田习惯性地回答："听组织话，听领导话，没错。"

"把你派来，书记怎么说？"方靖北问。

李大田丝毫没有感觉方靖北问话里的调侃味，这让方靖北有些感伤，人，怎么将自己彻底忘了呢？方靖北坐在会议桌的一边，李大田与随从人等坐在另一边。

李大田喝了一口水说:"书记说,遵照上级指示,我们对你的商铺房产案进行调研,请你配合。"

李大田说完了,随从都默默点头。方靖北不知道这些随从的名字,可觉得他们身上某些东西与李主任十分相似。

"李主任你们要调研些什么内容,你们尽管问,我答。"

李大田说:"你不用说,我说,你点点头就可以。"

方靖北点点头。

李大田说:"1999年,你是响应我们省政府、市政府招商引资号召,先后投资一千万元,来这里商业街购买了市政府与开发商联合开发却滞销的商铺,并于2000年1月在市房产局依法办理产权证书,是不?"

李大田说着望了望对面,方靖北点了点头。

"2006年2月21日,市中级人民法院行政庭做出撤销你房产证的第70号行政判决,将你获得房产证和实际使用长达六年的财产判为无效,是不?"

方靖北点头。

"施家在你购房前也购买了没有明确四至约定的二十二点六平方米的房产,还认为这房产包含在你的房产里,与开发商签订了合同,但没有房产证。你拥有房产证,拥有这房产的产权,施家拥有没有四至约定的购买合同,拥有债权,这是事实,是不?"

点头。

"本案发生后,法院一些领导一方面认为你是善意第三方,你是无辜的,另一方面又认为施家以示威游行聚众闹事胁迫政府,是为烫手山芋,市里一些领导以'解决信访问题'和'维护稳定'为名进行了一些不合法的干预,导致了这个案子的判决向维稳倾斜却发生执行难,最终导致不解的局面,是不?"

点头。点头。点头。

"方老板为何连点三次头?"

"明镜高悬,青天大老爷在上啊!"方靖北说。

会议室里一阵讪笑,尽管轻轻的。李大田环视左右,那声音才停了下来,他说:"现在什么时代?早法治了,我劝方老板要对党领导下的依法治国方针保持信心,这才是保护您的合法权益不受损害的大前提。是不?"

方靖北点头。李大田说:"这句话不让你点头,是让你回话,可我绝对没有控制你的思想。"

方靖北说:"我也绝对没有挑战您的权威,李主任,既然你们对此案如此了解,为何又要进行调研?"李主任的随从抢先回答:"明察秋毫,对自己的业务范畴知根知底，这才是为人民服务的真本事，我们得好好向李主任学习。"

李主任满脸阳光，仿佛正义在身上照着，说："那些事实，那些材料，死记硬背没用，关键在于思想。因为这些事实和材料，没有思想的光芒照着，只是无用的废物，不，一堆垃圾。"

"是您的思想？李主任的？"方靖北问。

"我哪有思想，上级的，上级的指示，上级的说法，都是思想。以往，判你案子输的时候，是领导有稳定压倒一切的说法，而现在，领导说发展是硬道理。相信我，有领导的这个思想，我的这次调研，肯定会让这些事实和材料重新焕发生命力。"

哈哈，你也讲生命力？方靖北暗想。这是歪理，你是说历史是政治的婢女吧，主人需要你扮成什么样子，你就得是什么样子。但方靖北没有讲出来，他觉得这时候不敢去调侃他们。因为，这一次的调研，明显是对他有利的啊。但方靖北也为自己的这一举动而心酸，有利己的狭隘的私心之嫌。让私心改变对事实的态度——莫非自己也是助纣为虐，使这一歪理存在世间的一分子。方靖北额头上冒出冷汗。

"空调打得低一些，方老板流汗了，"李主任十分体贴地说，"危险是存在的，而恐惧则是你的选择。"

"有李主任一样的领导在，我不怕，可我不如李主任那样的胆魄与气量。"

然后就一些无聊的话，吃一些方靖北买的新鲜水果。马上到了下班时间了，一班人要走，方靖北就恳切邀请一起吃个便饭。

便饭不便宜，在豪华的大酒店。公家话似乎在调研会上讲完了似的，便饭上不再讲。只是，酒过三巡之前，领导是领导，下属是下属。酒过三巡，开始称兄道弟。可在领导面前还是放不开。酒到醉的时候，许多人纷纷倒下，没醉的敢于开领导的笑话。那个开玩笑的也被领导灌醉了。领导的下属全醉了，自己抱着同样没醉的方靖北大哭起来。

"兄弟，"方靖北劝着，"哭什么？男子汉有泪不轻弹。"

"啊啊啊，"李大田眼泪一把，鼻涕一把，扔了，甩了，让那些眼泪鼻涕在飞，说，"我，我只能与你说，心中的苦，我，干这破主任都十三年了，跟了差不多五六任书记了，还是原地不动，连我的好几个副主任都提升了，你说，这公务员的活，没多大油水，顶多闹一个嘴上油嘟嘟，升职才是一个真正安慰。前几任书记临走都指出我的缺点，是自我意识太强，听不进领导和同志们的话，其实是听不进领导的话。后来，我改了，把领导的话当成皇帝圣旨，当成圣旨啊。可是，又过去了许多年，我还是原地不动，为什么啊？为什么啊？"

有一个下属如梦呓般在说什么，连李大田也停止哭声了，才听见他在轻轻地说两个字：送礼。

李大田突然跳起来，高声说："不，我不送礼，就算是一辈子当不上官，我也不送！"

这时候，窗外闪了几下，一个下属警觉着叫："不好，是拍照片，有人想曝光我们。"转而手指方靖北说，"是不是你小子，请我们吃饭，又想黑我们？"

李大田撇了撇嘴，示意下属别再乱说话，他说："方老板不是这号人。"

十七

王正中心里高兴，将祈一水叫到办公室。前天晚上，他对小祈刮目相看了，因为，他进步了。

王正中说："我看你当时语塞了，你其实可以告诉他一个事实：党大，还是法大？斯大林时代，最高领导处于法律之上，为一系列失误埋下祸根；而戈尔巴乔夫时代，又因为取消苏共领导地位，动摇了国家的政治基础，导致国家解体。"

祈一水想了想，说："您，也没有告诉我在中国的答案啊，其实当时不是这样。我，是扮演给同学女朋友看的，同学是主论方，他是辩方，只求与对方不一样，是口是心非。"

王正中有些惊讶，仍然说："不管咋样，你是进步了的，我为你高兴。"

"王院长，您是想起您的年轻时代了吧？您是从血与泪的代价中实现所谓的进步，我与您没有可比性，"祈一水说，"到底，时代不同的。"

"有何不同？"王正中有些急，"天就是这个天，地仍是这块地。"

祈一水抱拳说："王院长，如果您没有工作吩咐，我就告辞，我手头工作正忙，有空再向您请教。"

"不，祈一水师弟，"王正中忽然来了兴致，说，"坐，坐。"

"师兄请师弟喝酒？上班期间不敢，"祈一水说，"如果真是这样的关系，我可是口无遮拦的。"

桌上电话响，王正中抓起话筒听了一句就说："哦，政治学习？你把学习挪到下午，对，我这里有重要客人，对，有要事。"祈一水起身想走，王正中示意他坐下，说，"我挪时间，就是为了与师弟说话啊。"

"我先说一个故事，"王正中说，"20世纪30年代发生在美国的故事，那时美国经济最为萧条。那天纽约市一个穷人居住区里的法庭开庭，审的是一个穷老太太从面包房里偷面包的案子。在事实认定的基础上，法庭宣判：十美元的罚金或者是十天的拘役，让被告选择。老太太说，如果有十美元，就不会偷面包，如果拘役十天，谁来抚养失去父母的三个幼小孙子？在旁听席的纽约市市长拉瓜地亚自己掏了十美元，并脱下帽子让在现场的每个人缴纳五十美分的罚款，连法官也不例外，说这是为了我们的冷漠付款——因为在座的大家没有为今天的案子感到惊讶。他告诉大家，人作为社会的动物，是订有契约的。物质利益的来往需要规矩，有法律的契约；行为生活的交往需要互相关怀，有精神的契约。这是我从大学教授那里听来的，几十年了，我一直在思考这个案例。现在，请我的师弟，结合眼下的一个热门案例，就是方靖北和施家的商铺房产案，说说你对契约精神的看法。"

"哦，王院长，不，是师兄，"祈一水从椅子上跳起来，将左手撑在腰上，右手平伸指着正前方，那是一个辩手的姿势，"对方的辩手你选择正方，还是反方？"

"免了，这形式，"王正中说，"我们就亮一亮观点，来点干的。"

"好，师兄，"祈一水将姿势收了，坐回椅子上，他看见办公桌上十分洁净，只是左侧摆放了一只三角名牌，国徽，院长王正中，右侧摆放了掎角之势的国旗和党旗，我如何进入他的心灵，他想，继续说，"我知道您的意图，物质上的契约，精神上的契约，是与我国的物质文明精神文明相结合，这是您引用此故事的高明之处。"

我该如何进入这个年轻人的心灵，王正中想，点了点头。

"啊，学长点头了，可我不会落入您布下的温柔的陷阱，您会继续向以法治国以德治国并举方向深入，"祈一水话锋一转，说，"真正的法治国家，应当将法放在首位，也就是美国和西方国家的契约精神，如果没有法律的保障，精神的契约永远是空话。"

祈一水说着喝了一口水，循着杯子的前沿，他瞧见师兄的喉结动了一下，他咽下的是什么？是我的话吗？他想了想，说："从发生在美国的案例说当下我们院最热门的官司——方施两家的商铺房产案，我认为，首先是要遵循以事实为依据法律为准绳的司法原则，凡是接触此案的人都知道，方家拥有的是房产证，施家拥有的是合同，前者是产权关系，后者是债务关系。显然，产权大于债权，这是事实，也是法律关系，符合我们的司法原则。而我们拿维稳来说事，以社会稳定问题要挟我们的法律，让法律的天平不情愿地倾斜，我认为，从长远来看，是得不偿失的。我知道，你今天引用发生在美国的故事，是想让我们的法律环境不至于加上被人称作人治的嫌疑，不，不，我想之间不是相等的，甚至是风马牛不相及，美国老太触犯法律，是为生活所迫，社会确实是应该为冷漠而交罚金；而施家明知自己在法律事实上不受法律保护，却以静坐甚至抬尸抗议，故意引发社会事件漠视法律权威，恰好利用了我们社会对维稳的恐惧心理，进而影响法律判决倾斜，这恰恰是一个法治社会的笑话。"

"得，得，师弟，不，祈一水，"王正中的鼻子尖渗出汗珠来，说，"小祈同志，你的思想有问题了……"

这时，门被拍响，一阵急促的敲门声，让王正中咽下正要说出口的教训话。门开处，一阵浓浓的香水味扑了进来。王正中让祈退出，祈一水看出了王正中身上的颤抖，堂堂院长也有怕的吗？祈一水退出门去，撞见了正从门而进的施大男。祈一水脸上勉强挤出一丝笑，而施大男一脸的怒气，却显然不是针对他的。

这世上之人谁都料不到下一刻发生的事，王正中有些惊讶，可是马上稳住了情绪，走到门边，将门闭上，回过头来，笑着对全身仿佛冒火的施大男说："好啊，你这个黑社会幕后指挥商铺打砸抢未遂的犯罪嫌疑人，自投罗网了？"

"哦，王，王院长。"施大男竟然在二人场合称呼他为院长，这是第一次，而以前她都是直呼其名，有时候就叫一个中字。王正中就意识到刚才自己笑里藏针的话，震慑了她。

"王院长，您可是我的恩人，没有您，我那天就死于特警队狙击手的冷枪了。"

"为了你，"王正中故意将此话题提到更为尖锐的高度，说，"我可能得接受组织调查，对我的泄密之责进行调查。"

"这，怎会调查您，一个院长？"施大男身上的火气全无，还吸了一口凉气。

王正中说："爱，让我失去理智。"

"正中，中，"施大男的眼里盈起亮晶晶的液体，爱意无限地说，"真的，难为你了。"

王正中装出心疼的样子，说："刚才火急火燎的，谁又欺负你了？"

"我，我生气不关你的事，是，是他们……"

"谁？谁敢给我的大男气生？看我不灭了他。"

"大中，我的中，"施大男破涕为笑，说，"你一个法院院长说话倒像黑社会的大佬，嘻，你真能灭了他，说笑罢了，可是我喜欢听，你是一个真男子汉，知道为自己的女人遮风挡雨，哪像我们家的那个，软蛋一个。他们是政法委。"

"调研吧？政法委？"王正中说。

这时，没等王正中把话说完，施大男就把手机的相册打开，一幅一幅翻过："看看，看看，这帮家伙与方老板一起喝酒唱歌聊天啊，狂不狂？"

"是，你让人拍的，你是幕后指挥？"王正中想起了那三张让他胆寒的照片，心里十分反感，可是并没有在脸色上体现出来。他的真心一直深藏不露。

施大男像是炫耀不停："大中，我的中，给个表扬嘛。"

王正中说"这里是人民法院"，潜台词是"不是谈情说爱的地方"。施大男听懂了，轻轻地撇了撇嘴。

王正中下意识地用手指弹着桌面，节奏混乱，心情好的时候，他也弹手指，但很有音乐感。

施大男仿佛听出来了，说："是刚才那小子惹你生气了吧？嘿，关公面前舞大刀，敢在院长面前口出狂言，太不自量力了吧？"

"哼！"王正中说，"这世上，到底谁在不自量力？也太不自量力了吧！"

"你，你。"施大男终于明白，突地如喷火的火箭般蹿起身来，话未说完，已经摔门而去。

十八

三十年河东，三十年河西，历史果然会反复吗？

方靖北头顶是一盏琉璃制的吊灯。吊灯的中间，有一个转盘始终在转，看着是马的图形，倏忽变成了龙。让转盘转动的可能是小型电机，也可能是利用灯泡发热形成空气冷热区从而转动转盘，咱们祖先早就发明了走马灯。他抬头看一眼吊灯，仿佛那灯也俯视了一下灯下酒桌上的人。

今天是律师聚餐。沈乾大吵着要请律师朋友聚一次，说虽是时来运转这场久败的官司要赢，可也要未雨绸缪运筹帷幄起来，看见方靖北迟疑了一下，立即拍胸脯说要为这次聚会买单。

菜单上的菜已经出齐，菜单也已经被菜汁弄湿，但仍然看得到里边的菜名。

冷菜六个：香油豆腐、话梅花生、川味凉粉、手拍黄瓜、雪菜素鸡、香蜜鹅肝。

热菜六个：文蛤蒸蛋、蒜蓉扇贝、干炸响铃、糖醋里脊、泉水牛肉、姜汁黄鱼。

烧烤两个：香烤玉米、羊排。

麻辣两个：巴蜀鳝鱼、稻香蛙鸣。

蔬菜两个：有机花菜、油浸蚕豆。

汤羹两个：南宋鱼羹、法式浓汤。

现在已经是聚餐的尾声了，沈乾大却醉倒在旁边的沙发上，每次聚餐都有这样的场景，方靖北笑了一下，不就买一个单吗？两人都是腰缠万贯的肯定有钱付账，可沈乾大只要他在场，一定得醉一下酒。

"这一群苍蝇。"刚才沈乾大悄悄说的。方靖北不这样认为，这些让他们场场官司都输的律师，听见官司有赢的希望而找上门来，这也是出于他们的职业需要。他也悄悄回了一句："你是屎？我是屎？"

方靖北不想这样招徕这么多的律师一起聚餐，他想找一些有用的律师单独请教，而沈乾大喜欢热闹。

大多的律师也喜欢热闹。

"哈哈，方老板，时来运转啦！"每一个进入饭店包间的律师第一句话就是这一句，似乎他们约好了似的。

然后，好几位律师紧握方靖北的手："正义必定战胜邪恶，看来，是我的那篇辩论词起了作用了，那可是我心血的结晶。"

有一个来自东海之滨省份的辛律师也飞到这里，他没有受邀请，说是正好往这里出差。

有一头垂死的牦牛颤抖着倒在地上，四周的猛兽，天上的秃鹫，闻见血腥全赶了过来。方靖北想起这个场景时，觉得自己的境界与沈乾大差不了多少，就觉得人犯的错误人都要犯，自己也不能免俗。

包厢供休息候客的沙发上，律师们对一个话题十分感兴趣，那就是司法的行政化——主审法官听庭长，庭长听分管副院长，副院长听院长，院长听当地区长、区委书记及上级法院。"啧，啧，法官不能判案，怪事！"大家不免有些义愤填膺。

"坐，坐，请入席。"方靖北看见人来齐了就说。沈乾大也说："坐，坐，请。"

律师纷纷从包厢的沙发起来，立在餐桌旁却不落座，方靖北站在主位旁，朝对面望过去，发现两个特点，油光锃亮的头发，黑色牛皮密码箱，同样锃亮有光的黑皮鞋，只是眼眉间有猥琐目光射出，在等待。等待什么呢？方靖北想，随便找个位子坐着不好吗？

一个叫大李的律师瘦得竹竿似的，熟悉所有法官家的门楣高低，因为他要免费给各家送煤气罐，甚至知道庭长、院长家的七大姑八大姨，他时不时得去给送寿礼讨杯水酒喝，有一次给一个年轻法官孩子送满月礼，人家让他沙发上坐，他却从角落里找一个小马扎挨着沙发边象征性地坐了一下，他说他怕自己的脏裤子弄脏了法官的新沙发。大李此刻的目光游移，还是盯了主人一下。

郑律师是熟悉各种法律条文的主儿，主民事，通行政和刑事，眼睛忽闪忽闪个不停，仿佛在法律条文的左右上下跃动，有时候那眼皮停止眨动时，就会说出一两句条文来，然后加上一句："为什么呢？应该不是吧？"此刻，他的眼皮停止了眨动，却没有话从口出，只是那看主人的眼球鼓了出来。

另几位律师都有着各自的形体动作，有些像孔雀开屏，不过这样的比喻有粉饰抬高律师的形象之嫌疑。

辛律师没有与律师排成一排，而是直接立在方靖北身边。他原是市领导的秘书，前几年下海办起了律师事务所，摇身一变成为名闻华东的大律师和律师事务集团的董事长，他几年前在仔细研究案情后，说："对方握着合同，是债权关系，我方握着产权证，是产权关系，明显的产权大于债权，稍懂民法的人都懂，可我不这样认为，中国独特的司法环境，决定了官司输赢的筹码组成，我现在手头有一个筹码，即高院副院长是我的培训班同学，我们现在不是要让他影响官司的不正义，而是要使他影响官司保持正义。"

他在律师费的基础上再要了一笔公关费。方靖北当时的心情十分凄然，如果高院的副院长保持了官司的正义，前提竟然是公关费和同学的友情。当然，辛律师任辩护律师的这一次官司也输了，他坚决退回了公关费。

这多少让方靖北对他有些刮目相看，他让辛律师坐在他左边的主宾席上。辛律师就座的霎时，包厢里哄地一下，像是一群恶狼面对一堆可口的兽肉发出吼声。方靖北抬头看，大家又都闭着嘴，表现着应有的素质和修养。

接下来，方靖北每指一位坐下，同样有低低的哄声出现，直到最后一位落座，那声音才消失了。自己不敢掌握自己的命运，却对别人的安排表示异议，方靖北有些哭笑不得，这就是当下的律师？

其实不是，方靖北之后将今晚的事说给别人听，朋友说，律师是在争座位，越靠近主人，就越尊贵。律师表面上反对司法行政化，骨子里却是最喜欢尊卑，法律不是强调秩序吗？

沈乾大就坐在方靖北的对面，那是副主人的位子。他的劝酒水平一流。只要是他在场的酒宴，客人们一般都是喝足了酒。今天他的作用发挥不了了，因为律师轮番向两个主人敬酒。

律师怕权怕钱。他们在面对无钱无势的当事人时，会表现得趾高气扬，在今天的场合，收起了他们的伪贵族姿态，那媚劲如山花烂漫般展示。他们今天的目的，就是要接下这一次的律师业务。

最后，沈乾大站起来，走到方靖北身边，弯下腰，方靖北以为他要敬酒，却听他在耳边说："有人想杀你，我有预感，你，钱太多了，分给我们穷人吧，没钱，就没人杀你。"

"醉了吧沈老板，你疯什么？客人还在呢。"

沈乾大不语，指指包厢里，果然有人端菜进来，戴着口罩，却不是服务员。这人进来好几次了。沈乾大想问饭店老总，方靖北不让，说："你嫌今晚不热闹啊？"

沈乾大就装醉倒在沙发上，呼噜呼噜起来，摆着非让方靖北买单不可的酷样子。

十九

八点三十七分。区委江枫书记办公室外秘书室。九点上班，王正中早到了。秘书小孙给沏了茶，王正中说了声谢谢就坐在小孙对面的小沙发上。

八点四十一分。走廊上脚步声响起，王正中就急急站起来，整理自己的衣袖。小孙看也没看："不是书记，您请坐。"王正中复又坐下，只是欠着身子，屁股只是挨着沙发的边沿，做出随时立起来的准备。

八点五十七分。楼梯口传来脚步声。小孙说："江枫书记来了。"王正中连忙站起来，小孙抢先一步来到走廊里，书记却被两三个人簇拥着走向自己的办公室，走过时伸出手来握了一下，说："正中同志来了。"

小孙说："王院长您在我这里稍等片刻，我去去就来。"

不过五分钟，小孙回到自己的办公室，笑着说："江枫书记在楼梯口被人缠上，没有办法。"王正中说："领导忙，我会等。"

九点三十七分。书记办公室门开了，传过来一阵笑声和"你们慢走，不送"。小孙连忙说："快，王院长，其实这个时间应该排到区政协主席介绍工作时间，你，说话简短一些，我让冯主席在这里等候。"

王正中赶往书记办公室时，果然看见政协主席在走廊一头露了头，就赶紧头也不回加快脚步。

王正中手中端着那杯秘书沏的茶，坐在书记宽大的办公桌对面，顶上有一个中央空调的出风口，那里沙沙响着将一股股凉风吹拂下来，可他脸上仍是汗津津的。

江枫书记从桌子旁的纸巾盒取了一张纸，微笑着递给他。王正中连忙站起来，深深地弯下腰去以鞠躬的姿势接过纸来，重新落座后，不用来擦汗，反过来细细抚摸着，似乎在摸上面的一丝温情。

江枫书记明知道王正中心里紧张，却不说破，反而说："天热，这空调又总是不冷，我让机关事务管理局来人看看。"王正中就说："每次来江书记这里，都能感受到温暖，不，夏日的凉爽，不，我说的您懂。"

"我却为你担惊受怕呢，王正中同志。"

王正中霎时又流汗，他时时担心的事终于发生了——施大男、三张照片，只要一件事，他就完了。"哦，哦。"他咕哝着。

"别怕，有我呢，"江枫故意放慢了语速，"只是，人大代表的一个集体反映。"

"反映？什么反映？是法院的冤假错案，还是法官的工作态度恶劣？吃了原告吃被告？"

"工院长，你，你们真有这方面的错处？"江枫的本意是想继续戳一下他的疼处，让他暂时失去理智。这是他与下属谈话惯用手法。

"没有，没有，"王正中忽地从椅子上站起来，"江书记，别人不知道我，您是知道我的。"

江枫笑起来，说："看你吓的，没有，只是反映你们法院没有支持改革开放，影响经济发展，商铺案就是明显的地方保护主义，从而让外地投资商蒙受损失。"

王正中如释重负，重又站起来，伸手过去握住对方："江书记，外地投资商没有损失，只是输了几场官司。"

江枫也装出大度的样子，在王正中的手背上拍了拍，说："王正中同志，从大了说，发展是硬道理，要牢记，这可是小平同志说的；从小处说，地方官只要管住两个词：发展、稳定，虽然这两个词排列有时候会挪动，有时候会不分先后，大小，都是真理，真理啊。而眼下，我们要响应市里的号召，形成招商引资的大格局。努力形成亲商、安商、富商的氛围，全力推动招引项目的落地，不断增强发展后劲。你回去想想，你这个商铺案，与招商引资工作到底有何关联？"

谈话马上结束了，不到约定的半小时。孙秘书推门进来，说："江书记，那照片的事？"

刚走到门口的王正中突然像是被子弹打中了般,脸上雪白,身子发软发颤。孙秘书忙问:"怎么了王院长您?"

江枫没有看到王正中的脸,接过孙秘书的话说:"不说照片的事了,忙,待会再说。"王正中此刻才撑住了身子,装作没事一样,走出门去。走廊上,遇见政协主席时他也没有打招呼。

十五点十一分。H市中级人民法院院长秘书室。院长约王正中的谈话时间是下午三点半。

王正中递给秘书一盒小核桃。他知道自己的驾驶员正在联系院长的驾驶员,带给他一箱茅台,他知道高院长爱喝。

秘书接过小核桃小声说声谢谢,王正中小口喝着秘书沏的茶,心里才安定下来。从区法院到市中院有一段路程,他几次拨打才打通区委小孙秘书的电话,问起上午说起的照片事。小孙早忘了,后来才说,江枫书记最近要出国,外事办催照片得办护照呢。

却不敢坐,就端着茶杯立着。秘书说坐吧,高院长有空我会叫你。王正中说坐久了立着舒服些。秘书就不再催,就让立着,别人进来办事他就到一边去。

十五点二十七分。他不时转向门外。

十五点二十九分。他做好走路的准备,全身的肌肉都紧张起来。

十五点三十五分。他仍没有接到任何通知。秘书在电脑前忙碌,仿佛早忘了这件事。

十五点五十九分。一只红色电话响了一下,秘书接也不接,就说,王院长请,高院长叫您了。

十六点。王正中坐在高院长宽大的办公桌前。椅子是真皮包着,平平的,却觉得屁股下硌着疼。高院长亲手沏茶,嘘寒问暖,特别问伯母的身体健康问题,王正中连说谢谢,回答了所有问题。

"你,正中,还跟我客气什么?你忘了我们同进区法院,同住一间宿舍你上铺我下铺同时在民庭任职你任庭长我副庭长,哈哈,正中你今天来看我我十分高兴,我就是忙。"高院长一口气说完,就拿杯喝水,咕嘟咕嘟地像是牛饮水,当年在区法院就是这样喝的,这习惯始终未改。

高院长喝罢水,抹了下嘴,指着王正中,脸上旋即严肃起来:"你还给我拿了茅台,我让拿到食堂,用来招待市里和高院来的贵宾,不好,下不为例啊。"

"嗯,嗯。"王正中应着,心里想,这是怎么了?你不是爱喝吗?以往送的更多时为何不说?

"你忘了初当法官时一个当事人在赢了官司后给你家送来几个番薯，被伯母大骂一顿然后退回的事了吗？我没忘。你，变化太大，别忘了，我们是人民法官啊。"

"没忘，不敢忘，"王正中觉得屁股下是一枚枚钢针在戳他的肉，终于坐不住站起来，"高院长，我始终未忘记您一直以来的关爱和教导，您有指示请说。"

"坐坐，"高院长说，"都说你正中猴子屁股坐不住，什么事都亲力亲为，这是好事，可做领导要学会坐住，尤其是我们这些做法官的。"

王正中刚落座，又站起来："高院长，您是指商铺案我们破坏了招商引资破坏了经济发展吧？可，这是奉了区、市两级党委和市法院的指示啊。"

"坐！"高院长不免加大了说话的口气，"做领导，更要学会担当。担当啊，懂吗？正中，当年，你凭着业务过硬当了庭长，我当你的副手，从那时起我就不断地劝说你，要有政治敏感度，世上的事太复杂，要学会灵活多样的工作方法去对付繁杂的事务，得，这些年，你虽然有了进步，却不大啊，区里、法院系统内总有人在我耳旁吹你的风啊，如果不是我担当着，唉。"

王正中硬坐在那里，觉得椅子上的钢针已经戳破裤子皮肤直直地戳进心里。

"正中，你不用感恩，谁让我们睡过上下铺呢？谁让你当过我的庭长呢？是不是？"高院长忽然话锋一转，说，"王正中同志，你身为基层法院院长，有多年的法院工作经验，我代表中院党组，希望你能在这次商铺案的重审改判过程中，从法律角度上做好工作，不要让别有用心的人抓辫子，不要让人说法院的坏话，要注意网络舆情。"

"是，高院长！"

"另外，正中啊，"高院长脸上又披上一层笑，"你我兄弟，我始终想着你的进步，你在基层法院这么多年了，我会去市委和高院活动，我的意思你到我身边来，任副院长协助我分管政工，你意下如何？回去得向伯母说一声，她可能时时在惦念我这个小高子，关键时刻有没有拉他宝贝儿子一把，哈，我没忘了呀。"

王正中嘴上条件反射似的，连说谢谢谢谢，可身上抑制不住地冒出冷汗来。不明就里的人以为，从一个基层法院升到中院，这是升职升官。可他知道，这是明升暗降，基层法院院长管案子管全部，中院分管政工的副院长不管案子，呵呵，在法院不管案子，就如当兵的不能摸枪，让人如何活下去啊。不仅如此，之后他知道了高院长的下一步棋，是为了提拔区法院的一个副院长做院长，而那个副院长正是日常里打他小报告与施大男早就眉来眼去的猥琐男。这是后话。

此刻，王正中想为自己申辩几句，可是话到嘴边又咽了回去，因为他熟知高院长说一不二的办事风格，他不敢。

这场谈话以王正中脸上欣喜的表情、嘴上的笑声和连续的谢谢结束，不到半小时。出门时，高院长特别吩咐秘书，让他搀扶一下王正中同志，他走路看来有些困难，让他务必搀扶到车座上为止。

二十

十九点。当天晚上，城隍雅苑，闹中取静，本城最豪华的酒店，王正中早早来到这里等候，今天请的贵宾不是别人，是方靖北、沈乾大，还有开发办主任丁壹盛。下午从中院回来的路上，王正中就用手机一一联系了他们。

十九点三十分。客人全部到齐。方靖北最早来的，与王正中前后脚，见到王院长恭敬地站在包厢门口时，脸上说不出的惊讶。这，猫给老鼠敬酒，方靖北的脑子转不过弯来，打官司六年，都是自己请的法官，今天怎么啦？可是，手里提着名酒拉菲，他知道王院长喜欢，在总台预刷了自己的信用卡，院长请客，说是朋友请朋友，别人给了他这个面子，总不能真的让他自己掏腰包，在这店里一餐的消费，院长一个月的工资还付不囫囵。其实，院长请客，自有公家掏钱。可方靖北就这样想了。

"太阳从西边出来了王院长。"沈乾大开玩笑说。丁壹盛想说，被王正中制止。王正中举着酒杯说："各位，今天请大家来，不仅仅是喝酒……"沈乾大插嘴："这不，让我说中了吧？哪有天下掉馅饼的美事？"

"沈老板，别插嘴，王院长要说正事呢。"丁壹盛指着沈乾大说。他的行政职别比王正中小一级，有一种维护领导尊严的自觉。

"好，好，让我开一个头，"王正中大度地说，"之后，就是让大家说话的，说实话，我遇到困难了，是想请教各位，帮我一起渡过难关。"

"喝酒喝酒，"沈乾大举着方靖北的拉菲酒，"美酒在杯，莫谈国事。"

"沈老板，别说，让王院长说。"方靖北说。

这时候，窗外又闪了一下。王正中说："今天可是工作餐，我请客，你们别怕有人拍我们的照片。"

"你们说说，"王正中的头有些疼，仍然坚持说，"商铺的案子可能要重审改判，法院要从法律上支持招商引资和发展经济，这事，各位是怎么想的，请大家说说，真知灼见，高招，都说说。"

这时候，包厢的门开了一下，王正中正对着门，他看见有一个熟悉的影子从门口的走廊飘过，很快，他确定是施大男，他马上想起刚才窗外的闪光。他看了看手表，指针指着十九点四十七分。

"好事啊，大家说说，说说。"丁壹盛说。

二十一点三十七分。施家大宅。洗完澡的施大男，连内衣也不穿，灯也不开，翻身倒在床上。

二十一点四十一分。卧室门悄无声息地开了，又闭上。灯光忽然亮了，开灯的人是秦明。秦明看到床上的施大男，四肢打开肉肉地躺着，加上那只枕头，"天！"秦明失声叫起来，想起岳父去世时的情景。

秦明的喊声很大，可床上的妻子没有反应。秦明就看见妻子很柔，很美。

秦明这样想的时候，妻子睁开了眼睛，媚媚地向他笑了笑，柔柔的目光勾人。秦明谈恋爱的时候，就是被施大男这样勾走魂魄的。

秦明却打了一个寒战。秦明不敢，妻子的这个温柔已经久违了。他是银行信贷员，就与经常来办贷款业务的施大男熟悉恋爱结婚。婚后，床上炽热了一段时间，床下，人生观各异激烈碰撞，进而影响到床上生活。降温在所难免，但直至冰点，是两个人都没有想到的。

归结于开头太热？施家赚了很多钱，施大男今天给秦明买名表，明天给高级西装。秦明说，我不贪你的钱财，你让这些钱做一些慈善，说不定有好处。施大男将信将疑做了，马上有媒体跟上宣传。尝到甜头的她不停地做，先是成了"优秀青年企业家""女青年企业家联谊会副主席""青年联合会委员"，直到省、市人大代表。秦明有时候也想，是我将一个蒙昧无知只想赚钱的少妇，引入了一条所谓的正道，却也是一条歧途，一条不归之路——她再也回不到以前了。世上搬起石头砸了自己脚的事多了去了。

"你别再杀方靖北，"秦明说，"方老板是好人善人，不是你想象的那样该死。"

"你再说一遍。"施大男说。

"你，别，杀，方，靖，北！"施大男一字一顿说，"他，不，是，坏，人。"

施大男猛地腾起。可恨！方靖北！她想，有几个臭钱，不仅收买了大小法官、各级官员，竟然连秦明这样坚持所谓正义视金钱为粪土的人，也被收买了吗？可杀！方靖北！

秦明跌在地板上，却嘘唏地哭。哭，哭，哭能让人不再欺负你吗？以往她每见到他哭，就烦，她最见不得男人哭，她的兄弟们也是遇事躲在后面，为此，她常常觉得她身上有无形的压力。不，今天她对秦明的哭有了新的理解。她连忙跳下床去扶他到床上，搂着他到自己怀里，像是搂抱孩子一样。

"你今天去了雅苑？你去干什么？"

"嗯，"秦明往妻子的怀里拱了拱，像是孩子要找乳头，"我得保护你，你，可是我的一切啊。"

"我是我，我有什么变化吗？"

"你变了，我与你谈恋爱的时候，你的眼睛是透明的，是纯净无尘的，现在，你的眼睛不再透明，看不到你的心灵。"

"我的眼睛糊上屎了？放心，这世上，谁对我好，谁对我不好，我心里清楚着呢。"

施大男就想起丈夫的一些好来，连父亲和爷爷的火化，她都不在家里，而是由他和家里几个哥哥尽孝的。

施大男要除掉方靖北的决心也下定了。

二十一

我没有绑架方靖北。我做的是生意，您又没有让我做，无钱买卖怎么做？我不做的。

您问是谁做的？法院、公安、政法委，还有像我们这伙拿人钱财替人消灾的人，似乎都有嫌疑。得，您不高兴？您不费一点力气，别人替您做了您仇人。不，天啊，您要自己亲手做了才高兴？就如他是一棵辣蓼，非得您这只辣蓼虫治？可眼下我实在不知道是谁做的。天做的吧！您笑了，您笑起来真好看，您说我是哲学家？嘿，我大老粗一个，接些粗活干。什么，活糙话不糙？您抬举我了。

那活可真是办得妥帖，制人，包括逮人、痛楚加制、意识扰乱，直至听命放人，一气呵成，干净利落，绝不拖泥带水。每一招，每一式，每一步，都是高超的专业水准，几乎可以与FBI、国际刑警、苏联克格勃相媲美。您不爱听这个？那我不讲了。只是，出于同行看同行，心里都痒痒啊。都说以前往粪坑里淘粪砂的，看见同行淘出优等砂，也忍不住上前用手摸一摸，用鼻子闻一闻，仔细揣摩请教一下同行。您嫌我话多了？您不是说事无巨细，都要让我一一道来吗？对不起，自从为您做活起，受您的启发，我这人话多了，成了光说不练的假把式了，同行都在笑话我啊。

那不说您与丈夫在床上的事了吧？嗯，这不是我的业务范围。也不说，您驾着法拉利轿车前去指挥我的同行砸商铺的事了吧？对，也不是我的业务范围。可，那个王正中王院长，是个汉子。他敢于在千钧一发之际，救您于狙击手的枪下，我得赞一个！对于他那个阵线来说，叛徒啊！在战争年代，就是个遭枪毙的下场。啧啧，您前世修来的福气吧！

您好看的眼睛眨巴了一下，您的眼眶中有些水，您一定动心了？

呵呵，我马上说到您感兴趣的东西了。那个小妖精，叫什么安安的，一个大学生，受方靖北资助的，有人说是方靖北包养的，啧啧艳福啊，嗬，不如您有气质。她找方靖北了，干什么？撒娇。没有听到有实质性的话。接下来，是对主审法官的宴请，民事庭的李鸿、行政庭的黄滔都去了，对，还有一般宴请场合不会出现的祈一水，法官助理，这小子，据说骨子里高傲得很啊。还有执行庭的老范，等等，都是些脸熟的狗屁法官。喝酒过程就不是那么有特别的东西，有照片为证。看看。您带回去看，好，我这里有U盘备份。

当晚接下去是唱卡拉OK。没有什么特别的，该唱的唱啊，该抱小姐的抱小姐（亲小姐摸小姐的也有，不一一举例）。特别是当方靖北走出包厢时，干什么？上洗手间。当他一走出包厢，就有一个法官，把手伸向一只包，方靖北的包。那只手，上下翻腾捣鼓，就如淘粪坑的手艺。淘什么？不会是钱，也不会是珍宝，您看，这大庭广众之下，会有如此的下三烂？他们要找的是：窃听器。这下您明白了吧？您该高兴了吧？这分明是猫与老鼠的关系啊，猫怕老鼠挖了陷阱出卖了自己啊！还有更精彩的一幕，那就是那法官的手在摸索的时候，恰好让推开包厢门的方靖北瞧个正着。

您美丽的眼睛又眨巴了一下，赞赏我吧？这比给钱有力多了。当然，有钱更好。

区委政法委办公室主任李大田调研的事，我在电话里就汇报了。这事重要，我知道，干我们这一行的，不是只盯牢钞票。哪头轻，哪头重，我也是摆得正位置的。这小子看上去十分听领导的话，领导放一个屁也捡来当元宝捧着。不知道为什么，喝了酒，对方靖北讲了什么心里话，就哭了，都说男子汉有泪不轻弹啊。嘿嘿，我就不哭。这里，我得检讨一个工作上的失误，对，失误，每一行都有自己的行业标准。我得检讨，检讨过去，是为了完美的将来嘛。那天，我拍照的时候，使用了闪光灯，差一点让他们发现了。

这一回，该说到方靖北请律师吃饭了。这一群苍蝇！我从心底里看不起这一群人，西装革履，一副道貌岸然的样子，还不是哪处有了屎臭，就赶往哪里的苍蝇吗？嗬，我就讨厌这些动动嘴皮子不动声色的家伙，软蛋一个。我生气，我就扮成一个送菜的，只是借了厨子的一顶帽子，就成功地混进了包厢。嘻嘻，这时候就是做了他们，也天不知地不知的，我，我这人从不骄傲的！

嗬，您好看的眼睛没有眨巴，只是瞪了我一眼，我马上知道这是怎么回事了。

这以后，区委书记江枫、中院高院长都找过王正中院长谈话，这本来不关我的事，可他们谈的主题与商铺案有关，就与我的业务有关了，您吩咐过的。我没有进入区委和市中院，尽管他们防备森严，可不是我进不去，而是我不想进。这天下没有我进不了的地方。得得，您又白眼了。

下面说的，您肯定有兴趣。那就是王正中王院长请方靖北、沈乾大、丁壹盛吃饭的事。您没有兴趣，哦，那一天，我打电话给您，您到场目睹了。您那天发火了吗？哦，您不会。您看在王院长对您的心意的分上不会发火，是不？

我再说一个你感兴趣的事。如果这一次你不感兴趣，那我就不说了，不，我自认为不理解雇主的心理，我就，不与您继续合作了。您认为我言重了？不，干每一行的，都有自尊。您认为呢？我们这一行，不该有自尊吗？那是没有知识只有偏见的浑蛋，才这样认为，而，您，不是。

这一个问题，袭扰我的心已经很久了。那就是平常人看到的花钱如流水、出手阔绰的方靖北：他可以在街头一掷万金救助陷入困境且素不相识的爷孙俩，可以在市内最豪华的酒店宴请别人，据说一瓶拉菲酒得近两万元，最贵的茅台也在上万元，鲍鱼鱼翅等海内外的最高档的菜肴，应有尽有，据说还给参加宴会的每位朋友派送购物卡，每张卡起码在两三千，说起花钱的事，连眼皮眨一下也不曾。

那么，光鲜的背后呢？我这个人在这里混了几十年，也可谓见世面了。可我就没有见过这样的人。您对他的住处感兴趣吗？他请朋友吃饭在最豪华最高档的酒店，可他住在招待所，一个街道办的招待所，一天的房费不上百元。

真的？真的，看您的下巴都要掉下来了吧？

您看他吃什么？山珍海味，那是当然的，因为他是富翁，可是，只是限于他在请客人吃饭的时候。过了这个时候，又是另一番面貌了。我仔细观察过他每一次的宴请，直到最后，他送走每一个客人，他都要回原来的包厢。他回包厢，是为了让服务员替他打包，一段鱼，一块肉，几只虾，只要是能吃的，他都要。

话说那一天早晨，来了一只猫。猫一进来，方靖北就知道了。猫是从一个小小的排风口进来的。方靖北就在那里事先布了一张网，猫进入网中，就喵喵地叫。猫一叫，方靖北就知道猫来了。

方靖北一边听着猫叫，一边慢条斯理地从床上起来，刷了牙，洗了脸，才把猫从网里捉了出来，开了房门，对着招待所的老板娘叫："猫，猫，猫我捉住了，你快来看！"

听到叫声的老板娘果然出来，看到了那只猫，惊讶得都合不拢嘴，因为她以前不相信方靖北的房间里会有猫。招待所里从来没有猫，更何况是方靖北的房间里。方靖北之前对她反映多次了，说是房间里有猫。她完全不信，眼见为实，她从没有见过，再则，她的招待所可是文明卫生招待所，哪有野猫野狗之类的兽类现行？

老板娘是见过世面的人，确实是闻出一些什么气息。她看了看那只脏兮兮的野猫，擦过方靖北身边，走进他的房间。不一会儿，她就从床边的台上角落里，拿起了什么东西，往鼻子边闻了闻，就要扔到窗外的垃圾桶里。

"别扔，别扔，"方靖北拦了野猫叫，"那是我今天的菜呢。"

老板娘到底是见过世面的人，不想在别的旅客面前揭穿方靖北从酒店打包剩菜的底儿，说："方老板，钱财别露白，露白易招野猫野狗来。"

方靖北脸上有红晕飘起，别的旅客却听不懂老板娘云里雾里的话，因为不关他们的事，也就呵呵一乐散开了。

嗬，您乐了，还是愁了？您哭了，还是笑了？您看这人既视金钱为粪土，又能如此节俭吃苦？您觉得这样的人，才是您的真正对手？哦，我的妈，我的亲妈啊！您，您觉得这人可杀，可剐？

这一回，仍是没有杀人。我，退回您多余的。做多少活，拿多少钱，这是天经地义的，余下的，我一分钱也不稀罕。

二十二

方靖北告诉了上海公司，自己得留在这里，为商铺案重审做准备。公司说，公司没事，只是老家的房子漏雨。方靖北急了，说是争取抽空直接去一趟。

方靖北走进了一家律师事务所，见一个大律师，是一个朋友介绍的。秘书挡住，问有没有预约，说是没有，秘书说没有预约不能见，方靖北让朋友给律师打电话，秘书终于说，白天没空接待，得晚上喝茶见，不过，得收费，一小时两千元人民币。

秘书看一眼穿着皱巴巴衬衫满脸是汗的客人，不到半秒，就把眼光投向落地窗外的车水马龙上，一辆豪华的宾利加长轿车正徐徐停在事务所的门口，秘书条件反射地冲向大门，全然忘记了眼前的方靖北。

晚上的见面还是朋友帮忙约定了。方靖北在招待所里，用老板娘的微波炉加热了昨晚从酒店打包回来的剩菜，喝了几口客人喝残的酒，就匆匆赶到最豪华的咖啡厅，一看表，早到半小时。

方靖北让沏上一杯菊花茶，喝一口，从包里摸出一本上海出的杂志看。

一个富翁似的人拉着一位妙龄女郎，踢进门来，旁若无人地激吻，女郎发现包厢里的方靖北，富翁从身上摸出几张百元钞票砸向他，低低地呵斥声：拿了，闭上，眼睛闭上！

良久，富翁的嘴唇都发酸了，低头一看，那些纸币躺在沙发上纹丝不动。富翁稍稍将目光抬高一些，看到一本杂志，叫《收获》，富翁立即慌了手脚，连忙让女郎捡了地上沙发上的纸币走人，且边走边说："想不到，在这里碰到又酸又穷的文人，晦气。"

那对男女走了。他继续看《收获》，有人说，这本杂志能治烦躁。他想，烦躁的人看不了《收获》。包厢又恢复到原来的安静，这个时候，他听到了一个声音，对，是水滴的声音。

他看周围的墙壁，那是眼下最为流行的软面装饰，可浮现在眼帘的却是老家的板壁，那些板壁是清代建造祖屋的时候就遗留下来的。方靖北揉揉眼睛，抬起头来探寻水滴的声音，他的潜意识里却是祖屋的盖了瓦片的屋顶，而不是眼下高级的天花板和水晶灯。据说，这灯上的一只亮闪闪的水晶片，就能让农家吃上一年的饭。

天花板的一角，有一个空调孔，那里发出沙沙的声音，那是冷气发出的，不是水滴。方靖北马上连想起台风天雨从吹开的瓦片缝中滴下的声音：滴，答，滴，答。眼下，正是台风天哪，不知老家的旧屋漏得怎么样了，得老父亲半夜起来到处挪瓶缸盆罐接漏吗？恰好在这个时候，一滴水跌在他仰起的下巴上，方靖北才看清，那水滴是从空调孔那里跌下的，可能是冷凝水。

乒！乒！两下，干脆淋漓的，身后的门就开了。方靖北转过身去，带着满腔爱意看了一眼，却被一个随意极了的女人横眉冷对。

正在他要将她当作与刚才一样与富人打闹的女人时，她却抢先说了话："你，方靖北吧？你要打官司？你要找我？你付得起律师费让我玩玩？"

他仿佛看见一个泼辣的村姑，一边指着人倒珠子说话，一边噗噗地吐着口中的瓜子壳。可眼前这位美女，却是朋友好不容易介绍的区委书记秘书的夫人，一个大律师，外号"包打赢"。

方靖北不停地点头，点茶品，要最高档的。终于，茶品上来，宾主坐定。

什么都没有说。她居然抢在他们说话面前，扯扯大Y型薄外衣里的胸罩和吊带，想变换它们的位置。更让人跌眼镜的是，她从茶几上的纸盒扯了一张两张纸巾，也不管有没有人听她说话，自顾自起来，踢开洗手间的门，也不想起这里有异性该把内门关紧反锁。

再一次门响。方靖北抬头看，那女人立在高跟鞋上，居高临下地扔给他，说："签了，签了，包打赢，只收律师费八十万。"

方靖北去拿合同看，那女人扯住合同另一边不放，指着合同一个角："签这里，签这里。"

"八十万？"方靖北扯不动，只得说，"我得回家商量一下。"

"哈哈哈！"一直没有笑脸的她放声笑起来，"八十万，还回家商量，去商量吧！"话声未落，她扬长而去。

方靖北苦笑了一下，想，真是个好人啊，茶泡上未喝一口，只撒了泡尿，半小时，算起来也得一千元的律师咨询费，也不要了？

过后，方靖北很快将这段记忆忘却，当作一泡尿撒了。只是，他一个人走出那个豪华咖啡厅时，接到朋友的一个电话。方靖北顿时停住脚步，以至于一边走过的人都驻足看他。他越听越感动，都忘了避让大家了。

朋友在电话里说，老黄，黄武木让骗子骗了七万元。

呵呵，方靖北马上想起长得如弥勒佛心地善良的他，早年任过两个地区的领导，退休后开了一个律所。

朋友说，老黄的被骗，虽然是骗子所骗，可与方靖北有关。因为方是黄的铁杆好友。

方靖北听得一头雾水，马上问朋友这到底是怎么回事。

你来市里好几天了吧？朋友问。

方靖北说，是的，可我不会让骗子去骗老黄吧？

朋友说，老黄这人耳背你是知道的。骗子那天中午以你的名义打电话给老黄，说是从上海到这里了，改天一起聚聚。

老黄嗯嗯着。

当天晚上，八点左右吧。老黄的电话又响了，冒充你的人在电话里嗯嗯着，说不出话来。老黄对着电话说，你说，你说，你不说，我怎么知道你有什么事。你，你一定遇到难事了？还说不出口？老黄后来拍拍胸脯说，你说，在这个城市，没有我老黄帮不了的忙！

他当时真是那么说的！方靖北打断朋友的电话，斩钉截铁地说，肯定就是这样说的！

你怎么知道？朋友停止了述说，转而问，你在本市，可你方靖北在现场吗？

方靖北哈哈笑起来，说，我怎么在现场？可不这样说的话，他，就不是老黄。

对方停止了说话，一秒，两秒，三秒。

方靖北喂喂叫。电话里终于传来回音，像是从死亡那端回来一般：呵呵呵，你也知道接下去发生了什么？

不知道，方靖北喊，你别吊我胃口了，快说吧。

朋友说，那人冒充你说是一个人在这里闲着没事干去嫖娼，结果被逮公安要治安拘留，现在就要保证金七万元，我手头没钱，更不能打电话告诉上海家里，否则我会颜面尽失，洋相出到太平洋去了。

老黄说，好，你给一个账号，我马上给你打钱。

朋友说，这老黄手头哪有钱，只有一万元，他马上回家让妻子拿来家里的银行储蓄卡取了六万，凑足了七万元，马上给这个账号打了钱。

可想而知，这钱打了水漂。朋友说，我在想，一生谨小慎微的他，仍然是让朋友情谊冲昏了头脑。朋友叹息道，别人是英雄难过美人关，他可是英雄难过朋友关啊。

方靖北挂了电话，马上拨通了上海公司本部，让财务连夜通过网上银行，给黄武木的账号转过去七万元，费用项目注明：律师咨询费。

刚给上海总部打完电话，一辆车急刹停在前边。沈乾大探出车窗来，先拍拍手吸引方靖北的注意力，像是突出救苦救难的菩萨身份一般，然后说："方老板，这么热的天，打算体察民情，卧薪尝胆哪？上车上车，带你一起消夜去。"

盛情难却，方靖北拉动一边车门，一股浓香扑鼻而来，原来坐着那天手指头被鲤鱼咬出血的女人。

"今天发财了？想起请我消夜？"

"哪里，方哥到这里已经好多天，"沈乾大一边打开女人伸过来的手，一边说，"我无论如何也得请你一顿啊。"

女人说："是啊是啊，沈哥找你好多天了。"

车子停在一处河边。河两边竟然摆了夜宵摊，两边吃客的喧嚣声，跌入河岸，与河中淌着的亮闪闪的灯光一起流向夜的深处。

有人悄悄说，昨晚，有个女人自杀，就从这里跳下去的。两岸的人，包括她的男朋友，都没有人去救，只是打了110，仿佛这里的生命，与他们无关。警察到了，也奇了，河里没有人，水流缓缓的，直到今天也没有捞上来。到哪去了，果真人间蒸发？

沈乾大的女人哟哟叫起来，说是要换一个地方吃夜宵，这里的人太没有人性。沈乾大笑起来，指着女人说："你好好的电视台主持人不当，要来跟我，是你电视台整个没有人性？"女人当即嘤嘤哭起来："你这个好没良心的人，捧红了你，又跟了你。"

方靖北以往知道沈乾大杰出青年企业家等的名气是媒体炒作的，想不到炒他的媒体人竟然在眼前。沈乾大低声呵斥："别哭，真扫兴，宝贝，忘了我们晚上请的方哥吗？"

女人立即不哭，转而露出笑来。沈乾大说："今天我请客，是想听听方哥的主意。"

女人接过话头去："沈哥的脑子是比一般人好使的，他是想，成立一个房地产购销公司，想做一个空手套白狼的项目。"沈乾大连忙纠正说："哪有你这样说话的，那叫花费最低的成本，争取最大的效率，在方哥面前你可千万别乱说，看我不撕烂你的嘴！"女人又瘪了瘪嘴低下头去。

方靖北听着，看着，自顾自喝酒吃菜。他知道他不回答，沈乾大也再不会就这个话题问他。他这是拿着赚钱的新项目炫耀，包括带着曾经是电视台主持人的女伴。

吃罢夜宵，自然是方靖北买的单，沈乾大连一句谢的话也不说，却掏钱给女伴买了一束小女孩声声叫卖的玫瑰，算是对刚才的不逊语言道歉吧。沈乾大与方靖北悄悄说："我这人，嘿嘿，人人有软肋，我独爱女人是我的软肋吧？"只是坐上车时，沈乾大的女人悄悄给方靖北说："好可怕，有一个人瞪着夜猫的眼睛，绿绿的光，死死地盯着你看，真的，是想杀你吧？"

"找死，"沈乾大骂道，"烂嘴不能闭闭？"

"不像你，"女人不怕，说，"像方哥这么善良的大好人，为何有人杀？"

二十三

施大男全身心扑在官司上，干别的事都懒懒的。市人大要组织市区人大代表调研活动，起先不肯去，后来听说是依法治国主题、调研中院等司法单位，就报名参加。

结果就遇见高院长。以往，从王正中嘴里知道有个靠山在中院，高院长也从别人那里知道她的名字。这一次，中院请喝酒，两人终于拉上手。

调研座谈会结束，夕照将会议室的落地玻璃窗涂上粉红。高院长脸上也挂上红晕，十分恳切地邀请大家在食堂吃一个便饭，说是法院带头执行党纪反对铺张浪费不上高级宾馆酒店把有限的经费全用在了办案上，只是委屈了人大代表。

施大男拍起了手，别的人大代表都没有拍。施大男就红了脸，这时候，她听见一声清脆的掌声响了，原来是高院长。高院长的掌声一来，别的同志都拍手了。高院长原来是怕施大男因拍手没人响应而孤单被冷落。

走出会议室时，施大男故意拖在后边，想不到，高院长候在会议室门口没走，一双热情的手就递了过来。施大男握住了，绵软地暖，直至心里。

看似简陋的走廊，三折四弯了，推开一重厚厚的门，再打开一扇玻璃门，人大代表们被眼前的景象镇住了：里边竟然是一个豪华包厢，其时尚和豪华程度，可与五星级宾馆媲美。人大代表被安排坐在一个巨大的圆桌旁，桌中心的转盘在缓缓转动，将一道道美味佳肴展示给在座的各位。按宾主坐定，施大男被安排在高院长一侧。

"菜是土菜，酒是土酒，请各位代表慢慢品味。"高院长举起了杯。杯中的酒是刚才从矿泉水瓶中斟的，可一入口中，满是醇香。盘中的菜一个个色香味俱全。人们疑惑不解，直到有人中途上洗手间，在转角看到通向厨房的过道里，堆满了茅台酒的空瓶，还看到那里有人持着茅台酒往矿泉水瓶中倒酒的情景，那些在厨房忙碌的大厨竟然来自五星级宾馆。据说那些菜全是无公害有机食品，采购上十分费工夫。

酒足饭饱，接下去被请到隔壁的娱乐厅唱歌，也是豪华的装修。所有设施配套齐全，只是没有陪唱小姐，但清一色的年轻女法官穿着法官制服十分乐意坐在男代表的身边。什么叫尊重？这就是。这让来自基层各行业代表人民的他们十分满意。

施大男请缨，与高院长合唱了一首，是著名的草原情歌《敖包相会》，有人悄悄赞扬说："想不到掌握生杀大权的高院长，还有普通人的情愫。"两人唱罢赢了满堂掌声后，不再唱。两人来到一帘之隔的茶室喝茶。歌厅传来的声音恰好成了他们谈话的背景。两人侧转头，还可同时欣赏厅里同志们精彩的活动。

"施大男同志，我早知道了你的名字。"高院长说。

"怎，么，可能呢？"施大男激动得话也说不囫囵，"我，一个草民，您是中院院长。"

"我，就喜欢来自基层的人大代表，我，是与你一样来自基层，是个农民的儿子。"

"呵呵，我的乖乖，你。"施大男说着赶紧掩住自己的嘴，她恨这么轻佻暧昧的话，以往只配在与王正中一样的情人们面前私密地说的，竟然在自己的嘴里，像是脱缰的野马般奔出。

"不要紧，施大男同志，有话就说。"高院长说。

施大男心里只有感动，一个地位低下的女人对处于高位的男人如此的庇护和如此宽阔的胸怀而感动。

"高院长，谢谢，也感谢刚才您在会议室的拍手，为我拍手，"施大男说到这里，站起来，鞠躬，鸟语莺啭般说，"小女子，在这里谢谢。"

高院长忽地站起来，他像是被打了一鞭子，打的不是脸上，而是心上，他的心马上火辣辣起来。眼前的这位女子，在刚才的会议上侃侃而谈，用的是中性语音，此刻，突然转换出糯性十足任多会装的男人也会骨头变酥的语音来，妖精，还是天使？

高院长伸手过去，紧紧地握住施大男的手，本来要说一大堆一个正常男人要对心仪女人说的话，到口时，却说："施大男同志，人民代表大会制度，是我们国家的根本政治制度，我们太需要像你这样理解并支持法院工作的人大领导，谢谢，太谢谢了。"

施大男脸上没笑，心里却在笑，她明显感觉到高院长掌心出汗。她在放手之前，感觉对方的手指轻轻挠了她一下，尽管是蜻蜓点水般的，可她感觉了这里不一般的分量。

施大男说："高院长抬举我了，我只是一介草民，哪里是法院的领导？您才是领导。不过，小女子有一个小小的要求。"

"你说，你有什么要求？"

"为官不为民做主，不如回家卖红薯。"施大男说罢眼中马上盈满泪水，用轻轻的只有对面男人才能听得到的嘤嘤声哭起来。

"谁，谁胆敢欺负到我们人大领导身上了？"

"是您，是您的法院。"

"哦，我，我们法院如果伤害了您，"高院长又坐不住了，站起来，鞠了一躬，说，"请你多谅解。"

"谁要您道歉啦？"施大男竟然破涕为笑，说，"你们，也是身不由己的，是，上头的风，风向转了，又不是您和您法院的责任。"

高院长勃然大怒，有几分是装出的，可施大男还是感激眼前这位男人。高院长说："风，难道不是社会主义之风？不是人民之风？人民利益受损，人民法院不会坐视不管的。"

接下来，高院长说话，施大男听。高院长说话时盯着施大男。

高院长侃侃而谈权治与法治，一本正经的样子。施大男分明看见他眼中的欲火焚烧，非把眼前的世界毁灭不可。

施大男简单地将步行街的商铺案说了。高院长一边听，眼中的火焰一边在慢慢地熄灭。以他的身份地位，当然不能透露党内法院内部对商铺案的考虑和秘密，尽管对面的女人在各方面都是十分优秀，他不能。所以，当外面有人拨动门帘，只是轻轻一下时，他眼中的火焰快速熄灭了。这令施大男不敢相信自己的眼睛，她想，他简直是控制欲望的高手。

施大男莫名地激动起来。其实，她是为了相逢一个对手而激动。

施大男要与眼前的男子一起燃烧，最后烧毁这个世界。她真的这样想。

二十四

周六八点。

高院长准时坐在自家餐厅用早餐。这是几十年的生活定例，就是双休日也不例外。他觉得有事干，有事等着他干，这才是生命存在的意义。

八点零七分。门铃响了。

这时候响门铃有些反常。他起来疾步走向门口，迅速打开门。门外立着一位慈祥的老妇人，两鬓的银丝透明了，夏日的阳光从她的身边泼过来。

"王婶！"

"小，小高！"

高院长回头对厨房叫："快，王婶来了。"

系着围裙的高夫人立即出现，是一个大美人，就算是现在人到中年，容颜也如姑娘一般。高夫人十分亲切地说："王婶，正中呢？他好吗？"

高院长抢先回答："王正中，好，昨天还见过呢。王婶，您好吗？肯定好，看您的面色，好呢，是吧。"

"让我看看，"王婶拉着高夫人，笑着，"还年轻漂亮着呢，差一点成了我的儿媳妇，还是跟着小高好，我没有看错。"

"高，高院长，高夫人。"王婶身后响起王正中的声音。

王婶转身骂道："怎么说话？像个孙子似的，喊高哥、嫂子，不会吗？"

"呵呵，高，高哥，嫂，嫂子。"王正中嗫嚅道，手上提了大包小包。

这时候，王婶已经坐在沙发上，一听完儿子叫完人，气不打一处来，提起刚放下的高院长托人送的红木拐杖，狠狠地撅在地板上，发出吓人的声音。

"你会说人话吗？"她指着儿子骂，"你睁开狗眼看看，这是你的高哥，你的嫂子，你忘了你读大学的时候，是你从学校认了这个哥，你让你的高哥住到家里来，跟你钻在一条被子里，你说你哥他从乡下老家带来的被子太薄，冷。你让你哥一直在家里搭伙，你说你哥家里带的这些钱，在学校的食堂根本吃不饱而哥正是长身体的时候。而那时候咱家也穷，你爸早死，就靠我糊纸盒做信封得来的钱啊。你那时候可对哥好，有好菜就往哥碗里搛。大学毕业后，你们哥儿俩恰好进了区法院，你还拉着哥住家里，两根光棍挤一张小床。直到你哥娶了你嫂子，你嫂子的嫁妆红缎被子还是我给缝的呢。呵呵，你现在倒好，忘了叫哥叫嫂了，你忘了他们都是亲人啊。还是有哪个伤天害理的人不让叫自家的哥嫂？你说出来，我老太婆今天跟他拼了！"

"妈，妈，您干甚？"

"王婶您慢说，快喝一口水。"高夫人递上水来。

"王婶，没忘，谁敢忘。"高院长说着，脸上明显有红晕生出来。他对夫人说，"你快去菜场，中午烧几个好菜，难得王婶来，我得好好尽一个儿子的孝道呢。"

高夫人有些迟疑，高院长又使眼色，才走。

高夫人一走，老太太的神色马上有了变化，要让儿子跪在高院长面前。高院长十分惊讶忙说这是为何，王婶说："让他说，这个不肖子孙。"

王正中蹲在一边，抱着头不说。

王婶对高院长略带歉意地笑了笑，说："在这里，他装孙子呢。在家里，成天唉声叹气的，他老爸当年死的时候也没有这样愁过。"

"怎么啦正中？你让你妈这么生气？"

"来，来，跪这里，向着你哥！向着我！"

王正中慢慢移过来，看一眼高院长也不曾，不顾窗外的阳光灿烂，和那些已经响起来的蝉鸣，就直愣愣地跪在他前边。

老太太手起杖落，那红木拐杖敲在王正中身上，一滴老泪也跌落地板上。

"妈，妈，"王正中凄然叫着，"高，高哥。"

"他，他说他做错了什么？他说他得罪了高，高哥，"老人有些泣声，"你说，党和国家培养你这么多年，你怎么做错事了呢？你说，你哥你自己的亲哥啊，哪人都可得罪，怎就得罪了哥呢？你还是人吗？"

"起来正中，起来，"高院长扶起地上的王正中，"王婶，你听他乱说，他是咱全省法院系统的模范呢，他做事认真谨慎，又怎么会得罪了我呢？没有的事，他，这是谦虚啊。"

"谦虚？不，不，"王婶说，"我老太婆虽然年老，可这，我还是懂了的。我听这不肖子孙说，你，小高，不让正中当院长了，是不？这不是犯了错误？说不定是严重的错误啊！他也肯定是得罪了你哪，你说，让我好好打他一顿，让你出出气。"

此刻高院长的脸色才严峻起来，可是老人在前，他只得装出喜色，笑了笑，说："王婶，我这位师弟，喜欢正话反说罢了，告诉您老人家，我是想让他提一级呢，当然，这不是我一个人说了算，这法院是组织的，如果有决定，也是组织上的决定。"

"你，小高，给他提了一个什么官啊？"

"王婶，做我的副手，中院的副院长，这，也不是我要提他，是组织。"

"我懂组织，"老人略一停顿，接着说，"这不组织上提升你了，你还不满足？这小子，就和他死去的爹一般，死脑筋不会转弯。"

"师弟有师弟的做人原则，"高院长乘机说，"王婶，您老待我如亲生儿子一般，我也一直在心里把您当作我的亲娘，我心里一直想着您的好，也一直想帮衬我的师弟，这不，一有了机会，我就，您懂组织了。"

"我，"王正中终于忍不住插嘴，"我不喜欢轻闲。"

高院长笑起来，像以往他看见对手溃不成军时的笑一样，他说："王正中同志真不愧是全省先进，一心想着为党的政法事业多做奉献，好啊。"

高院长又说："正中，这中院副院长，也不比你现在的区法院院长空闲啊，你，你要干什么啊？"

王正中无语，答不出来。高院长看了一眼，王正中似乎颤抖了一下。

老人也跟着笑起来："这不，活脱脱他老子的范儿，是个苦命，劳碌命啊。"老人说完要走，王正中挽着母亲的手说："嫂子都去菜市场了。""是啊，王婶，要请您吃饭呢。"高院长也热忱挽留。那些与老人一起带来的大包小包，当天下午就让司机送回，还加上了赠给老人的阿胶、人参、蜂蜜等补品，价值远超那些大包小包。

老人坚持要走，走出门时，还回头嘱咐高院长："小高啊，你是大哥，正中是你弟，你弟有时目光浅，见识短，你得时时敲打他啊。"

九点三十七分。回到车上，老人就骂："你这坏小子，小高这人好，他对你这么好，你还不满足？"

九点三十九分。王正中发动车子，回头看一眼老母亲，心中也有一些伤感，直斥自己心中的无耻。这时候，他仿佛又回到童真未泯的年代，他感到被阳光如水从头到尾荡涤了一下。

可是，这样的感觉不到三秒钟，他就感到膝上隐隐的疼，还有母亲敲在身上的疼，还有高院长那一脸鄙视的目光，都如火一样烧着他。他甚至想马上将母亲送回家里，然后返回这里，骂一顿高院长。不，干脆挖一挖他身上的烂疮疤，以他的估计，像这样官居中院的官员，他一定有廉政方面犯的事，就如阴沟盖，就看你揭与不揭。然后……

就在他想"然后"的时候，一个人横穿马路，王正中狠狠地踩下刹车。一个人倒在车前，相差三米。王正中十分懊恼，可他不能骂人。他想赶紧打方向离开，可他发现左后车门被打开，手脚不利索的母亲已经下车挪向车前，用颤巍巍的手，去扶地上那人。

王正中赶紧熄了火，刹上手刹，打开双闪灯。

那倒地的人是一位老女人，王正中觉得面熟，却记不起在哪见过。那人却不经母亲搀扶就站起来，满脸是红晕，连声说"对不起"。看见她脸上的红晕，母亲的脸也绯红起来，说："对不起老妹子，是我儿子开车不小心，惊扰了你。"

母亲让儿子马上送医院，老女人说不用，身上没伤。母亲竟然用手去摸她的头手腰足，一边摸，一边询问，听到的回答都是没事。

王正中想扶母亲走开，母亲让给老女人五百元钱，还让留一个名和电话号码。王正中返回车中，拿了一张印着国徽的名片递给她。一旁围观的有人看见了轻轻说："哦，是法院院长，所以，待人这么好！"

哗——旁边响起一片掌声。

这一下，轮到王正中脸红，他像是被人扒光了衣裳似的尴尬。

晚十点零七分。王正中的手机响。是高院长！妻子在另一边看到手机上来电显示十分惊讶地叫起来。高院长在电话里说："王正中，你小子，居然搬来老母亲做说客，我很生气，想撤销原来的计划，不让你来中院任职，直接原地免去职务当调研员，因为你的年龄到了。后来，我的亲姨帮你说了好话，我才继续原来的任职计划，让你再上中院来任副职。亲姨是谁？你开车回去，倒在你车前的。谢谢你母亲吧，是她让你做了好事。"

二十五

下午。

主审法官李鸿来找方靖北。李鸿看着方靖北住在一个招待所，惊诧的眼珠突突着，都要跳出来了。

不待方靖北开口，李鸿抢先说："方老板，没钱住旅店，跟小弟说一声，别的没本事，可这市里任何一家五星级宾馆，随你挑。"

"您，李法官，从小住的就是金銮殿？"

"哪里，我从小住在牛棚里，我是放牛娃出身，"李鸿说，"我这不是恶心你，而是我觉得平日里你请我们山珍海味的，我有些反胃了。"

方靖北把他引到自己住的单间。单间就是招待所二楼楼梯转角，里边住着方靖北，也有随时从开着的翻窗或空调孔钻入偷吃剩菜的猫。端着方靖北从竹壳热水瓶里倒出的白开水，只喝了一口，就马上起身关住房门，也关住楼梯口上上下下的脚步声。

"李法官，您，怎么来这里呢？"

"请教来了，连王院长都亲自来过了，"李鸿说，"也好向你学学啊，是啊，同是农村来的，亿万富翁住得，我，来不得？"

由于关了门屋内热，方靖北将单体空调打开，声音隆隆像是开火车。李法官正要说什么，手机响了。为了听到对方的说话声，李鸿将话筒音量调到最大，就像是电话的免提一样。

"李庭长吗，喂李庭长吗？"电话里有一个糯糯的女声接连不断像是竹筒倒豆子般，"我知道你是李鸿李法官，法官与庭长一样有权所以叫你李庭长，没错，我们不熟悉，可是环卫处的陈科长，他是我哥，哥就是哥呗，亲哥哥的哟，你懂的。陈科长给你家的下水道修通了，您帮他把我的案子赢了，两清。可我还有一个小意思，刚才碰到嫂子，在超市门口，我给了她一个购物卡，小意思，里边只有五千元……"

没待对方把话说完，李鸿赶紧将电话揿了停止键。李鸿抬起头来，问："方老板，您，听见了？"方靖北说："听到，没听到。"方靖北马上想起，他为了这个案子，目前已经打了六次官司，各个层级的法官，包括目前的这位，各给了三五千的好处费，不知花去多少了。

李鸿恍然大悟，说："我知道，方老板是明白人也是侠义心肠，经多识广，也不会拿这事到处乱说。"

方靖北按住李鸿乱转的头，说："知道我是什么人，您这尊贵的头颅，还转个不停，你要找什么？"

李鸿脱口而出："让我看看你的手机，让我看看你屋里的别的摆设，你的手机，我估计有录音功能，你屋里别的地方，有窃听装置吗？"

"您，自己看吧！"

李鸿从对方眼里看到了明显不屑，连忙解释："您，我知道我们之间的关系，您我是同一条船的，您不会出卖我，我是说，您屋里的这些装置，是用来防备别人的。一句俗话讲得好，害人之心不可有，防人之心不可无啊。"

到底是谁离间了这天下的人呢？让人与人的心相隔万里，方靖北无话可说。

"没有的，没有的，是不？"李鸿说着开了门想出屋去。方靖北说："李法官，您是干什么来的？"

李鸿退回房间，像是自言自语："法院有什么？手里没物资，没权力，有什么呢？只有判案了。没有判案，不如环卫处的一个小科长呢。我不求他，他不给我办，我家那臭阴沟不是还在冒臭水吗？"

"方老板您看看，这世道到底怎么了？法官堕落了吗？忘了我们任法官时面对国旗宣过誓吗？"李鸿法官说，"可，不是我一个法官在把通阴沟的和判案的联系在一起的，人人都有七情六欲，家家得有油盐酱醋茶，哪家不是凭自己的劳动换来的？法官的判案，不就是劳动吗？"

方靖北不置可否，问："您今天来，就是为了跟我说这些吗？"

李鸿又捧起方靖北给他的茶杯，喝了一口开水，说："我是为了商铺重审案来的。怎么说呢，算是我求您来了。别再重审了，您不是商人吗？商人不就是赚钱吗？我保证，对方愿意出比原价高出多得多的钱给您。方老板，我可是上有老下有小。再说，如果重审，我得受牵连。这不是宣布我判错案了吗？我的法官生涯，不，是政治生涯，谁愿意一件不是法官本人能做主的案子，成为自己人生的绊脚石呢？"

"能敲了您法官饭碗吗？"

"那倒不会。"

"审委会集体决定，上级指示，无论如何也查不到您的头上，不是么？"

李鸿点头，又摇头。

"您不是为了自己政治前途。"方靖北接着想说，"您是得到好处了吧，对方的？不过，这一次，我不会给您甜头的，一点点也不。"可是话到嘴边没有说出来。

李鸿摇摇头，走了。不过，临走之时，方靖北还是塞给李鸿一张购物卡。卡里钱不多，三千元吧。塞卡的时候，方靖北说："这么热的天，还得您亲自跑一趟，辛苦了。"李鸿往口袋里按了按，也连忙说："好说好说。"

方靖北眼前太多了这样的画面：判案前，法官对原告被告宴请送礼来之不拒，都在欢愉的场合表示一定会依法倾斜。官司赢者当然致谢。官司输了，法官仍然得谢。而法官欣然接受，喝酒唱歌收小礼，面无羞涩。脸红的原因，只有酒精和女人。

方靖北将李鸿送出招待所大门，返回自己的房间时，想不到，屋里坐了两个人。一个是黄滔，区法院的行政庭法官，也是商铺案中行政官司的主审法官。另一个是老范，执行庭庭长。

"方老板！"领头喊人的是黄滔法官。

方靖北先与老范、黄法官握手。老范笑起来："一本正经地握手，像是领导范。""是啊，"黄法官接着说，"有奶是娘，我们的空气到处充满了金钱的香味，权钱为大，方老板约等于领导了。"

方靖北拿起竹壳热水瓶给两位倒水，房间里只有两只杯子，刚才给李鸿的那杯开水还未倒，他拿起杯子准备去外边洗手间清洗一下。

黄滔笑笑说："听说房间里经常有野猫光临，这杯子说不定也让猫亲吻了吧。"老范说："方靖北别忙了，我和黄滔来这里，是想请你一起喝喝冰啤酒。"

方靖北想推辞，黄滔说："王正中王院长请得，我就请不得？"方靖北不再说，顺手塞给两人购物卡，黄滔一张是三千的，老范那张是五千的。两人接卡过去，说声谢谢也没有，也没有半点羞涩之意。

黄滔竟然早就找好了喝酒的地方，是在离招待所不远的夜排档。方靖北说："你是法官，我是当事人，你不怕人曝光你？"黄滔说："怕个鸟！不是当事人请法官，而是我黄滔法官自掏腰包请当事人，曝曝，曝个鸟去！"老范说："方老板跟你开玩笑呢。"

三瓶酒后，黄滔就坐不住，打开两瓶，要与方靖北对吹。老范要参加，黄滔不允。黄滔脸上全是酒色，说："我这人胆小，仗着几口酒垫底，我才有勇气，今天我代表我自己，可是，不能代表人民法院，向您赔罪和道歉，商铺案的行政官司，我当年判错了！我知道，当年判的时候我就认为是错了的。"

老范拍了拍手。

喧嚣的夜排档里，连飞过的鸟都听见了，都领会其中的伟大意义了，只有这些喝啤酒吃美食的人，当成一个屁放了。

汽车在来来往往地行驶着，汽车的尾气与夜排档油锅里的香气混在一起。黄滔喝光了那瓶赔罪的啤酒，身上大汗淋漓，干脆脱了上衣，露出健硕的胸大肌和体毛。风吹过，那些体毛呼呼飘舞起来，引起路过的女人目视。有个时髦女子走近来，想摸一摸那上面的体毛，手都伸过来了，却又收了回去。

"少喝些，少喝些。"老范劝说着。

黄滔呛了一口酒，不停地咳嗽："老范，你是说少拿少拿吧?"

"喝吧喝吧，"方靖北有些怆然，说，"这排档上，谁不在喝啊！喝多了谁还顾忌喝多呢！"

"听听，老范，方老板说得对，这天下，谁不在拿，拿多了谁还顾忌拿多拿少?"

"你听错了小黄。"老范纠正道。

"没听错，"有辆柴油机车正好路过，噗噗噗弹出一些臭屁似的乌烟来，黄滔立上凳子，仿佛鹤立鸡群般看着芸芸众生，说，"你们看看，这城市里，哪里不是乌烟瘴气，难道是我一个人的责任，我是市长，我是环保局长，我是庭长，我是院长，不，我只是小法官一个，我只有一个小屁股，空气如此污浊不堪，难道里边没有你放的屁味?"

"下来，下来。"老范拉黄滔下来，一伙人早已围拢着看酒疯子。黄滔下了凳子，扑在方靖北怀里，眼泪鼻涕的，却没有醉，悄悄说："方老板，我最佩服您的为人，您，天下独存之正人君子，也。"

也不经老范赶，路人也散开了。路人只对疯人感兴趣。

黄滔坐正了，擦去眼角的泪水，给自己的酒杯斟满酒，看着那些啤酒泡沫在那里舞翩跹。黄滔对方靖北和老范苦涩地笑了笑，说："我们都是受过高等教育的，都为中国司法和美好明天畅想过憧憬过，我们都以为自己是中国司法未来的奠基石，原来憧憬与现实距离太遥远，我们一个个成了蛀虫，有时候，我偷偷地痛苦，就是公开痛苦都难，但大部分时间，我们都在乐做那条虫。虫是什么虫? 可怜虫啊！方老板，方大哥，您说，我这样人格分裂的日子，过到什么时候是个头?"

"醉了，醉了，小黄。"老范掩饰说，可自己的眼中分明也有了泪水。

"醉了醉了，黄滔。"老范说。黄滔却不再理会老范，自顾与方靖北商量起这接下去的官司如何打的问题。黄滔说，这转了风向的官司也不会是一帆风顺的。黄滔提的几个因素，方靖北都认为很重要；黄滔介绍的几个人，他觉得很有必要借黄滔的情谊近日里就去拜访一下。

黄滔最后说："方哥，打官司，最重要的是要有信心。"

二十六

"我进去了，还是出来了？我成怪兽了吗？"方靖北这样问。

"你是斗士，永远是，方靖北同志，我们支持你。"举着酒杯说话的是些头发花白，将生命之火烧到最旺时期的老同志。

这些人是黄武木同志召集来的，要为方靖北的商铺案重审出谋划策。他们的身份分别是市人大常委会原常务副主任、市纪委原副书记、市委办公厅原主任、国家发展银行省分行行长、省国资委下属投资公司总裁。

地点选在城隍酒楼雅室，闹中取静，价位较高。黄武木开始不同意，认为太奢侈。方靖北说请的都是老同志老革命，以前光想着为人民服务，现在让他这个先富起来的人民偶尔请他们一次，不为过，而且，下不为例。再说，是为他的案子出主意，他可出不起这些高人的咨询费。黄武木才勉强同意。

酒过三巡，进入主题。黄武木自然做了主持，人大的老同志当仁不让，首先发了言（以前在职的时候在适当的场合，会被称为重要讲话）："不过七八年光景，我清楚记得，省人民政府公报1999年22期公布了《省人民政府办公厅关于印发1999年全省在建项目招商推介洽谈会招商引资若干政策规定的通知》，规定出台之前，省政府将此文本报省人大审核，几经上下，市人大也参与提意见，我记得很清楚，中心思想就是，举全省之力引进省外资金，推动全省经济又快又好发展。那次在上海举行的招商引资大会，我亲自参加，市政府主要领导在会议上做了重要讲话，我们当时急啊，我们领导的市，与你们华东沿海几个省和地区比起来，是大大落后了。落后怎么办？急起直追，依靠自己力量不够怎么办？招商引资啊。嗬，所以他们一个个拍胸脯保证：欢迎投资，政策优惠，而且绝对保障投资者的合法权益。嗬，这不是小孩子过家家，这不是村妇溪边洗衣闲话，哪有不作数？那诚信何在？那公正何在？如果失信于民，失信于投资的商家，哪还能称得上人民政府？"

他说到这里，竟然离开座椅立起侧身对着方靖北，举着酒杯，说："方靖北同志，我代表，代表……全市人民，向您表示歉意，让您受苦了！"

在座的各位脸上露出一样的歉意来，也理解人大老领导省略的那些话，都举起了酒杯。那带了歉意的酒，也往嘴里倒。

市纪委原副书记喝了酒就往洗手间去了。没人接着说话，有人示意市委办公厅原主任，他转而看洗手间的门。人大老领导说我们都不是在职的别介意了，他才说："这个步行街我最知道，是我们这个市的中心地带，历史上就是有名的商业街，人才荟萃啊，历朝历代都繁荣。我说一些名字你们保证得肃然起敬：包拯，包青天知道不？他小时在这街上和过尿泥……"

"尿泥能卖吗？"有人插嘴。有人就凑着笑。

"再说一个，三国时期吴国的周瑜，周瑜大将军，三军大都督，哦，他也不做生意，"原市委办公厅的继续说，"李鸿章，他总是做大买卖的吧？呵呵，卖国，成了贼。总之，这街不简单，到了新时代，总不能没有新的辉煌吧？告诉诸位，市政府从1993年就开始这条街的综合改造了，排除了千难万苦，1998年这里的商铺就建成了，可就是没有人买，谁能不急啊？花了钱，却收不回投资，影响了商业街重新开张，更是影响了城市形象。所以，打包，去上海招商引资。嗬，终于引来了像方先生这样的好商人。商业街繁荣了，价位也高了，果子熟了，当地人就眼红了，就这么回事，太不地道了。"

"什么不地道？"原纪委的从洗手间回来恰好听到这句，就竖起拇指说，"方先生可是地道商人，为人，经商，都是这个。行政官司审理的时候，有人对方先生这个第三方有异议，这个事情我们省纪委也参与调查了，方先生在投资这个项目时，没有与开发商事先串通，没有国家贷款，而是全资一次性付清购房款，没有证据证明方先生是一个不善意的第三方。我的发言，就是这些，有什么不当之处，请领导和同志们批评指正。"

听完原纪委的最后表白，大家想笑，但还是忍了回去，刚从一个环境出来，身上总难免带了一些痕迹，就如进了牛棚带回粪臭去了花房染了花香一样自然。大家拍手，给予响应。

方靖北也忍不住说："之前六场官司判决之前，不断有法官劝我，让我割出那两间商铺，钱，由我说。我说不，我不缺钱，我就争一口气！"

大家拍手。黄武木待掌声停了，说："方靖北同志，这口气，就是正气，正义之气，我们这个社会、这个国家，缺的就是这个气，得争，值得争，必须争！"

大家纷纷举杯喝酒，一片赞扬声。

国发银行省分行行长、国投公司总裁先后表示，今天是出于道义来此聚会，在官司上在政治上都提不出新的想法，还是听在座领导和专家的高招。

在座的全是领导，包括方靖北，领导兼专家只有一位：黄武木。黄武木对两位的提议也不反感，说："把大家请来，先听听大家说，这是我的本意，三个臭皮匠抵一个诸葛亮，我们今天的人数，都超过两个诸葛亮了。果然，大家的发言紧扣主题，且都言而有物，有目的，有方向，有步骤，好，好。商铺案重审主题是什么？大家说得对，是政治，不是法律，法律在这里只是充当了外衣。它的前世今生将来，商铺案都得围绕主题进行。离开这个主题，就驶离了大方向，就抓不到事物的根本。接下去的发言，是第二个层次了，如何巧妙地利用政治和法律的手段，解决商铺案重审问题。请同志们知无不言，言无不尽。也不分先后，不分原职现职，不论职务大小，嗬，请吧各位同志。"

"好，好，干杯！"大家举杯，喝酒。

国投公司总裁举手说："报告，我先说。我认为革命的成功首要问题就是选人的问题，我推荐黄武木同志，为革命搞了一辈子政治，退休后办起了律所，有了法律的专业水准，还有更重要一点，就是拥有良心，伸张正义。"

没有听到拍手，也没有人举杯，国投总裁拿起前边的杯子，将杯里的酒一饮而尽，然后，自顾自地拿起纸巾，拭去嘴角的酒液。

方靖北立起来，让大家一起举起酒杯，说："黄武木同志，我慎重聘请您，为我商铺案重审的代理律师。"

黄武木笑起，说："我这律所，可能是全中国最穷的律所，连借七万元给方靖北同志都觉得有些捉襟见肘。"

有人插嘴："说明贵所没有唯利是图，只在匡扶正义。"

有人知道这七万元的故事，乘机说了出来。大家就说："黄武木同志别再推诿，以你们的友谊，非你莫属。"

看见黄武木点头，大家就又举杯祝贺。

"我能给市委书记送材料，只要材料合适。"

"我给领导材料也送得了的。"

"省检察院我有朋友。"

"市中院我能递材料。"

"得有媒体支持，这个，我有办法。"

黄武木再次笑起，他立起来要感谢大家。方靖北连忙说："是我要感谢大家，感谢大家。"

黄武木笑着说："找一个好律师固然重要，可这还不够，因为这不仅仅是法律之战，更是政治斗争。中国的政治，永远在法律之前。不到最后一刻，都不能说是胜利。是不是，同志们？"

"是，是的！领导总结得真好。"大家异口同声回答，最后一杯酒又喝了下去。人将散去之际，方靖北照例赠给各位购物卡。每人五千元。大家都不想要，黄武木说："拿吧，不拿，主人以为我们这些人不动真格。"

方靖北要把大家送出酒店。黄武木说："别送，你不是要把剩菜打包吗？"众人于是噗笑一声结伴走了。

老同志们在黄武木的带领下，集体赶往近处一家超市，委托超市购买一批儿童服装，送往灾区，署名是上海商人方靖北。用的钱就是这些购物卡，总额为三万元。是记者的采访，才让方靖北知道此事。方靖北十分感慨，终有一批人在坚持真理，包括老范等一批法官、检察官，包括自己，可是，独木难支，目前的力量还薄弱一些。

这自然是后来的事。

二十七

方靖北抽空去了一趟老家。有人说，有一个漂亮的女大学生来过这里，拍照，走访。方靖北只好说，这人是大学生，研究这里的建筑。可旁边的人说，她不仅仅是对这里的建筑感兴趣呢，莫非是你的二奶？这可不能告诉嫂子了，嘿嘿。

方靖北此刻立在老屋闾门前。这个地域的人叫院子为道地，道地大门叫闾门，巷道叫墙弄。这个村庄因为大多的人姓方，所以叫方庄。位于浙东的山海县，西边背靠巍峨的天台山，东边就是碧波连天的东海。明代古村，曾经十分辉煌，现在却败落了。在进入闾门前，他扫视了一眼大墙弄，那上面铺着的卵石路面，已经千疮百孔，路边的沟渠流着污水，一群群苍蝇在那里飞舞。

那些逝去的童年的梦啊，就如这些石子路吗？

村庄中心的人都住到村庄周围去了，那些曾经给人温饱的稻田，被一些不中不西的建筑占领了，留下这些曾经装满欢声笑语的旧房空荡荡着。

朝西的闾门与方庄闾门没有二致，一踏入闾门，就看出了不一样：那是一条由青石板铺就的甬道，宽三米，长三十米，而不是寻常的道地人家。那些洁净的青石板和甬道一边沟中长流的清水，眼下却污浊不堪，让人难以踏足。

将到甬道的尽处，朝南有一座小闾门，里边是一座小道地。甬道的底角转了一个直角的弯，那里是一座南北向的大闾门。

走到闾门下，方靖北习惯性地抬头看了一下。一旁的人说，那个女大学生，举着照相机在这里猛拍了一阵子。她当时惊呆了，一个乡间村庄的门楼，居然有如此浩繁的结构并富有特色。方靖北从小至今，不知看了多少遍，那些斗拱结构，横直交错，有哪些内涵？那些弧形的横梁，足足有一抱粗，它们抬举的是什么？门楼四角的翘檐，如剑一般指向四方，与天上的风云和日月星辰相安无事。它们已经几百年了，方靖北想，如果稍加维修，它们还会稳固如初。关键是，门楼下穿越的人，还需要不需要它。

进入大闾门，是一条小道地，小道地的右边，是一座内闾门，跨过这道门，才是真正的大道地。

道地全是青石板铺成，眼下，由于住户减少，石板与石板之间的缝隙之间长出了及人腰的野草。难以想象，这里曾经住过十多户人家。更早的住户，只是一家，那就是他们共同的祖先。以后的住户，就是这位祖宗的后人。

向东的堂前，与两边的东大房西大房，是道地的主屋，此刻，正沐浴在早晨的阳光下。随着阳光的脚步，方靖北走向堂前口，在那块沉重的牌匾下停下脚步，牌匾上两个描金大字褪色了，但仍能辨出上面的字迹：文魁。

好一个文魁！打他记事起，这块牌匾就悬在这里。读小学的时候，他不识得"魁"字，将它们读成"文鬼"，读中学始觉得二字有分量。考上大学时，村里识字长辈称他是村里的"文魁"。在大学中文系，他才知道起码有三解：1. 文星和魁星。2. 文章魁首。3. 文魁。乡试中者，新科举人第一名称解元，第二名称亚元，第三、四、五名称经魁，第六名称亚魁，其余称文魁，均由国家颁给二十两牌坊银和顶戴衣帽匾额。匾额悬挂住宅大门之上，门前可以竖立牌坊。读中学时还看到过"诗礼簪缨"之类的牌匾，后来不见了。只留下这块"文魁"。

"诗，礼，簪，缨"，他心中默默读着这几个字，已经将目光放在两侧的板壁上，那里隐隐还有"捷报"的字样，那是纸张贴在板壁上留下的。那都是祖先考取朝廷功名后官府直接派人送来的。

堂前的正中，眼下空空如也。听父亲说起，以前，这里供着祖先的画像，听说还供孔圣人的像。这空，包含了很多实，这世上的人都不要了，却在方靖北心里装着。

看罢，方靖北回头时，发现父亲已经立在北边的沿界上，堂前左边的三间楼房是他们家的，其余的房子属于叔伯兄弟。"阿爸，我回来了。"他说。父亲点了点头。父子之间似乎不习惯交谈，一个眼神，一个肢体动作，就把要说的话说完了似的。可他与母亲有说不完的话。那些先辈人留下的神话墙弄道地间的笑话，是母亲的嘴里让他从小就知道的。

"屋漏了？"

"漏了。"

"我上屋顶去看看。"

"让人捉漏了。"

"一定是姆妈要让我回家一次吧？"

"嗯。"

"姆妈姆妈我回家了。"方靖北推门就喊。母亲正在厨间灶上忙碌，原来在裹汤包，薄薄的皮，茭白猪肉虾仁的馅子，包成耳朵似的，蒸着煮着都好吃，这是方庄元宵时才吃的美食。母亲有病，听说靖北要回家，却亲自下厨。

母亲耳聋厉害，大声叫着听不到，直到立在面前，母亲又说："怎么不叫？鬼一样出现，吓死我了！"父亲就立在一边嘿嘿笑着："靖北早叫了，谁叫你老太婆耳聋。"母亲立即不高兴："你个瘟老头儿，嫌我耳聋，嫌我老，你要娶新内客吧？"

方靖北的几个兄弟都把新房子造在村庄周围，让父母搬过去住，他们坚决不去。他们的理由有两条：一是人去屋空容易倒；二是得守着祖宗，祖宗在老屋。

说话间汤包已经包好，放上蒸杠，盖上锅盖。母亲就坐在灶前凳上烧火。灶是柴灶，还是用风箱鼓风，方靖北早想给换一个电动鼓风，母亲不让，说坐在灶前凳手闲着没着落。方靖北坐在母亲的身旁，母亲添柴，他拉风箱。

"靖北，屋没漏，就算是屋漏，村里不是有你几个兄弟，你一个大忙人，哪会叫你回家来？"母亲狡黠地笑了笑，指了指他的头，"是你这里漏水了，喊你回家补一补。"

父亲立在那里，不断地打手势，让她少说几句。

"去，去，少给我演哑戏，"母亲对父亲说，"上车站超市买一瓶米醋来，儿子吃汤包要蘸醋。"

父亲真的走了。听话的父亲，听母亲的话一辈子了，从不发表自己的意见。母亲一直是这个家的顶梁柱，可父亲佝偻的背影让他伤感不少。

母亲说："你如何赚钱，如何碰到困难解决困难，我都不管，我要管的是，你不能给我和你爸丢脸，不能给祖宗丢脸。"

方靖北说："我真的是脑壳漏水了？"

"漏了漏了，有一个大洞，"母亲说，"别瞒着掩着了，我耳聋，不是瞎子。"

"您看到什么了姆妈？"

"年轻，漂亮，温柔，贤惠，善良，有爱……"

"这，这些新词？"方靖北说，"您怎么学的？"

"别打岔，"母亲说，"我看到一个姑娘，大学生。"

"哦，"方靖北恍然大悟似的，"您，您要为您的孙子找一个孙媳妇？"

"叫安安的姑娘。"母亲一边说着，一边拿眼睛盯着儿子。"您想哪去了，这么远的地方？"方靖北说。

"在这里，就你坐的地方，帮我牵着风箱，问东问西，连你小时候喜欢吃什么都问，"母亲说，"我就觉得你有问题，看，你这次回家，不带着自己的内客一起回，这事，是真的了？"

"我，直接回的家，没经上海，家里屋漏，不是急吗？"

"你真的做丢脸的事了？"母亲的脸阴了下来，"靖北，你是读书人，知道'糟糠之妻不可抛'吧？"

方靖北摇了摇头，从几年前街上救助安安与她爷爷的事说起，一直说到最近发生的事，最后说："她，现在，一边读书，一边做我的职员，一天到晚只想报恩。"

"我看这孩子很想嫁给你，真的。"母亲说。

"那，我辞了她？"方靖北说。

母亲摇头，又摇头："让她读不起书，让她没了前途？我，不舍得，这孩子鸡蛋壳刚剥出嫩漂漂人见人爱，我也爱，应该有个好明天，让她瞎眼爷爷跟着饿死？我更罪过。"

汤包熟了。父亲的醋也到了。不到开饭时间，母亲说让靖北先吃，他忙，还要去招待安安姑娘，别让好姑娘来这里受苦，听说还是专门为写儿子的什么文章来的。

父母陪着吃。父亲问母亲："老太婆，给他捉漏了？"

"没漏，我儿子脑壳全方庄最牢了，会漏？笑话。"

方靖北临走，父亲叫住他，想说，看了看母亲，母亲使劲点头，父亲才说："记住，你身上负有家族兴旺的责任，你完成不了，你得往下交给你的儿子我的孙子。"

方靖北点头，他记不清这是为此事点的第几次头了。

二十八

安安果然在这里，住在方庄车站附近的一个简陋的旅馆里。

"我放暑假，到这里做社会调查，上次见面时我就说过的，"安安一见面就拉方靖北的手不放，说，"怎么，惊动到您了？放心，我到这里几天了，一切都好，乖乖着呢，嘻嘻嘿嘿。"

"别在这里拉扯，"方靖北看到别人的目光都往这里投来就有些紧张，小声说："走，我带你走走看看，我妈让我好好招待贵客呢。"

坐上出租车，安安说："有人要杀你，跟着你呢。"

"见鬼吧，这大白天的，你见着了？"

"没见人，可我看见他眼光了，"安安说，"只有杀人的，才有那眼光，不信？就是杀猪的杀狗的，都有。"

出租车经过县城，一路花团锦簇，两旁高楼林立，街道宽阔整洁，安安把手伸向窗外，叫起来："啊，真美，不比我们省城差哪里去啊。"车子很快朝东驶过一个隧道，仿佛到了另一个世界，这里山峦起伏，阡陌交错，不一会儿，车子停在一处港边。

闻着渔港特有的腥味，看着栈桥深深伸向水中，由于台风即将到来，天特别蓝，白色的云像是骏马一般飞翔，安安的头发被风吹着像旗帜般飘向一边，她惊叫着跑过去："大海，大海！"

看着网箱里的鱼活蹦乱跳地成了美食，安安又喊："海啊，我终于……"方靖北指着餐厅外的海沟说："这只是海港的尾巴。"安安盯了一眼方靖北，说："知道先生不喜欢我来这里。"说完像是做错事的小学生一样，低下头去，眼眶如洪水冲坝般马上噙满了泪水，长长的眼睫毛忽闪忽闪着，仿佛随时要将那晶晶亮的液体飞溅。

"我怎么会批评一个大学生呢？"方靖北竟然找不到别的话说。

安安低着头，嘴唇在翕动，方靖北静静听，才听到她在说话："先生，就是我的海洋。我是海滩上一只幸福的小贝壳。"

午饭只是安安在吃，方靖北已经吃过母亲做的汤包。不一会儿，出租车载着驶向一个山口。他们要去盖苍山登摩天柱峰。安安问："那里有大海吗？"方靖北说："今天，能从那里眺望大海。"车子进不了多少路，却看见旁边有一路牌告示：前方修路，禁止通行。方靖北不信，从车上下来走到告示前看了半天，安安也跟到前边，火辣辣的太阳当空照着，不一会儿就流出汗来。安安说："上车吧，先生。"方靖北迟迟不肯移步，最后不无遗憾地说："安安，这个山，一定得登一下，下一次吧，我一定让你登上山去。"方靖北没有将家族秘密说给她听，只是让出租车往另外的方向开。

远远地有几座小山卧在那里，翠绿的玲珑剔透的像是娇小的江南女子，可爱极了。车子就在山脚停住，当地人叫伍山石宕。安安以为要去爬山观风景，说不定这里可以看到大海。可天这么热，走不了几步，汗就流了出来。

这十几二十步石头铺的甬道走完后，葱翠的山体忽然露了一个洞口。走进洞去，凉风习习，不一会儿把人身上的汗丝也全收了。看着偌大如屋如楼般的空宕及穿连如珠的石宕，安安心中引起的震撼是如此强烈。如果不是进得洞来，在远远的外面眺望，是无论如何想不出内里的刀壁斧凿石破天惊的强悍，啊，恰好是对方先生的形容：柔中有刚。

"呵呵，谁把你的胸洞开？成就如此的宽大胸襟？"

"您的心，给了谁？给了谁？"

安安没经推敲，就对着山洞喊起来。

"这么多的岁月，您就如此空旷着寂寞着，谁来用温情填补？我，我来填补您！"

"大学生，又作诗了？"方靖北似乎也受到感染，"你没有听说过，空并不无，无，不一定是空吗？"

爬上山顶的时候，极目远方，海水碧波荡漾，近处白盐皑皑。安安不敢喊海。方靖北说："安安进步了。"安安嘟起嘴唇说："这就进步，那不成哑巴了？"安安看到那些海水晒成的盐十分感慨，说，"先生说的空，并不是无，就是这个了。海水看似无，一经阳光晒，就结晶出来了。"

从山上下来，只是四十分钟，车子就来到一个叫前童的古村落。方靖北说："六百年前，这个村庄没有开化，后来来了一个姓方的先生教书育人就开化了。"安安点点头说："我这一生，遇见先生之前，都是愚蠢地度过。"方靖北说："都说女儿是父母的贴心小棉袄，你父母如果活着多好。"安安停顿了一下，说："先生，我贴您的心了吗？"想了想，又说，"这前童开化前，就是我那天遇见先生之前，那个梳着小辫子，鼻孔下面总有擦不完的鼻涕，脸孔上总有两片红晕的小女娃吧？"

安安看到家家户户流经的泉水十分惊讶，方靖北说："这是按八卦原理沟通的渠水。"安安感慨："这就是先生啊，智慧人生，神通八极。"

夕阳西下，出租车返回县城，再经过方庄，却不在方庄歇下，一直往北，在一片梅林中折进一条柏油路，曲里拐弯，穿进狭长的峡谷，是一处温泉山庄。

他们住在一幢小别墅里。吃罢晚饭，台风就来了。方靖北让安安住到楼上的房间去，自己则在一楼的房间里，卧在沙发上，开始翻安安的调查笔记。真详尽，连小时候他尿床都被她记录在上面，安安说以后写好后会一篇篇发给他看。后来他读带来的一本《收获》杂志，打盹儿，想早些休息。

七八点，窗玻璃沙沙地响，某一个没有关闭的窗啪啪地有节奏地敲。

敲门声。

"进来吧。"别墅大门早闭，方靖北从不关内室的门，在家里也一样。门开了一条缝，安安的头钻进来："先生，您也不问问是谁，就让人进门来？"

"能有谁？除了你，还有山神。"

"我要泡温泉，先生。"

"你房间没有浴室吗？"

"有，先生，那是沐浴，我要泡温泉。"

方靖北将《收获》盖住自己的脸："泡吧。"

风声，呜呜，像是发情的母狼嗥叫。

雨声，石子一般敲击着窗玻璃。

其实，还有别的声音。脱衣声，衣物离开头颅，离开臀部，都有不同的声音。胸罩背后纽扣解脱声。弯下腰的声音。浴池一边小龙头打开的声音。温泉水冲击池底的声音。

光脚板踩在地毯上的声音。快速跑路光身子刮出的风。

"怎不穿上衣服走路？"方靖北问。

"呀，我忘了！在家，从小都这样，爷爷是个瞎子。"

衣橱的开门声。抽屉的开合声。"快了，快了，"安安又说，"你怎么看见的？哦，你那《收获》杂志。"

"杂志？"

安安说："好，我入了浴池了，先生，不必遮着掩着了。"

方靖北将杂志拿开，却又盖上。由于用力，杂志竟然掉到沙发下，他拿手去摸索，好久，才将杂志摸到，杂志重又遮在脸上。

安安的笑声。水声。安安的手露出水面的声音。安安的大腿伸向空中的声音。那些受到惊扰的水珠溅到地板上的声音。安安整个人潜入水底又突破水面的声音。

安安突然跳出浴池的声音。光脚板在地板上跑的声音。安安扑上沙发钻进方靖北怀里的声音。

"有鬼，有鬼，方先生，大眼珠，绿光，"安安在怀里说，"我怕，好怕。"方靖北终于睁开眼来："哪有鬼？"

"那里，那里。"安安指着窗户。

方靖北看到窗户上那些淋成水幕似的暴雨，摇摇头，说："心中有鬼鬼则来，心中无鬼鬼不生。"

之后，惊恐万状的安安穿上衣裳，回到楼上房间歇息，一晚无话。

台风早在下半夜登陆邻县海滩。次日早晨起来，竟然是个艳阳天。安安拉着方靖北来到浴池的窗外，那里真的有三三两两的足印，虽经风雨，却依然清楚地显现在那里，只是脚掌踩成的泥窝里盛满了雨水。安安说："眼珠大大的放着绿光，先生，这地方真有鬼。"

"有鬼？"方靖北说，"昨晚你睡楼上，鬼没来找你？"

"前半夜，我没睡，后半夜，睡着了。"

"后半夜，鬼没了？"

"我，我发现，这鬼，不找我，"安安瑟瑟着说，"是找先生您的。"

看到他眼里的疑问，安安又说："我洗手间的反窗开着，我关不上，我上楼后发现被关上了，这只有男人，才关得上。"

安安又说："先生，得当心。可只要我安安在，我会保护先生，先生会平安无事的。"

方靖北笑笑，看安安，果然有乌眼圈，但不多。

晚饭前，方靖北在上海的爱妻吴芝娟赶到。

二十九

死亡在悄悄降临，不以人的意志为转移。

您以为我这样的粗人，身上都是血腥，嘴里说不出这样带着人生哲理的话来？错了，我已经会说了。您看，这样的文绉绉的话，刚才我没有打过腹稿吧？自然，这里的进步，得归功于您啊。您看，我把原来对你的称呼，改成了您，您啊。近墨者黑，近朱者赤呢。您在我看来，不是人间凡妇，而是天上神仙，您的优雅，您的高贵……

嘘！您不喜欢我恭维您？嘿，世上不喜欢好话的人差不多绝种了。

这话您不感冒？呵呵，还是绝种了。我声音太轻？您听不到？听不到就是不想让您听到的话。

您说我变得油嘴滑舌了？哪里不变啊？我一天到晚盯着他，总是想找人说话，可是，职业不允许呢。您懂我此刻爱说话了？话的种子发芽了，总要灿烂一下。

方靖北老家老屋漏雨了！这是好消息吧？不是？现在正是台风天，江浙一带屋要漏雨那可就叫惨了啊。不，我在纳闷呢，您出高价让我整日里监视着仇人的一举一动，并保持手起刀落的架势，等着那一声命令的到来，就结果了对方——哦，正义之剑时刻高悬，持剑的人没人说自己不是正义的。可如此仇恨，您怎么就装了一颗妇人之心——哦，您就是一个女人，对，我不配称您为女人，您是我主人，唯命是从，对，我的主人。

您看，我一不小心就多说了话浪费了您的宝贵时间。

话说方靖北得到老屋漏雨的消息后，十分焦急，却苦于没有分身之法。这不，他来到一家法律事务所面前，徘徊了好一阵子，终于推门进去。我近近地在落地玻璃窗外看着他急匆匆的背影。可是，只是三言两语，里边的一个高个子女人像是打发一个叫花子似的让他走。您不知道我当时的爽，那是让自己的对手无路可走的爽！

您不爽？他可是找了律师对付您呢？

整个下午，他在招待所的破房间里待着，急得像是屎紧找不到茅坑。然后是一个接一个的电话。电话是一个新的魔鬼，人为了欲望把欢乐和幸福掏空了，用魔鬼来填装心的空虚，这，行得通吗？

您看到我咬牙切齿了？对，到现在为止，他在我眼里，就是一个用金子打的怪物，我真想，立刻杀了他。

一个人吃罢晚饭，吃什么您知道的，饭店打包的剩菜呗，一个人晃悠悠地（我不知道他有没有喝酒，我是从他的神态来看的）就来到一个豪华咖啡馆。

来了一个风骚女人。干我们这一行的基本功，偷听，偷看，如果凭着高倍望远镜、远距离激光窃听器等高科技玩意儿，不是真功夫，我们的活，到目前为止，还是个体力活，就是梁山好汉鼓上蚤时迁干过的活，揭瓦上梁钻地入沟。那晚上，我就遇上大问题了。这个豪华包厢有两道门，外边的是厚厚的橡木门，里边还有一道推门。如果只是窥探他进包厢与出包厢，那就是简单至极，只要在包厢外找一地待着就是，偏偏是遇到我这个工作狂，非要弄一个有价值的包厢内情报。我就急啊，急得如热锅上的蚂蚁。呵呵，您赞扬我的职业精神？谢谢。那晚上，我就如一只壁虎一般贴在包厢的外墙夹角上。

我面对的竟然是一个洗手间。是那个女人告诉我的，她的撒尿声，还有扑鼻的尿臊味，肯定喝酒了，喝酒了。对，我还看到她从马桶起来时的半只白屁股，我不喜欢屁股。不，我只对您这样的女性感兴趣，高雅有修养，她撒尿时连洗手间的门都没有关上呢。我猜想，坐在里边的他，肯定也听到了。我，我听到了什么？这个？您考我吧？不是。我，我听到了一个词：不可一世。我现在最大的感想？就是同样是女人，您，一切都是依靠自己的努力得到的，而她，哼，只不过是借助别人力道，拉大旗作虎皮吧，我，最看不惯这些女人。

接下去的是他们在包厢里谈生意，没谈成。这是我的感觉，这样的女人，怎么能成呢？

不欢而散。方靖北在咖啡馆门口接到一个电话，什么内容？朋友嫖娼被捉，让他付罚款，他倒是大方答应了。哼，嫖娼，这样的人能有什么好朋友？

我这里向您提供一个信息，这不关我事。沈乾大这厮，对，就是步行街商铺的房产商，而不是您要求我盯睄的那位。他在与方靖北一起吃夜宵的时候，想拉拢方一起干一票，被方靖北否了。现在他自己干。什么叫干一票？嗬，这是我们的行话，就是你们常人说的做一件事。什么事？他想成立一个房地产购销公司。嘻，他想开一个皮包公司？空手套白狼？我也不懂，您懂的。

嘿嘿，我这里还有您和王正中院长的一些信息。什么信息？王正中院长驾驶车辆在街道上行驶，突然前边路上跌倒一位老妇人，王正中竟然与车上就座的另一位老太太下车扶那位跌倒的老妇人，赢得满堂喝彩！哈哈，这才是一个中国法官的良心啊！还有什么信息？对，还有关于您的。您在宴请客人吃饭。吃完饭，您，竟然把餐桌上的剩菜打包了。哇，不管那时候别人对您有什么看法，反正，我是惊呆了！完全彻底，改变了对您的看法。嗯，我知道，我不敢评论我的当事人，我只是拿人钱财，替人消灾。可，我也是人啊，不是机器啊。

您，您惊讶了？以为我是双面间谍？既为您服务，又为他服务？不，坚决不是。我只是职业习惯使然，就如贪嘴的羊，顺道走过去，在别人家的菜园叼一口可口的，嘻嘻，有些贪，可我对您绝对忠诚，我以眼前的茶杯发誓，十分感谢您给我沏了这么好的茶，茶杯更好。

下面我说说三个法官：李鸿、黄滔、老范。您不要听？三人都吃过您的？多了去了？屎一样臭？不，老范是软硬不进的怪人？

那我该说方靖北三次与您相遇的事了。您也不要听？让我说一点吗？长长我们的威风，不，是您的威风，灭灭敌人的威风啊。说实在的，我也为他难受啊。人生大辱，莫过于被女人欺。一而再，再而三。这，哪是一个爷儿们？可是，脸红了，淡了；再红了，再淡了；又红了，又淡了。天下，哪有如此厚脸皮的男人？可恨，可杀！

看您脸上的喜色，我的话令您高兴了吧？

揣测主人心思的不是一只好狗？揣测主人心思按主人心思办事的才是好狗。忘了我是一只狗吧，我也是人，只是受人钱财，替人消灾，而已。您问我眼睛直直地想说什么？没什么，您就当我想放一个屁。

倒是接下来的事让您关心？就是那个嫖娼的老头儿，后来才知道他以往是高官现在是个法律工作者，嘿，这么老的人也嫖得动？干什么？招了同样老的一伙人，吃饭喝酒，干什么？摇旗呐喊，出谋划策，煽风点火。哈哈，老了老了，旗也摇不动了，计谋也早过期，火也是最后的余烬吧！哦，打住，不是您不想听，而是您太想听，让我过后写一个详尽的情报案，好，好，这难不倒我，谁让您出这么高的价呢，拿您钱财，替您写案情。

方靖北回老家是为了台风，不，是为了他的老屋，因为那老屋还住着他父母亲。台风去了，不是，是他回去了，台风也跟着去了。

您发现我的语无伦次了？不，您知道我即将说到动情处了？嗯，您真是配，配做我的主人啊。不瞒您说，我也痛苦啊，在我们这一行里，找不到知音啊。没有知音的孤独，只有没有知音的人才知道。这世道不知为什么了，人都把自己的心藏起来，藏在别人看不到的地方，就是有人偶然发现了，也不会有人真正理睬你的真心呢。

我发现方靖北的老家真是秀山丽水，老屋真大，以前阔过，后来败了。这样败落人家出一个富豪，真真是祖宗坟冒青烟了？我探究不了，我这人目光短浅，只能看眼前的长短，而顾不了以往的尺寸。您是受过高等教育的，您有这能力。建议，您有机会不妨去探究一下。

他是上午到的，吃了母亲一种叫"汤包"的食品，就带了女大学生安安游山玩水去了。这安安原来是早到的。中饭在梅岙农庄吃的。吃了饭，想去一个叫盖苍山的地方走走，结果路不通去不了。什么？您也知道一个山叫盖苍山。下午他们去了伍山石宕，再去了前童古镇。没了，哦，来台风了。他们去了温泉，温泉在两山夹峙之间，避台风，不，泡温泉。

我是说吃罢晚饭以后，风呜呜叫着让人揪紧了心，因为那些乱飞的枯枝败叶说不定就砸到我的头上，我知道从事这个职业的危险性，针对的是人，祸及的说不定还有天。天人相残，我命休矣。不！我咬了咬牙，我在人生的许多关键时刻，都咬了咬牙。咬了牙我才能坚强地卑劣地活下去。

我把我的相机包裹在风雨不能侵袭的雨衣内，我把手机调成振动模式，我把一把利刃塞在长靴内。相机由我指挥，利刃由手机指挥，手机由主人指挥，我每一刻都在看那手机的屏幕，以保证及时接收您的指令。

我成功地躲避温泉保安及摄像头的监控，像一只索命的毒蜥蜴一般，贴在能轻易索取那人的生命和情报的位置。

她，安安像是风一般从二楼下到了一楼他的卧室。

安安本来身上穿着就少，这一刻，竟将所有的衣物全脱了，弯下身去，打开浴池上的水龙头，这房间里的浴池不仅毫无遮掩，且四周的池体，是透明的有机玻璃制成。不管躺在沙发上，还是躲在床上，都能清楚地看到温泉水在冲击浴池底部时冒出的一颗颗水泡。

而他，就躺在沙发上，脸上盖着那本《收获》杂志。书能当遮羞布吗？

您看看，这一张张照片。这是女神一般的安安。这是躺在沙发上的他。看看这张，裆下明显鼓起了一个小蒙古包，嘿嘿。这是什么？安安泡温泉。安安无奈离去，眼中含着怨恨无比的泪水吧。您在想什么？您认为他畜生不如？是畜生就上了。不是人？人中精英。他是神？神还不如他？神没有欲望，他有小蒙古包。那他是什么？我以为就是一个屁，把它放了，省得你一天到晚地茶不思饭不想还失眠。要不，退而求其次，将这偷拍上网，搞黑搞臭方靖北？

您，觉得不可以？您的理由：一、姑娘是无辜的，毁了太可惜。二、方靖北不是党政干部，有这样的花事，不是孬事。这，这就是您的理由？

您，心里还是觉得这样的人存在，无论如何是件可怕的事？您点头了。

您，要走？这茶还只是喝了半杯呢，不，您慢走，我，还遗漏一个细节：那天晚上，是我在外边关了安安洗手间上的反窗。她一个弱小的姑娘，怎么关得了那么高的反窗啊。那天风实在是大，呜呜叫着让人怎么不害怕？

三十

一早，大院里乌鸦叫，王正中推开办公室的门，那乒啦啦的碎裂声就莫名其妙出现了。

王正中就看见昨晚好好的花瓶，以碎片的形式躺在地板上。疾步过去，窗外的车水马龙喧闹着，远处的霓虹灯还在晨雾中闪烁，一群信鸽盘旋着寻找降落的地方，城市上空披着一长缕灿烂的霞光。偏偏是他，心慌慌地开始了一天。

这是他无数个恐慌之日中的一天。昨晚他从一个噩梦中醒来，身上全是冷汗。妻子问："你，一直在叫，怕什么？"王正中没有回答。

听到碎裂声急急赶来的办公室主任，还有那个刚刚打扫完这里的清洁大妈，都惴惴不安着。王正中抬起头来，把一脸阳光洒向他们："别怕，怕什么呢？有我呢。不就是一只破瓶吗？扫一扫，换一个。"

待他们走开，王正中的心还在忐忑着，想，早就没有主心骨的自己，真的能让下属们没有恐惧？刚才的表态也太夸张，什么叫"有我呢"？不由得苦笑了一下。

打开电脑，习惯性地进入邮箱。又见那三张照片，一张不少，像是时刻担心却总是躲避不及的恶痰一般吐在眼前。

一张是刻着心形的瓦片。

一张是被胡乱刮过的仍能辨识的心形图案的槐树干。

一张是在血红色江水中浮动的心形充气物。

"心！心！心！"他叫起来，才觉得失态，连忙闭住了嘴。他觉得电脑屏幕的另一端，有一只黑手始终向他伸着。手里扣着他的心，血淋淋的。

他喝了一口茶，让茶水在口腔里慢悠悠旋转了三次，想极力使自己平静下来。前两次电脑里出现这三张照片时，他看过就马上删除，这一次没删。他细细地揣摩它们。构图、颜色，当然不是他的关注点。拍摄的角度，才是他的兴趣点，他像一个高明的法医，不，是一个高明的刑事侦查员，凭一些蛛丝马迹就能将狡猾的对手逮住。

他再看对方的邮箱。这个邮箱名他不记得，是个中国免费邮箱。一般情况下，是从中国发出，但也有可能是世界各地。也可查邮件发出的地址，但要技术部门能查，以他的权力，完全可以让他们查，但他觉得不妥，有泄密的可能。因为到目前为止，发件人的目的尚不清楚。

就在这个时候，桌上的电话铃响了，他咯噔一下从椅子上跳起来。

"谁？谁！"他对着话筒大声问。电话那头短时没有声音，他正要厉声追问，电话里却传出区委书记江枫和蔼极了的声音："王正中同志，请马上到我办公室来一下。"

二话不说，王正中就一边走一边让车子在地下车库等他，直到车子开出法院大门好远，王正中才想起电脑未关，连那邮箱中的照片也直直显示在屏幕上，他给办公室主任打电话："锁住我办公室，我回来之前，任何人不得进入，此为命令。"

十五分钟后，区委江枫书记看了看桌上的手表，笑笑说："王正中同志，来得快，比你那林副院长小林还快上五分钟，这不，昨天下午刚来过。"

"哦，哦，没误了领导大事，就好。"王正中说着，马上想起昨天下午小林在他办公室汇报工作（他有鸡毛蒜皮的事都汇报的习惯，都让人厌烦了），接到一个电话，说是有急事立马就走了，原来这电话是江枫书记的。

江枫书记笑起来："你身上在发颤，累了？还是怕？累了我有责任，我给你的任务太重了；如果怕，别怕，天塌不下来，有组织，别信那些传言，有我呢。"秘书过来沏茶，江枫将茶杯捧起送在王正中面前。

"我说过嘛，正中同志还年轻，干事速度比得过年轻人，"江枫说，"想不到，来得这么快，我就说过，正中同志本来就年纪不大。"

"谢谢江书记，"王正中接过书记的茶杯更加激动，"是中院和市委组织部的同志来过吧？"

江枫点了点头："这帮人，不会看人，不会办事，常常门缝里看扁了人，官僚主义，害人啊。这事，我们现在暂时不说，我找你来，是要说两件大事。"

"请书记指示。"

江枫正色道："以后别这样说话，我们都是依法治国同一战壕的战友，都是市管干部。"顿了一下又说，"区人大最近要开常委会会议，给法院的几位同志提个职，昨天让林副院长报了几个名，我的意思，法院这边主要得听你的，你提提吧。"

王正中心里忽然涌起一股暖流。组织上的信任，足以抵消最近的不愉快。王正中站起来，想紧握一下江枫书记的手，可到了旁边，只是提起旁边的热水瓶给添了添水。而江枫书记洞察一切的目光始终盯着，脸上始终挂着暖意。

残疾人搞了个烧烤，影响了隔壁的彩票店。江枫书记待王正中坐定，转而说起一个案子。彩票店让城管砸场子，城管管不了，因为念他们是残疾人。告到法院，法院判定残疾人违法，不准烧烤。残疾人就在区里组织的信访接待日找到江枫书记，说是不解决就躺政府大门，第一站就是区政府，一天不解决，躺在政府门口一天。五天不解决就上市政府省政府大门口。

"江书记有何指示？"王正中说。

"呵呵，王正中同志，别说指示，"江枫的脸色有些变化，"找你来干什么？一起商量嘛。"

江枫再不说什么，该是王正中离开的时候，偏偏是屁股粘住了似的站不起。江枫才又说起上级组织部门和法院征求意见的事。他说了好多好话。他本人认为王正中留在本区法院，对本区是个福音。王正中马上凑了上去，让书记与上级商量，把他留下来。书记呵呵着，不做明确答复。

回到法院，走廊上远远地看见办公室主任立正站在自己办公室门口，悬着的心终于放下了。

"谁来过？没有进吧？"

"林副来过，说是昨天汇报工作有笔记本落里边了。"

"小林？进就进嘛。"

"我，没让进。"

"又是一个小林一样的老实人。"王正中在办公室主任肩上拍了拍，开门进了办公室。主任想跟进来，他摆了摆手让他回去。

坐在桌前，那电脑屏幕上三张照片依然鲜艳着。会是谁？要干什么？他对着电脑屏幕真要发疯了。

他打电话给民庭，庭长不在，来了李鸿法官。王正中问起残疾人与彩票店打官司的事。李鸿点了点头摸了摸脖子，问领导有何指示。王正中果断下令，民庭出面，帮彩票店找一个新址。搬迁费由法院出。李鸿瞪大了双眼，还是领命而去。李鸿临走，拿走了沙发上的笔记本，说是林副遗下的。

这个时候，王正中也没有将林副与邮箱里三张照片联系在一起。林副叫林果，没当副院长之前，大家都叫他林果，当了副院长，就叫林副。王正中此刻心中有了一念，但马上被自己否定了——这天下，谁都有可能负自己，唯独小林不会。小林是当年他从法学院招来的。那天，谁都围在他旁边溜须拍马，他却躲在一角，只拿瑟瑟的目光偷偷扫自己一眼。他主动上前去，翻了档案知道他来自农村穷人家大生地畏惧别人，却是优等生。进入法院，他默默地做事，却不忘报恩，将王正中家能做的家务全包了，包括送孩子上下学背煤气罐打酱油，遇见什么做什么。工作上十分配合，看眼动眉毛，王正中就极力向组织推荐，终于成了自己的左右手。连高院长也说这个同志推荐得好。有一次，中院组团出访美国，小林将高院长的大小包都背着，围着高院长前后左右跑着，转着，像是一头不知疲倦的骆驼。

半个小时后，李鸿法官在电话里汇报：彩票店已经在搬家，不过是林副的早安排，林副昨晚上亲自上街找的新地址，亲自谈的搬迁方案，连搬迁公司也是林副亲自找来的。

近中午时分，林副满头大汗向王正中汇报，说是为院长解除了一大烦恼，顺利搬迁了彩票店。

直到此刻，王正中也没有把林副纳入嫌疑人之内。

林副前脚刚走，王正中就想打高院长的电话，几次触及话机时都缩回了手。下午一上班，他又急不可待地拨电话，结果都没人接。

下班后，母亲指着那些花花绿绿包装的礼物说，都是小高这孩子拿来的。还告诉他，他在这里待了快一个下午。这孩子真是孝顺懂礼数啊。

王正中脑袋里嗡嗡地响。他，友情就这样还了，到底是要对我动手了，他这样想。

临睡觉时，施大男来电，只响了一下，就停了。不在规定时间来电，一定出了大事。难道她在他租住的公寓他们的爱巢里？不管她，连一个问候的短信也不发。这天晚上却失眠。

三十一

施大男拨打王正中的电话，响了只一下，就停下来。她不在那个爱巢里，她在大屋卧室，面对着难得的星云打电话。

她进城后就没有看见过星星，这不是忙碌两字能说得清的。此刻，她偏偏就见着了。那些马路上来回洒出的灯光，那些霓虹灯涂在那里的颜色，都被眼前的星星压在下面。

她是被星星指引将头颅抬高的，她仰起的目光就看见那云，云的一边被月光镶上亮边（其实这时候有月亮，只是从她现在的角度看不到）——"狗，狗啊！"她惊叫起来。

那些踊跃着的云海，一缕一丛的，圆的，方的，长的，短的，倏忽变化，气象万千。长长的吻，尖尖的耳，后蹬的腿，一个个让她心惊肉跳。它们在暗示什么？我的心血开始沸腾，我要引爆内心的嗥叫！

我忘本了我！我忘记身上肩负的神圣职责了我！

秦明这时候从浴室冲出来，他床边床角床底找。

"狗，狗啊！"施大男指着窗外。秦明才看清，那里有车灯、霓虹灯，目光向上有星星，闪闪着，还有被月光镶了亮边的云。秦明想笑不敢笑。施大男说："有话就说，有屁就放。"

"马，牛，猪，还有佛，卧佛，"秦明看着乱云说，"哪里有狗？"

"狗，狗，"施大男骂，"瞎了你的狗眼了。"

秦明说："我知道你的心思。"

施大男轻蔑地望了秦明一眼："算了，不与你计较，早洗了滚外屋睡去。"转而说，"说说，我洗耳恭听呢。"

"你，着急上火，所为事二件：一为官司……"

"那，二呢，二！二呢？"

"想我了，不，想男人了。"秦明说完就往浴室奔。冲了凉，秦明拿起一只枕头往外走，到门口回头说："我能助你办第一件事，明天一早跟我走吧。"

施大男看着手机屏幕始终没有亮起来，眼睛却亮了一下，伸出手指朝秦明勾了勾。钩住秦明脖子时，施大男心里狠狠骂："好你个王正中斩头的！"

最后是秦明在床上落荒而逃，嘴里叫着不敢不敢了，枪断了火灭了，我不是你的仇人，抱着枕头睡到了外屋。第二天，发现妻子比自己起得更早，在梳妆台前细细地描眉扑粉，显得淑女，早没了昨晚的淫荡样。

"冤家，"施大男看着抱枕回卧室的秦明说，"看你今天的表现，如何才抵得过昨晚的欠债？"

看见丈夫脸上的恐慌，施大男扑哧笑起："枪早没了头，火是隔夜的灶膛火，谁稀罕谁拿走，你到底是男子汉大丈夫吧，你难道忘了你昨天的承诺？"

"得令，夫人！"秦明听了少有的高兴。这些年来，妻子少有这样的口气与他说话。他知道，她如果不走到绝望的时候，不会向他招手。

秦明坐着，施大男开车。施大男看见丈夫脸上的喜色，就骂："我这人苦命，生下来就是为你这样的窝囊废垃圾做牛当马。"

第一站竟然是一座孤儿院。孤儿一个个脸上罩着阳光，可心里没有热，随着年龄的增大，这种没有父母的冷会越来越多，施大男为他们寒心起来，也为自己婚后未育心酸。她多喜欢孩子啊，可她太争胜好强，培育下一代也是这样。她认为像秦明这样智商的人不配，她曾考虑在王正中或别的男人身上寻种，可总是迟迟没有。

"看看，是这位阿姨为大家带来好看的衣裳和玩具，"秦明一边分着赠品，一边指着她说，"快感谢阿姨，我的宝贝们。"

"感谢阿姨，感谢阿姨！"孤儿们齐声喊。

看似感恩的言语里，包含了多大的无奈呢？施大男流出泪来。

"看看，"秦明继续鼓励孩子们，"阿姨为你们高兴呢。"

孩子们继续喊："感谢阿姨。"施大男心里却说秦明，"你这猪脑子，还高兴呢。"

"花了钱，你收获了什么？"施大男离开孤儿院坐在车上问。

"与人为善，收获了正义感，就有了做人做一切事的基本，就有打赢官司的信心，"秦明说，"你没有收获吗？看你一脸的笑啊，这些天一直没有的。"

"傻瓜，花了钱，还哭吗？多不值得。"

第二站是福利院。施大男坐在车上不下，从车窗远远地看秦明与人说话。秦明提着礼品，一看见那些生命衰弱无比和身有残疾的人就变得十分亢奋起来，这家伙说不定常常跑到这里找回他的尊严呢，因为在家常常受她的压制，施大男苦笑了一下。

不一会儿，秦明就返回了，敲着车窗让她下车来。施大男问："不够？再去买一些。"

秦明继续敲窗，施大男开了车窗，就看到他身后立着一个圆球似的女人，却也认得，这人是区政协常委邓燕，是这里的院长，一个很会搞事的人。

施大男的头皮立即紧了起来，因为她预感有人想贪她的钱财来了。

邓燕像一个男人似的抱拳相向："这位就是以慈善著名的青年企业家市人大代表施大男吧？在下有礼，有礼！"

"邓常委是策划大师，"施大男跳下车还礼，"想必有要策划我的意思？要赞助吧？"

邓燕的脸唰地绯红，"没关系，舍得一张脸红了黑了绿了，为的是弱者啊，施代表也有一颗同情弱者的心啊。"

"是啊，是啊，"秦明在一边说，"这一次邓燕院长策划了一次全区残疾人生活技能大赛，据说这一设想得到了区委书记和市委书记的批示表扬。"

施大男看了看秦明，又看了看邓燕，一长一圆的身材，就如竹竿插在豆腐桶上，想笑："开幕式两书记来吗？新闻宣传如何安排？传播影响力多大？"

邓燕马上说："看看，行家！知音！"她盯了一眼旁边的秦明，接着说，"恨不得我是男人身，也好娶了这位天仙般漂亮诸葛神明一样的智慧女人。"

"大男，你提的这些都没有问题，宣传效应一流，"秦明举起拇指盯着妻子说，"万事俱备，只欠东风，我们捐款争一个赛事署名权吧？"

"真好，有邓院长真好，如果我老了，残了，一定到您的福利院，不，我代表这些弱者感谢您的好策划。"

邓燕脸上的笑更浓了些："谢谢施代表美言，您的表扬就是我前进的动力。现在不下结论没关系，我把策划书交秦明主任了，你们带回去商量一下。不过，我和全区的残疾人一起，会像盼星星盼月亮一样，盼望着施代表的福音啊。"

坐上车，施大男忍不住问："秦主任？干脆秦行长吧。"秦明说："忘了跟你说了，信贷部副主任。"施大男真是讨厌死这位算计别人的女人，将车徐徐驶出福利院时，心中的气仍然未消，以至于看到甬道边的草地上蹲了一个人，就忍不住轻轻按响喇叭。那人应声倒地，仿佛受惊了似的。

"停车，停车！"秦明叫起来。施大男将车停住，秦明欲开车门时，那人又迅即爬起来，冲车子笑。那是个老妇人，秦明松了一口气："没事，开车吧。"

施大男却跳下车去，跃过矮矮的篱笆。篱笆里不仅有青草，还有一丛丛盛放的栀子花。秦明不知道她要干什么，就翻开那份院方提供的策划书看。

只不过是过去了十七分钟。施大男让秦明开了车门，秦明总是这样将自己反锁在车里。秦明的这个习惯不是自己养成的，而是施大男给他的限制多了，自然就这样了。

施大男呵呵笑着，"你猜那老太在干什么？条件反射，以为自己在主人家哄孩子玩呢。那孩子鬼灵，学大人样按喇叭，嘀嘀！老太就得装模作样跌倒在地上，孩子就唱着学习雷锋好榜样过来扶，给打针，给救醒。"

"你怎么像猪一样没有反应啊，哼，也得哼一声嘛。你猜猜她是谁？副市长家的保姆，我去年有幸去的时候看见过的，现在她略有中风，在这里休养呢。"

"签，签合同，你今天就与邓燕签。"

秦明抬起头来："我还刚看方案呢，你，不是还没有看吗？"

施大男说："看，看什么看？世上有些事，不是凭看，而是凭脑子。"

"嗯，我听你的，"秦明嘟囔着，"那你，怎么就知道那老太是你要找的老太，面都未照一个呢。"

"说你是猪，真是猪，"施大男仍然笑，"嗅觉，什么是嗅觉？这就是。"

"那，你是狗，狗了。"

"天啊，天啊，"施大男更是有反常态，脸上显出神圣之色，"这话从你嘴里说出，这不是你要说，是老天要你说，让你说给我听。"

"天啊，你疯了。"

三十二

现在能看得清那双越来越近的大脚了。大脚穿了凉鞋，脚趾上长满了黑毛。大脚后边是无数的尘埃，那些大脚小脚穿皮鞋穿布鞋穿拖鞋的脚踩出的尘埃，那些大车小车碾出的尘埃，快要将满街的灯光乱飞的唾沫遮掩了。

这是死亡的脚步临近？电影电视上就是这样描述的。

其实这是一家装修豪华却十分低调的高级餐厅。这是方靖北经常用来宴请法官和官员的所在。今天，这间包厢的就餐客人，就是冲着方靖北来的。沈乾大早早立在包厢，恰好从顶上的窗看到那些在街道上行走的脚。

沈乾大有些寒意，这不是温度过低的空调造成的。

来与不来，如一把匕首，悬在他的心尖尖，稍稍下沉一点点，就疼。

他是一个不见兔子不撒鹰的人，不，他是要从一个分币挤出一毛屁的人。他把眼角抬高一些，继续观察那只脚趾长毛的脚，他断定是老毛，今天他请的客人之一。老毛不仅脚趾有毛，脸上全是胡须，不剃，成了一个美髯公。性格暴躁，一颗小小的火星，就会被点燃，却是个直性子，识得他脾性的人，都喜欢与他做生意。生意就做得十分红火。老毛走过时，震得窗玻璃都锵锵地响。

呵呵，沈乾大想，他多么希望得到这一颗炽热的炭火啊。

这双大脚过后，紧接踢过来的是一双尖尖的皮鞋。皮鞋亮亮的，上面能反射一只蚂蚁的形象来。这人叫老金，金光闪闪的金。头发也锃亮，每天出门前，必须擦鞋，梳头发，鞋油和发油是平日里的最大消耗品。他有一套关于男人的道理：别的都无所谓，头顶与脚底必须是洁净无瑕的。老金做生意就精，斤斤计较，对看准的生意和人，却是十分爽快。老金走过窗子的时候，脚步停了一下，一声响响的咳嗽声传来，"呸！"一口浓痰子弹般射到窗玻璃上。

沈乾大自认为自己的精明是天下无双，地上独有，是老金的知音，拿下他，绝对没有问题。

沈乾大扬扬自得的时候，一双轻巧的绛色的高跟鞋走近了。这人肯定是应姐，大美女，却是标准的淑女，说话不露齿，走路不动裙。身材婀娜，丰乳肥臀，却从不显山露水，为人十分低调有如方靖北，生意来往也谨慎细致。应姐的绛色高跟鞋近了，近了，竟然在玻璃窗外停下不再移动。鞋上是拖地长裙，不知为什么，那长裙此刻离开了地面，不到五厘米，却让沈乾大的目光看见了丁字裤。

应姐遮天遮人的长裙却遮不住地下那一道色狼之眼。

阿弥陀佛，罪过罪过，沈乾大赶紧闭住眼睛，阅女无数的他也有些意外。

这一双绛色高跟鞋走过后，走过好几双不熟悉的鞋。沈乾大猎人似的眼不免有些疲倦，乃至失望，直到那双如车胎鞋般的凉鞋走近时，那呆滞的目光忽然变得警觉和敏锐起来如脱离束缚奔跑不止的兔子。

这人是人称车胎叔的老车，经商前在家里做过人力车夫，经常穿以车胎皮做底的鞋跑在路上，有钱了，还不忘凉鞋的式样与以往的车胎鞋保持一致。老车喜欢喝酒乱吐痰乱骂人漠视城里人规则，向往以前不羁的生活方式。这人在生意上吃点小亏不斤斤计较，就如自留地上的菜让人顺了几棵绝不出声。

车胎凉鞋一边走，一边发出啪啪的声响。啪啪声忽然停住。沈乾大抬头看，那双车胎鞋八字朝着玻璃窗。马上，一股黄色的液体射出并马上在窗玻璃上形成瀑布似的水柱往下淌。

好一个酣畅淋漓黄河之水天上来！沈乾大真想放开喉咙喊：老车，这是包厢，吃饭的包厢！不是你娘的撒尿的角落。

忽然那水幕大乱，后来干脆就收，先离开的是那车胎鞋。沈乾大也不知道外边发生了什么。这个时候，前边的三个人依次进到包厢来。

"毛老板好，欢迎欢迎。"

"沈老板，靖北兄呢？"

"金老板、应姐，来了？欢迎啊。"

"靖北兄呢？"

"我等着，方老板让我打前站。"

老车到的时候，包厢里已经坐满了人。他看看左，看看右。有人说："你别把头转得像是生了轴承，你要找的人，未到。"

沈乾大去了趟洗手间，很快出了门，就听见他按了免提的手机嚷嚷着有人在说话，大家安静下来，终于听清方靖北在里边说："老毛，老金，应姐，老车，还有等等的兄弟，我今天……来不了，这里特地表示歉意，这样，让我兄弟沈老板代我向大家喝杯酒，呵呵，大家喝好，吃好。"

沈乾大紧锁的眉开了些，招呼大家入座，自己则坐了主人位。服务员给每位斟上酒水。沈乾大举起酒杯，正要说话，有一股香风从门外刮进来："来晚了，来晚了，我来晚了。"一个时尚女子闯进来。在座的人都被眼前的美女照亮，纷纷站起来，偏偏沈乾大坐在那里一动不动，说："来，来，你来干什么？"老毛说："这不是电视台的毕老师吗？"应姐说："以前是电视台的，称老师，现在，跟了沈老板，就没了名分。"

"毕老师，毕老师。"一桌的人除了沈乾大都说。沈乾大最后坐不住，也附和了一句。毕老师想挤沈乾大的旁边坐，不让坐，最后选了一个偏角的地方坐下。

重新开张后，酒就一巡一巡地喝。

酒上头了，都说起方靖北的官司，都拍胸部保证，为了方靖北，有钱出钱有力出力。沈乾大就赞扬一遍大家的兄弟情谊，然后说："还有一事找大家商量。"

"就是房地产购销公司，"毕姑娘竟然抢着说，"我出的点子，好吧？"

"见笑，见笑，"沈乾大狠狠瞪了一眼她，说，"针头未出，针屁股先出了。其实，这是方靖北兄弟的意思，今天来，本来是方老板亲自来的，让大家合计一下，众人拾柴嘛，火才旺嘛。"

"一本万利的事，"毕姑娘响响地说，像是拿金子砸地般，"希望在座的老板都能添个股，加个福。"

老毛说："我有一个熟悉的好律师，得介绍给靖北兄。"

老金说："我有一个表妹夫是中院的。"

应姐说：“我没有过硬关系，我出钱。”

老车说：“派一些跑腿的活给我。”

朋友们说一句，沈乾大的脸色就绿一些，最后，脸上全阴阴的，忽然笑起来，指着老毛说，脚趾上咋就长了毛？指着老金的皮鞋说，能照得见脸吗？指着应姐没有说，看着她的裙子，提着自己的裤子，向上提了五厘米。最后问老车，裤子上湿湿的，是溅上酒水了还是尿？

老毛看了看脚趾，老金看了看鞋，应姐扯了扯长裙，老车盯一眼裤裆，最后大家都把目光转向包厢的顶窗。那里仍有无数的鞋和脚啪啪地走过。

毕姑娘忙说：“乾大今天喝醉了，大家务必赏脸，这新公司包赚钱。”

“谁是你的乾大，乾大是你能叫的吗？贱人！”沈乾大突然指着毕姑娘骂，“我，我跟朋友开个玩笑，关你什么事？”

“我没事，脚趾有毛。”老毛说。

“皮鞋亮了有事，我没事。”老金说。

“我，裙下有风光，都瞧见了。没事，”应姐脸红着说。

“他妈这破地方，撒泡尿还有保安赶，”老车说，“没事，以后不在外边撒上包厢撒啊。”

一说完，人都散了。

沈乾大取手机打方靖北的电话。毕姑娘说：“你神经病啊还有脸打方老板电话？”

沈乾大冲着电话喊：“方老板，今天太成功了，老毛老金应姐老车都说支持你打赢官司。”

方靖北爽朗的声音：“好，晚上的餐费，算我的。”

看着沈乾大的一脸得意，毕姑娘说：“哼，小人。”

这个时候，毕姑娘看到包厢的天窗上，有一股黄色的液体，如黄河的水自天而降，哗啦啦。

三十三

秦明看见方靖北在锣鼓喧天的市民广场出现，才松了口气。

“他没死，我才活着。”

妻子梦中也喊着要杀掉方靖北。杀了人，不仅仅是某一个人。人是蛛网，连着太多的人，连着整个世界。

秦明立在舞台一角，一个不引人注目。却可以看见别人的地方。秦明这一类人从来不是舞台的主角，可他一如鲜花丛边的一棵小草活着。

来了，来了，不是一个生命的结束，而是许多生命获得尊严。他隐隐觉得某一个隐蔽的地方，那支冷冷的枪管即将发射夺命的子弹。命运的喉管总有人帮你提着。

从这个角度看过去，能看见舞台正中的大字：全区残疾人技艺比赛决赛暨颁奖仪式，和背景上一群飞翔的鸽子。决赛已经结束，即将进入颁奖程序。台上的工作人员正在搬桌子椅子给茶杯沏上开水，茶杯里有上好的毛峰。省、市、区三级领导将登上舞台为获奖者颁奖。

台下一只只脖子高仰着，他们听见某位一线影星也将出席颁奖仪式。那些脖子中的很多只，是为了一睹影星风采从全市各地乘着公交地铁自行车来的。

福利院院长邓燕如一个圆球般滚来滚去，如果没有那些汗水作为润滑剂，身上马上会冒出火星来。

秦明心里早冒了火了。自从那次来福利院，妻子施大男开始不同意捐款后来又逼着他赶紧签约。可是，戏剧性的变化出现在昨天，举行颁奖仪式的前一日。施大男扔给秦明一万元，说是违约金，让他来福利院付一下。原因是，前几天施大男不断来，找那个在这里疗养的副市长家的保姆，让这位老太在副市长面前为她的官司说一句良心话，却反被老太教训了一顿。老太指着施大男和邓燕说："你，还有你，踩着残疾人的肩膀，要做自家的私事，亏你爹妈还给你们生着一颗人的心，畜生呢！怎么，骂你们还是轻的，还不快滚，还要我打电话给我们家当家的数落你们的肮脏事吗？"

秦明看着舞台背景的赞助单位被贴上一张喷绘布，上面印着方靖北的公司名称，而那下面正是妻子公司的名称。惭愧两字时时要像蜈蚣一般从招贴布的缝隙里钻出来。

秦明到处找方靖北。秦明千方百计搞到电话号码，只拨了一下，电话就接通了。秦明觉得一股阳光霎时穿透了沉沉黑夜。秦明只是简单说了这一场颁奖仪式，就听见方靖北愿意捐助的肯定回答。方靖北说："别做别的解释，就凭你是秦明，够了。"

当晚，施大男说："他敢来，就要他的命。"

秦明从未与方靖北打过照面，可是他从妻子的电脑上多次看到他的照片。来了，这时候，方靖北与秦明相隔较远的距离，还看不到清楚的五官。他看到慈善温暖的目光扑棱棱如小鸟飞来势不可挡。眼下芸芸众生，只有方靖北才配拥有。

我也是善人吗？秦明忽然有这样的联想，因为坊间传说，木石是感觉不到温暖的，就如黑夜看不见太阳一样。

同时，秦明看到方靖北的身后不远处，有一个黑影始终跟随着，若即若离，如夏日里挥也挥不去的蚊子。人在白天是看不到鬼的，可他依然闻到了鬼的气息，越来越浓，让他禁不住打了一个喷嚏。

我是狗吗？狗吗？只有畜类才能闻见鬼的气息，他这样想着，身上的汗毛全部竖起来，他想起附在妻子身上那个可怕的梦魇。

来了，过来了。方靖北踏着坚定的步伐，与温暖的风一起，向舞台而来。

这个时候，音乐骤停，麦克风发出几声吹气声，主席台上已经有主持人在恭请今天的贵宾和领导入座。仪式马上就要开始了。秦明探起身子，看见领导纷纷上台找了有自己名字的位子落座。在舞台左边最近处，有一个三角牌用黑色的魏碑体写着"方靖北"三字，而原来这个牌子上写着"施大男"。

方靖北的手好暄软，秦明的手一点也不陌生，恨不早握上。介绍给邓燕，邓燕握着不忍松开。方靖北最终被工作人员指引着落座。

主持人是区委副书记，盯一眼舞台下面第一排就座的邓燕，邓燕面盆似的圆脸漾出喜色来，点了点头，主持人就宣布仪式开始。

首先是区委书记致辞，接着是市政府各级领导。

说话。

拍手。

最后一项议程是向活动主办方捐资。区委副书记以恭敬的语言对着麦克风说："请主办方区福利院院长、区政协常委邓燕上台。"

邓燕圆圆的身躯立在台中央。

"让我们以热烈的掌声，恭请著名企业家慈善家，他是——"

秦明看见，方靖北的屁股已经欠起，离开椅子。秦明的余光更是看见，舞台下突地闯进一个人，一个如篮球队员三大步上篮的姿势，一人多高的地方，一跃而上。这个人的出现，就如晴空的一个霹雳，打得在场的人一个措手不及。秦明觉得，眼前的空气突然尖锐起来，如插了千万把尖刀利刃。

"方靖北先生，快走，危险——"秦明叫起来。

秦明一边叫，一边快速从舞台一侧上了舞台。此刻，方靖北已经走到舞台中央，接过了主持人手中的话筒。那个飞身上舞台的人将手伸向方靖北。秦明不顾一切地叫："别，别！方先生是好人！"

那人抢过话筒，向着台上的领导鞠了一躬，再向着台下的观众鞠了一躬，嗓音清楚而甜美地说："我叫施大男，是这个活动的捐助者，我来迟了，可是，善心善事，是不会迟的，是吗？看看，我带来支票了，人民币二十万元。"

台上台下的人一时呆住，时间仿佛被无形的手按住，一时动弹不了，连秦明也呆住，张开的嘴闭不了，仿佛有一根硕大的鱼刺卡在嗓子上。

此刻，市人大办公厅主任率先拍起手来，说："这，这不是市人大代表施大男同志吗？"副市长跟着拍手，区委书记接过市人大办公厅主任的话说："著名青年企业家、市青联副主席、慈善家施大男同志。"

主持人说："让我们以热烈的掌声，感谢施大男同志的善举。"于是，掌声雷动，伴随着无数摄像机照相机的咔嚓声。主持人说："这些捐款，我们将用于残疾人康复就业技能训练。"

只有秦明一个人看清楚，方靖北取出口袋里填有二十万赞助款的支票，交给邓燕，默默地离开舞台，离开这喧闹之地，然后，走入人群中，像一滴水消失于水中一般。

三十四

当晚，盛大的宴席摆在城郊水库边的别苑度假村。

主办方没钱为残疾人提供更好的服务，却有钱宴请。被邀请的人当然没有残疾人，只有领导和捐助者。

主办方在秦明协助下找到了方靖北。施大男在宴会包厢看到迎面进来的方靖北，就如看到一辆重型坦克，不，是一座大山向她压来。刚才，这里还曾经是男人四起的文雅露骨的恭维声，她都被哄得快要将身上的薄衣衫全部剥去，把自己的香肉，一片，一片，分给这些贪婪的苍蝇了。

邓燕偏偏将方靖北安排在她的身旁。方靖北低头向施大男问好，称赞她乐善好施的义举，目光是诚实的，没有半点虚伪。施大男回答，谢谢，彼此彼此。邓燕是有理的，因为他们俩是捐助者。这个时候，轮到施大男惊讶，对邓燕这个圆桶似的女人刮目相看了。施大男想象邓燕剥了衣裳全身一嘟噜一嘟噜的肥肉，惨不忍睹啊，哪个男人看了都是这样的感受。

有领导说，邓燕院长真是不错。看来，刚才将施大男夸得体无完肤的领导，开始夸邓燕了，这就是以男性为中心的所谓绅士风度吧。

邓燕马上笑了，浅浅的。施大男心里顿时不快起来，哼，哄了我等辛苦钱，却为你脸上贴金了？

邓燕立起来。哼，施大男心里讪笑，坐着是一个圆球，立起也是一个圆球。

邓燕举起酒杯说："各位领导，如果没有你们的精心培养关心，没有像施大男、方靖北这样的企业家支持，我就是有多大的能量，也办不成今天的事，这一杯酒，我代表残疾人敬大家了。"

酒从邓燕嘴里进，施大男开始改变对这个女人的看法了。

"来来来，大家喝酒。"邓燕劝酒，自己先把杯中酒喝了，就这样连续干了好几大杯，脸上红了，青了。施大男心里说，喝吧喝吧喝死你。方靖北夺下邓燕的酒杯，问有何心事，说出来也可让大家帮助，况且今天有这么多领导在。施大男突然冷冷地对方靖北说，呵呵，真男子汉，怜香惜玉啊。

邓燕笑了一下："没有没有，我是高兴啊，"她指着施大男说，"各位领导，还是请各位关心一下施大男妹子吧，如此乐善好施，如此深明大义，如此安分守己，如此弱小女子，却为一场官司袭扰，她，受冤不少啊！"

现场十几秒无人说话。空气突地升温，升温。只要方靖北、施大男两个当事人唾沫星子再溅一下，肯定爆炸无疑。邓燕也吓坏了，当然，她与方靖北初次打交道，不知道这案子里的另一个当事人是他。如果知道，打死她也不说。

施大男心头嗵嗵地敲鼓。她爱眼前这个肉球要死，恨这个肉球也要死。她开始理解邓燕人生的出彩，是由于她谦卑的生活态度，这是一般人办不到的。按照施大男的生活逻辑，今天的投资，就是为了收获——这些达官贵人对她打赢这场官司的帮助，心里的欲求让邓燕一语揭开。而这样血淋淋地揭开，让她如何收拾？邓燕啊，你这个肉球，说到底还是个傻妞！

方靖北脸上丝毫没有变化，仿佛这事与自己无关。他用眼前的公筷，给旁边的施大男搛了一只大大的对虾，又起身拿过她面前的小盅，给她舀了一盅女士喜欢喝的甜羹，坐下时轻轻说了一句："您慢慢吃。"话语间，透着一股特别的温情，让一旁的人都生羡。连施大男也有一闪而过的念头：如果不是官司的对手，她会把他当成一个兄长。

可她心中的仇恨始终像孩童的鼻涕一般缠着。她手握那个盛甜羹的小盅，拿起，放下。

邓燕似乎被方靖北的动作感动，她以为他是在用这种方式劝慰施大男，于是说："大男妹子说吧，你有难处大家都会帮你。"

"你，我，我有什么难处？"施大男说。她说话的时候，目光散散的，在座的人都看见了。

邓燕想再说，一位领导说："喝酒，喝酒，莫谈国事。"

"嗬，是的，小施高风亮节啊，遇见困难，也不向组织开口，"另一位领导说，"我最体谅这些同志的，不要紧，小施，真有什么难处，找我来就是。"

包厢里响起掌声碰杯声。方靖北举着杯子突然说："我有话说。"

施大男转头盯了他一眼，脸上立时有了杀气。邓燕也急，不知道他要说出什么话。一位领导说："说吧，今天喝酒就你的话少，说说你的难处吧，听说你来自上海，是一个对我市经济发展有贡献的商人。"

"我向施老板学习，没有难处，"方靖北说，"人生下来就是受苦的。"

邓燕问："完了？"

"完了。"方靖北将杯中的酒一饮而尽。

一位领导说："我看你们两位，都有难处，只是不想在这里说，好，有事，找我，在座的各位领导也一样。"

方靖北随着大家一起拍手后，起身去包厢外的洗手间。像是鬼使神差，施大男这时也内急。她强忍着，想等方靖北回来再上。可是，内急如汹涌的潮水卷来。

走廊很长，洗手间在走廊的尽头。施大男不由得加快脚步，方靖北就在眼前。走廊边上堆了油桶。走廊的风吹来，这些桶随时会翻动起来。眼尖的施大男还发现，走廊尽头的琉璃门以往都紧闭的，现在却敞开着，而门外就是水库的水面。

这真是天赐的杀人不见血的机缘。只要施大男悄悄翻动那些油桶，那些油桶就会快速翻动起来，进而将临近门口的方靖北卷到深不可测的水库中去。

施大男身上像是有了一股神力在推动着，离弦之箭，脱缰野马，都形容不了此刻她的速度。五米，四米，三米，二米，五十厘米，施大男的手都要碰到那些油桶了。

四十厘米，三十厘米，二十厘米，只要施大男悄悄伸开手指，就能触及那些可爱的油桶了。

可就在此刻，她觉得自己的尿道口有液体在往外涌，她拼尽了全身之力，也禁不住尿液的溢出。她大叫一声："妈呀！"就一脚踢开了女厕所的门。

蹲在马桶上，她隐隐听见隔壁的男厕，传来低低的哗哗声。她一听便知，这是方靖北平和的撒尿声。

晚上回家，躺在床上。似睡未睡间，似乎听见秦明的说话声："哼哼，你杀不了方先生，那时，我就躲在门外，再说，你知道我的好水性。"

施大男真想一脚把他踢下床去，而秦明此刻正呼噜噜地睡得正香。

三十五

四点零九分。出发。

街上的灯光还水漾漾地躺在地上，扫街的人将它与落叶一起扫进畚里，再倒入垃圾车。车里就盛了一半的灯光，一半的落叶。父亲是哪一枚落叶？我，又该是哪一枚？还挂在树上，到时候也该落的。

施大男和家人要把父亲的骨灰盒归葬故里。

入土为安。施大男想，这一刻来得太迟了，按照父亲的遗愿，该是早归故里。这样想着，心里便有些歉疚酸酸地生出来。

还有一层意思，父亲的骨灰盒放在家里，就如父亲生前一样，时时刻刻关注着她的一切。由于两代人观念不一致，那种指责常常令她尴尬和难受，特别是这场官司到了逆转的时刻，施大男将全神贯注，除去一切内外的干扰，直到最后的胜利。

还有更深一层的意思，是父亲临死时摆出姿态给她的强烈暗示，随着时间的推移，这种暗示逐渐减弱，她身上的力量也在逐渐减弱。在那晚遭遇方靖北时减弱更甚，她觉得身上的元气和能量随着她喷泻而出的尿液耗尽了。如果有，她在床上听见秦明梦中说那混账话时，就该一脚将他踢下床的。呵呵，她期望父亲的骨灰入葬故土时产生更大的奇迹。冥冥中的力量让她渴望不已。

四点五十九分。她驾驶的红色法拉利跑车开始进入郊区高速公路收费站。一路上的灯光淡了，淡了。她知道，进入高速，那些灯光会更淡。

五点零三分。她的车子已经驶入高速公路。她从后视镜里发现一辆车子尾随，却没有在意。看前方，灯光越来越淡，灯光淡处是乡村。从后视镜里看到有一片一片的灯光，灯光浓处是城市。

五点十八分。车子已经进入农村腹地。她把速度加到一百二十。还是有些烦，她稍稍把车窗玻璃打开一条缝。车外的空气就呼呼直扑进来，她深深呼了一口来自乡野的空气，全身顿时爽爽的。将车窗玻璃重新关上，车内也不烦闷，才想起，那些令她浮躁的空气原来来自城市，现在，被乡野的新鲜取代了。

五点三十一分。她瞟了一眼后视镜，那辆从收费站开始尾随的车子，在距离一百米处始终跟着。这辆车不是她的兄嫂，他们昨天就出发了，连秦明也跟着走了。不知道是谁，茫茫夜色有人相伴总是神安排的。

五点四十一分。有两辆车超车。

五点四十三分。后视镜里那辆车不见了。或许它落在后边，或许，两辆超车的车里有它。它消失就消失了，有它的缘由。绝不是偶然的。天下的人大都不知。如果知了他就是神仙。

五点四十四分至六点三十七分。施大男一人一辆车，行驶在高速公路上。施大男将车上的音响打开，将音量打到最大，让那些活蹦乱跳的音符塞满车厢，可是，仍然挤不走心中的孤独，就如身边那么多所谓优秀的男人，他们的身体无论怎么充实她的身体，也填不满她的欲望一样。

六点三十八分。施大男的车子驶出一个高速收费站。哗！施大男看着前边不远的山峦，高兴得快要跳起来。故乡，我回来了！每一次，她都有这样的冲动。

六点四十七分。她的车子已经在削壁岭脚。翻过这座岭，就到家了。施大男没有想到，分水岭也是岭，岭这边的水流向一方，岭那边的水流向另一方；生命的分水岭呢？岭的这一边是生，岭的另一边是什么呢？

远远望去，有一辆车已经在她前边，驶到了接近岭顶位置。

七点零五分。她的车子接近岭顶。她的车子超过一辆车。那辆车是停着的，就是从岭脚看到的那辆，就是高速公路后视镜看到的那辆，就是收费站先后进入的那辆。

很多的"就是"不是偶然的。

七点零六分。施大男一直静默的手机响了。静默如寒冬里冻僵的毒蛇。她毫不犹豫地用一只手接通了手机，她在城市道路接电话，在高速公路上接电话，也敢在上削壁岭时接电话，这是由于她的直率、车技决定，当然，还有胆魄。

"你，你是破鞋施大男吗？"这是电话里迸出的第一句。

"你，你妈的！"施大男破口骂，如炮仗一下子就被点燃。她的骂有底气，这山是她的山，岭是她的岭。她是谁？她家的牯牛看见她就跪拜，她是厉害女人的名号，山上哪一颗石子哪一棵野草都知晓。

…………

"你断子绝孙的，你有话就说，有屁就放，"施大男厉声说，"姑奶奶我听着呢！"

"没有别的事，小事一桩，问你要偷拍人家的照片，不多，三张。"

"什么照片？"这时候，她的车子已经转过小崖口，前边就是断崖口。

"有心的照片。"

"什么有心有肉？"施大男骂，"你找死吧！"

"你傍大官傍黑社会老大……"

"你，你他妈……真找死……"施大男眼前已经没路，情急之中她猛地踩刹车，法拉利跑车发出重重的刹车声，像是一头红色的怪兽一般，趴在断崖口，前轮的半只轮胎已经悬空。

施大男早扔了电话，可电话仍在响，在静静的断崖口，清晰的淫笑声从电话里传来："你这烂车就要掉下断崖口了吧？"

施大男挂上倒挡，踩刹车的脚收回猛踩油门，跑车猛吼一声，像发怒的怪兽全身颤动起来。

"车子卡在断崖口了吧？"电话里又传来淫笑声，"知道我要你见阎王是易如反掌，不，易如翻车吧？我，现在不让你死，你得把照片给我。听我的，先踩刹车，再踩油门，对，慢慢踩，你最知道的啊，慢，有时候比快更有力，对，以柔克刚嘛，你不是最拿手吗？"

七点十二分。施大男按电话里那人的提示将车子拼力从崖口退回路中。停住。那电话已经挂断。施大男发现，从头顶到脖子、胸，及腰、足底心，全是汗水。千万颗汗水中，居然没一颗是热乎的。

这时候，有一辆车驶过，她拦下，问司机有没有看见快到岭顶停着一辆车，司机有些惊慌，摇摇头说没有。

七点十四分。施大男望了望天，倒吸了一口凉气。这个杀手到底是谁？一个摸熟了她争强好胜的脾性又熟知她的日程安排更对她行驶的道路危险程度了如指掌？除了老天，还能是谁？

七点十五分。她重新发动车子，挂上前进挡。她此时将目标盯准了方靖北。一定是他获知了她的阴谋，是啊，就算她聘请的跟踪者是天下第一高手，这么漫长的盯睄，如何保证蛛丝马迹不留下？千虑必有一失啊。她对自己那天晚上丧失置敌于死地的绝好良机懊悔不已。

七点二十三分。红色法拉利跑车停在新墓边，一家人早到了，连同念佛超度的和尚道士。看见施大男从车上下来，都围过去。

"姑，您怎么全身是水，衣裳也湿了，你游泳了？"一个眼尖的侄子问。别的人也都惊奇。

这时候，东方一直被阴云遮住的太阳露了脸。墓穴的泥土是新鲜的，东边如血的阳光，恰好照进墓室里。墓室空空的，一条肥大的蜈蚣，慢慢地从这头爬到另一头。施大男取出那半只雕了犬的玉佩，一道强光在她眼前闪了一下。

施大男的头有些大，她想起在祖坟山顶上看见的同样情景。领头的和尚高高叫起："吉辰已到，吉门已开！"众僧齐念：

> 孤魂等众
> 九玄七祖
> 四生六道
> 轮回生死
> …………

忽然，墓室里有一阵声音响起，很轻很轻的，仿佛是晨风在墓室里的回响，可她还是隐隐听到了，就如狗吠。犬，到底要告诉她什么呢？

母亲、兄嫂，包括秦明和别的家人，全听见了。

一位道士念：

> 太上敕令超汝孤魂鬼魅一切四生沾恩
> 有头者超无头者升枪殊刀杀跳水悬绳

两只骨灰盒，被端进两个相邻的墓穴。在用砖头将墓穴最后封住时，又听见一声狗吠声从墓穴里传来。当墓穴全部被封住时，围着墓穴，似乎半径一里的距离有一个无形的圈，有无数的狗叫声。天上的太阳仿佛也受到惊吓，在狗吠声中突突地颤动。施大男心中的心也突突地跳动，令她的身子又如滋润了雨露的禾苗。

回到山下的老屋，家里的狗都围了过来。一只只眼中有泪。遍数狗头，就缺一只领头的黄狗，家人叫它老黄。它体形肥大，叫声响亮，对主人绝对忠诚。家人纳闷了好几天，后来村里人在山上墓穴周围听见狗吠声。几个月仍有。半年后才消失。

那只老黄肯定殉葬在墓穴。至于家人当时为何看不见，有人解释那是两个墓穴之间另有横穴，老黄肯定躲在里边，一个伟大的灵魂，连老天爷都会眷恋，肉眼凡胎如何识得呢？

这以后，施大男时常抚摸那张合同，在睡梦里也问，老天啊祖宗啊，这仇何时可报？有时候，她觉得这一天只遮了一张薄纸，又觉得隔了千山万水。

施大男咬了咬牙，暗暗对自己说，我，会坚持的！

三十六

儒商调查（一）

注：这是一个新闻专业大四学生的纯粹的社会调查素材之一，届时将形成正式的报告文本呈交学校作为毕业作业。您可以选择不看，或看。文笔有些稚嫩、随意、粗糙啊，唯有一点，情感是真实的。

被调查对象：方靖北。

调查方式：实地走访、当事人采访、座谈会、阅读各种笔记文件

调查人：安安

童年、少年、青年——

跳下车，进入村庄里，太阳有些烤人，如果是煎鸡蛋烙大饼，估计在阳光下三五分钟就能解决问题。问题我是人啊，嘻嘻，坚持住，向方先生学习。不能打退堂鼓。

据说，过几天就有台风来袭。台风是什么？对于我们这些来自内陆省份的人来说，没有领教过，不过就是大一些风吧，不怕，不怕。

"请问，方先生家在哪里？"我态度十分虔诚地问一个村人。

被问的村人笑起来，一旁走过的村人都笑了起来。我想，这真是一个奇异的风俗，对外人的问询报之以笑声？

"这里，那里，都是，整个村庄都是啊。"一个年轻的村人指指点点说，"方先生更多，从古至今，难以计数，而且子子孙孙，没有穷尽。"

一个年纪稍大的村人马上瞪了年轻人一眼，转而对我说："妹子，是外来的吧？这里叫方庄，大部分姓方，三百多年了，以后也会有子孙后代，你要找的方先生，是哪个方先生？"

"方靖北。"

马上有一个孩子，噔噔地跑在前边带路。村庄的路由一条条有规律（据说是八卦原理）排列的小巷（当地人称为墙弄）组成。可外来人在这曲曲弯弯的路中行走，很快一定会迷路（据说当年日军进村不久就不敢深入，怕中了中国军队的埋伏）。到了方先生的老屋，拜访会见了方先生父母兄弟及众多的邻居、熟人、朋友。

△父母亲好慈祥。可他们的儿女对他们有个奇怪的称呼：娘舅、娘舅姆。据说是听了算命人的话，称呼远一些，孩子好养一些。

△屋大宇深。曾祖是贩猪的。祖父是中药商。曾经富甲方庄，有良田三千亩，四合院（当地人称为"道地"，道德之地吗？有些意思）四座。在堂前发现有"文魁"字样的古匾一块，据说以前还挂过"诗礼簪缨"之类的牌匾，堂前正中除了祖宗像，还有孔圣人像。堂前侧壁隐隐可见"捷报"字样许多处，据说这些捷报是考取朝廷功名后由官府专门派人送达（锣鼓喧天，引无数村人围观叫好，有一个叫范进的听闻中举当即晕死过去，被当屠夫的岳父猛拍三巴掌醒来，之后岳父的巴掌疼痛了三个月，据说打了文曲星）。

△曾祖父与祖父都是大商贾。曾祖父贩猪，富甲一方。大道地（院子）建了三座。良田三千亩。祖父药材商。一年里只做两个月生意。其余闲暇时间用来喝茶、读书、下棋。思考人生的种子似乎就是此刻萌芽的，且代代相传，绵延不绝。（由于资料缺乏，研究肤浅，待征求方先生本人后再下结论。）

△方靖北出生于1959年2月18日。三年经济困难时期出生的人，注定了饥饿相随。加上父亲从小是商人出身，少轻薄力，农闲时挑一担"豆腐阿子"（豆腐脑）卖，可所得生产队的工分少。孩子幼小的心灵，只记得没有饭吃，常常乞讨为生。那种遭人白眼讥讽的感觉不是催生仇恨，而是奋发图强，追求公平，大发善心，让人一辈子保持危机感。饥饿让父亲显出与众不同的生存智慧。

道地里有人养牛，有人养鸡，他们家里养鹅。春天时，一只只毛茸茸的鹅崽真好玩。冬天，肥硕的鹅被送至市场出售。所得钱款余部被母亲拿着，上拆尸店买一批死人生前穿过的衣裳供全家人穿上一年。（死人的衣裳，包裹这些孩子的躯体，在已亡者的气息中能生长出什么样的孩子呢？）

△七个兄弟姐妹，只有方靖北读的书多一些。父亲解释：只有靖北从小的言行举止像他爷爷及太公，没别的原因（这是堂皇的理由吗？我想是）。方靖北先生：父亲说我是得了祖父和曾祖父的真传，可我觉得是受了母亲的熏陶（呵呵，各执一词，难杀了小女子）。这里空出几行，请读到此文的方先生补充一下，谢谢。

△读小学后，家里有了哥哥作为主劳力，父母生活压力开始减少。可方靖北除了读书，将所有的业余时间，包括星期天、寒暑假，全部用来割鹅草和田间劳动，上初中时，一年的工分总值达六百至八百分，实现了个人生活口粮自给。

△人的自尊是自己从书本中捡回的。从小学起，方靖北的成绩就出奇地

好。生活的困苦早被老师和同学的赞誉声冲淡。

在经商成功后的方靖北，仔细回想学生时代的抱负，仍然心有余温。方靖北：想做官，做小官不行，做大官好一些。

△"文革"后第一批大学生。由于师范类大学不收学杂费，于是就考上了师范学院。毕业后成了一名教师。二十三岁时，成了一个全县最年轻的中心校的校长，属下十八所学校，上万名学生，一百多位教师。几年间，练得好口才，经常在师生面前张口就来滔滔不绝地做报告；管理组织能力日益长进，能把刺儿头身上的刺儿拔了将乱麻理顺了把中心校范围内各校联成一架高速运转的机器，年年赢得县教育局的表彰和同行的艳羡和嫉恨。二十六岁结婚时，正想在事业上雄心勃勃，挥开膀子大干一场，却因为妻子只有十九岁，不符合计划生育女性二十岁婚龄规定，县教育局"挥泪斩马谡"免去了他中心校校长职务，将他调任另一个中学任教导主任，并安慰性地保证若干年后"官复原职"。一个教育管理专家不识计划生育政策，隔行如隔山，天下专家的通病任谁也治不了。

三十七

一架纸折的飞机，就这样倏地迎面飞来，坠落在他的脚下。

王正中吃了中饭，用手抹了一下嘴唇。妻子以前老是批评他这个做法不卫生，该用餐巾纸啊。从小养成的习惯，总是改不了。

走到自己办公室门口时又折了回来，这些天他烦死了那三张照片的事，就想找祈一水请教一些电脑网络上的技巧，比如网址的确定、反追踪。回头走路时，隔壁林副的门开着，王正中看到一本书遮了林副的脸，他也不想打扰他，林副按了他的吩咐，正专心全院的政治学习工作。王正中就去了民一庭，他以往经常来庭里，法官见了也不惊讶。

"祈一水呢？小祈。"

"王院长，刚刚还在与小鸽子玩呢。"这个法官以往听说过他们之间的精彩辩论，就羡慕地说，"看来，今天院长又得教训一下这个不知天高地厚的小子？"

王正中摇摇头，就听见庭里小鸽子的笑声，小鸽子是祈一水（大学时期就结婚）的女儿，正在读幼儿园大班，家离得近，眼前正暑假，午休时常常来父亲这里玩。

"小鸽子!"王正中叫了一声,弯腰捡起了那架纸飞机。

嘎嘎嘎!小鸽子的笑声更响了。王正中立起身子时看见小鸽子就立在大办公室深处冲他笑。

"王伯伯好,您是我今天第一位献爱心的人,请您打开纸飞机。"

王正中心中好奇,打开了纸叠的飞机,看见那上面画了一个大大的红心,中心还画了一支箭——爱之箭啊。他乐了,爱心从娃娃抓起呢,这世界真是充满爱了?

可是,没待他把这股欣喜在脸上洋溢出来,他的心立刻收紧了。

这一看就是一张活页的笔记,一边被有规则地打了一排圆孔,可以在金属搭扣里变化自身。在搭扣里,就成了笔记本的一张,离开搭扣,就是一张普通的白纸。这就是组织非组织的关系抑或体制内体制外的关系吗?人是有组织的,社会的一分子,那么,非社会的非组织的,就不是人?

让王正中收紧心的却不是这些常人不想吃饱了撑的才想的问题,而是那心字图形中的铅笔字,不是小鸽子书写的:"司法体制充当了'政治的晚礼服'"。

每个字仿佛都有锋芒,直刺他的眼睛。

小鸽子举着另一只纸飞机,闹不清王伯伯怎么了。

"您有眼泪啊,王伯伯?"

另一只纸飞机起飞,在空中悠悠飞翔突破好多空气阻力后,准确地降落在他的脚下。小鸽子以为是自己的飞机让王伯伯感动了。这种感觉无疑是一种力量。

小鸽子示意他打开。这种得意是任何有自尊的人必须有的。

不知道是出于礼貌,还是别的。王正中果然弯下腰去,将纸飞机捡起,立起身来,在孩子鼓励的目光中,再次打开纸飞机。

"我的研究,到现在为止,两名启蒙时代的哲学家、思想家产生的两大分歧,就有了两条路,一个是卢梭,一个是洛克。洛克强调三权分立,权力制衡理论;卢梭强调人民主权,人民把一定的权力让渡给他的代表。中国走的什么路?"

字迹有些潦草,龙飞凤舞的,可字字都能让人认得清这是祈一水的笔迹,正在王正中想别的事时,第三只纸飞机降落。

"当一个普通公民的合法权益得不到法律保护时,一个国家主席也就无法用法律保护自己。"

王正中看完这几行字时,第四只纸飞机呼啸着起飞,喷着烈焰,不,就如一枚导弹般向他袭来。

"审判机关的行政化，钱从哪来？人从哪出？是根源吗？黑头（法律）不如红头（文件），红头不如笔头（批示），笔头不如口头。这种说法虽然过于片面，但确实道破了权大于法的尴尬局面。"

第五只纸飞机相差三秒钟到达。

"其实，我们对法院实现司法正义寄予了无限的期待，民众却认为当务之急是解决司法腐败问题，政治家则认为首先应该做的是加强对法院的法律监督问题，这要比所谓的'建立司法审查''扩大司法权的裁判范围''增强法院的司法独立性''构建违宪审查制度'，更具有紧迫性和现实性。"

王正中举起双手，高声说："够了，够了，别再献爱心了。"

小鸽子明显地表示不满，小嘴唇嘟起，都可以挂一个油瓶。王正中想说什么，小鸽子却抢先说了。

"我妈妈说，您是院长，是我爸爸的领导，得对您献爱心。"

"这里有你爸爸这么多的同事，你为何不献呢？"

"笨啊您，他们这些人，哪有您的权力大啊？"

"权力？干什么用？"

"能……能给我爸加工资，升级，我和我妈就更幸福。"

"这，都是你妈说的？"王正中问，"你爸就没有说过什么？"

"说了，我妈不让我听我爸的话，我妈说，我爸是傻子呆子，要是听了我爸的话我也会变成傻子呆子。"

小鸽子用她童真的目光打量面前的法院院长，她妈妈嘴中的厉害角色自己看起来像菩萨一样可爱的人。

"这个可爱又可恨的傻子呆子。"王正中忍不住在心里骂上了祈一水。说他可爱，是这小子政法大学博士毕业，法学专业的学术水平非一般人能比，说他可恨，就是管不住自己的嘴，心直口快，心里想什么，不经脑子，就说出口了（林副当年就是这个样子，可他又怕他变成林副今天的样子，人的心态转变就是魔鬼也无法适应）。像今天这样敏感的话题，不知道是他自己想的，还是从网络上摘的，或者是从某些网上论坛听的，居然堂而皇之放在办公桌上，一不小心，还被幼小的女儿给折成了纸飞机，要死吗？真不要当法官了吗？

哼哼，这还了得！王正中想回办公室，不，他看了看那些纸飞机，就近抄起办公桌上的电话，他想，这一下不狠狠敲打一下祈一水，不行！他开始拨政治处的电话，响了五六下，没人接。

小鸽子脸上没了笑。王正中想是自己的责任，就往脸上挂了些笑。小鸽子脸上阴转多云，渐渐有了些阳光。

王正中想现在正是午休时间，正要挂了电话时，电话那头有人接了电话。

"我是王正中院长，你是？"

"报，报告院长，我刚才在打盹儿，"政治处主任说，"王院长有任务？请指示。"

王正中本来想说别讲什么指示，我们本来就是同志关系，因为他总是以平和的姿态，赢得在院里的声誉。现在，他顾不得了。

"你赶快通知，下午全体干部参加一个学习会，内容吗？针对司法系统内外对于司法改革的不良观点，学习一下中央、省、市领导有关讲话，什么讲话？你们不会找啊，只要有关就可以，对，以正压邪，以正视听，对了，还要部分青年法官谈一下学习感想，比如祈一水、小项、小叶等人。"

王正中打了电话，觉得既完成了一项工作任务，也注意到了小鸽子，打电话时脸上那笑还挂着没摘下。可小鸽子仍然看出他的一点点反常，以往小鸽子在他脸上画胡子也可以的，按妈妈时常评论男女关系的话说，一定是他"变心"了。小鸽子很伤心，眼泪说流就流，哭声说来就来。

"小鸽子，怎么把自己当成洒水壶了？"王正中笑着，"来，给伯伯画一撮小胡子嘛。"

小鸽子止住笑，却不画胡子，她要折飞机。

"王院长，王院长在哪里？王院长来过吗？"这是林副的声音。林副的脚步声在走廊里响起。

只有王正中清楚：林副是他一手培养起来的，或者说，林副是按照自己的思维模式打造的，他是自己的影子。他会预感林副接下来的动作，发现这些纸飞机，看到纸飞机里的内容。然后，按照自己给他的指示："法院内有一些关于司法改革的负面声音，你得好好关注，抓住典型，杀一儆百。"

小鸽子怎么会识得这位脸上老是挂着笑的伯伯真实的内心呢。小鸽子还没有上小学，还没有读过"披着羊皮的狼"。

接下来的事，小鸽子更是理解不了。

王正中走到小鸽子身边，拿起折好的纸飞机。

"小鸽子，我们比比谁的飞机飞得更高更远。"

"好啊，好啊。"

王正中将办公室外墙上的窗户打开。窗外就是一条小河。小河一直流到天边。王正中学着小鸽子，拿起纸飞机，先是往上吹气，"呼，呼"，然后，用力掷出，纸飞机就开始飞翔。

小鸽子笑起来，学着王伯伯的笨拙样，吹气，掷出。

一架架纸飞机，沾着一大一小两人的唾沫、笑声，飞出窗外，飞到河上，顺流漂到天边去。

"呵呵，王院长和小鸽子玩飞机呢?"林副此刻肃立在一边，想学，桌上却没了纸飞机。

"哦，是林副院长，来得正好，你通知一下政治处，下午的学习会取消了。"

"为什么? 我正想为此事请示院长来了呢。"

"不为什么，不学就不学了。"

"是。"

看着走远的林副，王正中若有所思。

"小鸽子，你真想长大了当官?"

"嗯，嗯，"小鸽子指着林副的背影，又指了指王正中，人小鬼大若有所思地笑起来，"我妈说的，要做很大很大的官。"

王正中苦笑了一下，心里黯然，没有一丝阳光，这个连孩子都想当官的世界噢!

"王伯伯，你又不笑了? 我妈妈说，要学会笑，不会笑，不是一个好孩子。"

三十八

三点零七分。施家大屋，仿佛冥冥之中有一个声音在叫: 你应该动手了，否则你将成为刀下之鬼。

三点二十分。红色法拉利跑车在轰鸣中驶出施家大屋。施大男在驾驶室内，晃荡着像一个幽灵。街上稀少的人和车辆，人影幢幢的，施大男用手拭了拭眼睛，眼前的景象依然，连周围的大楼也被虚化了像是被人施了薄粉。有雾（其实是霾，可此刻中国人没使用这个词），施大男担心高速封闭。

三点二十五分。施大男咬了咬牙。哼，我要杀你，老天爷也救不了你的。施大男狠踩油门，法拉利跑车发出怪兽怒吼一般的声响。差一些刮到旁边停着的垃圾清扫车，一个老人在她倒车镜中怒目相向，在黑色的夜幕里也烁烁有光，如箭，那是仇恨引起的。施大男坚信自己此刻的目光，也与这位大爷相似，不，更为炽热。

三点四十七分。远远望去，高速公路收费站灯火不明，关闭? 停驶? 施大男想，不会，不会的。施大男踩大油门，汽车吼了一声，关了，就是撞，也要撞开了。

三点五十一分。收费站进口的绿灯亮着。刚才也亮着，只是隔了雾，雾里看不见。进口的电子显示屏上明晃晃告知：有大雾，请谨慎行驶！红色法拉利跑车稳稳在窗口停住，施大男看那半片残玉竟然有光，闪闪，耀眼，转身伸手接到收费员给的计程收费卡，和一句口头告知：今天有大雾，路上小心。

收费员机械的目光打量了一下这位女司机：姣好的面容上，竟然有一个诡秘的微笑。

三点五十三分。进入高架引桥，红色法拉利跑车的灯光如剪刀，可是剪不开面前的大雾。在Y字形的选择上，跑车驶入了一个通道。

四点零九分。施大男无故揿响喇叭。一下，两下，三下，似乎想惊醒这沉睡的世界。想不到的是，她的喇叭声引起前边车辆后边车辆的共鸣。

嘟嘟！嘀嘀！

仿佛这些人都不满周围的寂静。寂寞和孤独多像很想破茧而出的蛹啊。对于施大男来说，还有迫不及待的复仇。

四点三十七分。施大男咬了咬牙。

四点五十一分。算你狠！敢在悬崖之上等着我。施大男想，那一刻，她与死亡只有一步之遥，不，相距只有一厘米。如果她不果断刹车，如果车子的刹车系统有问题，如果悬崖边的公路发生一点点坍塌，如果轮胎发生打滑、位移，都能把她送上西天。这世界本来没有那么多的如果，他却请了杀手轻易制造。多么高明的杀人方式，躲在悬崖上，没有直接的接触，没有爆炸，没有射击，用语言杀人，然后，归结于一次偶然的交通事故——事主不慎驾车跌落悬崖。

五点零九分。在驾驶室的施大男不住地摇晃，像一个幽灵。

五点十五分。天色在黑色中添了一些亮色。可是，高速公路周围仍然混沌着，好比原来是一瓶墨水，现在渐渐变成了一团糨糊。前方的车距不敢拉近，每一辆车子都如蜗牛般慢慢向前爬移。

五点十六分。其实在这辆红色法拉利跑车前五公里的地方，有车在雾色中连环撞车。现场鬼哭狼嚎似的，五公里以外的地方听不到。因为，这辆车还在与前边的车在缓慢地行进。他们都不知道前方出了事故。他们不知道这事故会影响他们的行程。如果人能提前知道命运那就让神仙失业了呢。

五点十七分。施大男再次咬了牙。

五点十九分。哼，老娘比你早签购房合同早付购房款两三个月呢。早一天也是早。凭什么开发商将已经卖了的房子再次出售啊？你他娘你他妹一女嫁二郎啊？天下有没有公理？有没有公平、正义？

五点三十一分。天又亮了些。能见度比刚才稍稍提高了些。那团糨糊，被加了一些暖色。糨糊仍然是糨糊。处在山区，可看不到有早起的鸟儿飞翔，甚至听不到鸟的叫声。鸟的翅膀是不是让这些糨糊粘住了，包括它们的鸣声。

有辆车超过红色法拉利跑车，差一些剐蹭。跑车急刹车，右车窗玻璃快速降下，扔出来一句炸弹似的骂人话。

"要死啊？赶去投胎啊？"

后边传来刹车声，是前边红色法拉利跑车急刹车造成的。亏得是两车距离较远，车速都慢，否则又得连锁撞车。

五点五十九。车子摇晃了一下，在白茫茫空间往前驶进。那冥冥之中不真是有什么幽灵吧？施大男不再往下想，头有些大了。

六点零七分。哼！赢了你官司，竟敢不给我执行，这赢了不与输了一样？这天下到底是谁的天下？这法院到底是谁的法院？钱真能通天吗？钱，真的能买来一切吗？你他娘的，知道老娘是如何赢了这场官司？卖啊卖身啊卖身懂不懂？施大男咬了咬牙，她在咬牙的时候告诉自己，得坚持。

六点十一分。前边的车终于停下来。一动也不动。高速公路终于像是一条濒死的长虫，先是慢慢蠕动着，最后，还是凝固了，那些漂亮的汽车，仿佛镶在上面的珍珠。

六点二十一分。红色法拉利跑车还在微微颤动，发动机低速转着，仪表盘还在闪亮，那些指示灯还亮着。跑车前边的车辆也在微微颤动，跑车后边的车子也没有熄火。就如中风瘫痪的病人，在初期的几日里，总是渴望着能重新走路。

六点三十七分。大部分车子都关了发动机。有人先是从驾驶室探出头来，把头如鹅脖子般伸起来，以为这样能看到前边的情况。

六点五十一分。所有的车子都不再颤动。大部分人待在车里，看不到前景，就看四周的景色。按以往堵车的经验，放点音乐解解闷，可不能多放，否则电瓶的电会用完，连发动汽车的最后动力也没了。偏偏今天的大雾堵住了人们的视线，人们就怪天，天让他们看不清想看的。人怪天是怪不了多长时间的，因为大家知道，人力是抗拒不了天的。今天的雾气吸进鼻子有些呛人，喉咙里热辣辣的。其实，人是最好对付的动物，若干年后，人们终于热心用上了"霾"这个词，而眼前正是这个词形容下的恶劣生态，因为没有认识，高速公路上被堵的人们，大都没有怨言，大口大口呼吸着"老天"给予的空气。连每一个细胞都浸染在雾霾毒气中的人啊，照样找乐子寻开心。

一辆车的音乐节奏特别强，一位女子扭了一下腰，再摆动一下胯。哦，迪斯科。另几位女子觉得新奇，在车与车的狭小空隙跟着跳了起来，据说这就是后来风靡全国的大妈广场舞的起源。

七点零五分。施大男咬了咬牙。这该是有太阳的时间，却不知太阳挂在哪里，也失去了东南西北，人心里就狂躁不安起来。高速公路上的汽车开门声关门声响成一片。一些嫩白的穿着超短裙的腿，一些长满黑毛穿着西装短裤的腿，如过江之鲫从她车一侧经过。

八点三十分。人们都学跳舞。连施大男都觉得新奇，她打开了车上的音响，跟着音乐的节奏晃起脑袋来。这时候，电话响了。电话是王正中来的。王正中的第一句话就问傻了施大男。

"你在哪里？"

七点三十分。王正中就来到施大男的公司总部。公司上班时间是八点，秘书却早早来办公室了，认识王院长，就开门将他让进总经理办公室。沏茶。寒暄。秘书说施总八点会准时上班，请他稍等片刻。

七点四十八分。门外响起脚步声。王正中抬起头，门开了，进来的是秘书，他来给他的茶杯续水。水在玻璃杯中上下翻腾。

七点五十八分。门外响起脚步声。王正中不抬头，却用余光瞄向门口。脚步声消失，他的眼球累死了。

八点零六分。王正中从沙发上站起来，先把茶杯放在办公桌上，再坐在施大男的老板椅上。以前，坐这椅子有些亲切感，像是感觉了女主人的屁股。现在，这感觉没了。他不顾一切地看桌上的电脑屏幕，电脑居然未关，一触即亮。有很多的网址未关。王正中移动鼠标，不断地按左键。

杀人游戏！杀人游戏！杀人游戏！杀人游戏！杀人游戏！

就是版本不一样，画面不一样。他居然打开了她的"我的档案"，有许多下载的图文并茂的文件，《杀人方式大全》，罗列世界上所有的杀人方式，就是没有他要找的三幅照片。

八点二十九分。王正中重重舒了一口气。

八点三十分。王正中拨通了施大男的手机。

八点三十一分。施大男冲着电话说："我也不知道在哪里，四周全是大雾，只知道在路上，在人间。"

"你，你不知道？你不会问问别的人啊。"

八点三十二分。一直紧闭车门的红色法拉利跑车门开了。门是从里往外开的。

一个面容姣好的女子，走到跳迪斯科的女士面前问路。

"请问，这是在哪里？是往上海的方向吗？"

"错了，错了，我不知道这是在哪里，可这绝对不是去上海的方向，你走了相反的路了。你都忘了自己是谁了吧？"

"是啊是啊，都说忘记一切的人，幸福呢。"

八点三十五分。施大男迅速走回车内。她闭了一下眼睛，觉得有阳光，睁开眼，四周依然白茫茫的。

八点三十七分。施大男不想再给王正中回电。她紧紧抱住方向盘。

三十九

杀人的方式有很多很多。

这绝不是我吹牛。

我看您不断地打电话？不断地看手机？是想杀人，还是等着被人杀？今天的汇报限在二十分钟内，可以省略一些，拣大的说，小的不说？捡西瓜丢了芝麻？

我可不能少说，我有我的职业操守，就是乞丐，得了别人一口饭，也得点头说声谢谢。

得得，您还是不让？您也不要再看手机了，得专心致志，听我说话，是您所付出的回报，您得对得起我的劳动。

您哼了一声，您对我的专业水准表示怀疑了吗？不，哦，您接通了电话，公司的业务电话？您通话吧，您边通话边听我述说我的杀人知识吧。

杀人的方式有很多很多，这绝不是我吹牛。这种生命活动方式，人类特有，狗没有，猫不会，鸡更不懂，虎狼远远理解不了。从大类说，有物质上的杀人，有精神上的杀人。物质上的杀人一般人能理解，就是通过器具（包括药物和人的肢体器官）致人窒息、失血或中毒死亡。精神上的杀人，一般人的理解，只能停留在村妇恶毒的咒骂，比如"断种十三代""倒路死溺水死"什么的，可是咒骂能有这么大的能量？许多人表示怀疑。精神杀人得有前提条件，也就是将精神视为生命的人，如果是个畜生，也就不需要以杀人的方式对待，杀人也是人性的体现。摧毁一个人的精神，也杀人了。

哦，您慢慢打电话吧？快打完了。那我可得加快速度说杀人了。作为专业杀手，我对物质上的杀人在行，精神上的杀人，你们这些有知识的人在行。我得说说我在行的杀人方式。一般人最好理解的是子弹，这种在爆发力驱使下的金属以惊人的速度和力量穿透人的头颅和内脏，是战争年代和电影电视剧里常见的杀人方式，冷兵器时代的刀枪棍提供了人们视觉上的刺激和愉悦，得，得，这些器具杀人，我都在行。可是，在和平时代，在国家强大法治背景下，刑法管制的这些杀人方式，早已经离开了历史舞台，早被我们这些具有良知的杀手所唾弃。

您打完电话就要听我汇报了，就不许我添汤加水说闲话得捞干货了，哈，我巴不得呢。收人钱财，替人消灾，我们这一行最讲实际。

那天阳光很强烈，不像是杀人的日子，那是区里举行残疾人技能大赛的日子。那一天，方靖北出现了。他一出现在这一片土地上，就如一只小飞虫被粘在我织的网上。

当您的丈夫秦明携着他的手，走上那个舞台时，是我告诉的您，不是您丈夫告诉的您，您应该明白，我比您的男人更忠于您。在您的战壕里，居然有人携着敌人的手一起在阳光下笑着。这样的笑您不觉得比一把宝剑更为锋利更有威胁吗？

只是不到半小时，您就赶到了现场，证明了您不凡的能力：处变不惊！扭转乾坤！您手举支票立在舞台上的时候，您的目光，铮铮作响的，要斩掉天下所有的男人。那一刻，我为您骄傲，为我有这样的雇主而自豪！

方靖北，这贼！与我们十分惊讶的目光不一样，他看到您后的目光，一潭死水，隔夜灶灰，半点反应也没有，如泥塑木雕的菩萨一般。天啊，这哪是人？这哪是人的眼光！此刻，我杀他一千遍的心都有。我等待着您发出指令，我活活要把他生啖了。

那天水库旁边的晚宴，我也在场。您被邓燕安排在方靖北的右边就座，您的眼光充满了杀气，尽管您总是以微笑掩饰着。这种杀气是被逼的，如果是我，我也会这样。这个仇恨的种子就是方靖北种下的。想想，傻子也知道。明明是仇人，明明是官司的对手，却装出一副友好和蔼的样子，不断地给您搛菜敬酒，谁能忍受盖着奶油的牛粪？谁能不惧怕罩着金丝绒的匕首？

方靖北中途上厕所，您也跟了出来。这个时候，您有了杀机。也许走廊上空无一人，您的杀机就不可抑制地从眼睛里，像是脱缰的野马闯了出来。

这匹马不是普通的马，它是复仇之马，我听到了它飞奔的蹄声；它是愤怒之马，我看到目光所到之处，呼呼地有火燃烧。

您从心底贬低我像穷诗人一般的饶舌吧，可是，他妈的还真是用诗人的话能表达我那时的心情。诗人万岁！

走廊的尽头通向水库的水面，那扇门开着，那些堆在一旁，稍一使劲就咕噜噜转的油桶。那绝对是现成的武器。

是您发现了良机。有个伟人说过，天赐良机，是给予时刻准备着的人的。我这个人，在业界也有口碑和声誉，可与您比起来，那是相差太遥远。可惜了您啊，您如果转我们这一行，您可是当之无愧的翘楚。

您杀人的境界可不比一般。

哦，我不说那些虚话了，我尽快捞干的说。

您昨天在高速公路迷路的时候，我至今仍然不知您为何迷路，这么白晃晃的来回四车道的路，你竟然迷糊了？对不起，我这人说话有些冲，有些不知天高地厚。那时候方靖北恰好来市里了。

您别着急。您没急？是我急？您听我再说一句，我看您的眼珠子都要跳出来了。

昨天是周六。今天是周日。方靖北是昨天十点十一分出现。猎物一出现，就逃离不了猎人的眼睛。

我以为快到饭点的时候，他该是在这里宴请别人吃饭吧。很遗憾，他每次宴请别人，我只能闻其香观其色而不能尝其味。他的车子接近一家大饭店时，车速慢了下来，我的口水不可抑制地流了出来，那可是无奈的含金量极少的口水。

您还在看手机，在等待什么重要电话？不是我多嘴，这种等不来的电话，干脆别等了。

哦，我接着说有用的。他的车只是慢了一下，在大饭店的门口，缓缓地往前，往前，没有停下来，经过饭店后，车速又恢复了正常。

车子在一个街角转弯时，突然有一只汽车轮子从一边滚过来，骨碌碌，旁边的人都为眼前发生的事惊呆了。可是，就在轮子要触及车子的时候，那轮子竟然横着倒下。我的车子经过那个路面时，我才发现那上面有一个掀开的窨井盖，那轮子显然是被它掀翻的。

方靖北在街上走的车子，再也没有出什么事。只是他下了出租车进了一个院子，而我下了车被挡在了外边。因为，那座大院的门口，有保安守着不让进。

闲人和我，都不得入内。

我眼巴巴看着他那油光锃亮的皮鞋慢慢消失在我的视线中。对，我还记住他没有任何油腻的嘴唇，像是死鱼一般的嘴唇。

对不起，在我不断吹嘘自己如何了得的时候，短处显然是存在的。

相比方靖北的嘴唇，我更像是一条死鱼。

记得那天晚宴上那些领导许的愿吧？不管是客气话也好，是真话也好，反正他们一一都说了：让您和他，有事尽管去找他们。对，说了的，千真万确的。

您知道方靖北干什么去了？我也知道。我在熬过一个没有水喝没有饭吃的漫长的中午后，我看到了我的猎物重新出现在大院子门口。这时候，我没有听到您的指令，对了，我之前给您打了电话您都没有半点反应，信号不好？

我真想以我的方式结束了他的生命，让我忍饥挨饿的方靖北噢。我先看他的嘴唇，呵呵，仍然是，是没有任何油腻的，干干的不是死鱼，而是鱼干。这，这是没有吃过饭，甚至没有喝过一滴水的外部特征。

脚上锃锃亮的皮鞋，沾满了黄黄的，对，是泥巴。我怎么看着那么亲切呢？因为，我从小是个农民。

这个时候，我连杀他的心也没有了。

方靖北打的回到了那个常住的招待所。方便面，泡着。免费的开水，喝着。整个下午，没出招待所的门。晚上，也没有出招待所的门。

今天一早，被您招来了。

您继续让我去跟踪，还是您亲自出马，您确定。

您自便。

四十

我来迟了，来迟了。施大男心里说，将那法拉利跑车的油门踩得轰轰响。

该死的方靖北！我要他那狗命干吗？我忘了什么是根本了，施大男想，我不就是想拿回本属于我们家族的商铺吗？不就是为含冤而死的父亲报仇吗？

冤家王正中，干吗在我迷途的时候打电话把我催醒了，我弄清了南北后，你又隐了不接我的电话，你让我一个人醒着感到疼痛？你想杀了我？

在高速迷路，甚至此前做出此行的决定，都是出于冲动，施大男想，我这是怎么了？她早已经告别了冲动的年龄，反倒越来越有冲动的概率了。天啊，乱了自己的方阵，不是出于自己的所愿，此刻，她的额头明显有汗津的感觉。

内心慌得厉害。

让虎狼也慌的理由是什么？施大男此刻才有了恐惧生出来。

法拉利跑车疯了似的在街上疾驰。她首先想到的是那个人大代表调研活动，那个高院长的笑脸——那个暧昧的萌芽，为何不是她希望的萌芽？在她心里埋藏许久了。

施大男不停地打电话。首先拨的竟然是王正中，她已经无数次打这个号码。电话拨通。听到对方的回铃声，是法院统一的回铃声。可是，直到回铃声结束，也无人接电话。

第二个电话拨打的电话是高院长。听见对方的回铃声，只是响了一下，她就将它撤了。她是一个理性的女人，现在是什么时候？周日。周日是公务人员与家人团聚的私人时间，怎能贸然侵犯？

第三个电话打的是另一个号码。却在接通之前，让另一个电话打了进来，那是王正中亲切的问候声："喂，我的宝贝，施美人！"

施大男没有说话，却失声哭了起来。这个时候，寻着方靖北的足迹，却处处受人侮辱，连一个小丫头片子都能欺负她，不管哪个男人借个肩膀给她，她都会靠上去。

可是，她抑制住冲动。

不需要廉价的同情，因为她是施大男。

施大男不待对方说话，将电话撤了。

想想，她干脆关了手机。

四十一

"你来市里，也不来找我，太没有朋友情谊了！"沈乾大说。

嗬，方靖北想说，被沈乾大抢了回去："我知道，你不想见我，是怕我黏你，缠你，想让你参股我的新公司，想用你的名气召集你的朋友与我合作，甚至，那个晚上利用你的名义请你朋友的客，实际上还是我借机兜售我的东西，借鸡生蛋，甚至，还让你付了宴请的款，呵呵。"

沈乾大是坐在一辆崭新的林肯上说。

这辆林肯停在上海宽阔的马路上。方靖北接到电话后，紧赶慢赶，来到沈乾大的车前，就被他抢白。方靖北有些内疚："只住了两晚，公司有事，就赶回上海了，没来得及会会朋友。"

"看看，都过去了，"沈乾大今天显出特别的豁达，"看看，都来了。"

方靖北从未听到沈乾大如此云山雾罩地说话，故反应慢了一些，沈乾大又说："你，真的没看见，还是不屑一顾？"

"哦，新车，林肯！你沈老板的？"方靖北恍然大悟似的，"你的座驾不是宝马吗？"

"是的，是的，"沈乾大不无得意地说，"此一时，彼一时也。这里的变化，你是见证人了。这叫识时务者为俊杰，我的房地产购销公司，一本万利的生意，大旗一扬，旗开得胜，金钱财富滚滚而来。我，我不是多次动员你吗方老板？我甚至动之以情，晓之以理，我的话没少说吧？我是真兄弟吧？富贵面前，荣华面前，我沈乾大是不是想到了兄弟，想到了你方老板？"

"沈老板到上海来，去，到我家去，"方靖北邀请，"让你嫂子为你炒几个好菜，咱们喝几盅。"

"嘿，哪能让你破费，一直都是你请客，"沈乾大说，"方老板你挑，上海最豪华的餐馆，你挑。"

沈乾大没等方靖北说话，继续说："嘿，我这个房地产购销公司，不是一本万利，而是无本万利啊，房子是别人的，我只是代销，就如代卖衣裳，是别人生产的，委托我代销，卖不出去我不亏，卖出了卖高价了，是我赚，况且稳赚不赔，商人，不是追求利润最大值吗？现在哪个生意能做到我这样的程度，不多见吧是不是？"

沈乾大现在是坐在车里，一手把着方向盘，一手靠在摇下玻璃的车窗上，对着立在车旁的方靖北说的。方靖北身旁不时有疾驰而过的车辆。如果是雨天，一定有雨水溅起洒到他身上。今天西斜的阳光被高楼挡住，却难以制止阳光被对面的楼面玻璃反射回来，将沈乾大和他的新林肯照得十分辉煌。

沈乾大一时竟然迷醉眼前的情景，瞬间觉得自己的身体从车窗春笋似的长出来，长了长了，长过了两边的高楼，宽过了黄浦江，将整个上海踩在了脚下。

"想什么呢？失了魂似的？"

沈乾大深深吸了一口气，下定了决心似的："来，来，上车来谈，细谈。"

方靖北拉旁边的车门时，沈乾大又说："慢，慢着，我怕吓了你。"

说话间，后座的车窗玻璃徐徐降下。玻璃开启一条缝的时候，就有丝丝缕缕的香气泄出来，像是一条条柔美的丝虫，没有筋骨，却有韧劲，爬上人的衣袖，钻进鼻孔，方靖北禁不住打了一个喷嚏。

"是，是毕姑娘在里边吧？"

玻璃在继续降下。

"毕姑娘可是劳苦功高，听你说过，公司创意，设计，她功不可没，是吧？"

"哼！"声音轻轻的，车里的声音，不是沈乾大发出的。沈乾大反而转过身去，呵斥了一声："还不快快滚出来拜见方老板，他可是财神。"

"哦哦哦。"一团白肉顿时滚出车来。方靖北定睛细看，是个十分标致酷像毕姑娘的美人儿，连笑声气息都像，却不是毕姑娘，连香水味也不是毕姑娘身上常闻到的香味。

是毕姑娘的年轻版！方靖北不知道哪里出了问题，是自己的感觉变化，还是这个世界？方靖北这样想的时候，眼前有一片白光晃了下又不见了。

"这是白云姑娘，毕姑娘的表妹，歌舞团的。"沈乾大不无得意地说。

"方老板，方哥哥！"白姑娘话到手到，香香的气息柔柔地罩住方靖北，让他窒息。

沈乾大却是觉得方靖北被香艳迷醉了，最起码这一刻就是。他确实是个善于借势助力的人："方老板，快加入我们，不，不是在我们市的公司，而是在上海，我们公司想开辟上海这块辽阔的充满潜力的市场，想请你鼎力支持，或参股，或任分公司经理。"

"给我送钱来了！"方靖北说着拍了拍新林肯。

"还有，我呢。"白姑娘主动上前，拥抱了方靖北。那一道白光又出现了，只是一瞬间，马上消失了。连白姑娘都感到了这道白光的存在。

沈乾大看到了白姑娘身上那一下颤抖，哈哈笑起来："白姑娘干吗那么激动？我是让你协助方老板在上海的工作，不是把你送给他。就算是，还不到那一天……"

"沈，沈哥……"

"别像是欠了你什么的拉了脸，"沈乾大突然说，"请方老板上车来，我们有事谈。你，车外立着。

"女人嘛，就是一件衣裳，哪像我们兄弟情谊，如手足。"沈乾大将车门闭紧了，对方靖北说。这时候白姑娘贴着车窗立着，沈乾大降下车窗玻璃，说："滚得远一些。"白姑娘回转身，眼眶晶晶亮的似乎有泪水，无奈立在车后三步外的地方，不时瞥一眼车子，又低下头去，像是委屈无助的小狗。

"毕姑娘可不是你的衣裳啊，开始在电视台的时候宣传你包装你，辞职加入公司后，为你策划公关，这，可是你亲口跟我说的?"

"嘿嘿，"沈乾大说，"干大事的男人，别把女人太当回事，再说，我又没有把毕姑娘甩了，她，有用。"

方靖北拍拍沈乾大的肩膀说："车换了，女人换了，还要换什么？"

"谢谢夸奖，我，还得脱胎换骨呢！"沈乾大不无忧郁地说，"我，不敢将车开到府上呢，因为，你的别墅，你的家产，只能衬出我的低层次来连我的自尊也没了。"

"哦，让我到这光溜的马路上看你的豪车美女来，你有没有想到，来回的车，比你的车高级多了，来回的美女，比得过你的美女啊。"

"嗯嗯，我远远不如呢，"沈乾大一下子低沉起来，"这么好赚的钱，我为何早先没有发现呢？哗哗，真如流水啊。方兄，这次来上海，确实有事，第一件，就是想让你把所有商铺卖还给我，加利息给你，你蛮有赚头的，我，现在真的有钱了。二是，劝你加入我的公司，在市里，在上海，都可以。

"第三件，"沈乾大咽了口口水说，"就是你这官司的事，说是要撤销原来的判决，重行改判，过去这么多时间了，光打雷，不下雨，如果要再审，下级法院也得上级法院的文件指示，如裁定书，就是裁定原审不合法，发回重审。你不觉得不正常吗？"

"呵呵，是的，谢谢你沈老板，你真是兄弟，"方靖北似乎也被沈乾大此行的目的感动了，"这官司的事，到底是怎么事？我也弄不懂。"

"前几天，你不是走访几个领导了吗？怎么说的？"

"第一个领导，没碰上，说是腰扭了，帮他们翻了地，种了菜，说是掘地种菜扭的腰，完了我连口水也没喝上。

"第二个领导见到了，喝了茶，我说起此官司的事，回答：呵呵，这样啊，得重视的。完了。

"第三个领导，回答：呵呵，这事，这事，我知道了。"

"完了完了，"沈乾大不无同情地说，"打了水漂了，三下，砸得重重的，连水花也看不到。"

"没砸，真的，"方靖北说，"不是上一次大赛颁奖后一起吃饭，领导们许下的诺言吗？有事找领导嘛。"

沈乾大睁大眼睛，死死地盯住方靖北，看，看得他心里直发毛："方兄，方老板，不是我说你，有你这样死心眼的吗？你捐款给残疾人大赛，这不是砸，这不是钱，还是什么？你凭什么要砸钱，这些残疾人是你舅，是你叔，还是你大爷，哼，与你有半毛的关系？"

这个时候，有人拍车窗。两人回头看，是白姑娘。沈乾大想骂，方靖北让别骂，可能白云姑娘在外边站累了。开了车窗，却见白姑娘脸上全是惊恐之色，像是遇见猛兽了。沈乾大说了声不好，想发动车子时，有一辆车却轰的一声横在车前。

方靖北眼熟这辆车，却见车门开了，跳下一个女人来，那是毕姑娘。方靖北从车窗玻璃看到的毕姑娘有些变形，脸上的五官都不像以往看到那样具有善意。

"你，你这不要脸的婊子，你这鸠占鹊巢的坏鸟，你这千人骂万人骂的狐狸精，你居然坐着林肯偷偷来上海了？"

"表，表姐，我可是你的小云妹妹，你妈妈可是我嫡嫡亲的姨妈啊。"

"哒！我养一条狗，也不会偷我的东西，你可好，我好不容易把你介绍给沈哥，你却做的好事！"

"我，我这是爱他的啊，表姐，我，我是歌舞团名角呢，我都从歌舞团辞职了，我没了退路了，我爱他的啊。"

毕姑娘不顾一切地笑起来："一个报幕的也称名角，还爱。"毕姑娘的笑，让没有鸟的上海街头，也飞起许多能飞的东西，比如塑料袋、树叶、灰尘什么的。毕姑娘几步上前来，拉林肯的车门。车门却在里边反锁了。毕姑娘继续笑。

"哈哈，你也有今天，老娘陪着沈哥也有好几年，什么好日子没过过？什么好东西没吃过？什么好房子没住过，什么好车子没坐过？怎么，你瞒着坐林肯没几天，你就被沈哥赶下车来，只能立在旁边晒太阳！"

"我没有，我没有。"白姑娘像是徒劳地反抗。

毕姑娘似乎是骂够了，像是一个哭够了的孩子，乖乖地回到自己的车上去。然后，车子轰地发动了。立在马路边的白姑娘松了一口气，连车里的沈乾大也以为这场尴尬、这场灾难马上就要过去了。

毕姑娘驾驶的车子轰轰响起，像是将油门踩到了最大。

车子动了，动起来了。

突然，车子没有倒退，而是正对着那辆林肯的车头，发疯似的撞了上去。

四十二

九点三十七分。这是周一上午。施大男打开手机，距昨天的关机，过去了十多个小时。阳光将公司办公室的内外照得通明。就是一块铁放进去，也会透明了的。

九点四十二分。施大男往手机上再看了一次。这是她短短五分钟内，第六次看手机。看看那些男人回过电话没有。

没有，一个也没有。

施大男原来以为，她关机的十多个小时内，手机会被这些男人打爆了的。

九点四十九分。施大男拿起手机。按昨天的顺序，依次给三个男人打电话。第一个号码，全部按上又一一按掉。第二个号码，全部按上又一一按掉。第三个号码，全部按上又一一按掉。

关掉手机。

九点五十七分。施大男猛地立起来，觉得脸上烫烫的。像昨天晚上一样，秦明说："你脸红红的，好可怕。"秦明于是抱了毯子往客厅睡沙发去，施大男暗自躺在宽大的床上，拍了拍秦明离去留出来的位置，苦笑了一下。

施大男拿起包就往楼下的法拉利跑车走去。

十点零一分。施大男按了按自己的裤裆，发动车子将车驶离公司大门。倒车镜里，那些车间、采购、炒制、配装、运输、销售，忙忙碌碌的人和事，全部离她远去。

十点三十　分。施大男的跑车在市中院门口停住。瞬时，她人脑上一片真空。干什么来了，我?

十点三十二分。有穿黑色服装的保安前来，先是一个怪异的敬礼，然后说，大门口不能停车，如果要立案，请到立案庭，如果要上诉，请到立案庭，就是拐角处，有个免费停车场。

十点三十三分。施大男：我不立案，我不上诉，我，约了你们高院长。

保安唰地立正，说：是。

施大男：开了大门，立着干什么?

保安：是。不过对不起，您稍等。我得先打一个电话给院办。保安说完就往传达室走。

保安的前脚就要迈进门口了，施大男在后边叫：算了算了，我不找他了。

保安听到了，转过身来，一直盯着。

十点三十九分。施大男的车子丝毫未动，保安又向着车子走过来。施大男找手机。车上没有手机。施大男伸向手袋一摸，手机在手袋里。手机关着，施大男得把它先打开了。

车窗外就被拍响。"同志，请把车移开。"是保安的声音，然后，啪的一个敬礼。

施大男竖竖手机，保安似乎看懂了，露出微笑来。施大男在手机上按了高院长的号，想了想，又把它一个个删去。

十点四十五分。施大男突然发动车子。保安吓了一跳，赶紧避了开去，站着微笑。

微笑似乎激怒了施大男，本来向后倒退的车子，突然向前驶了几米，在离保安只有二十厘米的地方，紧急停车。

保安脸上唰地白了，没有一点血色，仍然微笑。

妈的！施大男破口大骂。这真是狗男人的天下，连一个小保安都敢这样居高临下的，笑！

施大男发誓这辈子，再也不去找男人。

十点五十二分。车子终于回到大街上。

那些扑面而来的，没有感觉，没有感觉。唯有圆柱形的物体让她欢喜。她用手按了按自己的下身，下意识的。此刻，她连联想也没有。

仿佛色彩全褪色，世界全变成白色了。她的感觉全消失了，似乎回到生命的原始状态。

十点五十九分。施大男的车子进入一个神秘的小区大门，停在一棵桂花树荫下。

这就是那天早晨，她父亲神秘死亡，她的男人秦明在这里学鸟叫的那棵树。

那声鸟叫，犹如在耳边回响。可时间已经悄悄过了几个月。

十一点十一分。施大男立在门前。

十一点十二分。施大男往左右看看，往前后看看，往上下看看，没看见这些方位有观察的眼睛。

十一点十四分。施大男从包里取出钥匙。手有些颤抖，可还是将钥匙准确地塞进钥匙孔。手上使了劲，想将钥匙扭转一个角度，将门锁打开。可是，钥匙在手里纹丝不动。再使了一点劲，钥匙仍然无法转动。

施大男抬头看了看，门框上的编号无疑。施大男断定换了钥匙。一下子火从心底烧起，她想抬腿踢门，可脚在半空中被缓缓放下。这个地方可不是撒泼的地方，惊动了左邻右舍，说不定把自己华丽的衣裳也撕破见了真相。

十一点十六分。施大男弯下腰去，在门前脚下小毯一角，摸索到一枚钥匙，塞进钥匙孔，一拧钥匙，门开了。

施大男回想起刚才的鲁莽，差一些坏了好事。恨只恨，门的主人瞒着她将门锁换了，是为了阻止她进入？原因呢？叹只叹，每个人都有致命的弱点，门主人身上的习惯是一辈子的烙印。

施大男坚定地认为，自己就是善于利用别人弱点的高人。施大男不管善与恶。

十一点十七分。施大男顺利进入房间。

施大男闭上眼睛。

她以一种警惕的心情，打开了她的嗅觉器官。她以往每到这里，总是细细品味留在空气里的幸福和甜蜜。这种心态何时改变的？是刚才遇见旧钥匙开不了门吗？还是什么更为遥远的时空里？

这个爱巢已经搭建好几年了，今天，她是以另一种心情踏入。是不是爱？爱能掩盖一切包括丑恶。

她的鼻翼微微翕动，说明她的嗅觉已经开放。

直冲鼻腔的是香水味。法国的某品牌，一直没变的气味，犹如她打小喜欢的栀子花，浓郁得有些泼辣。这个气味一直伴随着她，就如她好强的灵魂。

拨开香水味，就如拨开女人的衣裳。她闻见原有的内容还在，那就是情欲的气味，是他和她的，那种骚动，那种疯狂。她再品咂，像牛一般反刍。就是原先的味儿，原始的没有添加任何一种外来的味儿的味儿。

她沉浸在这种原始的没有被破坏的味觉里，有些激动。

这些激动蒙蔽了她的视觉，以至于她睁开眼睛看时，周围的景致也与原来的一样完美。其实，墙上挂着的她的照片，已经被全部摘下，堆放在房间的一个不易发觉的角落里。她没有发觉，这就为今后的危险铺上了致命的失误。

她在蒙蔽中躺上床去。不一会儿，她觉得自己像是一条大河，忙着吞咽上流下来的水和泥浆，那水和泥浆冲击河床时，发出空前的震颤：河上激流滚滚，河上百舸争流。

忽然，那些水和泥浆，包括那些石子、杂物，都不见了。

十三点三十七分。施大男忽然从梦中醒来，心头突突直跳。

十三点四十一分。施大男逃离爱巢。她不想多在这里停留，哪怕是片刻。

肚子里咕咕直响，停在路边，吞了一包车上预备的饼干，可身上仍然空虚得可怕。

十四点二十七分。她的车子经过区法院。这里的保安熟悉，她的车可以直接驶进大院，可她到了门口的道路，却没有了转弯进门的打算。

十四点五十九分。一辆红色法拉利跑车，出现在本区最大的娱乐中心停车场。

进了包厢，不知来干什么？

那就唱歌。

歇斯底里地唱歌。

不知唱了几首歌。

十五点三十九分。红色法拉利跑车轰然响起，快速驶离娱乐中心停车场。窗外的阳光十分强烈，车内那犬形残玉却十分灰暗。灰暗得像是没有星光的晚上。

二十点五十九分。施大男脸色有些潮红，软软的有气无力的，嘴里才有声音，像是从深深的隧道里发出的一样。这在秦明眼里女人极了，他想挨近来。施大男不无忧怨地说："傻瓜，昨晚，你去哪儿了？来红了，就刚才。男人是傻瓜。"

我要寻找什么呢？平静下来的她觉得今天的举动太荒唐。自己应该立即寻找有利于自己官司的权贵呢。而在若干年后，她又觉得今天的举动，很正常，一点也不荒唐。哪一个女人没有遭遇生命力旺盛？

一声叹息，是她另一个阴谋的开端。

四十三

儒商调查（二）

注：这是一个新闻专业大四学生的纯粹的社会调查素材之二，届时将形成正式的报告文本呈交学校作为毕业作业。您可以选择不看，或看。文笔有些稚嫩、随意、粗糙啊。唯有一点，情感是真实的。

被调查对象：方靖北。

调查方式：实地走访、当事人采访、座谈会、阅读各种笔记文件

调查人：安安

生变、选择、创业——

一撸到底是职务，由一个中心校校长，降为一个普通老师。降不下的是人生志气。就如充满气的球，越是拍打，弹跳得越高。

蹊径就是这样被人踩出来的。免职的同时，萌生了经商的意念。也许潜伏着的经商基因在适时起作用。

逆势而上，永远是一种超人的智慧。据说巨人是被炎凉的世态压迫出来的。

△兼职经商时期。1987年，无职一身轻的方靖北来到一座山区学校任教。

夫唱妇随。方靖北就在离学校不远的镇街上设立了第一家粮油商店。主

售：大米、食油、大豆、米糠及猪饲料，甚至还有山区的特产——毛竹。夫负责采购进货，妻负责柜台销售。

商店位于一个三岔路口。省道从镇口穿过，从省道横穿镇区到山区的公路，构成了镇街。笔者来此时，距方靖北在此兼职经商已有将近二十年。可当年的街面商铺仍在，只是粮油店已经改开花店，一个喜欢笑的姑娘在经营。花店的对面是一家电动车店，销售兼修理。

"请问这里的粮油店呢？"我问花店的姑娘。

姑娘看着我笑个不止："您要花吗姑娘？粮油不都在超市吗？"

笔者只能在街边找一些有些年纪的村民采访，于是，才有了鲜活的第一手材料。

△进货一般在距离八十公里的两个地级市。雇不了汽车，因为价高。只得雇那个时代特有的手扶拖拉机，一路"乒乒乒"响着直冒黑烟的它，只许晚上在公路上行驶。吃罢晚饭，还得等天黑尽了。方靖北就坐着它上路，花三小时，到达市里，装货，再"乒乒乒"飘着与黑夜一样颜色的烟，三小时返程。与红太阳一般准时出现在自己的粮油商店。卸了货，简单漱洗用早餐后，精神抖擞地出现在课堂学生面前。

△自己当搬运工，以省下每天五十元。天热时，衣服一脱，赤膊上阵。

大米包一百八十斤，玉米包一百八十斤，肩膀一扛上下车。

一拖拉机拉九桶油。每桶油三百六十斤，扛不动，难不住方靖北，运用书本上的机械原理，将车与地面搭一斜板，推起油桶，轰隆隆上车，铿锵锵下车。

方靖北妻子娇小的身躯，担负起整个粮油店的销售。从来没有做过生意的她，很快学会称米打油算账。一俟有空，扫地抹柜台，店堂整洁明亮，只有阳光没有粉尘。油桶储藏在马路对面的仓库里，店里油桶售完，她学着丈夫的样子，将空油桶滚向对面，将仓库里的油桶滚到店里。

同行有缺斤短两、往米或糠内添加水等奸商行为，本店诚信为上，从不坑害顾客。于是，顾客盈门。

△不少熟悉方靖北的老人说，本来是堂堂校长，现在做生意赤膊上阵，今后肯定有出息啊。

前后两年的兼职经商，方靖北夫妻的粮油店赚了一万元。收获最大的是：方靖北把知识分子的清高和不想与社会打成一片的矜持一扫而光。

生意场上不需要清高和矜持。

△1988年年底，正式下海经商。原因有三：一是做不了官，因为违反计生政策被免职，升职之路被堵死。二是工资太低。月工资为两百六十元，方靖北

将两百元交妻子以作家用，六十元作为零用。这些收入过日子十分紧张，连一件八百元的皮夹克也买不起，亲友之间的人情消费都对付不了。做中心校校长时，属下有校办厂，也可贪污，但是怕，怕晚上睡不着觉。三是原来的兼职经商赚不了钱，原来的粮油买卖利润太薄。加上兼职总会影响工作而心生愧疚，他不想脚踏两只船。

△不利因素：家庭反对。父母、岳父母口径统一：铁饭碗不要，走个体经济，没有出路。妻子反对更甚。

△反对意见最大的妻子，从县总工会图书阅览室借来五十公斤重的报纸，目的是让丈夫了解社会和经商形势，从而让他知难而退。

十天十夜将所有报纸翻阅一遍。心里由衷感激妻子。五十公斤报纸化作他创业不竭之动力，欣欣然预估成功率百分之五十，极慎重得出结论：下海。

创业之初行业选定：排除了制造业，选择与高科技有关的信息、广告业。

△成功案例。

电脑设备。进价：每台一千五百元。销售价：每台七千元。

讯息联网。商业背景：国家正与世界各成员洽谈进入世贸组织，与国际接轨声浪鹊起。方靖北抓住机遇，为企业提供联网讯息服务，讯息源自网络和报纸杂志，涉及我国内外贸政策、新技术、新观念等内容，每户企业每年收取五百元讯费。单户收费虽少，可成本较低，付出只有聘请的人员工资，如果户数增到成百上千，利润十分可观。每年仅此业务利润二三十万元。

祝贺广告。如县内客运总站落成，组织上百条祝贺直幅。每条收广告费五百元至七百元，每条成本仅几十元。

策划工业品展销。其中一场展销，就赚取利润七万元。

1992年到1993年，公司银行账户上经常有四五十万元。一同起步的公司同行，都不清楚他是如何赚的钱。

在县内经营的三五年间，方靖北就在县内购置商品房一套、新建一幢两间四层半落地房产，市内购别墅一座（原价一百四十二万元，现价八百多万元）。

△黄页销售。1995年始，主营黄页业务。两年后，马云也开始经营黄页业务。所不同的是：方靖北年年取得利润上千万元，而马云血本无归。但不影响后来马云改行成为网上经营豪杰。几年间，方靖北与全国二十多个省市邮政局签订销售黄页合同。

△黄页是国际通用按企业性质和产品类别编排的工商企业电话号码簿，以刊登企业名称、地址、电话号码为主体内容，相当于一个城市或地区的工商企业的户口本，国际惯例用黄色纸张印制，故称黄页。

黄页的出现，大大促进了欧美各国和中国的产业界和物质文明飞速发展，在促进商务沟通和全球经济发展诸方面，黄页做出了无与伦比的贡献。

黄页19世纪末诞生于美国，由于一次印刷时偶遇没有白纸，临时用黄纸代替，却出现意想不到效果，以至用黄纸印刷电话簿成为惯例。偶然成为时尚，时尚成为必然，有什么秘密通道吗？想请教一下方靖北先生。

△销售黄页成功经验。

诚信与操守。销售属于贸易企业，没有品牌，企业老板的个人魅力就是品牌。个人魅力的建立就是诚信作为形象。老板与邮政局等合作方凭合同办事，百分之百兑现承诺；企业职工是诚信的实践者。从事黄页销售以来，企业从未有被各邮政局处分或吊销执照的事，合作关系越来越紧密。企业也从未收到来自客户由于服务质量原因的投诉。出现了许多诸如在风雨天，送货员排除万难满腿泥巴浑身湿透，按约定时间送黄页上门令人感动的生动事例。操守就是商德。在市场经济条件下，商人做不得纯粹的传统意义上的君子，也不做小人。在具体经营中就是要坚持原则性与灵活性相结合，原则性就是法律底线。

谋划与战略。商业最重要的是谋划，谋划就是全局观念。对外，不是让竞争对手成为对立面，而是让对手成为合作伙伴。处理与合作伙伴的关系时，从不斤斤计较，显得大气。对立面越来越少，赚的钱才越来越安全。对内，老板对待职员如同家人、朋友，职员视企业为家，为人生依靠。战略就是发展的观念。不计较一时的得失，在乎长远利益。

△小结。方靖北在事业发展过程中，销售黄页阶段已经取得再发展的资金准备，完成一个成熟商人思想上的准备。

四十四

爱巢。

施大男用刀抹了脖子，血就流了出来。

王正中大惊。夺刀。"说得好好的，怎么就抹脖子呢？再说，这不是你施大男做的事啊？"

刀是水果刀。放在床头柜的果盘上，本来是用来削水果的。

施大男前些天来例假，待身上干净后，第一个找的人就是王正中。

"你一直不是冷着我吗？是我，就要调任中院副院长，分管政工，没有实力为你赢官司了吧？"

"我，一个小女子，"施大男搔着王正中的背，他身上经常痒痒，她常常为他搔痒痒，"你再说，我不搔了？"

"别，别，"王正中痒在最痒时，"可别放下。"

"那，我给你买一个耙耙自己耙，猪八戒用过的？"

王正中就笑起来，回头瞥一眼这个让他又疼又爱的女人，说："我是公猪，你是母猪，都是畜生。"

施大男突然泪涌眼眶："我是畜生，我是婊子，我缠着你，我让你为我赢官司……"

"我，开玩笑呢。"

"你开玩笑？你把爱巢门锁换了，是厌烦我了吧？嫌我老了床上妖不起花不起了？"

"我哪里嫌？哪里嫌过了？"

"嫌了，嫌了，"施大男揩了一下眼中的泪，反而将泪水弄得满脸全是，"你说过，爱我一生一世，爱我眼睛爱我鼻子爱我嘴巴爱我的每一根毛发，想不到，变心了，就这样轻易变心了哟！"

"你，不是进门来了吗？前些天也进了一次，"王正中努力笑出声来，"你真是猪八戒钉耙——倒打一耙啊。"

"你，又骂我猪？"施大男就突然拿起那把水果刀，在脖子上抹了一下。

王正中要打救护车急救。施大男说不会死。

"你，正中，你不知道我的苦啊？"

"你，苦？"王正中脸上在笑，心里却积着霜，"你要赚钱，得不到，是苦啊。"

"我是女人，你不懂。"

"懂懂，美，无与伦比的。"

"你，还是不懂。"施大男抹了一下脖子那里，有些血丝，"不是这里流血，是心里在流啊。"

"你是真不知一个小女子苦的啊。"施大男又说。

"是吗，宝贝？"王正中又一次被面前的女人感动了，感动中自己的雄性角色苏醒又想拯救世界了，"你说吧宝贝，只要我能做到的。"

施大男摇摇头："我的世界里，如果男人强了，哪轮得到我一个小女子苦苦支撑。你知道，我的爷爷，我的爸爸，包括我的几个兄弟，都抱着他们所谓的仁义道德，呸，这世界抱着这些古董，你能活？一个个做了缩头乌龟，抛弃的不是名和利，抛弃的是你的生存权利，你连生命也没了，你还有仁义？仁义的戏得人演给别人看，你连演的资格都没有，你哪里还有仁义？"

"哦，哦，对，对。"王正中正在接受蛊惑。他身上的崇高感让他受毒害更深，深得让他蚀去自己的灵魂和骨头。他从小受到家庭的熏陶，一直是众人心目中的正派人，踏入官场受了周围环境影响，竟然利用自己的位置进行权色交易后，心里一直忐忑不安着……王正中甚至暂时有了心灵上的慰藉。

"屁话，你们这些男人，我周围的男人，一个个没有男人样，没有男人的担当，"施大男勃然大怒似的说，"只会说'对，对，哦，哦'，哼，没有担当，是由于没有思想，酒囊饭袋，行尸走肉，而已。"

"哦，是是。"王正中露出害怕的样子，就如在上级领导面前，有些是敬畏，有些是装。

施大男扑哧一声笑起来："龟孙儿子！"

王正中就想着要给施大男脱衣裳了。她喜欢男人给她脱衣裳。让人脱衣裳才有女皇的感觉。

施大男就把他的手握住。重重地握住，他就觉得这握住不是鼓励，而是反对。她的这只手是街边叫卖山货的山里女人的手，她紧紧按着装山货的藤筐，按着藤筐里蠢蠢欲动的野兔或别的没有见过世面的山货。

她反对他的手解除她上衣的第一只纽扣。她的反对却不是真反对。她的目光就显示出来。他对她的目光点了点头。她就说："你作为一个法官，应该维护法律的严肃性，是吧？"

"嗯，嗯哼。"他回答。他的手加重力度，紧紧地想扳开那只按在藤筐边上的手。

那只野兔不时探出头来，被一双手打了头，那只红红的兔眼闭一下，害羞的样子。第一只纽扣被艰难解开，露了里边一些风情的肉。

"法律的不严肃，就在于自身的不尊重，不遵守，不坚守。"

"对，嗯哪。"他的手向第二只纽扣进军。

坚守第二只纽扣的手毫不退让。一个刚硬如铁，一个柔软如水。铁要斩断水，水要吞没铁。铁急急火火，水缠缠绵绵。

"正中，王正中院长，我问你一个问题：法院的判决，已经生效，为何不能执行？"施大男说，"你可能要说，已经听上级说，该案得重审。"

"是，是，"王正中接过她的话头，顺手就将第二只纽扣解除了，"只是口头述说，没有法律文书。"

"嗯，正中，我的中。"施大男呢喃起来，反手过来要解他的衬衣。她的手同样受到阻挡。那只手有些粗鲁，粗鲁就如守门狗的舌头。施大男说："中，我的中，你接下去说，说。"

王正中挪开她的手，又去解她第三个纽扣。施大男不待他动手，自己解开了它。王正中看看她，摇摇头，伸手将她解开的第三个纽扣扣上。

"你不想，我替你说了吧？"施大男说着猛地拉开自己的上衣，让那些纽扣全部脱了线没了束缚，任凭谁也无扣可扣，让里边的黑色蕾丝胸罩全部暴露出来，"没有法律文本否定的原判决，仍在有效期，仍可发生它应有的法律效力，不是吗？我的大法官。"

王正中要去解她的胸罩搭扣，他的手就被狠狠拧了一下，直到他点了点头，那搭扣上的第一只才被脱离。

"中国法律不幸，是在于你们这些法官不敢捍卫法律自身的尊严。"

"哼，你还不是老鼠？竟然教起猫来了！"王正中心里这样想，嘴上只是装了幽默说，"真是想不到，一个不是法官的人，却说了法官的话，让天下的法官如何活？"

施大男笑起来："一个不是丈夫的人睡了女人，让天下的丈夫如何活？"

"蜂采花，是蜂高兴，还是花喜欢？"

"模棱两可，是法律大忌，法官倒学会油腔滑调了。"

"司法工作得为维护社会稳定努力啊。"

"哼，"施大男反手过去，将胸罩的搭扣重新扣上，"蜂不高兴，花就不活了？"

施大男从沙发上站起来。

"你这没良心的，没良心的你，"施大男脸上阴着，一边说一边穿起衣衫，"我走了，走了。"

"回来，回来吧！"王正中说着，心中却不急。

王正中干脆闭上眼睛。一闭上眼睛，就看见那三张照片，身上就起了鸡皮疙瘩，那些惊恐的汗水就奔涌而出。他猛地跳起来，一步蹿上去，抓住她的身子。

施大男嘎嘎笑起来："龟孙儿子，我就知道你绷不住。"

王正中抱起她，像是掷一块猪肉一般掷到屠夫的案台上。施大男一点也不怕王正中脸上的"死相"，在他扑上来之前，就一件件将自己的衣衫剥了扔了。只剩裤衩，施大男有一次说起，这是她做人的底线。

"男人面前，脱光，什么都没有了，就这一点留着，自尊。"施大男有一次这样进一步解释。

王正中猛扯她的裤衩，施大男就杀猪似的叫起来。

"你，要死？"王正中低声呵斥。

"畜生，畜生，"施大男也放低声音，却笑得更厉害（以往此刻从不笑），"雄性动物嘛。"

王正中又扯，施大男笑着，就是坚决不松手。

王正中该说的，都说了，该保证的，都保证了，都要给她跪下了，施大男才顺从他。

忽然，他停住了。他在他认为恰当的时候停住了。

王正中问："照片呢？你拍的三张照片？"其实，他在汹涌向前的时候，突然停止运动，也是痛苦万分的事。可是，一个成熟的雄性，有比性欲更重要的东西。

"有啊，有啊，马上还你！快，快，快！"她干脆地回答。这个时刻，就是让她割了头颅，她也愿意。

他恢复了疯狂。

"我爱你，亲爱的中，爱你爱你，我一辈子都爱你！我发誓，发誓。"她呢喃着，心中仍然虚虚的，"你，满意我吗？我性感吗？"

"满意，满意，说了多少次了，你每一次都问。"

"哦，真的吗，亲爱的？"

"照片，照片呢？"王正中喘着粗气，"三张照片呢？"

"什么照片啊？亲爱的，我爱你。"

四十五

林果副院长一起床右眼皮就跳。他以前听说过男人的眼皮跳是"左跳财，右跳灾"。

他问妻子。妻子说，单位问师傅，家里问我，你没有脑子？好好，林果说，我去单位问师傅。妻子说昨天半夜了师傅还打电话给你。林果说，师傅打电话给我让我一上班就去找他，我，才跳了眼皮呢。

"林副，步行街商铺施大男胜诉案，你负责继续执行。"王正中院长说。

林副看着师傅坐在院长的位置上，那个宽大的摆放了国徽国旗的办公桌之后，在一旁的执行庭老范和另一个副院长共同注视下，说的这一句话。没有丝毫异议的自由意志的表达。

前些日子被清洁工大妈打碎后重新置换的花缸，那上面的花鲜艳着叶翠绿着，紧挨花缸后面的鱼缸里金鱼在黄黄的灯光照耀下，摆摆尾，摇摇头。那花缸、鱼缸之间的味儿也没变，就和昨天的一样。

另一个副院长脸上严肃着，因为听领导的指示，这是标准的表情。老范把目光盯准他，因为他是分管副院长，虽然他是执行者，可院长不会越级而是通过分管副院长指派任务。

"林副院长，林果同志，"王院长不解地问，"你的脖子安了马达轴承了，转个不停？"

另一个副院长看看王院长在笑，也抿了下嘴。老范绷着脸，不敢笑。

"嗯哪。"林副说着，夸张地转动几下头项，自我解嘲似的，"落枕了落枕了。"

"这一次执行，干得漂亮些。"

"嗯哪。"

王正中笑起来："嗯哪嗯哪，别的不会说，拉干屎吗？还是不想尿我这一壶了？"

另一个副院长和老范听了，开始想笑，后来没笑。

林副此刻急起来："师傅吩咐，我都是嗯哪嗯哪，习惯了的。"

"哦，师傅？"王正中脸上仍然笑，"我还是院长呢，人大常委会还没有表决任免，上级还没有发文呢。"

"没，没，不不，"林副似乎慌了阵脚，"我只是听中院高院长说起过，这个案子需要重审。"

"哈哈，"王正中终于笑出声来，"你眼里只有中院？没错，下级服从上级嘛，中院有调任我的打算，某些同志也有自己的小算盘也不奇怪，怎么，这个同志是你？你提前到岗了？"

"师傅，我这是好心。"林副都要哭出来。

"工作场合，少谈师傅，要讲全局，不要讲小团体。"王正中脸上仍然有笑。

"林副院长讲政治，讲团结，讲大局，是我们的模范。"另一个副院长也笑着说。

老范就说："林副敬重着您呢，我们都知道，您是他的师傅。"

"我，我们保证完成任务。"林副最后说。

三个人一起走出院长办公室时，王正中让林副留下。林副说："院长，您有什么指示？"

王正中想了想，没说，挥了挥手让走。刚走一步，林副听到王院长说："林果，美女代表施大男说，她和你投缘呢。"

林副再次回头。王正中脸上仍笑，再次挥手，示意他走。

林副回到办公室后，让执行庭的几个人来，商量了一个上午。下午，组织参加中心组政治学习。三点零五分，学习结束。林副与王院长说了声，得上医院一趟。王院长关切地问，头疼吧？一边说一边挥挥手让他快走。

不到二十分钟，林副来到一个地方，不是医院，是中院。高院长的秘书十分热忱，让座，沏茶，打哈哈。稍候稍候，秘书说着，五分钟后从高院长办公室走出，还是说稍候稍候。

五分钟后，秘书起身为林副的茶杯加水，稍候稍候。

十五分钟后，秘书起身再加水，稍候稍候。

二十一分钟后，一个新来的人来找高院长，秘书直接将他带到高院长办公室里，稍候稍候，秘书回头说。

之后，有超过五个人找高院长，也是随到随进。稍候稍候，秘书仍然这样说，脸上没有半点歉意。

在取一个文件的时候，秘书不小心将面前的茶杯碰翻，茶水湿了桌子。林副连忙起身，拿了抹布帮着擦起来，擦了桌子，还擦了窗台，窗台旁边的矮几有灰尘，也顺手擦了。看见地板上有水迹，林副找来拖布。

拖过来，拖过去。

拖过去，拖过来。

额头上有丝丝汗出来。

"来，来。"高院长的声音，批评秘书怎么让基层法院的同志拖地板，秘书连忙夺过拖布，却不拖，放在一边，让林副上高院长的办公室去。

坐在高院长对面，如沐春风，却不知从何说起，林副从口袋里取出手机。高院长说，你打电话尽管打。林副却不打电话，只是让高院长听里边一个录音。

录音的内容就是上午王正中向他们三人交代执行任务。

二十分钟后，林副就被请出办公室，因为高院长临时有事。林副自己驾车在街上，仔细回味高院长听完录音后的谈话。

高院长的笑容比王正中院长更为和蔼可亲。高院长说林副还想着他来看望他让他十分高兴。高院长说：不该在领导面前谈及更高领导的指示，让人觉得拿大压小；不该在众人前称自己的领导为师傅，这是私密事，不宜公开；不该对领导的讲话录音，更何况拿给别的领导听；不该去领导的领导那里告御状，今天就是。

高院长问及前些日子区委江枫书记找他为彩票店搬家的事："呵呵，你得罪了王正中院长了吧？他可是我的师兄。"最后，高院长乐呵呵地说，"林果同志，美女代表施大男说，她和你投缘呢。"

林副现在的脑袋很混沌，像是进水了被驴踢了被门缝挤扁了一样。

谁能救我？苍天啊菩萨啊神啊阿里巴巴啊？

林副把车停在一个超市外。超市里人头攒动，从天上看下来，就如蚂蚁一般。林副把自己当成一只蚂蚁混入蚂蚁中。

走进超市，他还不知道自己要干什么，就如人初来人世，这一辈子如何活那样，令人不可理解，也无从理解、不需理解。直到闻到一阵酥香，林副的脚步才有了方向。

那是一个现场加工糕点的柜台。现在正在加工万寿酥——这个城市的一个传统点心，用面粉、鸡蛋、核桃、香油作为主要原料精心制作的，适合老年人和儿童食用。看见很多人排队在那里，他也加入了。十五分钟后，轮到了他。他说称二斤，不要精制的包装，只要最简单的纸袋。付了钱，他拿着二斤万寿酥，发动车子，才知道要去的地方。

到达的时候，离下班还有半小时。

"妈，小林来了。"王正中的妻对婆婆说。婆婆有些耳聋，却听清了，"小果子吧，哈哈，有些日子没来了。"

林副把两斤点心往她面前晃了晃，正中妈就孩子似的叫起来："万寿酥！"

"师母，"林副与王正中妻说，"您去忙您的吧，我好久没为师奶奶洗脚了。"

"你，都当了常务副院长了，还？好，随你，"王妻说，"我去烧晚饭，正中今晚回家吃，正好你们俩一起喝几盅，对了，早些向你夫人请假噢。"

林副还要自己打热水用手试温，再亲手脱去师奶的鞋袜，师奶说啊哟哟痒痒。林副说，师奶您吃万寿酥。师奶就解开纸袋，说，好，好吃。最早的时候林副给师奶买万寿酥用的是精装盒子，师奶说这包装漂亮就是费钱浪费又不能吃，林副之后每次都买的纸袋装，师奶逢人就夸奖林副会节约。

"我奶奶活着，也有师奶您的年纪的。"林副一边搓脚一边说。

"你给你妈妈洗脚了吗？"师奶耳聋。

"没有，一次也没有，我妈怎么舍得我为她洗脚啊？我是她的人生骄傲呢，"林副说，"师傅对我有恩，当年在法学院特招了我，来到法院这些年又培养提拔，再生父母呢。"

"你给妈妈洗脚，她痒吗？"

"人要知恩，感恩，报恩，"林副知道师奶耳聋，就自顾自说话，"人如果知恩不报，那是畜生。"

师奶用咀嚼回答林副，点点头，像是听懂他的话了。

"您少吃一些，马上吃晚饭了，这些，全是您的了。"

"不，"师奶忽然听见了，抱住纸袋笑，"我爱吃，都是吃，吃饱了算晚饭。"

"我对师傅没有二心，如果有二心，出车翻车，上楼摔死。"林副说话时眼眶里有晶莹的东西生成。

"你妈的脚，没有我的脚底皮厚吧，老是脱了，呵呵，就像是蛇蜕皮一样，老了。"

"师傅信我，爱我，不让我吃亏，不让我受委屈，不让我落后，不让我累。"林副眼中的泪水止不住往下流。

师奶突然将脚从林副的手中挣脱出来，使劲在脚盆里跺了一下，盆里的水激起水花，溅在林副的脸上。林副脸上分不出是泪水，还是洗脚水。

"呵呵，哧，"师奶突然说，"这么孝的孩子，正中还欺负你？等他回来，看我不，看我不敲断他的狗腿！"

林副擦着脸上的水，十分惊讶地看着师奶。

林妻突然从厨房探出头，说："小林，我妈耳朵装了助听器。"

师奶说："小果子，看看，我的眼皮，老是跳。"

"左眼？还是右眼？"

"两只，都跳。"

四十六

夜色就是魔鬼的嘴巴，一投进去，就被吞没了。

李鸿对妻子的早些回家应了一声，直直地便走。他再也躺不住，如果不起来，他就会疯了。

已经初秋，屋外仍然热得烫人。不，就是火，也要扑上去。

他在走廊上的时候，就打电话给祈一水。他看好他，就像是看好自己的年轻时代一样，那是充满法律理想的年华。他想今晚上与他好好辩论一番，否则他会窒息死的。

李鸿来到的地方是临河的夜宵店：河中鲜龙虾店。这些以往在阴沟田角默默无闻的玩意儿，竟有人把它们当成玩意儿，到处张扬着要独霸天下！

他找一张小桌子坐下，看隔壁一张大桌子上碗碟狼藉，他让服务员快整理了。把屁股移到大桌子旁后，他给黄滔打了电话，再打给老范。

祈一水正在给一年级的女儿辅导作业，心里烦，话就多了一些。女儿说，你凑近来我给你说一句悄悄话。女儿说爸爸最近更年期了吧，这是妈妈说的，嘘，言多必失，年纪都这样了再不成熟你就要抛弃这世界了。

李鸿的电话就这时候来了。女儿挥挥手，去吧去吧，散散心，别喝多了伤身体。

祈一水到龙虾店的时候，问为什么找他喝酒。李鸿说想吵嘴，过过嘴瘾，李鸿还说祈一水曾经是大学辩论队的高手。祈一水说，您是前辈可别怪我嘴下不留情。李鸿说，鹿死谁手还不知道呢。

李鸿点了十三香龙虾。何谓十三香？噱头，还是炒作？这是个善于将泥鳅画成龙的时代。李鸿让祈一水再点几盘，祈一水说，那你是要舌战群儒了？祈一水于是再点了椒盐，李鸿再点了红烧龙虾，还有别的菜蔬，端了两箱啤酒。

黄滔的妻子正要拉他上床，黄滔说热不热？我热，刚刚昨晚上过。李鸿的电话响要他吃龙虾喝啤酒。妻子瞪大怨妇似的眼睛，去去，喝马尿去。

"乱了套了，"李鸿对祈一水说，"不是说商铺案要重审吗？干什么还要执行原判？"

"逆袭啊真是，前些天还看你垂头丧气的，是为了你这个重审案难受吧？"祈一水打开一瓶啤酒递给他，"我们对法官责任的追究不像是西方，只是象征性，可见，你本质上还是一个理想主义者，对负面的舆论，哪怕是片言只语，你也承受不了？好一个不能承受之轻啊。一滴水可见太阳的光辉，一个法官如此，一个法律体系也如此，中国法律复苏，有望！"

"幼稚，至极，"李鸿将啤酒瓶与祈一水的碰了碰，仰起脖子吹瓶，一股冰凉的啤酒顿时入了咽喉，"以偏概全，一叶障目，哦，我忘了，辩论坛上，以胜为赢，罔顾事实？"

祈一水正想反击的时候，黄滔赶到。黄滔看到桌子上这么多的龙虾和别的菜，看桌边的啤酒，就问这是别人买单？李鸿点了点头。黄滔说就算是别人请客也不能浪费。祈一水提议请一下老范，两个人都点头了。祈一水再提林副，一人点头，一人没点头。李鸿就掏出电话。

"我家女人发骚呢，救了我了。"黄滔说，李鸿正讲电话，就把这句话传给了老范，大家都听到老范在电话里的笑声。

"有那么可笑吗？"黄滔说这些天法院里都在谈论商铺案重审又将按原判执行的事，都觉得这事只可能发生在当下的中国法律环境里，他不以为然。

祈一水指了指两人："你，你，不高兴？都是案子主审法官啊！"

李鸿和黄滔都不想回答，怕祈一水有什么更大的语言陷阱等着他们。这家伙是初生牛犊，不，是初生之恶犬，逢人便咬三口。

李鸿和黄滔都下意识地咬了咬牙，想象和回味刚从法学院出来那些年，曾经这样咬东西的感觉。

祈一水拿着筷子不断地在龙虾堆里戳，像是战士拿着刺刀在向敌人刺杀。李鸿看了看黄滔，黄滔正在不断地咀嚼，李鸿拿起瓶，尽地主之谊似的，要与大家碰瓶，说欢迎欢迎，不醉不归。

李鸿今天不怕，他身上胀了太多的气，需要有人戳它，就算是把它，把眼前的黑暗戳破了，也在所不惜。

李鸿将瓶中的酒一口气吹完，让别人也学他样。他再打开三瓶，他给一人一瓶。他说："祈一水，你说说看，我，黄滔，高兴不高兴？我不要敷衍，我要干的听。"

老范这个时候到了。黄滔要老范罚酒一瓶，老范二话不说，吹了一瓶。老范对祈一水说，我老远听见他们要干的，你就给他们，砸他个稀巴烂。

祈一水说："老范来了，商铺案明天又要执行，对于此案，他最有发言权，得听他说。"

"你来，你来，"老范说，"谁不知你是大学时有名的辩论手，得过金奖。"

"难啊，难啊，"祈一水说，"李鸿，黄滔，都是此案的主审法官，一个民事，一个行政，明天，就要按原判执行了，今晚上，却都睡不着觉了。"

"还有老范。"两个人异口同声地说，老范竟然点了点头。

"甲方辩友请注意，你们在借着道德的名义，在规避自己在法律上的责任。"祈一水似乎进入了虚拟角色，却想以此来降低语言对同事的伤害。

"试问，当你偷了人家一只鸡，直至杀了人家一头牛，甚至伤残了别人，你的一句对不起，我的良心受谴责，就能搪塞过去吗？"

黄滔插嘴："虽是虚拟论坛，但不可放肆。"李鸿插嘴："黄滔你闭嘴，是我请的他。"老范插嘴："你们都住嘴，他是法官祈一水，又不是大学生祈一水。"

李鸿把笑意递给祈一水，黄滔瞪眼，老范眼睛看天。

"甲方辩友请注意你们的身份，你们是光荣的法官，人民法院的法官，你们就得听党的话，听领导的话，用司法实践服务党领导的社会主义建设事业，服务改革开放和经济发展的大局，所以，时时刻刻都不要忘记，自己是一个光荣的法官，不要只注意自己的感受，不要只担心自己的得失……"

"闭嘴，请你喝酒吃龙虾不是请你上政治课。"李鸿首先打断祈一水。"吃人嘴软，拿人手短，不是？"黄滔补充。老范笑笑："我早说过。"

李鸿的眼睛笑成一条缝："喝酒喝酒。"黄滔说："别喝，鸿门酒。"老范说："你不喝就不喝，别把人都想象成阴谋家。"

"我们猜拳。"祈一水提议。

四个人中只有两个人会，于是大家共同协商结果是石头剪刀布，输者喝酒。结果是三家皆输，老范独赢。三家都被灌下不少酒，老范最后被大家认定是老奸巨猾而陪喝一瓶，老范终于笑纳。

你放屁了老李，祈一水指着李鸿说。李鸿说，哪，哪放屁？黄滔说，你这小子肯定醉了。老范说，好了，大家都少喝一点，明天还要上班呢。

"你不放屁，怎么会脸红，脸红就是害羞，甲方辩友请注意这是个事实问题，就摆在眼前，想抵赖是抵赖不了的。"

黄滔拍了拍手。李鸿瞪一眼黄滔，也拍一下手。

"甲方辩友请注意，你，你，现在，案子得按原判决执行了。你们其实心中很高兴，高兴得睡不着觉，却假惺惺的像是不高兴，觉得对不起被执行的一方，你们是得了便宜又卖乖的主儿啊。

"虚伪透顶的家伙。连骂也要讨一声的虚伪家伙。当初，判决的时候，有违心的感觉吗？

"前段时间，当传来这案子要重审时，你们抬不起头来，觉得自己做错了什么事，其实你们没有做错什么，你们只是奉旨宣判，但你们一点不想想这案子是为何判错了的。"

"嗯，嗯，是，是的。"李鸿在祈一水说话的时候，不住地点头。黄滔却是另一种表情，有一股怒火在他脸上烧着，烧着，终于，他将一只瓶子砸向桌角。

"住口，住口，你小子！"黄滔把瓶子如剑一般举着，"凭着自己在法学院刚混过几年，凭着自己的黄毛未褪，老子当年是全国法学院辩论赛冠军呢，哪里轮得到你在这里信口雌黄？"

"对方辩友请注意文明用词，俗话说得好，有言不在声高，裁判，乙方对甲方辩友的不文明用词表示抗议，并请酌情扣除其形象分。"

"放你妈的屁！"黄滔说。

"有胆量你往我这里试试？"祈一水挺起胸脯，"你只是窝里横，你堵得了我的嘴，你堵得了社会大众的嘴吗？"

李鸿哭起来，呜呜有声的。黄滔持瓶的手在颤抖，祈一水的胸脯挺得更正。老范这时断喝一声："都住手住嘴放下，别人看不起法官，我们法官得自己看得起自己!"

"散了，散了，结账买单，都回家去。"老范说。

这个时候，有个人影猥琐地出现，说："李法官，李法官，我去结账买单了?"李鸿凶凶地说："买单就买单，这么大声还怕别人没有听见?"那人就听话地放低声音："李法官，我表哥那官司的事，就……"

老范这时候就腾地立起来，一把推开那人，那人摔在地上哎哟哎哟叫起来，李鸿说老范你干吗? 这是我朋友呢。

老范说："我来付夜宵的账，让我们的腰板也直一回。法官不正，法律如何能正?"

四十七

九点四十五分。雅致茶室。推开临街窗帘，这一刻的生动就开始了。

生动关乎生存与死亡。

从十七层雅致茶室的空中阁，可以看见步行街全貌。

一条大街如一条河流。映入眼帘的是阳光照耀下的步行街。步行街外，车水马龙。步行街里，人流如织。各种霓虹灯组成的招牌，在抢人的眼球，和吹进街里的风。

九点四十七分。有一辆厢式货车突然在步行街口停车。从车里跳出几个壮汉来，车厢门打开，从里边扔出几块红红绿绿的东西，几个壮汉拾了就走，汇入步行街熙熙攘攘的人流里，像是水掉入水一样很快不见。

有一个姑娘回眸一笑。她上身穿着黑色的蕾丝衫，下身穿蓝色紧身的牛仔半筒裤。她叉在腰里的手与裸露的小腿，形成鲜明的响应。

这个时候，有个孩子招了招手。孩子的母亲弯下腰去，两手抓着两大摞东西，一只育孩袋像是袋鼠一样把孩子抱在胸前，孩子的手就从母亲的右膀和颈项间穿过来。只有一个拳头不到的地方，是一只红红的腥腥的狗舌头，全身毛茸茸的京巴狗呼呼着，舌头就要舔着孩子的小手。孩子的母亲立起身来，狗的舌头就舔在她光光的小腿肚上。

母亲看了一眼那京巴狗，牵着狗绳的一个老妇人就不停地向年轻母亲低头弯腰。母亲笑笑，要是她不拿着重物，驮着孩子，她肯定会向老妇人点头，或摆手。

九点五十一分。几个人围住一个巨型手掌雕塑。他们把头仰起，看那食指和中指直指蓝天，指尖上顶着一方块重物，那方块中间凸起，里边钻了无数个排列整齐的孔。让这些人惊讶的不是它的外形，肯定是那指尖相对重物的重力平衡支点严重偏差，这个偏差将导致指尖上的重物随时跌落地上。如果砸在哪个游人的头上，那么，不仅仅是雕塑残破，而是悲剧降临。

　　几个游客将他们的手指往上指指点点，再把手指往地上戳戳，距离地面好多，地面仿佛也冒出火星来。

　　在人如沸粥的地方，塑一个势如累卵的玩意儿，举一个危险在头顶，是想警告世人什么？抑或是满足人们对恐惧的需要？如果这也能成为一个道理的话。

　　有个店铺不断有人进出，出来的人把一张张桌子支在店外的过道上。那桌子上遗留着早上或昨晚遗留的臭味，人喜好这种臭，臭也成为一种香。摆好桌子，顺便将一只只凳子一把把椅子放在桌子边。

　　马上到午饭时间，这里即将坐满一批批逐臭而来的顾客，这家店铺的招牌上用醒目的文字写着：天下第一臭。在追求个性就是价值的今天，臭也作为一种个性张扬了。阳光明晃晃照着，匆匆的脚步走过，顾盼的目光朗朗梭巡着。逐臭的人啊，谁也不知道这里即将会发生什么。

　　有个人立在店铺外，张开嘴，似乎在喊什么。马上，有人走出来，嘴巴张张合合的，两个人手里都比比画画着。这时候，有三个人走上前来，扳过从店铺走出的人，用手在比画，那个第一个与店里人比画的人就猛地立在他们中间，先是与后三个人张口说什么，再转身与店里人张口说什么。后三个人突然围住那个人，双手指着对方，都要碰着对方的脸了。这时候，从店里走出一个穿衣衫的年轻女娃。年轻女娃拍了拍旁边的桌子，那几个人跟着跺脚，一下一下地。跺了几下脚，来店铺说话的四个人都走开了。从店里出来的包括那个红衣女娃，也走进了店铺。

　　九点五十三分。街上走的人忽然慌乱起来。这慌乱会传染，很快一大堆的人都加入了进来。原来是一股城市少见的龙卷风突然就光临街头。用正确的气象学原理说，不是降落，而是某地的气压突然变化，引发气流旋转。这与人的癌症发生一样，不是外部传染，而是内部正常细胞变异。龙卷风旋转的方向与浴缸下流形成的方向一致，东半球与西半球的方向恰好相反。

　　人是看不见风的。地上的纸屑呼地飞了，姑娘的裙摆纷纷离了大腿，露出里边花花绿绿宽宽窄窄的内裤，姑娘的嘴形发生变化，仿佛有惊叫声从那里逃出来，伴随着葱也似的手指在裙摆上的舞动，本意是想恢复裙子原来的形态，却反而将裙子飞翔的姿势扭曲了，扭曲有时候是美有时候是丑。

纸屑造访姑娘飞翔的裙摆后，继续与尘埃在一个圈里转动。接着，那个老妇人头帕落了，哗地，一头银白的长发竖起来，像是传统戏台上怒发冲冠的造型。老大娘脸上安详极了，早到了与世无争的年龄，她为何发怒？向谁发怒？老天爷可没得罪她。

龙卷风在老太头上完美地表现后，惊起了街上很多具有飞翔潜质的人和物：手上的遮阳伞，爱美女人的头花，孩子手中的书，和去追逐腾空而起物品的各种各样的手臂和手指。

龙卷风在掠夺大半个步行街后，在一个墙角，飞快地攀爬，瑟瑟发颤的墙体上的装饰物见证了这一过程：在这时成功攀登后，就蹿向蓝天，然后，就不见了踪影。有可能它作为一个能量体还继续存在，可是人的肉眼已经无法辨识。失去了被摧毁被奴役对象，强力和强权不复存在。

九点五十五分。从街口射进来一个男孩。快速前进的气流，将他身上的衣衫括括飘扬。他双脚牢牢地踩在一个滑板上，身子佝偻着以避免更大的风阻。其实观察的人都错了，这是一个不足一米的侏儒。后来看见他圆圆的脸上，布满了成人的器官：大大的鼻子，厚厚的嘴唇，狭长的眼睛，却带着常人没有的笑。这种笑，有很多弯弯绕绕的长剑，生生能把人的心尖尖上那块肉剜了；有很多把专扇阴风的破扇，能把人全身的鸡皮疙瘩都扇起了。

滑板快速进街，穿过一个个缝隙。远远地望下去，能够通过滑板的地方不多。到处是人，那些人挤得新来的人无处落脚。看滑板迎头一群穿得花枝招展的人钻进了，这一群人像是肥大的妖魔，滑板瞬间就被吞噬，正在担心滑板会被踩得粉碎时，滑板从人群的另一头冒头了。看滑板上的人弯下腰去，迅速地又直起身子来。滑板上的人再次弯下身去，这一次看清了，滑板的前边有一团纸屑一只易拉罐，那只有些畸形的手，灵活地捡起了纸屑，再捡起了易拉罐。这个时候，隐患悄悄发生了，在离滑板不远的地方，有一个人高马大的家伙，在滑板即将到来的地方，横伸出一条腿来。

滑板的主人没有察觉阴谋。滑板倾翻了。滑板上的侏儒跌倒了。滑板上的一个筐子倾倒出一地垃圾。侏儒摔得很重，可慢慢从地上挣扎着爬起来。就在这个时候，大汉手牵的一个娇娃突然挣脱了大人的手掌，奔向满地的垃圾前，将纸屑、易拉罐捡起来，抱在胸前，胸前抱不住了，再放到那个筐里。

那个侏儒走到那个小姑娘面前，深深地鞠了一躬，踏上滑板，前进，前进。滑板没有丝毫停下来的意思。滑板前进的趋势令人兴奋。

九点五十九分。车水马龙的街外公路上，一辆警车闪着警灯，发出尖叫的警报声。

警车停在步行街街口。

就到约定的上午十点了。谁也不曾料想到，接下去会发生什么。

四十八

十点。步行街。这一刻，终于到来。

是法警的皮鞋底敲在街上的石板地面，还是一身警服的威势，让整个步行街都颤抖起来？

确实是颤抖了。颤抖声首先是邮政大楼上巨大的钟声传出的。"当！当！当……"连续的，均衡的，十下颤抖的声音。

谁的心，能挡得起这十下连续的敲击？怕是碎成无数碎片了吧？

钟声还是如约而至。幸福，或痛苦？喜剧，或悲剧？都来临了。

钟声刚落。法警的脚步恰好在一个商铺前停住。

法警张开嘴，似乎在向商铺喊话。一个店主模样的人立在法警面前，法警行了一个标准礼，将一张纸交给店主。店主的脸现出惊惶之色，张开嘴，举起手。指天，画地。

天上红彤彤的太阳。地下到处游走的脚步。

十点零三分。那块灵活又坚决的滑板再次出现。所到之处，人随手扔弃的垃圾包括肮脏的灵魂碎片，被拾走。街面恢复暂时的清洁。

街口。两辆中巴车先后停住。从前车上，匆匆跳下一拨人来。跑在前边的人，腰间挟着一包卷着的红绸。他们跑到后车的车门边，哗哗将卷着的红绸展开，用两根竹棍撑起一条横幅。横幅上写着：欢迎市维稳工作考察团莅临步行街指导工作！

十点零四分。法警来到第二处商铺。喊话。敬礼。交达文书。店主伸手。指天，画地。

一群人空着手拥进一个服装商铺，三三两两的人持着大包小袋从那里走出来，身上十分光鲜亮丽，仔细看全是崭新的，连他们的脸色目光也是沐浴了阳光般。谁曾想到，接下去这里会发生什么？

有个孩子走过中国第一臭的店铺时，赖着不肯走路。大人买了一小盒店里的臭豆腐，孩子先是闻了一下，就将它放得远远的，一旁的大人似乎在劝说，她才慢慢地放进嘴里，瞬间，孩子的嘴巴咧开了，连眼睛里也是笑意。吃了一小块，第二块已经到了嘴角，大人装着要分食，孩子连忙将盒子躲在一边。

孩子很快将盒子里的吃完，赖着还是不肯走。这时候，出现了很多手臂，一起伸向店铺向外的柜台。

考察团的队伍正好行至这里。开始有人对着店铺指指点点，后来仿佛是为了加入这手臂的舞蹈，他们中的许多人将手臂伸向柜台。几个随行记者将照相机摄像机对准他们：阳光照在大小粗细黑色白色有毛无毛的手臂上，如同照耀在充满生气的树林上。

那只精灵似的滑板不知从哪地方冒了出来。时而，它轻捷得像一只海鸥滑过，时而，它上面的人蜻蜓点水似的轻触一下地面。它滑行的曲线，仿佛是音乐的弧线；它的存在，似乎是步行街的一景。

手捧臭豆腐的考察团成员也想为它拍手。

十点零六分。法警来到第三处商铺。喊话。敬礼。交达文书。店主伸手。指天，画地。

没有龙卷风骚扰的姑娘显得有些热，自己把裙的下摆往上提了提。提起的地方，就多裸了一些肉，让它们享受凉风和旁人艳羡的目光。

街口。又是街口。几只圆鼓鼓的石磴，分隔着街内街外。风可进，人可进，车不能进。于是，不断有车在街口停住，吐出一些人来。那些人空着手从空隙走过石磴进入街里。另一些人手持物品从相反的方向走过石磴到了街外。

十点零八分。法警来到第四处商铺。喊话。没有敬礼。没有交达文书。店主没有走出商铺，就在店里将店门关了。法警看见店主将右手食指按在一个揿钮上，那店门从上而下慢慢遮住落地玻璃窗。

法警继续喊话。招手。想敬礼。最后放下手，因为卷帘门逐渐将店主的人影遮没。

在法警喊话的同时，整个步行街商铺的卷帘门都在降落，降落。

法警走上前去，轻轻地拍门。一下，两下，三下……

在法警敲门的同时，整个步行街的卷帘门都把商铺牢牢地遮住，不留一点缝隙。

从这里看下去，十分清楚明白，十点零八分，整个步行街商铺的卷帘门一起开始关闭，仿佛有一只神秘的大手，同时按下了关闭的电按钮。

十点零九分。步行街忽然安静下来。令人突然想起，激流的水被闸门关住，转动的电动机被瞬间断电。

首先是那块滑板不再滑动，那侏儒与滑板一动不动，像是步行街新落成的雕塑。接着，一街的人也没有动静，仿佛被神秘的力量凝固在那里。

十点十二分。轰的一声巨响。这么高的地方，地表的繁杂之音是听不到的，除非是惊天动地之声。这一下，听到了。仔细分辨一下，这绝不是爆炸物发出的，而是步行街的人声。试想一下，激流突然被终止会发生什么后果？那就是激起更大的波涛。人呢，万千个被禁止发声的人同时响起，不亚于惊雷。雷声只是让耳鼓膜震颤，人声却能惊破人胆。

十点十四分。法警的手再次伸向卷帘门。

拍打。拍打。还是拍打。肉体与金属接触。坚持不懈地拍打，需要多大的毅力和勇气啊。一旁的游客明显不屑。

考察团的人不解的眼神看着眼前的一切。

十点十八分。忽然从哪里冒出不少的横幅。似乎是同一时间展开的。打横幅的是清一色的壮汉，令人想起九点四十七那辆停在街口的厢式货车，那些手拿红绿绸的壮汉。

一幅幅看过去。

"商户们团结起来，反对非法拆解！我们要步行街完整的天。"

"没有经济发展，哪有天？"

"步行街惊现乌云，我们要青天！"

"今天我们停业，是为了明天。"

天，天，天，天？几幅标语全有一个"天"字，绝非心血来潮之作。似曾相识的口号，在哪里看到过？

再细细察看，就可看到，标语横幅有些旧，可能存放在仓房里，有明显的折叠痕迹，有些足印污迹在上面，有些字是后补上去的，说明原先的已经残破了。

人啊人，哪里有如此高人，能预料历史重演？

历史确实不断地重演，这些残破又被修复利用的横幅能证明。

十点二十三分。法警走向横幅标语。敬礼。似乎与持标语的人说了什么。

持标语的人一脸俨然，仿佛是雕塑。只不过，比雕塑多一口气，有些人脸上还有浅浅的笑。

十点二十八分。一直保持沉默的考察团成员，与随行的记者一起，走向法警和标语。

领导模样的人嘴巴在一开一合。

法警的嘴巴在一张一合。

持标语的人，嘴唇闭合。

一旁的游客围住他们，指指点点。

一旁的记者，打开了照相机摄像机。

十点三十五分。法警向领导模样的人敬礼，然后，回头走。

十点三十六分。那些标语横幅消失。

十点三十八分。步行街所有的卷帘门重新打开。

十点四十分。游客们拥进商店。

十点四十二分。那只诗一样美的滑板出现。

十点四十四分。那些壮汉乘坐厢式货车离开。

十点四十六分。法警乘坐警车离开。

十点四十七分。空中阁茶室。窗帘闭拢，前后正好一小时零二分。

他说，你也了心意了，我也了心意了，她也了心意了。

我也了心意了，你也了心意了，她也了心意了。他说。

他们了心意了，他俩异口同声说。

他说，结了。

他说，了结。

雅致茶室空中阁的服务员，在暗底下相传，楼下的商铺正被法院执法，听说执不了，碰了一鼻子灰。又传，茶室来了神秘人，带了望远镜，像是相当有品位，有层次，可是，叫不出名来。

有人就笑，这就对了，芸芸众生，相识就是缘，有谁在乎名姓呢？

四十九

谁在吸走您的能量？

不，您还有能量支撑？看您头颅都抬不起了，像是吃了瘟鸡散了。现在都十点五十一分了，您的肚子不饿？您还是先用中餐，您看步行街上的商铺全开了，在这里就能吃到呢。

您让我谈谈有关方靖北的近况，不多，有用的不多。

哦，您发现我走路有些跛脚了，没事，真的没事，那天，只是摔了一跤。不过，我挺感激您的关注，只有亲娘才有如此的关注呢。我没说您老了，不是。

您让我就谈谈刚才步行街的感受。妈呀，为您做事，我都成了多愁善感的作家了。我在我的同行前、老婆前，都被作为只会放屁不会说人话了，在我读小学的女儿面前我却成了老师的老师，因为我说话比她老师更老师，我变成了另一个我。我作为一个专业杀手的能量，被您吸走了。

空中阁？两位消失的人影？谁在玩这步行街？

您就为这些问题，抬不起头来？

您以为是这两人在玩步行街？您让我不要提起这两人的名字，是因为您听到这两人的名字您就恶心？

谁能吸走您的能量？他们？不，不。

我看他们玩不了这步行街。什么道理？我跟您说了吧，我看他俩尿柱不高尿线不长，所以，玩不了。我这不是流氓话，不下流，不黄色。我看他们结束时使劲甩啊甩，淅淅沥沥，一两滴，两三滴，总也甩不完。我因此断定，他们玩不长了。

您说这是我的臆想？不像是一个冷血杀手该说的话。不，不是说通过现象看本质吗？

我还有一个更为大胆的猜想。我看他们背后一个人在操纵，他俩，充其量，也只是两只木偶。您想想，那些反对执行的标语，可以理解为对方的反击布置。可是，接下来的市维稳工作考察团，就不是对方可以操纵的。同样，也不是空中阁两位能轻易操控的，这，这不是自己打自己嘴巴，搬起石头要往自己脚背砸吗？

您明白我现在说的是大实话了吧？说实话是干我们这一行的职业品德。不，不全是，人无完人，金子没有赤金呢。前一次，我向您汇报时，我就说了一点点假话。

我不是说过，那天方靖北鞋上有泥，走出那领导家回到招待所后，晚上再也没有出过门？您还记得吗？一定记得。

其实，其实那天晚上，一吃过晚饭，方靖北就走出招待所的房间。我跟他距离很近，我都闻得到他嘴上的方便面香味了。

虽是专业的盯梢，可我老是将头颅转向那个门，就引起别人注意。我连吃晚饭也是吃身上带着的饼干，在别人看来，从我的穿着看，我不是没钱的人，可我坐在招待所废弃的一间洗衣房里，一直都没挪动屁股，外出五分钟买一瓶矿泉水也不曾。

这时候，夜幕已经降临。这是我喜欢的色彩，不，是这一个行业的保护色。这是老鼠、猫头鹰等喜欢夜间生活动物的色彩。说心里话，我不喜欢。可是，干了这一个行当，不喜欢不行。

我所在洗衣房由于没有灯照更为黑一些。只有我望见亮处，而亮处望不见我。也就在此刻，当我像只引颈放歌的鹅般将头颅伸出时，我听见一股风响。对，风响。这是专业术语。您以往可能在金庸的小说里看到过，当一股掌风袭来时，他已经如何如何毙命或受了重伤。

更让我惊讶的是，这一股风响，不是来自室外，而是来自我已经呆坐了一个下午的室内。我，我是把室内哪怕是一只苍蝇一只藏在地底下的老鼠也是掌握了的，这？

我头都没有回，要是回头这一下肯定完了，后边的人一定会将指尖戳在我的颈下动脉处，轻则堵住动脉导致大脑缺氧而昏厥，重则戳破动脉喷血而亡。

我把头颅快速往下低，几乎成直角，避开了那致命的一戳。可仍然感到那指尖唰地紧贴着戳过来，如一把锋利的剑，我后颈上的毛发在指风中微微发颤。人生有许多来自瞬间的威胁，这是无法避免的。只能笑纳。

我快速反击。反抗拖不回地球转动，也就无法改变命运。我的动作是在地上滚动，武术上的名词叫滚地龙。在滚地的时候，我借了大地的力量，寻机打击敌人。

我听到了明显的咳嗽声，这是我滚动时掀起的尘埃，触动了敌人的呼吸器官。气可杀人我办不到，可用灰尘干扰对方，我做到了。渺小，未必是小。

"呼！"又一阵风袭来。这风的力比前一次更恶一些。恶什么？它是直冲我的胸廓而来，俗话说的打蛇七寸，在人的身上恰是心肺的位置；而且，它出现在我快速滚动的前方，乖乖，用上了物理名词：提前量。

这恶招，就非同小可了。

我却来不及往回缩，就如离弦之箭不可收一般。我必死无疑，这事到现在想起来，我还是害怕。

也就是这个时候，有一个黑影窜了进来，伸手抱住了我。对，他是跌倒在地，抱住我，像是轮子前的石头一般，让我不再往前滚。

我也不知道是谁抱住了我。可我从他的姿势，他的体息，感觉到了他的温暖。善意的获得不需要张扬。

我飞起一脚，踢中了我的敌人。这时候，就体现出一个专业人员的良好素质，就是对瞬息万变的形势做出判断，并马上改变制敌的策略。策略？谈不上，只能说是技巧，或者说手段。

敌人应声倒地。火车不是推的，牛皮不是吹的，专业人员，没有几下子，是过不了场的。

可是，令我没有想到的是，又一阵风起。这股风大得连有专业知识的人，都感到大祸临头。有时候，生命对于死亡的威胁是相通的。

"停下！"一声凄厉的呼喊声。

我能感觉到那一股风，对准的是我的天灵骨，就如现代战争中，战机被敌方的导弹锁住一般。有来必有往，这股猛风是对于刚才我那记脚踢是个致命回报。

那一声喊有威力，那股凛冽的风顿时减弱，减弱到无。

这一声喊，来自我的怀里，是那个紧紧抱住我的人发出的。

我的脚，再次腾空踢起，又击中了那位的肚子。黑暗中，一声低低的呻吟，一股将起未起的更猛的风正在酝酿中。

"停下！"我身上的他再次喊起。

风未起，能量仍在。黑暗中，我觉得我的脚被人扯起，猛地，我被从地上一角扯到另一角，连抱住我的人也被分离了。

我的脚仍然在乱舞。我不能放弃分分秒秒对敌人的攻击，然后才能保护自己。

可是，显然，对方的武功略胜于我。我不给自己护短，因为，自知之明，永远是我的准则。我不怕您会笑话我，会炒我的鱿鱼。不要紧，这样，我会活得坦然。干我们这一行，最怕的是装相。

略胜是什么意思？不只是仅仅占上风，比如互相说狠话什么的，死不了人，而这是拿生命作为赌注。对方如果取我的性命如袋中取鸡蛋那么方便。

"停下！"那个声音又坚强地响了起来。

我再将脚踢中了对方。那人坚持不呻吟，只是冲着喊停的地方说："方先生，我是……派来的，这贼盯您梢呢。"

我早知道喊话救我的人是他，可是，从敌手的嘴里讲出他的名字，还是让我惊讶不少。那个省略的地方，他肯定是讲了一个人的名字，可是，我没有听清，我没听清不能否定这是个人名。

"放了他吧，不要对人动武，你是佛派来的也不行，上帝派来也不行。"

"哦。"那人说。那口气酷像是一只满满的气球，突然戳针漏气了般。说话间，那人消失了，就如出现时那样悄无声息。

方靖北的声音："你也走，没事了，你是好人，那个台风之夜，安安姑娘房间洗手间的反窗是你关上的。"

"嗯，嗯，"我含混不清地说，"我不走……"

方靖北果然由暗处到了室外明处，引来招待所女老板的大声渲染："呵呵，不得了，方先生你怎么了，全身是泥灰呢。"

"没事没事。"方靖北的声音。不一会儿，我看到他从房间换了一身衣裳，走出了招待所。

我继续跟上了他，在一个路口，我看到他似乎故意回了一次头，脸上带着明显的微笑。这，不是普通的微笑，而是对一个敬业者的微笑。

我的脚就有些痛感，估计被那人的武力在黑暗中光临过了。走路就有些跛了。

您脸上？微笑了。您也对我的敬业精神，表示肯定。不，不，您不打算辞掉我？

让我继续盯梢？就如上帝盯着人类一样？

五十

只有魔鬼才能打开这一页，安安的尿被吓了回去。

安安习惯性地浏览当地的论坛，这年头网上社区论坛成了最大舆论场。

冬冬对着门缝喊，快，快上，都走啦。冬冬的脸在门缝里闪了一下。

"我，我不尿了，"安安尖厉地叫起来，"快，快来，不好了。"

冬冬踢开门冲了进来。冬冬是安安身边的牛皮糖，无论怎么撕扯也甩不了。冬冬是官二代，却绝不是游手好闲的公子哥。安安正在冬冬的男生寝室上网，恰巧内急，让冬冬盯住男厕门口，待没有男生时让她就近解决一下。

"怎么了你，安安？"

"看看，嘿，嘿！"安安的脸有些惊恐，仿佛电脑屏幕里有无骨的动物（比如满是腕足和黏液的章鱼）对着她。安安欣赏刚强，最怕柔软。

"别怕，有我呢。"冬冬挺起胸像是铁臂金刚般立在她身边，只看了一眼，也觉得屏幕上的文字和图案有些刺眼。冬冬觉得此刻受了安安的感染。爱屋及乌让他爱上了她的情绪。

喜剧

闹剧

悲剧

照片一：手掌——步行街标志性雕塑。

照片二：侏儒与滑板——步行街一片祥和欢乐。

照片三：法官与法警——手持执行文书交与店主。

照片四：法警的手——拍打着即将闭住的店门。

照片五：旋转的风——步行街上乱哄哄的人群。

照片六：标语一——热烈欢迎市维稳工作考察团。

照片七：标语二——今天我们停业，是为了明天。

照片八：标语三——步行街惊现乌云，我们要青天！

照片九：握手——领导模样的手与法官的手。

照片十：手掌——推开店门，步行街一片欢腾。

冬冬看到安安的脸上，似乎有虫子叮在那里，因为那里的肌肉在颤抖。冬冬看看屏幕，再看看安安。安安整个人似乎都在颤抖。冬冬说："安安上洗手间吧，这会儿没有男生呢。"

安安打了一个冷战，然后决绝地说："快，你出去，出去。"话音未落，冬冬就听到一阵声音，那是液体滴在地板上的声音，马上，一阵熟悉的腥臭飘了起来。

那是尿味。冬冬坚定了自己的判断。

这尿来自安安。冬冬听话地走出门去，连看一眼安安也不愿。他不想自己的一眼，伤害了安安的哪怕一点点自尊。

只是过了两分钟，安安就在门里叫："好了，拿一个拖布来。"冬冬就听话地取了一个拖布，从门缝里递进来。"好了，没事了，冬哥。"

冬冬感动了。安安从没有称他为冬哥，学校里男女生恋爱有一个人人皆知的规矩，女生对男生称哥，那就是关于爱情开始的宣言。

安安早换上了冬冬的衣裤，地上的尿迹没了，开了窗户，相信尿味也会尽快散发。可两颗心却因此拉近了距离。

"你真好，冬哥。"

冬冬还是不明白这论坛上的事，与安安的尿失禁有直接的关联。

"看看，你再看看。"安安不断地打开那些论坛上的文件。

喜剧——步行街上人头攒动，欢声笑语。有图有真相。这个时候，人流之间出现一只滑板。滑板像是海浪上的海燕，一会儿钻进人堆，一会儿钻出人群。海燕驮着大海的理想，滑板却是载着一个侏儒。侏儒在滑板上行动自如，比大海上的海燕更加自在。侏儒不断地弯下腰去，十分麻利地捡起地上的垃圾。侏儒每弯一次腰，面前的地面就变得洁净一次。大家给侏儒拍手。我的女儿也不断地拍手，并加入了捡垃圾的行列。有几个游客本来想把喝空了的易拉罐随手扔到地上，看见滑板上的侏儒，脸就红了，把手中的易拉罐高高举起来，像是公开表示向侏儒致敬。

愿这样的喜剧一直演下去。我女儿说，得好好写一篇歌颂滑板上的侏儒的作文，并嘱我发到论坛上，让更多的叔叔阿姨向文明靠拢。

闹剧——法警拿着执行文书，遭人抗拒。有图有真相。这个时候，几个法警走在几个法官面前，一一向着店主敬礼。开始，大家都不知道发生了什么新鲜事，原来是执行。什么叫执行？输了官司，输者得有法律行为，或赔偿，或分割。看法警给步行街的所有店主敬礼，难道是步行街所有的店主都输了官司？法官和法律是社会的正义象征，难道这步行街的店主，都有不正义的行为？不知怎么的，店门纷纷关闭，说是要罢市。听说这样罢市的行为，以前曾经发生过几次。此刻，顾客的情绪也开始失控。有人往店门猛拍，有人往地上吐痰，有人往地上扔垃圾，还有人要当街小便。

步行街一团乱糟，是正剧？还是闹剧？

悲剧——市委考察团一到，法警撤退，店门大开。有图有真相。这个时候，让人疑团重重的事发生了：维稳工作考察团的一群人出现，前呼后拥的。有个领导模样的与法官只是说了几句话，法官掉头带着法警就走。问题来了，这些法官是从哪来的？法官法警是执行来的，凭的是法律文书。法官法警的离开，显然是听从了领导的口头指示。领导的口头指示等于法律文书吗？

一罢市，顾客就骂娘，一开店，顾客就叫好。里边的法律环境，谁能说得清？但说不定会是悲剧呢？

冬冬说："这，不是正常的论坛帖子吗？"

"走开。"安安说。

"虽然，涉及了方老板，不，是方先生。"

安安瞪了冬冬一眼，说："他是方先生，不是老板，我跟你说过多少遍，你，现在才改了口。"

"我，"冬冬慢慢地说，"我还是去看看男厕所里有没有人，我看你，还得上呢。"

"别，冬哥，"安安的话音明显有了暖意，"你别走，我怕。"

冬冬拍了拍胸脯，横在旁边顺势抱起安安的头颅，让安安的脸贴在自己的心脏位置。

"我知道，我和你不一样，你从小就没有怕过什么，是因为你的家庭如铜墙铁壁，而我，少时失去双亲，依仗失明的爷爷苟活世上。怕字就是我的唯一营养。自从碰上了方先生，怕字才被善字代替。可只是表面的代替，一有机会，怕字还会控制我的感官。"

"我，懂，懂了。"冬冬低头用下巴抵着安安的头发说，"你指点一下，哪些是帖子的内在威胁?"

"傻瓜,"安安指着电脑上的帖子说,"网络舆论打着同情弱者的幌子,其实是一把杀人不见血的刀子。其一,这些照片和文章貌似见闻,但愿它是路人随手贴上,只是出于好奇,如果没人跟帖,几天过后就被新的帖子沉到底下。其二,如果是有人操纵,这可不得了。其三,如果有感兴趣者跟入,也不得了。其四,如果有平面媒体跟进,更不得了。现在,亏得是我早发现。我们新闻系有名的高才生,就看如何发挥你的聪明才智了,冬哥!"

"掌握主动,是不?"

安安忽地仰起头来,冬冬以为自己说错了安安想挣脱他,没想到,安安从下而上,快速地吻了自己一下。冬冬的心头火猛地被点燃,想乘势回吻一下,安安脸上顿时生气了般:"去,去,大男人,就这点出息,连一个保护女生的办法都没有。"

冬冬朝门外走去,在门口回头说了一句:等着,你等着。门马上关了。安安嗅了一下四周那气味,立起身来想把门开了,又不敢,就走到窗前,将已经打开的窗,敞得更大一些,顶上有反窗,就爬上窗边的台子,伸出手去,这时候,乓!门就被敲响。

"冬哥,门开着呢。"安安头也不回。心上的门,不是任何人能打开的。进门之前必敲门,这是安安给他定的规矩。

乓!乓!

"冬哥,开着。"

乓!乓!乓!

"冬冬,死进来!"

门开了。安安的手刚伸到了反窗。

其实,进门的不是冬冬,而是冬冬召唤的要好同学任迪。来人一听安安的"冬哥"就不想说话,却把鼻子左右摇摆嗅得如同狗鼻子,"什么味……"话未说完又忍不住打了一个喷嚏。

安安转过身来,脸上早已漆上了红晕。亏得是冬冬赶到,又陆续进来五六位,大家的鼻子都如同任迪一般摇摆。可怜安安的脸,每当大家的鼻子摇摆一次,就漆上一层红色。

冬冬挺直腰板,遍指同学:"你,你,你,你你,还像是男人吗?"

大家挨了巴掌似的一愣,摇摆的鼻子终于像是被关了电机般嘎地停住,五六个男人相视一笑,异口同声地说了一句话。

"好香!"

冬冬简短地说了网络论坛上的战况，安安当即表示，只要在论坛上发一帖子，就给五毛钱的补助。同学纷纷拍胸脯："小菜一碟。""是啊，谁让我们是新闻系的学生。"

"谢谢。"安安脸上的红晕远未退去。

任迪说："冬哥，谢，什么呢。"

噗噗爆起。不是屁，而是一屋的笑。

五十一

沈乾大头也不回地走了。

他身后的桌子上，扔了一百万票面的支票。他只要点点头，支票就归他了。

身后的十多个商家，直勾勾地看着他的脚离去，还有想象中的尘埃，渐渐散去。这些商家全是毕姑娘和新来的白云姑娘使尽手段拉来的。

哼，这些一个个眼睛绿绿的，想吃屎的狗！

走出宾馆大门好远，以为里边的人看不到了，沈乾大就毅然决然转过身去，就如看那热汤汤飘着香的屎。他何曾不想，如果换了过去，他会不顾一切地冲上去，直直地不加咀嚼地一口吞下它，就如饿狗扑食。

毕姑娘和白云姑娘还在那里。为了共同的利益，一对冤家终于坐在了一起，比亲姐妹还亲。

他们想来现金参股，参加沈乾大的房地产购销公司，这个无本买卖，在两个能将煤球说成汤圆的美女面前，无异于天上掉馅饼。

一百万，只有一百万。十多个商人只有这么一点。有个胖得如猪似的老朱说，呵呵，慢慢来，一口吃不成大胖子。沈乾大的脸阴起来："没有诚意吧？"说完他就借口有重要事退出来。

沈乾大自认为这句问话具有方靖北的风格，起码包含了三层意思：一是责问这些商人对这宗生意有没有信心？二是对我沈某没有信心？三是对你们自己有没有信心？

扔给这些猪自己考虑吧。可是，时时觉得身上有冲回去夺了支票签了协作合同的冲动。

稳住，千万稳住。冲动是魔鬼。

160

这股冲动最厉害的时候，觉得头发都一根根刺猬毛似的立起来。由于装出失望乃至生气的样子，从电梯下来，没有去地下停车场，连手机和包都放在房间的茶几上。这两件东西的落下，是向商人们展示主人是暂时生气，待消了气会马上赶回。哼，沈乾大要的是另一个效果，即彻底生气，连这些东西都不要了。

他就大踏步走在街上。要去哪里，自己也不知道。

朗朗乾坤，会发生一些什么事呢？已是中餐时间，本是签订合作协议后一起聚餐庆祝。上午睡到十点，早餐未吃，肚子里就有些响动。看到路边有一面店，就折了进去，桌上地下尚干净，就看墙上的价格表：牛肉面一碗十元，两碗十五元。就指牛肉面，把手指竖起二，再缩回一。要付钱，服务生说吃了结账。

就坐在桌前等。进出的人从他身边过，有一个还擦到他外弯的膝盖，他把膝盖往里缩了缩，那人就在对面坐了下来。好久了，沈乾大不见他点菜，就抬头看了一眼。那人西装革履的，眼睛一条缝，却有笑意。

一会儿面就来了，一大碗。沈乾大下意识抬了一下头，仿佛还有什么没有到来，看见那人还是拿眼睛瞧他。那人笑着说："不好意思，打扰您了，我，等人。"

沈乾大埋下头去吃面。面条是以往年轻时就喜欢的，一片片酱过的牛肉，长长的筋道的手擀面，他往里边加入了醋，加了辣子，拿筷子使劲搅拌。面条被长长地扯起，又徐徐落到面碗里。面条扯起，又落下。如此反复，沈乾大不知道为什么，碗里的面也肯定不知道。

谁在拉扯这世界？吃了饭撑的吗？这都是方靖北们想的，沈乾大想，我就不想。他的余光里，觉得对面那人的脸色津津有味的，像是在品尝别人碗里的牛肉面。

吃了面，喝了汤，用面巾纸拭了拭嘴。然后，让服务生过来结账。服务生竖起一个手指，他也竖起一个手指，从袋里取出十元钱交到服务生手中。服务生拿过便走，沈乾大的目光像是在他背上生了根似的。服务生没有走向柜台，因为那里有零钱。服务生走向相反的一桌，走过柜台的时候，也没有在那里取什么。

沈乾大就果断地招手。

"请问先生需要什么服务？"

沈乾大用右手拇指搓食指和中指。服务生问："您要什么？要我付钱给您？没有。"

"你看价格表，一碗十元，两碗十五，我要还我的两元五。"

服务生面露难色，就来了经理。经理打量了一下沈乾大，一身的名牌，说："先生，一碗十元，两碗十五，对啊。"

"不，"沈乾大说，"我要的就是两碗，你问服务生，我竖了两次手指头。"

服务生点了点头："您第一次竖了两根，第二次竖了一根，我以为您一个人，只要一碗。"

哼！经理狠狠地瞪了一眼服务生，从他手里拿了十元钱给了沈乾大。

"不，我只要两元五。"沈乾大这样说的时候，对面的那人不见了，西装革履小眼睛的。

沈乾大拿着三枚硬币在手里，一路走，一路扔着玩。

二十分钟后，一辆林肯在他面前停住。沈乾大觉得奇怪，却是自己的车。驾驶员开了车门，说是毕姑娘让他来这里接他回宾馆去。

毕姑娘怎么知道在这里？回宾馆干什么去？驾驶员摇摇头。沈乾大吃面时流了汗，街上走的时候又出了汗，车里却更热。驾驶员说，这是您给定的规矩：主人不在车上，严禁开空调。驾驶员说，马上，马上开！

待车上的温度下降时，宾馆却到了。沈乾大从旋转门进得宾馆大厅，大厅里的气温也高，他不住地用手扇风。电梯门口的服务生说，先生觉得不舒服吗？我们这里开了空调，恒温的。

汗丝继续以珍珠的形式挂在脸上。打开豪华套房的门时，一屋的人都惊讶了。而沈乾大的感觉，屋里更热。热得都要冒烟了。

"你，你们都没走吗？"沈乾大说。

屋里的人差不多异口同声回答："您，沈老板，不是回来了吗？"

沈乾大指着毕姑娘和白云姑娘。她俩不待问，就说："您的手机、包在这里，还有，您的财富。"

茶几的中间，是一大沓支票。

"这是些小钱，"一个商人说，"以后，跟着沈老板，挣大钱呢。"

"是啊，是啊。"好几个人同时附和。

"你，你们？"

毕姑娘说："我知道您在那里吃面，在那里走路。"

"这是你的功劳吗？"白云姑娘白了毕姑娘一眼。

"好了，小事上不必再争两位姑娘，"一位男士从人群里走出来走到沈乾大身边，"沈先生，认识我吗？"

一位商人马上立起来说："对不起沈老板，这是我公司的副总，我让他刚才盯您的梢了。"

"是啊是啊，这可是不光彩。"一旁的人都说。

毕姑娘说："欢迎盯梢，现在什么时代？网络时代。没有隐私。再说，在佛和上帝面前，人类都是赤裸裸的。"

"你赤裸了也没人看。"白云姑娘话中有话，毕姑娘却没有生气。

副总眯缝着眼，打开了茶几上搁着的手机。这是手机的录音功能，估计刚才已经打开过。

"请问先生需要什么服务？"

摩擦声。

"您要什么？要我付钱给您？没有。"

"你看价格表，一碗十元，两碗十五，我要还我的两元五。"

脚步声。"先生，一碗十元，两碗十五，对啊。"

"不，"沈乾大的声音，"我要的就是两碗，你问服务生，我竖了两次手指头。"

"您第一次竖了两根，第二次竖了一根，我以为您一个人，只要一碗。"

"哼！"

沈乾大马上想起那与人争利的场面，不由得有些脸红："你们凭这声音，能懂？"副总说："有我呢，我做现场解释。"

"就算是你做了解释，也不能与眼前的事连在一起吧？"沈乾大仍是不解。

副总想说，喉咙里却咔咔有声。毕姑娘说："这位副总让鱼刺卡了喉咙了呢，还是我说吧。"副总向毕姑娘抱起拳，毕姑娘说："放心，我不会出卖你，再说，你也卖不了多少钱，换作是我们白云姑娘的话。"

毕姑娘看一眼白云姑娘，也不见她生气，就说："这位令人尊敬的副总，说了一些屁话。我给他总结归纳一下，无非三条，即三个响屁。一、沈总是一位贪图小利的人，为了两元五角的事，也得与人争个高低。二、沈总能守住大节，决不白吃别人哪怕一碗牛肉面，决不贪小又失大，不该要的坚决不要，人家还他十元呢，那，也包括刚才的一百万支票吧。三、综合考量，沈总是一位信得过的人，跟他合作，保险，没事。这屁没臭，有些香吧？"

"有些香！"一屋的人都说，笑翻了天。

除了沈乾大，一屋的人都没有吃过饭。沈乾大说，喝酒去，我请客。一顿饭，一直吃到下午三点。众人散了，林肯车将沈乾大和二位姑娘送回公司。

远远地，看见董事长办公室的门缝里，不断地有白烟泄出来。白云姑娘说："不好，着火了！"毕姑娘冲过去，打开门，立刻被门里涌出的浓烟呛了一口。沈乾大吸了一口烟，就说："没事，烧给菩萨的。"

进了门，果然看见观音像前燃了香烛。观音像原来放置在专门的佛堂里，前些天被他的妻请到了这里。今天的香火特别旺。

关了门，三个人不顾一切地抱在一起，啊啊尖叫起来，沈乾大先是给毕姑娘一个吻，白云姑娘的慢了一些，但也没有生气。

"给你，毕姑娘。"

"给你，白云姑娘。"

俩姑娘看到沈乾大奖励的支票，上面的数字都是一百万。

"好好跟我干，有你们好处。"

俩姑娘又欢呼起来。

"阿弥陀佛，罪过。"是沈妻的声音，她烧了香，没走。她一直在，与菩萨与香烛烟火一起。

晚上，同在公司套房里住着的毕姑娘白云姑娘的窗口，先后飘落衣衫来。她们每每有收获，必扔旧衣，说：旧的不去，新的不来。

这些扔弃的旧衣全让沈妻捡了，洗了，藏了。看着一旁呼呼酣睡脸上仍有笑意的丈夫，她眼中只有默默流泪。

心里念：罪过，月有圆缺，这些贱女人，很快就会没衣穿了。

五十二

"死了，死了，这一次死定了！"

秦明从妻子手中夺下刀来，刀刃上全是血，头颅与身体全然分开了。血喷得厨房里到处都是。

施大男不由分说，拉着秦明就往卧室跑。秦明最后看一眼那可怜的鸡。鸡头掉在地上，鸡身仍在砧板上。鸡脖子里的血还在往外流个不停。

保姆吓得不轻，本来是她在杀鸡，是被施大男突然之间抢过去的。夺刀的时候，施大男眼中满是凶气。保姆大叫了一声，尿从胯间汹涌而出。

秦明说："你身子别抖动，到底怕什么？兵来将挡，水来土掩。"

"你，哼，"施大男冷笑，"你看，你狗眼没瞎。"

喜剧

闹剧

悲剧

照片一：手掌——步行街标志性雕塑。

照片二：侏儒与滑板——步行街一片祥和欢乐。

照片三：法官与法警——手持执行文书交与店主。

照片四：法警的手——拍打着即将闭住的店门。

照片五：旋转的风——步行街上乱哄哄的人群。

照片六：标语一——热烈欢迎市维稳工作考察团。

照片七：标语二——今天我们停业，是为了明天。

照片八：标语三——步行街惊现乌云，我们要青天！

照片九：握手——领导模样的手与法官的手。

照片十：手掌——推开店门，步行街一片欢腾。

施大男看着秦明在翻一帧帧照片，心里的冷仍然止不住。半小时前，她接到一个电话。来电话的竟然是区法院的年轻法官祈一水。他在电话里说："我以为这样不公正不公平，所以告诉你。"

施大男当时就想发笑，这世道还有公正公平？当我弱智吧。她很快地回放他们之间的相交镜头，接触不多，只有一次一同吃过饭。

然而，这种热稍纵即逝。她跌入的是一种无法预料的冷。当她立即打开电脑，进入当地的论坛，看见上面的标题、照片，心就凉了半截。然后，她想起她无法理解的为何是他，虽不是商铺案的主审法官可观点始终站在对方一边的人。而她在区法院从院长到法官，有许多得过她不少好处的好友，包括有肌肤之亲的王正中之类，甚至市中院，省高院，都有所谓的好友。除了政法系统，还有别的系统的好友呢，都没有看见？或者一个个做了睁眼瞎？

施大男又打了一个寒战。

秦明——打开"喜剧、闹剧、悲剧"标题的文章，秦明的脸也渐渐被冷冻了似的。

"你再看看文章后的跟帖。"

秦明把鼠标移到《喜剧》步行街上人头攒动，欢声笑语。紧接文章的"沙发"，赫然这样的文字：

朗朗乾坤，没有乌云该有多好？

朗朗乾坤，只有阳光下的鲜花该有多好？

朗朗乾坤，没有喧嚣该有多好？

朗朗乾坤，只有小鸟的叫声该有多好？

朗朗乾坤，没有狂风暴雨该有多好？

朗朗乾坤，只有和风细雨多好？

然而

乌云会有的

喧嚣会有的

狂风暴雨会有吗

喜剧是掩盖了不该掩盖的吗

《闹剧》法警拿着执行文书，遭人抗拒。

值得欣赏。法警现场执法很有范儿，标准的军礼，标准的职业微笑，标准的法律文书，标准的法律交代，无不显示这个时代的法律标准。如果全社会都向法警看齐，那这个世界就文明礼貌得多了。

值得深思。如此合法文明的执法，却遭人抗拒。这里涉及几个问题了。难道是法律本身的问题？世上有善法恶法之分，我们这法不会是恶法吧！打死我，也不信！还是法律之外的问题？打死我，也不信！

《悲剧》市维稳工作考察团一到，法警撤退，店门大开。

店门大开，步行街恢复文明昌盛，为何会是悲剧？

到底谁错了？

如果错的是法警，那么判决本身错了。判决为何能错？

如果错的是领导，领导会是干预法律吗？

如果所猜事实的话，不管是哪个原因所致，确实是法治社会的一个悲剧啊。

"大男，你还是抖个不停？"秦明回头说。

"你是猪，你是猪。"

"我仔细看了原帖和跟帖沙发，没，没大事啊，现在，都网络时代了。"

"说你猪，真是猪？"

"我一直脑袋不开化，你是知道的，你，说吧。"

施大男看了一眼无奈的丈夫，她眼里迅速闪过了几个男人的形象。她眨了眨眼睛，一股凶光射向秦明："我真是前世造孽，这一辈子会折在你手里。"

"说吧，你知道我笨，可，就算是对牛弹琴，你也出了一口恶气啊。"

"你看看哪像一个男人的样子？"施大男算是面对一个毫无生气的墙壁，"你看原帖子，就是一个爱看热闹爱受别人关注的论坛油子，以赚取点击率为主要乐子，只为吸引眼球，对事物只有猎奇，没有明显的倾向化。再看看跟帖的帖子，明显的是人为组织，也就是看到这些曝光的帖子后专门组织人写的。为什么？因为已经曝光的帖子，从某种意义上说，会让人联想商铺案对方的不是，所以，急着出来引导，引导懂不懂，是按照他们的想法，有利于他们的想法，再叙写一批帖子出来，看看，这熟溜的文字技巧，辩论技巧，是一般网民无法达到的，请的是水军，高档的水军。"

秦明突然拍手。

"你神经有毛病啊，在我称赞对手的时候，麻烦你再看一下下面的跟帖，看看什么是狼子之心？"

"我，"秦明有些结巴，他在妻子面前常常这样语无伦次，"我，不是，是为了表扬你。"

秦明边说，边把鼠标往下点"喜剧、闹剧、悲剧"下的跟帖。

喜剧
这是一个远离噩梦的地方
人民做噩梦的过去还少吗
过去曾遍布噩梦
噩梦如地雷，随时发生
团结起来，一起振作
让噩梦成为过去
让过去成为过去
闹剧
听说，步行街的商铺原是个招商引资项目，当年有关部门信誓旦旦要给外省商人最好的投资环境，眼巴巴盯着别人的钱袋，呵呵，其情可怜。可是，转眼过去，这些高调的话音还挂在空中，远远没有落地，有人就眼红，盯牢这块越来越肥的商业繁华地了。有关部门就"胳膊肘不能往外弯"了，什么逻辑呢？
做人为政从商，都不该忘记诚信二字啊。
闹剧，体现一个闹字。
闹剧过头了，是荒唐剧！
悲剧
朗朗乾坤，不敢明火执仗！
善良的人儿，没有想到吗？有人披着法律的外衣，实是在侵犯你的合法权益，这种笑里藏针的活计，总被一些人灵活地应用，不断地创新。

可怜的人儿，没有看到吗？有人在撕开喜剧，有人在往闹剧掺血，你成为任人宰杀的羔羊，因为你成了别人瓮中鳖、釜中鱼、砧上肉。

当法律无法正常开张，在法律不能保护你的时候，我们还是求得包青天吧。

朗朗乾坤啊，多一些包青天吧。

尽管也要被人称作悲剧。

秦明说："这执行，也没成功，还在网上炒作，这，这……"

"没话说，没屁放了吧？你这猪，"施大男说，"世道就这是这样，恶人先告状。占了便宜还要装清高，做了婊子还要立牌坊。"

"咋办？咋办？"秦明问。

哼！施大男的眼里迅速跳出一批批男人的脸来：王正中、李鸿、黄滔、江枫、林副院长、李大田、高院长……她仔细揣摩他们的长相身高体重，穿衣裳与不穿衣裳的特征，特别是嘴上的不同语音，脸上的各种表情……

没有，没，没有，没有一个可以为自己解决眼前的难题。施大男以她从没有失效的推理认为，世界上与她有关系的只有这些有势力的男人，连这些男人都无法解决她目前的问题，那，她是无路可走了。

这些男人本来是她可走的路。

没路可走是某些人的观感。她也不认为会是这样的状态。

世上的事，从来不以某些人的观感出现和发展。

施大男举起电脑就砸的时候，一只手就来阻挡她。其实，在施大男脑子里做出要砸电脑的决定时，秦明就感觉到了。秦明是从妻子脸上感觉到的。妻子的脸如天，有时候晴空万里，有时候乌云密布。这个时刻，恰恰是乌云密布。乌云乌得有些可怕，是雷电即将到来，是暴雨即将倾洒。

秦明本来没有这个能力，是爱的赐予。一个人深爱一个人，就具有这个能力了。

秦明的阻挡，就阻挡了刚刚发生过的鸡头与鸡身分离鲜血四溅的惨剧发生。这部笔记本电脑，也避免了身首分家的下场。

施大男刚要把火转发到丈夫身上，秦明说："我，我来，对付他们。"

五十三

儒商调查（三）

注：这是一个新闻专业大四学生的纯粹的社会调查素材之三，届时将形成正式的报告文本呈交学校作为毕业作业。您可以选择不看，或看。文笔有些稚嫩、随意、粗糙啊。唯有一点，情感是真实的。

被调查对象：方靖北。

调查方式：实地走访、当事人采访、座谈会、阅读各种笔记文件

调查人：安安

目光、观念、境界——

1999年，一个山区小县城的居民，一个迈入四十岁的男人，怀揣三千万元人民币，你将去哪里？你将打算如何使用？

在许多人能捡到宝石的溪滩上，你最大可能捡到的是沙砾，就在你的选择。

方靖北想到过一般人的想法。小富即安。也不是小富了。用这些钱，足以舒服过上一辈子。在山清水秀的地方，择地造一别墅，老婆孩子热热闹闹生活，也未尝不可。此想法安逸平稳，没有风险。幸福指数颇高。

然而，方靖北有梦想。

△方靖北语录：有没有梦想，是人与人之间最大的区别。而梦想的天地越大，付出的心血汗水会越多。从某种意义上说，心血汗水的重量等于所获黄金的重量。谁能估价"癫蛤蟆想吃天鹅肉"中"想"字的价值呢？千金难买。

△继续创业的路有两条。一是制造业。中国是世界制造大国，无数的"中国制造"充满世界市场的角角落落。方靖北放眼周围，成功的案例很多。这是一条脚踏实地的创业路。二是商业、服务业。中国是个传统农业逐渐向工业化转变的国家，谓之第三产业的商业、服务业占整个国民经济比例太小，第三产业发展前景广阔。这更是希望在望的创业之路。

△从方靖北本身出发对两条创业之路的考量。一、从家族遗传因素来说，祖上都从事与商业贸易有关的产业，没有人从事过制造业。二、制造业需要产供销的链条支撑，环节众多，管理成本相对较高，而商业服务业相对简单，

或者只是处在制造业的末端，且产生利润较佳的位置。

△最后定位为商业服务业。

△城市确定，经过两批次。副省级城市宁波市、省会城市杭州市都为第一批候选对象。优点：离家近，熟人朋友较多，人脉较广。缺点：经济规模相对较小。上海市为第二批候选唯一城市。优点：国际大都市，且为中国的经济首都。市场前景和容量，代表世界级、国家级。以上海为中心，辐射全国是最佳选择。缺点：人脉不够。但优点明显多于缺点，且随着时间推移，缺点会被克服，于是最终确定为上海市。

△主攻商铺（不放弃黄页业务）的确定。商铺为商业服务业的重要载体。出现于原始社会人类定居后，将原来的室外交易改为临街室内交易。1999年的上海商铺虽然旺盛，可价位只是日本的1/100。上海商铺每平方米只有一万元人民币，日本商铺却要上百万元人民币，发展前途十分远大。选择商铺业，具有投入小、产出高（以方靖北在上海七浦路的商铺为例，每间购置投入六七十万元，每年租金收入十七万元，四五年即可收回成本），风险小、赢利大等特点。之后，虽有阿里巴巴等电子商务出现，但传统商铺业仍在强劲发展。

方靖北梦想有五百家"无烟工厂"。此工厂非彼工厂。工厂有污染，商铺近乎无污染；工厂需要技术支持，商铺不需要技术；工厂需要庞大的管理团队，商铺不需要团队；工厂受市场干扰因素大，商铺近乎"旱涝保收"。

△方靖北语录：购一处商铺，即建造一座无烟工厂。捍卫商铺，就如捍卫生命和理想。

△人生方向一旦确立，就如举起了生命的旗帜。

方靖北实现了人生最大转型。

△商铺的选择、购买是一本书。

△标准一：中心说。即城市政治中心，一般以党政机关所在地作为定点位置，一般是人气集聚地。实际操作时，实地考察位置及人流。建新城之地，首先参阅政府规划图，每年在两会上的政府工作报告，有关新闻报道，有关领导讲话。如果是旧城，商铺的升值空间不大，但人气固有，物有所值。如果是新城，人气集聚短期内达不到理想数字，但商铺升值空间大，投入需要胆魄和勇气。

△标准二：历史说。即历史悠久的商业街。几十年，乃至上百年的商业历史，就是金字招牌，凝聚了财气人气，是经商不可多得的宝地。由于某些原因，近年如有衰弱迹象，却不会改变它中长期的兴盛，就如一辆列车，没了水，没了煤，没了油，一俟加上燃料和水，即可匀速快速前进。这是那些新建

的商业街无法比拟的优势。实际操作中，需要做反复的调查研究，需查看地方志史、商业志、新闻报道。特别是衰弱的原因，是否由于经营者经营理念的落后？是否由于城市中心的转移？是否由于交通条件的改变（新建地铁口偏远、原畅通的道路受阻等）？前者是人为主观原因，可以改变。而后二者是致命伤，是客观环境的改变，非人力短期能扭转。

△标准三：文化说。即文化气息浓厚的商业街。随着消费水平的不断提高，消费者个人修养的提高，一个充满了浓厚文化氛围的商业街，会吸引向往文化向往文明的顾客前往，且消费档次不低，一般在中高档以上。文化是一种能量，是一种财富，是任何职业都不能漠视的存在。文化支撑着成功商业的内涵。这是古今中外被证实的真理。实际操作中，从走访当地居民，阅读当地志史（文化史）和新闻报道，需要了解商业街的硬件建设，是否具备了文化的形态？比如有无传统古建筑或有品位的仿古建筑。需要了解当地有否名人故居、名作坊？绍兴的一条著名的商业街的繁荣就是名人鲁迅带来的。

△方靖北语录：标准在人心里。因为标准是人制定的。风水在于内心。因为，内心的风水大于自然界的风水。吉于心自生。天可塌，地可陷，但谁都无法剥夺你心中的阳光。

△商业纠纷以调解为主，但不忌讳以法律途径解决。在上海迪士尼乐园附近，有一商铺，与邻居并山墙，不经方靖北同意，私自凿洞在方的楼顶搭建一玻璃房，几经商量无果，于是诉诸法律。方赢得官司，拆除邻居玻璃房，按判决有赔偿款，方不收，遂得对方感动。几年间，官司六七起，皆赢无输。

△方靖北语录：得饶人处且饶人。商人以和为贵，但不怕打官司。朋友来了有好酒，敌人来了有猎枪。做人底线与经商底线相同。赢在占理合法，赢在堂堂正正做人。

五十四

任迪一走进来，就拿鼻子夸张地四处嗅。

"狗啊狗啊？"冬冬说着，将一台打开的电脑交给他。

安安的脸就红起来："你在你妈的床上就没有撒过尿？打了屁股忘了疼了吧？"

"对，"冬冬拍手，指任迪，"你就这样，喜欢逐臭，不讨花样年华的姑娘的欢喜。"

"你才，逐臭，喝多了安安的尿如啤酒香了吧？"

"任迪你小子，"冬冬说，"五讲四美，注意。"

安安有些嗔怒："别贫了，快干活，谁没有尿过床？"

几个学友一起立正，啪的一个敬礼，如香港警察一般，安安才转嗔为笑。

就在冬冬的宿舍，窗外烂漫的灯火没有心思看，几台电脑同时进入本地论坛。冬冬起了两个网名：一地风流、草民。安安：夺命天使、风潇潇。任迪：无良文人、微笑屠夫。另一同学：尖刀连长、为民请命。后来又来一同学，起名：独眼客、亲王驾到。

一时间，不见人声，只听键盘的嗒嗒声，犹如战场上坦克的履带轧在大地上前进的氛围，一下子将整个房间制住了。随着最后一声键盘声的坠落，大家互相叫一声，好。纷纷拿目光看。

第一轮，学着原帖的样子，以游客的身份不署名跟帖。依次是喜剧、闹剧、悲剧。

他们不清楚，就是这第一轮，就令对手快要窒息。

第二轮，每人署了网名。

在《喜剧》后跟帖的是安安。

风潇潇——一个文明的城市，是将信誉比作生命的。以诚信才能广招天下贤人，才能聚天下财富。而出尔反尔，是最大的不诚信；朝令夕改，则是当政者最大的弊端。想想我们这个城市的未来吧，想想我们这个城市的明天。别让明天没了未来，别让未来没了明天。

夺命天使——没治了，这社会得了重症。乖乖，有罪的孩子们，到我怀里来，天堂没有关门呢。

冬冬跟在《闹剧》后边。

一地风流——光天化日，卷了铺子的门，不会是金莲嫂子约会西门庆兄弟吧？NO，NO！哟哟哟，是法警啊，看官。据说法官是拿了执行单，要买了这些商铺的外省人，割出一块给当地的既没有房产证更没有所有权的富商，听说，外省商人是当年打着招商引资的旗帜，哄骗来的呢。

草民——讲一下民生好吧，顾一下民情好否？

任迪跟在《悲剧》之后。

无良文人——闭上你爱笑的鼻子吧，这世界没有笑的气息！搋紧你爱笑的屁股，这世界连屁也不需要放！这里只剩下哭，笑已经成为文物；这里没有屁的活路，让屁自寻生路去吧。

微笑屠夫——送你鲜花，你要吗？送你笑，你要？送你阳光，你？

"尖刀连长"和"为民请命"在安安帖子后点了赞，不止一个，"独眼客"和"亲王驾到"选在冬冬和任迪之间打情骂俏兼打酱油，热闹非凡。
安安指着电脑屏幕，惊讶得说不出话来。
原来"风潇潇"的帖子后边跟了一个帖子。

三人禾——楼上的要说理，不能这样乱加批评指责，这样会添乱，而不是帮忙。

"夺命天使"的帖子后边跟了一个帖子。

日月——楼上的太悲伤了一些。阳光之下，该说一些阳光的话。有话好好说吧，干吗酸里酸气的？

"一地风流"的帖子后出现这样的跟帖。

三人禾——楼上不会是外国客商吧？这样拿腔拿调，说一些亲者痛仇者快的话。

有人在"草民"后这样跟帖。

日月——请你好好说话，为官也好，百姓也好，得说在理的话。

在"无良文人"后有这样的跟帖。

三人禾——许多正直的有良心的网民，都不喜欢这样的说话。

"微笑屠夫"后。

日月——我喜欢鲜花，喜欢笑，喜欢阳光。

安安笑起来，前仰后翻地，抑制不住地笑。

安安一边笑，一边还拿手指别人。

这笑仿佛有力量，手指似乎带了尖刺。一屋的人都肃静起来，让安安的笑肆无忌惮地滚来滚去，被手指指到的人，或脸或人，都有些把持不住地打些战。

再没人说话，连安安也不说话。只听见各自的电脑键盘被疯狂地敲响。啪啪，啪！啪啪啪！这声音明显带着一种受侮辱后奋起的复仇之气，看得到刀光剑影，闻得到鼓角争鸣。

时间在飞快地过去，可秒钟的节奏明显比不过键盘的节奏。键盘在与秒钟争时间。

二十分钟过去，屏幕上的战场，战火纷飞，硝烟弥漫，短兵相接后，留下的是一个个尸体似的文字。

"一地风流"首先冲在前边，在"三人禾"的首帖上跟帖。

一地风流——三人禾？说话如此斯文有理，莫不是"水军"吧？

有人暗暗击掌赞叹：这世上，贼喊捉贼者，原来是逼出来的。

任迪扛起"无良文人"剑指"日月"。

无良文人——日月，自以为是大自然之子，非也！日月者，白天黑夜阴阳相兼也，阳盛时，庄稼禾苗皆焦没，阴盛时，暗无天日；日月，自以为昌明，厚道人，实为道貌岸然的伪君子。

有人迅即评论："用笔杀人，莫过于此。"

安安的"风潇潇"跟在"日月"后边。

风潇潇——楼上的要说理，理呢？别不说掩着藏着，怕是有歪理吧？

"为民请命"这里紧跟了"风潇潇"。

为民请命——"日月"说话慢吞吞的，慢条斯理的，一门正经的，是哪个部门的领导吧？但愿你是个清官，做官不为民做主，不如回家卖红薯。

"独眼客"冷不丁跟在"三人禾"后边说了一句。

独眼客——三人禾，我看只有一人啊，怎么成禾啊？

哈哈，现场就有人点评："独眼看世界，能看见二吗？甭说三了。"
"尖刀连长""夺命天使"这时候先后杀到，紧盯住"日月"。

尖刀连长——日月这厮听着，你的假脸该撕去，得是恢复真面目的时候了，让天下的网友看看你的嘴脸。依俺看，你就是个娘儿们，装腔作势的，假惺惺装爷。
夺命天使——乌云终将散去，伪装终将揭去，那个时候，还清朗朗的天，还某人丑陋的脸。劝君更尽一杯酒，莫到懊悔时才想饮。

"亲王驾到""微笑屠夫""草民"三炮齐射"三人禾"。

亲王驾到——不许你自誉为"有良心的网民"，不允，钦此。
微笑屠夫——好有人性的亲王啊！对伪君子一样的"三人禾"居然没有半点谴责的话，亲王万岁！我爱你！
草民——亲王不允，草民也不允，这普天下的网民都不允，看你"三人禾"能猖獗到何时。

五十五

雨，说下就下了。
泪水，一不经意间，就挂满了脸。透过泪水和面店的落地玻璃窗，还有浙沥不断的雨水，仍看得到对面看守所大门一侧的牌子，还有哨兵隐约的影子。

"妹子，别哭了，哭肿了眼睛，他会不高兴的。"毕姑娘说。

"姐，你也是，别哭。"白云姑娘拭了拭总也擦不干的眼眶说。

沈乾大就关在对面。罪名是涉嫌欺诈。上午是家属探视时间。离规定的时间还有半小时。

她俩冒雨刚到，坐在靠窗的位置上。这时候，另一边通向厨房的门帘忽然飘动起来，却没有人走出来，也不像是有风吹过。

毕姑娘眼睛盯着那飘动的门帘，说："谁能想到呢？沈哥就这样进去了。"

"是啊，沈哥的世界会更大呢，怎么会这样下场？"白云姑娘说着，也盯了一眼那门帘。

"谁说不是呢，这么好的人，居然有此厄运。"

"不是说恶有恶报，善有善报吗？"

"哼，欺诈，这能是欺诈？还犯罪？我就想不明白了，法律怎么啦？"

"是啊，"白云姑娘说，"姐，发展经济能有罪？集资融资能有错？把别人销不了的房产销了，能是罪？把集资融资主人的利息按月付给，能是错？姐啊姐。"

"没错，更没有罪。是啊，多有抱负的青年企业家啊！步行街，虽是古街，却是一条烂街，省里市里多少房地产公司，肥肉争着抢，步行街开发却没人问津，就是沈总一人，迎头上，揽在自己怀里，造好了房子，商铺销不出，这本来就是个烂街啊，好，去上海，千辛万苦引来了投资者方老板——又是商界的一条汉子，房地产低谷，很多房子卖不了，沈总才想起创办这房地产购销公司，咳，正走过了低谷，就要走入阳光灿烂的正轨了啊。"

"姐，姐姐，别说了，沈总没有错，没有罪。"

"妹子，你来得迟了一些，我却见证了公司的成长发展啊。说来好笑，我一个堂堂的电视台记者，却为一个民营公司的老板所吸引，有人说，我是为了财富来的。是啊，这理由多么令人在仇富心态下磨磨舌头啊。不是，坚决不是，我是为理想来的。"

"姐，这个我可以做证，我也听你说起过，你是为沈老板身上的创业精神创造精神征服了，所以，你毅然从电视台辞职，走上了协助沈总一起创业的路。"

"啊，对不起，我的表妹，也就是这些话，也让你走上了我的路，让你也辞了歌舞团的工作，投身到我们公司的团队中来。"

"我无悔。就算到了今天，我也无悔。"

"我，信你。妹子，今天，我们姐妹不妨放开谈谈，因为以后，没了沈哥，我们聚少离多。"

白云有些激动，站起来，给毕姑娘的杯子添了水。"谢谢你，姐。都说我们家族，净出烈女，这就在我们俩身上，再次印证了。只是，我不明白，那次去上海，你为何动怒？为何开车撞沈先生的林肯车？你，难道不能像相信自己一样，相信我和沈先生吗？"

"我信沈哥，我信我自己，"毕姑娘脸上有些发烫，"你那时候不是刚来吗？对不起，也怪我太冲动，而耿直是我们这个家族的特性，我不信你是由于不信这个社会。"

"所以，你拿车去撞我，撞了一个，不是有两个三个更多个吗？你，撞得完吗？"

"我是傻了些。当然，这里有我的私心。其实那次从上海回来后不久，我就后悔了。我是在发现你与我一样清白后，才后悔的。"

"噢噢哦，我打小跟在你屁股后，你还不识得我？"

"呵呵，你还这样嘴尖不饶人，从小就这样。我信服沈哥的为人，为了公司发展，可以不惜一切手段。他十分张扬，他在公司装修车辆配备上极其豪华，他身边美女如云。原来他的豪华是为了公司的形象更为靓丽，当成与这些坏人同流合污的保护色，这个视拥有金钱美女为地位的世界喜欢这个，他也享受豪华，唯独，不享受女色。在外人面前，我们装着搂抱，实际上，他连我的汗毛也没动。"

"不过也有例外，就是上次去上海，沈哥开着林肯带着我，渴望方靖北先生加入我们，可是，没用，方先生是男人中的异数。"

毕姑娘与白云都竖了大拇指。毕姑娘仍然问："他，沈哥，真的没动你？"

"嗯，嗯，我恨他，就是恨他这一点。我发现，来公司一段时间后，我渐渐地喜欢上了他，可他，为什么就把我，我们，当成赚钱的机器，我，我们也是有血有肉的喜欢男人的女人啊。"

"是的，是的，我们这些办法，用来对付男人绰绰有余，对付方先生、沈哥，却是失效得一塌糊涂。"

"谁能想到的呢？这个京哥是坐在领导车上的啊，连区委书记热情递过来的手，都懒得握呢。"

"是啊，这阵势，"毕姑娘看了一眼那门帘又在动，"都摆到天上去了，以为是当年的皇帝出巡，也没有这样的排场。"

白云姑娘苦笑了一下，也看了一眼那门帘，门帘仍在动："沈哥指挥我们，除了方靖北先生那里，就没有攻不下的高地。让一帮商人集资，都上亿了，不是咱姐妹一起攻下的吗？京哥，这个原先比皇帝老爸还稀罕的人，咱姐妹，陪，陪了两夜不，不就是拿下了吗？"

毕姑娘站起来，给白姑娘添了水："只是苦了你了，你还没有嫁人，让我怎么对得起你的妈我的姨啊，都是我的错，我不该在你面前说沈哥的事，让，让你的人生走了，走了弯路。"

白云姑娘也慌忙站起来："不，不，进公司来，你，姐，从没有这样对我这样好过。路，是自己选择的，怎么会怪罪于你呢？再说，我没有走错路。人生有这条路，值得。"

"谁有背后眼，谁能真正看透人心呢？沈哥本来就有不少怀疑，沈哥从来都是谨慎的人，可，真是没看透这位京哥，这，这个京贼！睡了我们俩，转天就给我们公司账户转入五个亿资金，这是真金白银啊，沈哥，不，包括我们都被钱耀花了眼睛，只是短短的几天啊，沈哥就签了那个合作协议，只是当天，京贼就转走了远比五个亿多得多的钱，也就是我们公司所有的可转的资金，呵呵，听说只是周转三天，就还我们数倍的钱，可是，钱一转出，京贼就人间蒸发。天啊，沈哥多少年的努力，当成一记水漂，还听不见响啊。"

"其实，姐，沈哥与京贼签这协议时，有曾怀疑，怀疑还不断呢，但，沈哥被他的理想天国击败了，为了它，他在所不惜，还有一个原因，沈哥在签约前曾接到一个区领导秘书的电话。姐，什么是理想天国？世上真的有？"

"真的，没告诉你？"毕姑娘脸上现出一种少有的自豪感，"可能，是妹子来迟了些。原来是这样的：沈哥是个农村孤儿，是吃百家饭长大的，乡亲支持他上了学，直到大学毕业。沈哥感恩，发誓要在城里赚了钱后，让全村的乡亲住上别墅。这就是他的理想天国。"

"哦哦，每天疲于奔命，却满脸红光，坎坷不断，却从不低头，人，有了理想，可以死乞白赖，可以卧薪尝胆，可以，可以这样活着？"

毕姑娘点了点头，说："有了理想，可以百难一身担。这一次说沈哥是诈骗，如果这是诈骗，我们姐妹俩是具体的实施者啊，可沈哥一人承担，监牢他一个人坐去了。"

白云姑娘的泪水像是决堤的水库："滴水之恩，怎么报？"

"滴水之恩，当涌泉相报，沈哥说的，沈哥一直这样说，"毕姑娘看了看那门帘，门帘又在飘动，"沈哥也一直这样做，他老家村庄的乡亲都有三分之一住上别墅了。这个宏伟的蓝图就要实现了啊，想不到……"

"姐，你听我说，"白云姑娘突然打断毕姑娘的话，"我事先没经你同意，也没与你商量，你不怪我吧？我决定将沈哥给我的一百万元，连同我自己原有的五十多万，全给了沈哥，让他，也少一些罪。"

"不怪你，我，也一样呢，我把车子房子全卖了。"毕姑娘的眼前仍然跳着那块门帘，那块着了魔似的门帘一直没有安稳。

"哼！"白云姑娘此时突然冷笑，"那个口口声声说是爱沈哥的原配夫人，不知在哪里？探视时间就要到了呢。"

"是啊，妹子，听说，"毕姑娘故意放低了声音说，"那位夫人，让沈哥每同房一次，得付一万元。"

这个时候，那个门帘再次飘动，从里边走出了一个标致的女人。毕姑娘和白云姑娘同时惊讶地叫着："沈夫人！"

沈夫人一如既往，用手指着她们的脸，只是口气没有以往那么凶。

"你，你，怎么一个个那么傻，那么傻啊！"

"你，哦，您，不骂我们小婊子狐狸精了？我们刚还说您坏话呢？您咋回事？"

"傻不傻你们，我昨天晚上就来了，就蹲在这里。"

外边的雨更急。然而，探视的时间到了。风雨中，出现三个女人同时奔跑的身形。

有一记霹雳响了，从天响到地，传到更远的山边。

五十六

晚八点。大屋。

秦明的头嗡地大了。

一头狼，引来的是一群虎。结果是狼被撕得粉碎。那血不是往下滴，而是在空中乱溅。

电脑旁边的桌子，被他擦拭得一尘不染，他的手指戳在那里，居然有一个清楚的倒影出来。他知道妻子有洁癖，每天下班回来，吃了饭，就把卧室整理得十分干净。现在，他安稳地坐在电脑桌前。可是，一进入本地论坛，他不想发生的一幕，确实发生了。

他不敢继续看屏幕，而落地窗外街景灿烂华灯齐放，却总有一股肃杀之气，透过厚厚的窗玻璃逼到屋里来，让他打了一个寒战。

八点零二分。有一股酒气袭来。黑暗中有一个手打他的肩膀，他条件反射似的腾地站起来。一股冷笑如水似的便扑面而来，浇得他浑身上下没有一块温暖之肤。

"你看看，你这没用的东西。"施大男的声音带着酒气剑似的跳起来，秦明不管如何躲也逃脱不了。秦明觉得自己的细胞成千上万被砍得鲜血直流，包括灵魂，也在那里摇摇欲坠。

八点零三分。施大男推开秦明坐下，就如一只酒桶放在电脑桌前。

"全军覆没，全军覆没啊，你这废物，"施大男指着屏幕说，"我以为你真是个金刚钻，金刚钻啊哈哈。"

"我读你点数。"施大男以命令的口吻说。

"风潇潇、夺命天使、一地风流、无良文人、尖刀连长、为民请命、亲王驾到、微笑屠夫、草民……"施大男问，"几个了？几个了？"

秦明以手指数数，叫一个扳一个。妻子问，却说不出几个是几个。施大男点着屏幕再报了一次，秦明将手指扳了一回。

"几个？"

"……"

施大男想也不想，用手在黑暗中摸索一下，就抓住了秦明，笑："就一个，废物啊，人家很多个。"

妻子已经很久没有抓他了，换在别的时间和心境，秦明也许早接住了，秦明巴不得呢，近几年来妻子都对他冷冷的。

这是今晚秦明第一次与妻的隔膜。而与爱神失之交臂，不管什么原因，都是下下策。

"走，走开，我要工作，"秦明把妻子从电脑前拉开，"你今晚与谁喝的酒，满身酒气？"

"你管我跟谁喝酒，醉了没有，我没有认错老公，那才是你关心的。"

"谁要管啦？"秦明说，"我今晚要管这里。"

"你猪啊？你笨！你牛啊，不管弹琴的？"施大男说着娇艳地盯了他一眼，尽管在黑暗中，可是爱的火花肯定有人识得。

秦明接受爱的眼睛让复仇的欲望蒙蔽了。这不能怪这个世界没有爱。

秦明将网上的事全部归结于方靖北，这是恨之源。而以前，当他看到妻子失约于福利院的慈善活动后，他敢于直接打电话寻找方靖北。

那个时候，他的内心充满清明。

八点二十八分。秦明已经成功地网上发帖四个。

三人禾——楼上的朋友注意，有理不在话多。一万个泡沫，抵不上一颗纯净的水。

日月——发生在步行街的事，日月可鉴，天地人共知，是非总有明白的一日。

三人禾——始发帖的朋友只是客观见闻，而另一帮人显然有组织有企图，想把水搅浑摸鱼，能不能将你们的肮脏心灵曝光一下？

日月——楼上的朋友如果不说，我来说。据我所知，事情原来与楼上朋友所说的大相径庭。请关注，有图有真相。

八点二十九分。秦明扭过头去，是被重重的呼噜声吸引过去的。施大男在床上把自己睡成一个"大"字，细细察看，头却不着枕头，秦明的头忽地大起来，那，那不是"天"字吗？

这样的姿势，在夫妻间也不是特别淫荡，但换作别的时间，秦明也会被吸引过去。

"天"字又在引导这个家人做什么呢？

有一些虚无缥缈的东西在秦明眼前生成。崇高，卑劣，担当，逃避，诚实，欺诈，责任，仁义，这些词像是雪片似的迎面飞来。仿佛虚空中的什么启迪，就如天明时的窗户纸，秦明费尽心机想把它捅破了，可是无效。我是施家的女婿，难道还算不了真正的施家人？秦明想起妻子常常鬼魂附体似的出现反常言行的情景，那是个什么状态？是人，还是神，抑或鬼？这让思维简单拒绝复杂的秦明很是头疼。

秦明将目光从妻子身上收回来，定了定神，才想起该找一下法院关于商铺的两次判决书。

秦明首先想到的是保险箱，岳父临死时敞开过，里边的财物均被子女瓜分了，现在的使用权归施大男一家，但保险箱一直开着门，是无险可保吗？还是生活的角角落落全是险，无须对某一个部位某一样财富采取保安措施？

打开保险箱，箱里的灯光柔柔地将所有可见的东西全部照亮。没有判决书，这让秦明有些失望。

呼噜声又响。秦明不敢唤醒妻子，这在以往都有惨痛的教训。一个女人响响地打呼噜，还不让身边的人唤醒她，这就是这个家的现状。可是，秦明迫切需要唤醒她，唤醒她是为了让她少受声誉上的损失。他觉得她视声誉为第二生命，所以，一个呼噜的消失应该不成问题。

"男，男。"秦明以他独有的称呼叫妻子。秦明的叫声有些战战兢兢，像是依附树木而生的藤蔓，一般人会觉得异样，可是他自己不觉得了，这一场婚姻似乎把他的性别改变了。

"干吗，干吗？"施大男在半梦半醒中问着，翻了一个身，待身子躺定时，秦明又看呆了：妻子又把俯身的自己摆成一个"大"字，又是令人心惊肉跳的"天"字！

"男，男，判决书，在哪里？"声音像是从冰窟里出来，可还是硬挤着出来。

"猪，猪，滚，滚开。"施大男在睡梦中发出声音，手却紧紧抓住什么，那是秦明的一只手。秦明用另一只手，剥开妻子抓在他手上的手。"我要判决书，我要给对手厉害看看，到底谁是有理有法一方？"

"我不要，我要你。"施大男说着，一边抓住秦明的手，一边在摸索什么。秦明将床边的一把扫帚柄递给她，她一下子笑起来，哈哈，好。可是，笑声未落，她就骂起来："猪，猪啊。"

八点三十五分。落地玻璃窗外，远远地照过来一道闪电似的光，原来是有人在放焰火。焰火一闪一闪地给房间照明，也把秦明夫妻俩照得一会儿是人形，一会儿什么也没有就如魔鬼。

秦明说："骂吧骂吧，我连这么简单的活都帮不了你，不是猪，还是什么呢？我还不如猪呢，猪养壮了还可以卖钱，我杀了也没有用，我臭不可闻啊。"

"来吧，睡，睡觉，"施大男呓语般轻声说。

"不，今天是关键时刻，我如果真的睡了，就真的只能做猪，做猪都不如的动物了。"

八点三十八分。秦明爬上床去，闭上眼睛的施大男忽地抱住男人的头："你，你终于来了，你逃不了了。"秦明反过来，将妻子抱在身上的手，一只一只扯了去："等，等一下，我把网上事做好了。"

梦中的女人似乎安稳了一些，让秦明顺利取到了那只包。拉开外边的拉链，拉链在黑暗中发出"嗞"的一声，像是什么被撕裂了一般。女人叫起来，"你要干什么？你要我的命吗？"

"不，我只是拿判决书，拍一下照片，贴到网上去，有图有真相，让天下人明白，让对手无话可说。"

秦明在妻子的反对声中从包的夹层里取到了两个文本。一是民事判决书，一是行政判决书。

接着他从抽屉里找到了照相机。为了有利于拍摄效果，他打开了卧室的主灯。他想，只是一会儿就好，拍摄了就马上关上，免得影响妻子睡觉。

灯光照亮的霎时，又一次让秦明惊讶。妻子此刻已经翻过身来，仰卧着又现一个"天"字。

秦明身上不知是崇高还是卑劣的感觉，把自己弄蒙了。

但秦明没有忘记自己的使命，他按自己的想法，很快打开了照相机包，将包里小口袋里的电池取出，打开相机上的电池口，将电池准确地插上。

八点四十一分。他拿下镜头上的镜头盖，打开了照相机的总开关。如果一切正常，他可以在短短的一分钟内拍摄完两张判决书。

这个时候，他听见一阵微小的声音，在空气里隐隐传来："水，渴。"原来是睡梦中的施大男发出的。

秦明只得将照相机上的总开关关上，放下手中的相机，站起来，向放冷水杯的台子走去。他离开时，相机上长长的背带不知为什么扯住了自己衬衫上的纽扣，相机重重跌到地板上，发出"咔"的一下撞击声。

"水，水。"施大男没有被惊醒，可仍然叫。

八点四十三分。秦明顺利取到一杯凉白开，回头看，妻子正呼呼睡着，这个时候，他因为挂念相机是否摔坏，就先将水杯放在判决书上，立即拿起相机查看。

坏，或者没坏，这世界太多了这种判断。

秦明以他的做人标准来衡量，当然希望相机没有坏。

但相机确实摔坏了，碰掉了机壳上的一块漆，还有一个吊环，不过不影响拍摄，可对于完美主义的他来说，是一个错。他的人生铺满了一个个这样的错，这让他始终抬不起头来看天上的太阳。

九点十七分。手忙脚乱的他不顾一切将两张判决书的照片，贴在了网络论坛上。

网上的形势迅速起了变化。这两张照片，如利刃一般，将对手的头颅唰唰割了，如割韭菜一般。

那些四溅的鲜血啊，却是秦明最不愿意看到的。

五十七

十点三十七分。看守所外的停车场上。

咔嗒一响，她们意识到三个人的命运系在一起了。幸运或厄运，谁也无法逃脱。

车门暂时将淫雨阻隔在车外。一声发动机的低吼，沈夫人将车子发动。刚才走出看守所大门时她与俩姑娘说："下雨，下山还是搭车走吧。"

十点三十八分。一团火球抛在前边不远的空地上，在这样的白天，也刺人眼目。它不是固定不动的，而是在不停地滚动。突然，在离车子很近的地方，咣地炸开。声音几乎要震碎车玻璃，三个人的耳朵嗡嗡作响。

"滚地雷！"沈夫人脸上露出惊恐之色，"这是天要收我们啊。"沈夫人随后解释，这种雷一般在山区，平原地区较为少见。

"我，我们会没命吗？"

"不，不会，只要下了山。"沈夫人轰了一下油门，车子便驶离。

十点四十二分。雨仍在车前的盘山公路上下个不停，可雷声远去，渐渐地，她们离开了雷雨中心。

这一场豪雨，从早上一直下到现在。可是，在她们心里，何止是这短短的几小时。

十点四十五分。沈夫人首先开口说话："得活下去，又不是送葬回来，我们没有理由悲伤。"

两个姑娘看了看沈夫人，那双灵巧的手在摆弄着方向盘。虽然有岁月的痕迹在那里，可是懂得保养、善于保养心态与技巧，还是同龄女人罕见的纤嫩酥手一双。

"只要是同房，得付款一万，这是夫妻之间的约定，十多年了，一直保留着，也是个奇迹啊。"

"比一般的婊子贵多了。"白云姑娘忍不住说。毕姑娘没有附和，只是暗暗竖起耳朵。

"可我不是卖肉的，"沈夫人丝毫不生气，"我是为全村的老百姓赚钱，这是他承诺过的，你们知道了。"

"您姓沈，同一个村子出来的，"毕姑娘有些明白，"您觉得是沈总忘记了，而您记着，为乡亲们记着？"

"我是为他赚钱。"沈夫人一边点头一边补充。

"您这卖肉钱，从自家男人那里赚得，又让自家男人花？"白云姑娘忍不住拍起手来。

"不可乱说夫人。"毕姑娘说。

"不要紧，说吧，现在，要赚，没法赚了，"沈夫人苦笑一下，"你们两个都受过高等教育，我问你们一个问题：一个好男人堕落，需要多长时间？"

"三年，五年。"白云姑娘小声说。毕姑娘大声说："只要有了钱。"白云也称是。沈夫人点点头，又摇摇头。毕姑娘嘟了嘟嘴："金钱是男人克星，很少有人逃得过。"

"有一人逃过了，你们都熟悉的。"

"方靖北吧？"俩姑娘几乎异口同声地说。"其实，很少有人逃脱，"沈夫人说，"据说方先生的夫人很贤惠，而我，我也有责任啊。"

"有钱不可怕，"沈夫人接着说，"染缸才可怕。乾大哥其实在我家里长大，他从小是个好人，长大了也一身正气。他会下苦力气，脑袋瓜开窍早，进城了，赚些小钱对于他来说不难。难得的是他为了乡亲赚大钱，怎么办？娶我那天，他对全村父老乡亲都说了，结婚了就带着妻子去城里赚钱，让全村人家家住上别墅，以报全村人对他的养育之恩，包括让他有了我。"

"得，得，有了这个崇高目的，有了染缸，好好一个男人，毁了。"白云姑娘自以为是地插嘴。

"听夫人说，"毕姑娘白了白云姑娘一眼，"你说什么？"沈夫人侧过脸说："白云姑娘说得对，不仅仅染缸，有时候崇高也能毁人。"

"什么道理？"沈夫人加大了方向盘扭动力度，因为车子正在转过一个大弯，车外的雨线有些稀了，"拼了命为了崇高赚钱，就披上合理的外衣了，起初是那些官员带坏的，你有了钱，就给你荣誉，什么青联委员，什么优秀青年企业家，这都是看在你挣的财富的面子上给的。当然，账面上的财富能为当地官员的政绩带来好处，私下里，他们的私人进项才是他们给荣誉的真正动力。这里的私人进项我不说你们也懂。"

十一点十七分。车子出了山区，进入城市。城里居然没雨。回望那远处的山，还阴云密布着。

车子在一座美容院门口停住。"下车吧，姑娘们，现在到了吃饭和休息时间，在这里有小吃，咱们姐妹一场，不久我们就要散伙了。我最后一次请你们，咱们边吃边在美容床上睡一觉。"

十一点二十三分。沐浴房。

沈夫人已经将衣裳脱了个精光："脱吧，你们还怕我这个老女人，不要紧，以前，我骂过你们，讨厌你们，甚至仇恨你们，可现在，不了，都成姐妹了。脱吧。"

"嘿嘿，你们不要用这样的眼光看我。我的身材不比你们差。你们的沈总，我的乾大哥，一直说我是世上最好的女人体，他跪在我的面前说的，他把我当成圣物。当然，这是过去。过去和现在，是时光在作怪，任何人也抵挡不了。"

十一点二十八分。毕姑娘听完先脱了，白云姑娘跟着脱了。

毕姑娘先看沈夫人，再看自己，再看白云姑娘。

白云姑娘先看自己，再看毕姑娘，再看沈夫人。

毕姑娘首先看到的西斜的太阳，再看到中天的太阳，再看到七八点钟的太阳。

白云姑娘看到的是刚开的花，再看到盛开的花，最后看到的是已经谢了的花。

十一点三十一分。浴室里的水龙头没有开，空气中咝咝响，那是中央空调的出风口发出的声音。

"你说啊，你说啊。"沈夫人指了指两位姑娘。

毕姑娘的眼中首先湿润起来："我，我把沈总灌醉了酒，然后，我，脱光了衣裳，沈总醉醺醺地看着我，只看了一眼，就说，'快穿上，比你好看的身体我都看过。'我问是谁。他说能有谁，老婆，她是全天下最好看的女人。"

"姐，姐，"白云姑娘竟然放声哭起来，"我们是同命运啊，我千方百计把沈总灌醉了，到了那个时刻，沈总看也不看，就说，别脱，我老婆比你好看。"

"谁甘心自己的男人堕落呢?"沈夫人似乎自说自话。

毕姑娘说："沈夫人，您到现在，还没有相信我们，以至于说这么多话? 还脱衣裳?"

沈夫人终于脸红："是的，是我小心眼了，我以往对你们的咒骂，相当部分是由于我的小心眼。因为，一到了城里后，我怕了，这里的人，太可怕了。"

白云姑娘咕哝："别只把城里人当魔鬼，有人的地方，都有魔鬼。"

毕姑娘说："我赞同白云姑娘的说法，主要的还是自己。自己是魔鬼，你得抓得住自己这个魔鬼。"

沈夫人头点得捣蒜似的："是的，我的心灵也蒙上灰尘了。"

十五点二十九分。车子从大桥过了河，停在桥头收费站。紧邻的是一辆敞篷大货车，大货车上的货物似乎是泡沫，风一吹，就摇摇欲坠。

三个女人带着美容院特有的气味，还有滋养。

十五点三十分。一阵大风，可能是山上的雷雨风，现在刮在城里了。货车上的货物顺着一侧，倾泻而下。

车里的三个女人突然觉得天塌下来了，车顶上轰轰响，才意识到被什么埋住了。

十七点零九分。晚报出版。头版有一篇醒目的报道:《大货倾泻货物埋住轿车，车里三女奇迹生还》。

二十点三十七分。大屋。最后的晚餐。沈夫人邀请两个姑娘一起。

三个女人看到晚报，都禁不住撇了一下嘴。

太夸张了! 这就是这个世界的本质?

盖在轿车之上的货物是泡沫。不要说压扁，连车漆也没有擦伤。如果驱动车子，即刻就可驶离泡沫。只是，三个女人一时发蒙，眼前竟然出现末日景象：祸从天降，在劫难逃，呜呼哀哉。苍天有眼吗？在惩罚有罪之人。

不过，只过去短短的十七秒钟，毕姑娘就说："不要紧，有人会救我们的。""是的，会救的。"沈夫人和白云姑娘都说。

文章没有写她们在泡沫的包围中说了什么话。

毕姑娘说："听说沈总出事后，对手施大男以此为话题，多方游说领导，阻止商铺案重审。"

"螳臂挡车。"白云姑娘恨恨地说。

沈夫人说："听说市委书记批示，希望法院重审商铺案。因为没有证据证明方靖北先生参与所谓诈骗案，乾大哥更没乱说。"

没有多久，就有人上前搂去盖在轿车上的泡沫。

新生了，真是苍天有眼啊。

五十八

二十点零九分。男生宿舍。到处飘荡着脚丫臭气。

"方，方，方先生。"安安看到推门进来的方靖北惊讶不已。"方，方，方先生。"门外给方靖北引路的冬冬学着安安的话。

安安给了冬冬一个白眼，冬冬立时像是刀架脖子似的紧张起来。方靖北像是为了给冬冬解困，故意说："怎么，不欢迎我来？"安安脸上才漾出薄薄的笑来，连说欢迎。

"有烂鱼烂蟹啊。"方靖北说。"没呢。"安安紧接着说。

"安安常来吧？都视臭为香了，这是男生宿舍吧。"

安安的脸瞬时红了，一边用小拳头砸，一边说："方先生，您好坏。"

一屋的人都小声笑了。包括冬冬。

"还笑？"安安只是轻轻地说一句，就如秋风扫过一般，那些笑都落尽了。

二十点零九分。大屋。施大男秦明卧室。

施大男说："洗洗睡吧，我上一下网。"

秦明的表情，无异于看见太阳从西边出来了。前几天，无论他如何怎样的恳求，她连电脑屏幕瞄一眼也不会。

"莫不是你要看论坛上我们与对手的论战？"

"嗯，算你聪明。"

"你，"秦明都要欢呼起来，"你以前说我是猪脑子呢。"

施大男想说什么，话到嘴头咽了回去。秦明看见妻子吞咽的动作，就马上端来一杯水。

"去，去，睡吧。"

二十点十四分。男生宿舍。

"您看您看，方先生，我们真无用，给您添麻烦了。"安安哭丧着脸说。

"呵呵，安安要哭鼻子了，这事，是得事先告我一声，要不是祈法官电话里告诉，我还不知道呢。对了，祈法官是今天告诉的，他以往为何不说呢？肯定是觉得我吃亏，或者受了不公正舆论干扰。"

方靖北说着，电脑屏幕上看到的是两张判决书的照片。民事判决书结尾部分被人画了粗线。

依照《中华人民共和国民法通则》第八十五条、第八十八条第一款、第一百一十一条之规定，判决如下：

一、被告区步行街改造工程指挥部办公室在本判决书生效之日起十日内将位于区步行街一层壹套房屋交付给原告施德富。

二、被告步改办在本判决书生效之日起十日内赔偿原告利息损失51998.19元（时间自1998年4月1日起至2000年3月止。年利率为7.02%，以后利息顺延）。

行政判决书重要部分也给画了线。

依据《中华人民共和国行政诉讼法》第五十四条第（二）项的规定，判决：撤销市房产局给方靖北的市房权证产字第064130号产权证的登记行为。

"完了，完了，让对方抄了老底。"安安说。

方靖北站起来，安安指着一屋的人："冬冬、任迪……"被叫到名字的都应一声"到"。方靖北朝大家深深一个鞠躬。

大家分明看到一座山的脊顶。这是大家共同的感觉。

二十点十四分。大屋。

秦明已经打开所有的论坛帖子,说:"这,方靖北,我以为是正人君子呢。也会搞这小人之举?"

施大男咻的一声。

秦明丈二和尚摸不着头脑,近些年,他听了太多这样的咻声。碎裂的短声阻断夫妻心桥的架设。秦明承认,世上也有聪明的丈夫,能够从这些断裂中跳跃过去,而自己不会。

施大男翻看帖文,脸上不屑。秦明想说话,施大男忙"嘘"一声。看见一杯水已经喝完,秦明起身又倒了一杯。

"一头绵羊,面对一群狼,何必呢?"施大男突然说。

"是为了爱你。"秦明想说,却说不出口。

施大男头也不抬,咻的一声。

没有细读,哗哗地如翻书般翻过这些帖子,就如车子在高速公路上看到的景色一般。

终于看到了两张判决书,施大男略为停顿一下,说:"图穷匕见,这又是何必?"

"喝水,喝。"秦明指着杯子,自己头脸上全是汗水。

"洗洗,睡吧。"施大男最后说。

二十点二十一分。男生宿舍。

"你们这么多人,对手只有一个。如果胜了,也是胜之不武啊。"方靖北笑笑说。

安安问:"一个人?"

"三人禾,就是秦,日月就是明,不就是施大男的丈夫秦明吗?在银行工作的,人挺老实,就是网名,也非让人知晓不可。"

安安点了点头,脸上更是沮丧:"方,方先生,我们这么多人,还是给您丢脸。"

"你们虽是懂新闻技巧的大学生,可真实生活不是新闻技巧那么简单,"方靖北说,"早些与我说,也不会这样了。"

"怎么办,方先生?"冬冬也说。安安和别的同学都火烧火燎像是赤脚立在炭火上。

"不会的，孩子们，胜负还远远没有决出呢，"方靖北脸上的笑更明显一些，"我只是不理解，这秦明，为何也不给我打一个电话说一下？"

"他是大人，你们只是一群孩子。"方靖北看着一头雾水的学生们又说。安安忍不住问："你们是大人，一伙的，我们是孩子，又一伙的？"

任迪插嘴："安安和冬冬一伙，我们是另一伙。"

"都快别说，"安安说，"听方先生说。"

"谁与谁一伙，这是哲学问题，我说了也不算。"方靖北说。

二十点二十一分。大屋。

"不是狼，是绵羊，一群绵羊，"施大男说，"专会花花草草，蜻蜓点水，隔靴搔痒，多也无用。"

"你，这也看出来了？"

"如果不是这些嫩伢子，会让你这个无用之人轻易打败了？最起码表面是这样的，看看，后边的网民跟帖明显转向于你了。"

"你，这是表扬，还是批评？"秦明惶惶然。

"为什么不打电话给他？"

"谁？"

"方靖北。你不是不知道号码，以前，你让素昧平生的他代替我给慈善捐款，一般人不敢打的，你也打了，怎么，这一次，只是摁一个号码的事，你却……"

"仇，仇恨，我让仇恨蒙蔽了心灵。"秦明有些后悔，"是不是我打了电话，弄清楚这事不是他干的，就不会把这事弄得沸沸扬扬了？"

"猪脑子，也知道有后悔二字？可天下就这两字吃不得。"施大男喝了一口水，"洗洗睡去吧，心放肚子里，天塌不了，有老娘呢。"

秦明不想走，挨在妻子身边，仿佛孩子离不了娘。忽然，秦明眼中放出光来，"看看，出来了，还说没事？"

"什么啊？"施大男也拿眼睛去瞧。

二十点三十七分。男生宿舍。

方靖北说："如果我说了可算，下面的这些话，足可挽回你们的面子，一群正宗的新闻系高才生的面子。"

"说吧方先生。"安安说。

"说了可能暂时会有损你们的脸面。"方靖北强调。

安安看了一眼战友们："说，无妨，我们，挺住。"

方靖北谦虚地说："我以往听说过论坛这事，但没有真正上过，刚才一阵观摩，只是学了一些皮毛，用这些皮毛技术，在你们这些大师面前，真的应了一个成语：班门弄斧。"

"弄吧，我们给斧头。"安安说。

"弄吧，有斧头。"冬冬顺着安安说。

"弄！"任迪和别的同学一齐说。

"像是出征前，像是'雄赳赳，气昂昂，跨过鸭绿江'。"方靖北有些诙谐的话语，把一屋的紧张空气抽走。"赶紧，新登记两个网名，以往用过的不用。一个为'老红军'，一个为'土八路'。"

安安和冬冬迅速操作起来。任迪在一旁悄悄说："哇，方先生初入网络，菜鸟一只，却秒杀我们这些老鸟了。"

"'老红军'这样说：一群乳臭未干的孩子，都把我党我军长征时期的脚踏实地艰苦奋斗革命精神抛弃了，尽是道听途说，尽是添油加醋，尽是火上加油，唯恐天下不乱，乱能解决问题吗？不能。这些孩子得向三人禾和日月两位网友同志好好学习，摆事实，讲道理，有图有真相，有真相才有理可讲。也劝网上朋友，千万莫在这样的帖子后跟帖，我们怕是搅浑了水，让坏人摸了鱼，搅黄了天，让坏鸟下蛋。鱼不是好鱼，蛋肯定是臭蛋。"

"'土八路'这样说：'老红军'说得好。网络看似虚拟空间，其实不是。网络世界就是现实世界，允不得一些娃娃在这里搔首弄姿、搬弄是非，善恶不容颠倒，黑白更不能混淆。我们网民先前为一阵歪风霸住论坛而愤愤不乐，却觉得无言以对而潜水观望。幸好'老红军'现世主持公道，我们才乐于浮出水面，透一透正气，抒一抒正道。对于这两天网上热炒的商铺案，我们这些老同志是见证者。凭着我们对党的事业的忠诚，对全体网民负责的精神，我们从现在始，公布商铺案的真正始末。有图有真相，以事实为依据，以法律为准绳，敬请网民拭目以待。"

二十点三十七分。

"姜是老的辣，"施大男说，"方靖北出马了，这也是被逼无奈啊。"

秦明有些怀疑："以方先生的年龄，连上网都困难，不会操刀上阵的。"

施大男咻的一声。

"'老红军'？是谁?"秦明惊叫。

"'土八路'，又是谁?"秦明的嗓音都变了。

"说不定方靖北此刻正在面授，我都听到他的喘气声了，"施大男哼了一声，"秋后的蚂蚱，看你蹦跶不了几分钟了。"

"是蹦跶不了几天。"秦明修正妻子的话。

施大男嗤的一声。

"'老红军'看似扫清障碍，其实目的是否定之否定，'土八路'迅速杀进，不容对方喘口气，就灌输自己的东西。高，高，确实是高。"秦明作壁上观，满脸的钦羡之色。

施大男嗤的一声。

二十一点零一分。男生宿舍。

按着方靖北的口述，"老红军"和"土八路"正在拟写下一篇帖文。安安眼尖，指着电脑屏幕叫起来："没了，没了，帖子没了。"

一屋的人手忙脚乱，四台电脑同时登录论坛。论坛在，原有的帖子，一个也不见。后来出来一个提示："您要找的帖子不存在，或被删或被移动。"

一屋的战士，群情激奋，装弹手，操炮手，眼见敌人溃不成军，阵地还在，炮还在，战场消失了，敌人更是无影无踪。

一屋的泄气。

方靖北说："本来就是一场游戏，终有结束的时候。"

二十一点零一分。大屋。

"九点一到，帖子整个消失，"秦明似乎有所觉察，"莫不是你，早做了手脚？"

胜利者的感觉远没有尝透，远没有挂上军功章，没有赢得更多掌声，就没了，秦明说不出的遗憾。

"没戏了，洗洗睡吧。"施大男说，"一场游戏嘛，不必当真。"

五十九

害人之心不可有，防人之心不可无。

您以为是我说的？不是我。是方靖北说的。方靖北说这是一个古代人说的。

我说你们这些读书人，为何借着喝了几瓶墨水，说话就老是借着别人嘴巴，弯弯绕的，说东却指西，说云偏说雾，为什么就不能直话直说？

呵呵，您说我也学会了弯弯绕？该死，我自己掌嘴，不是用右手，而是直接用左手，都说右手要比左手力量强。嘿，那是因人而异，我就是个左撇子……哦，直接掌嘴。

这一段时间，我好轻闲，因为我的观察对象在上海，没有到本市来。只是，昨天下午到的，我就开始忙碌了一阵子。收获？大大的，不骗您。方靖北一到市里，我就立刻知道了，这不是我说大话，什么？是他给我信息，哈，您也知道，他上一次救了我，有恩于我。

有恩于我还要服务于我这是什么逻辑？我也不清楚。

不过向您保证，您是我真正的雇主。拿人钱财替人消灾，您让我做什么事，我都会执行，不会手软，连眼皮也不眨一下。

我在大学新闻系男生宿舍准确捕捉到了他的身影。

宿舍内的举动您都一清二楚？您不会安排又一个耳目了吧？没有。好，我只说他在宿舍外的事吧。

晚上七点半，他来到大学门口。我天生好奇，个性决定了我的职业吧？因为方靖北从未到过这里。他到这里干什么？我从以前的记忆库里查找，查找，我终于想到，他资助的一个大学生叫安安，是一个姑娘，安安还业余做了方靖北在这里商铺的总代理。

方靖北在校门口问一个学生，这个学生叫任迪。任迪将他带到一个男生宿舍楼下一个学生那里，他叫冬冬。冬冬就带他上了楼。开了门，应该是冬冬的宿舍，出来的却是安安。

我当时就看到安安十分惊异的脸色："方，方先生，您怎么来了？"

进门的时候，我看了时间，是晚上八点。

出门的时候，正是晚上九点零三分。出门的时候，我听见安安的说话声："九点一到，网帖就删，一定是阴谋，卑鄙，无耻。"

方靖北的声音："呵呵，结束，不是完结，可能是新的开始。"

安安："对不起方先生，事先没有告知您，好心办了坏事。"

方靖北："哈哈，本来就是一场游戏吧。"

您，您点头了？我每说一句，您就点头一次，您点头是因为事先了解其中的内容，还是称赞我的工作？抱歉，我总是活在别人的肯定或者否定里。

接下来的事可能令您感兴趣了。

在夜宵店。食品十分丰富，不是很高档。这是方靖北的考虑吧？他请的是学生，而不是官家和商家。我没有参与，这一点职业道德还是有的，我躲在阴暗的角落里，把眼睛盯得如优秀的狼犬一般。

夜宵店关于方靖北的言行，您不感兴趣？是的，我得换一个话题了。

冬冬交给方靖北一个地址，方靖北的脸上有些疑问。冬冬说："不要紧，我老爸刚与他通了电话，他准在。"

方靖北离开夜宵店是晚上十点零三分。他赶到一个地方时已经是晚上十点二十一分，这个时刻，鸡都睡觉了。还有，他到的地方是一个郊区，面前竖着很多的脚手架，有一只流浪的猫，长长地叫了两声，那两只绿幽幽的眼光盯得我心里直发毛。在黑夜里，除了恐怖，还是恐怖。

方靖北找黑帮吗？这么破的地方，这么黑的地方。

方靖北也不知道该去哪个地方，他掏出手机打电话。在黑夜里，没人引导谁都不知道该去哪里。

隔着脚手架，想不到手机的铃声响了。方靖北将电话接通时，那铃声就停止。这说明，接手机的人就在附近。

果然，方靖北打完电话，就抬脚朝一个脚手架走去，我明白他是要顺着那只斜着的脚手架，走到二楼去。因为，那里亮着淡淡的灯光。有个黑影在那里不断闪现，像是接手机的那个人。

那个斜着的脚手架，是我关注的重点。我在我这个行业内，是个有名的夜猫子，这是职业造就的，就如黑夜造就了猫的眼，狗的眼，狼的眼，一样。

我看见这一段斜着的脚手架呈十五度，与别的脚手架没有两样。它的支柱是竹子绑成，它的踏脚板是竹片编成。世上有很多路，蚁有蚁路，蛇有蛇道。脚手架是建筑工走的路。

按职业杀手的判断，这里致对手非命的环境十分好，一是黑夜，黑夜是最好的遮掩，到底我们这个职业不是阳光下的事业。二是脚手架本身就是利器。三是这里远离城区。

按我职业杀手的专业能力，我可立刻在脚手架上做一些手脚。

循着这个思考的惯性，我很快将身体当成黑夜中的利箭，倏地，我就到了脚手架旁。我在那里发现，斜着上升的踏脚板，原来支在一个深坑之上。这个坑有十几米深，坑底布满了一条条竖起的钢筋。如果有人掉入深坑，必定被那些长矛似的钢筋戳穿。

天助我也！当时，我确实是这样想的，尽管我没有喝过几点墨水，这是从电视上学来的。

我的手迅速伸向踏脚板，我只要将横在它之下的毛竹取了，人一踏上，即刻下坠。我想象敌手堕落，被长长的钢筋戳穿，鲜血四溅的精彩场面。

此刻，我已经听到脚手架上的脚步声。那是方靖北踩在竹制踏板上的声音，嘎吱嘎吱——嘎吱嘎吱——

忽然，我的耳朵嗡嗡作响，全身起了鸡皮疙瘩。原因有二：一是声音，这是我熟悉的人对我有恩的人的脚步声；二是竹编踏板下根本没有支撑的毛竹，或者，是有人事先，甚至故意将其拆除的。

您认为我这人有些可笑？吃了饭的狗不吃屎？您认为加进了感情色彩的职业杀手杀不了人？

都是。您是认为是这个世界可笑？哦。

说时迟，那时快，我的双脚，紧紧夹住了下面直立的毛竹，伸出左手，死死地托住了那块竹制踏板。

左手见证了这一时刻。如果杀人，放了左手；如果救人，伸出左手。在于一念之间，听说当年我佛如来悟道，也是这样的。

嘎吱嘎吱——嘎吱嘎吱——

其实方靖北的脚通过这块踏板，也有一个时间段。在有心人的心里，时间可以无限放大。我这里暂且把它分为一百个等份。在这些等份里，任何一个等份出现别的想法，都是与生命有关。千钧一发？这就是。

我保证了这个时间段里每一个瞬间，都是想着救人，而不是杀人。

虔诚是一种力量。方靖北顺利从这一块布满危险的踏脚板通过了！我想他人生中，不知度过了多少这样的危险。我思来想去，克敌制胜的法宝，就是善良。

这话题显然有些扯远了，与我从事的职业风马牛不相及。

但说无妨？您的意思。您一天到晚与高层人士一起，听惯了他们的高论，得听听我这样的人屁话不是——无稽之谈不是？

接下来的信息，您肯定是感兴趣的。感谢您的宽容，才让我的职业精神发挥得如此淋漓尽致。

我看见方靖北登上高处后，向着黑暗中的我，深深鞠了一躬。恰好在这时，与脚手架一墙之隔的那个影子出现了："是方靖北先生吧？我是区委葛秘书。"

天啊，我深深地惊诧。这就是大名鼎鼎的区委秘书？他在这里干什么？一墙之隔的地方，是什么地方？是区委领导在这里访贫问苦？还是秘书本人在干什么？这样的问题像是肥皂泡一样多令我头疼，我是不习惯思考的人啊，这不是往死里整我吗？

葛秘书说："您别过来，不方便，您只要将材料给我，明天，我一准给领导看上。"

方靖北在黑夜里的动作，凭我的功夫，仍是看得清楚，他是将包里的什么东西给了葛秘书。

"放心，方先生，这一次是我的恩师托我的事，保证办好，再说，我夫人，您知道吧，是一位律师，你是她上厕所不用关门的人，信得过啊，她说，看人不需要一辈子，一眼就够，她本来打算免费给您做一次。"

"哦，哦。"方靖北在黑夜里只是说了"哦哦"，掉头便走。为什么走？我猜是他看见了什么，从我这个位置是无法发现的。

"方先生，您走这一边，那边，不好走。"葛秘书竟然在背后提醒，方靖北果然听话地朝另一边走。

嘎吱嘎吱——嘎吱嘎吱——

这里有很多的疑点啊，您，您走了？您不想听我的分析了？这里的分析很重要啊！您想起比这更重要的事？

嘿，人啊人，为什么就有这样的差距呢？

六十

方靖北吃了中饭，就不敢在招待所房间多停留，连厕所也未上，就早早来到约定的咖啡馆。

下午两点，区委书记秘书的夫人，那个上厕所不关门的女律师，要在这里接见他——哦，谈事。

方靖北仔细查了这个包间，有洗手间，有门，皱了皱眉头。他掏出烟盒，想抽一支烟。不，他的手都按在打火机的砂轮上，轻轻一下，在砂轮的作用下，电石发出火花，点燃可燃气体，再点燃左手上的香烟。就在这个瞬间，他停止了进一步的动作。

他想起，这位女律师不抽烟。他从不惧怕律师，关键在于律师背后的那些性格和别的因素。于是，他只是预备了咖啡。

不抽就不抽吧，世上比这重要的事多了去了。

十分准时，门外响起脚步声。一连串"对不起，我来迟了"，像是在强调来者的身份与修养。

来的却不是她。是另一个她。她介绍："我的脚步声与说话声与夫人相似，说明近墨者黑近朱者赤物以类聚吧？"

是秘书家的一个保姆。保姆说："本来我家夫人要来此与您谈业务，她恰好出庭，相信我，我能将夫人的意思传达得滴水不漏。"不待方靖北回答，保姆就笑起来，"您真是脱光衣裳也不用回避的好男人。"保姆说着真的解起自己的衣扣，笑一下，却没有坚持下去。

"方先生，我不用问，也不会搞错您就是方先生。"保姆喝一口面前的咖啡，说，"好咖啡，这可是夫人最喜欢的品牌最合适的口味，方先生真是懂女人讨女人的欢喜。"

"方先生，我下午十分繁忙，"保姆说，"我希望在我说话的时候，不要打断我，抱歉，像我这样的身份，不该有这样的习惯。只是，不小心染上了。您知道，习惯有时候也会传染。"

"今天我就主要讲三点，不多。第一件事：就是昨天您交给区委书记秘书的材料递上去了，书记给了批示。对不起，有复印本，待会儿我会给您。这里有一个不该说的秘密，希望方先生听了得守口如瓶。每一行都有道道，即专业水平，当领导秘书当然也不例外。不说别的，那是专门的学问家研究的大学问，古今中外都有。单说递材料。"

保姆说着喝了一口咖啡，并向方靖北递了一个歉意。方靖北当然回以敬意，随意您哪。

"领导每天要看的材料，数不胜数。来自区委办、区政府办，来自省里市里的各种文件简报材料，当然，也包含像您这样从特殊渠道递上来的材料，多亏现在的领导都是钢铁铸成的，否则这些堆积如山的材料如何看得完？再说，还得处理别的事啊。所以，这里就包含了太多的技巧。特别是重要的材料，非让领导看到并批复的材料，得选在领导有空闲，有心情，有环境的前提下。有空闲，就是这一天没有特别忙碌的工作，重要的会议啊，重要的外事接待啊，等等，人非机器，忙碌了就顾不得材料了；有心情就是乐意看材料，没有心情看了也白看；有环境就是材料与当前的政治环境吻合。当然，有了这三个，得将最重要的文件置放在文件首页。首页的文件往往是最重要的文件，放在这个位置，无疑是得了近水楼台的便宜。

"没有骗您吧方先生？我刚才讲的秘书工作的技巧，只是冰山之一角。而仅仅是把方先生的材料递上，秘书可说是尽其所能。这是我今天得向你转述的第一点。"

"第二点，哼，第二"，保姆抬头盯了方靖北一眼，低头喝咖啡时，那目光也是对准了他的裤裆，方靖北自感内急，说："您，要上厕所吗？这包厢里有，用时请关门。"

"您打断我的说话了！还有，哪有问女士要不要上洗手间的？看您一眼就是上厕所的信号吗？荒唐，不科学。这些看似小问题，却是修养，修养懂吗？"保姆摆了摆手显得大度，"第二个问题很重要，不是一般的重要，也有可能，你们这些体制外的人，隔行如隔山嘛，也难怪，我们也不理解你们这一行嘛。我择要点与你说，你能理解最好，不理解，也罢。据区委书记说，最近，市里要召开稳定工作会议。我听说，市维稳工作考察团就曾经来你们的步行街进行了考察，是不？"

方靖北不住地点头。

"我们家秘书说，区委书记最近很苦恼。到底是发展重要，还是稳定重要？难啊，难。秘书就为书记写了一篇署名文章，文章就讨论这两个重要问题，最后的结果，是两者都不能偏废。这报纸我都带来了，等一会儿给您。看看吧，区委是如何看待社会问题的。理解不了，慢慢理解吧。有些事情，以民间的眼光，是永远理解不了的，这也正常嘛。井底的青蛙哇哇着，如何理解天上大雁在扇翅膀呢？

"生存，还是毁灭？我也不理解呢，嘻嘻，我家夫人就这样与我解释。哎呀，看你的眼神，像是我从我身上挖走一块肉？您是想问我，那法律怎么回事？怎么回事？不就是统治阶级手中的一个工具嘛，您没有听到一句著名的口号吗，司法工作必须服从服务于大局？懂了？哎哎，也就是我厨房里的一把菜刀，是我厨娘用来切菜割肉剖鱼的，那还用来干什么？难道让这把菜刀，用来管理厨房的秩序？还不让人笑掉大牙？"

"第三点，第三点嘛。"保姆冥思良久，才叹了一口气，"老了，年轻那会，别人给介绍对象，我连他们父母爷爷奶奶兄弟姐妹七大姑八大姨名字都记得一个不漏，哈哈，现在记起来了，不是很重要，可是要圆满，离不开。那就是，这个案的律师代理费。您有疑问？不会吧？我家秘书给您送达材料，没收您什么好处吧？连一杯咖啡，也是我代为喝的，是不？人，总要有些感恩精神，不是禽兽呢。就这样：这事如果做到了，你就付律师费，没成，分文不取。"

保姆说完这些话，也没有上厕所的意思，站起来就走路。走到门口，又回了一次头，说："你真是一个好男人，善于倾听，这世上没有这样耐心的男人了。如果我是一个有身份的女人，肯定会爱上你的。"

方靖北拿起保姆放在桌子上的材料。一为报纸，上面有书记的署名文章。二为书记在自己上递材料上批示的复印件。书记的硬笔书法十分了得："此件阅。为了发展经济，建议司法部门重审此案，同时，有关部门做好重审后败诉方的善后工作，以促进和谐社会建设。"

方靖北实在忍不住，冲进包厢的洗手间，咣咣咣一顿好射。回头看时，打了一个激灵。洗手间的门未关，包厢的门，也开着。

门外有很多黑夜之中的路，都让暧昧的灯照出一些影子来。可现在是白天。

六十一

施大男鲤鱼打挺从床上一跃而起。床灯正照着一份市中级人民法院刚寄来的文件：《民事裁定书》。

现在，她要出发了。去哪里？找谁？施大男经常在赴约之前给自己化妆。有时候就流泪。不化妆很难看。因为，青春已经耗尽了。男人越多，心中越没有安全感。她原来是为了安全感，才去找这么多男人的。

昨晚，里边的重要内容被她用红笔画了一道道杠杠：

本院认为，原判认定事实不清，证据不足，且违反法定程序，可能影响案件正确判决。据此，依照《中华人民共和国民事诉讼法》第一百八十四条第一款、第一百五十三款（三）、（四）项及最高人民法院《关于适用〈中华人民共和国民事诉讼法〉若干意见》第211条的规定，裁定如下：

一、撤销本院（2000）×民终字第569号民事判决及××市××区人民法院（2000）中民初字第586号民事判决；

二、发回××市××区人民法院重审。

早就听说这案子要重审。重审就是施大男家族赢得的官司须重审。重审的可能就是输。

狼来了，狼终于来了。她必须出去。她已经花费了一小时零七分，现在终于结束。平日里，她只用四十分钟，就会结束化妆。今天是一边流泪，一边化妆。刚化好的妆会被泪水毁了，于是，擦干泪水再化。如此反复。

秦明悄没声地走近了，又走开。他怕走近了招妻子心烦，怕走远了，又看不到妻子流泪。

现在，秦明终于看到妻子拿了包和车钥匙出门去。

整整五小时零六分，妻子回家来了。脸上化的妆全乱了，大花脸一个。还有不断溢出的愁苦。

"回来了，男男。"秦明小心说。

"不回？你是希望我死在外面吧？"

"哦，"秦明端上一杯水，以往妻子发火了他就端水，"看你满头流汗，喝杯水。"

"哧——"施大男冷笑，接过，喝了一口，"不流汗，流血你才高兴！"

"我，我无话可说了。"

"没有人当你哑巴，谁让你放屁，哼！"

"我，我只是想问，五个多小时，你都去哪了？吃饭了没？电话也不接，我是担心啊。"

"我能去哪？我嫁给你这么多年，你要我一分一秒全给了你，你就不能给我留几个一分一秒？你绑住了我的身体，你绑住我的手脚，你能绑住我的思想我的灵魂？这么多年，你可有一分一秒的幸福给我？可有一分一秒的安全给我？"

"你，男男？"秦明努力使自己的声音柔软，以陪衬妻子的强硬。

"你？男男？哼！还吃饭了没有电话也不接？你他妈的成天就想着吃饭吃饱了再挺尸去，你奶奶的成天打电话想听我说话，我不是你妈你想吃奶啊？"

"我，我哪里啊？男男，你以前一直说话很干净，好修养的啊。"

"哧——"施大男冷笑，"你他妈的今天才知道你的老婆是个泼货是不？你他妈的今天才知老娘我里里外外没有一寸干净地很脏是不？你嫌我是一头猪吧？你干净你当年追老娘的时候身上全是汗你照样抱着亲个不够连臭脚也啃，你好修养娶个老婆当亲娘成天宝贝心肝让你朝东决不向西让蹲不坐让立不靠，你都不知道自己的祖宗姓啥了！"

秦明看妻子骂完就睡床上，嘴上满口粗气，却没有酒气，不停地喊渴，喝了好几杯水。

离晚饭时间尚早，保姆阿姨问过好几回了。秦明不敢问妻子。就看她直挺挺地躺着。

房门悄悄开了个缝。岳母的手在那里招着，秦明轻脚轻手走过去，岳母说："男男，得吃一些啊。"秦明点点头，又摇摇头。今天他特别没有主见，他的心长在她身上。

"男人，哪能这样顺着女人呢？"岳母嘀咕了一句，岳母一直让他挺起男人的脊梁骨来。他哪有呢？他的脊梁骨长在她身上。

只躺了二十七分钟十三秒。秦明看见妻子又一个鲤鱼打挺从床上跳起来。

施大男眼睛睁开时，有凶光射出，看见秦明，就骂："要你，要你男人什么用？还死在这里，快死一边去，让我眼不见为净。我施大男没男人，就不活了？"

秦明觉得妻子眼里都是火，都是毒，都是利刃，都是长矛。火要烧毁一切，毒要让生命消失，利刃得刀刀见血，长矛须记记到肉。

"我，我不知你要我干什么，你睡着，又不敢问，你说，就算是我死了，也要帮你做。"

施大男恶狠狠地说："做什么做？没有张屠夫，难道就吃带毛猪。"

这个时候，门被推开，施大男的母亲在保姆的搀扶下慢慢走了进来。

"你要咋样？"老人说。

"我不咋样，妈，您回您屋吧。"施大男第一次以这样的口气说话。

"你不咋样，"老人突然提高嗓门，"这么好的男人你不当人，你忘了你是谁，咋样？你是我肚子钻出的，你不该也忘了，今天，你钻回去。"

"夫人，夫人您生气，又要气病了身子，"保姆转身向施大男，"小姐，您只有一个妈啊。"

"妈，妈。"施大男冲上前来，扶住母亲，暗中用力，竟将母亲扶到门外，转回房来，悄悄合上房门，并扭了保险。

秦明立着，施大男拿起房内的衣架，衣架是不锈钢管制成，她把它当成少林棍，呼地就朝秦明身上砸去。

秦明立着，一动不动。稍稍动一下，他就不是秦明了。

秦明听见妻子手中的衣架化成的凶器在空中呼呼的，远比毒蛇的逼近更为恐怖和危险。

施大男是从小练过武术能把牯牛扳倒在地的人。

在衣架化成的铁棍离秦明的头颅相差三毫米的时刻，铁棍在空中快速挥动引起的风已经到了，将秦明的头发一根根吹得歪歪斜斜，而棍子停在那个位置，三秒钟后，铁棍在一股暗力作用下，咣地飞了一个漂亮的弧度，跌在不远的地板上。

这收势的功力，远比动势的要大。这在没有半点武功的秦明那里，是万万不能理解的。打一个通俗的比方，离弦之箭，能收回吗？

铁棍子掉地的声音刚落，施大男骂人的声音又起："你一个男人，居然这么卑鄙，这么无耻。"

"我，卑鄙？无耻？"

"不是你，我还说谁？"施大男把手指戳在秦明头上，"你一个男人，请了自己的丈母娘教训自己的老婆，这不是卑鄙？你自己弄不了自己的女人，请了别的女人救自己，还不是无耻？"

"我，我。"秦明忍受着极度痛苦，可他坚信，乌云会散去。人的情绪如火一样，既然燃烧了，也离毁灭不远了。

"我什么我？你以为这样装出可怜的样子，我就会饶过你，放你一马，呸，猪!"

"……"

施大男忽然说："我看见你就心烦，就心痛，就不想活。"

"你，这多久了？"秦明隐隐有些心疼。

"从结婚第一天起，不，见你第一面起，就烦，就痛，就不想活，"施大男想了想，仍然如一泻不止的水一般，"这么多结婚以后的日子，这些日子里的每一天，每一个小时，每一分钟，每一秒钟，每半秒钟，我都。你，还睡觉打呼噜，猪一样打呼噜。你还放屁，震得地动山摇。你还脚臭，比狗屎还臭。你还口臭，狗嘴不如……"

秦明咬住牙。秦明觉得只要咬住牙，就能对抗世上所有的苦痛。

"你以为我发疯了吧？没有，"施大男忽然换了一种口气说，"我目前很清楚，很清楚你的为人，你给我带来的痛苦，换作别人，会有人追究你的责任，可是，你杀杀没有肉，剥剥没有皮，喝喝没有血，你就是一堆垃圾。"

秦明被施大男的声音吸引住了。在他的经验中，妻子从来都是咆哮着像是下山老虎一般对他说话，现在，平静得如同冰山。有时候，冷比热更能折服人，平静的力量大过狂妄。

秦明突然说话："男男，施大男，我问你，我在你旁边，冷了添不了你衣裳，就算是添了也是冷？热了打不了扇，就是扇了也不能让你凉快？饿了也不能喂你吃东西，就是喂了你也吃不饱饭？总之，对你百害而无一利？是不？"

"哧——"施大男冷笑，"想不到，关键时刻你也会当当当机关枪似的说话，看你平日里不声不响的像是乖宝宝，想不到你是披着羊皮的狼啊？"

"连，连一泡屎，也不是？"

"哧——"施大男冷笑，"你说呢？"

"嗯，屎，也能肥田。"

施大男似乎找到了最好的机会："你，你打算怎么办？你都清楚了，你得做什么了吧？"

"离婚。"秦明斩钉截铁地说，他说了一句在施大男面前从没有过的肯定话。

"嗤——"施大男冷笑，"不是我逼的你。"

六十二

还是让方靖北流泪了。

这么多律师抢着要请他吃饭，方靖北说："我何德何能，让大律师们请我？"

"方老板，您就别客气，菜不好，将就一些，情是真的，菜已经点了，不知合不合您胃口，您过一下目。"

方靖北真不想看，但还是出于礼貌接过菜单，看了起来。

冷菜六个：香油豆腐、话梅花生、川味凉粉、手拍黄瓜、雪菜素鸡、香蜜鹅肝。

热菜六个：文蛤蒸蛋、蒜蓉扇贝、干炸响铃、糖醋里脊、泉水牛肉、姜汁黄鱼。

烧烤两个：香烤玉米、羊排。

麻辣两个：巴蜀鳝鱼、稻香蛙鸣。

蔬菜两个：有机花菜、油浸蚕豆。

汤羹两个：南宋鱼羹、法式浓汤。

方靖北一时呆住了。菜还是这些熟悉的菜。酒店还是这个酒店。桌子还是这个桌子。沙发还是这把沙发。昔日里，沈乾大嚷嚷着要买单而真正买单时却醉躺在这里呢，现在他在高高的监狱墙内待着，不见了他身影。

心情上的沧海桑田，是无法用言语表达的。

本来是一家一家请，总算是凑合在一起。连东海之滨的辛大律师也来了，他说他的同学告诉他，是他当年庭上的辩护词起了作用，让那些法官心不安最终促使商铺案重审，当然也有别的因素，但这一纸辩护词是主要因素之一。郑律师很谦虚地与大家探讨新颁布的法律条文有没有空子可钻。可否可否？其独特的发音，引得在场的律师都开心发笑。律师大李是最后一个到场的。他一进门口就呼呼喘气，直说忙死忙死，王法官的小姨结婚让他当总管，忙了几天几夜没有合眼。

这些律师以往在商铺案中没有一个胜诉的。以失败者的身份谈胜利的结果真是可笑，可失败者总是盼望有起死回生那一天。而胜利者已经死亡了，因为他们心如止水。

这个时候，黄武木的电话恰巧就响了起来。方靖北笑了一下，就到门口接电话。屋里的律师看了看门口，悄悄说，来，来，我们细算一下今天账单，我们一起请的方老板，咱们AA制，谁让咱们是中国最具法律意识的公民——律师呢。

呵呵，大家一齐拥护。

不过两三分钟，大家回头看门口时，方靖北不见了。也不过两三分钟，方靖北又在门口探头了。方靖北抱拳说："恭谢各位热情相请，晚上的单子我已经买了，各位慢用。不过，刚才接到一个紧急电话，我另有要事不能作陪了，再会再会。"

一屋的人都拥到门口送他，但就是找不到单独说话的机会。说什么，方靖北最了解他们的心理状态。以往输过的律师这一次要赢，加上这一次的标的也非常可观。

正因为公开让私密无处展现，才让方靖北脱离他们。

十五分钟后，方靖北坐在河边的夜排档上，黄武木把一杯啤酒递给他，啤酒泡沫突突地抖落，与笑声一起溅起。

"不提他们了，让他们在那里闹。"方靖北捧起酒杯与黄武木碰了一下，大口大口往嘴里倒啤酒。

黄武木指指狭长的排档桌，摆了五个时令菜：小龙虾，白切肚，猪口条，炒青蟹，煮毛豆。

小龙虾刚刚还在活蹦乱跳，白切肚和猪口条都是鲜杀的猪，毛豆还翠绿翠绿，只是青蟹是从东海之滨空运过来的，来自方靖北的家乡。

一阵凉凉的晚风吹过，仿佛就在家乡的海滨，看着时远时近的海鸥，与老友凑在一起吃酒聊天。

危险悄悄降临，这是黄武木感觉到的。

黄武木发现了与此气氛完全格格不入的危险。方靖北不知道黄武木为什么突然站起来，眼睛紧盯一处，又迅速收回，坐下身子去。

"我当过侦察兵，"黄武木说，"这世界是否乱了套？"

"与我，"方靖北笑笑做了割头动作，说，"有关系？"

黄武木点点头："骗不过我的，我保证。"

方靖北终于站起来，走到夜排档的柜台处，与老板说了几句话，指指另一个暗处角落，然后，重回黄武木面前坐定。

不一会儿，黄武木的目光从某个角落收回，眼睛中立时漾起了暖暖的东西，那种如临大敌的紧张没了，可仍然让人觉得不安。

过了好长时间，黄武木不再提起，他都觉得环境真会销蚀人的警惕，而这种危险始终存在。

黄武木将一张银行卡放在方靖北面前："收起，七万，一分不多，一分不少，我丝毫不怀疑你的财富，也不怀疑你对朋友的诚意，可这是我做人的原则，敢作敢当。说得明白一些，为了理想，可以放弃一切，为了朋友，也可。"

"当成这一次的律师代理费吧。"方靖北将卡往对面推了推。

"不，您知道，我有退休金，我不缺吃穿，我收律师费，只是一个象征，每案十元，我不希望您有这么多的案子。"

方靖北抬头望了望他，他的头顶正好是北斗七星的位置，不由得有了崇拜之意。

"您，可别说我的好话，不喜欢听，"黄武木说，"这到底是我为之服务了一生的国家和政党，以法治国不仅仅是一个口号，有生之年，能为之添砖加瓦，我的生命也有光彩，您知道，先烈们抛头颅洒热血，为的是什么？是让人人有尊严地活着，而如何保持这尊严，是党领导下的法治。"

"我总是摆脱不了臭习惯，喜欢讲一些大道理。"黄武木不无自责地说。

"黄老的话，好听，我听着呢。"

黄武木朝不远处一个角落看："吃着呢，不让一起坐坐？"

方靖北摇摇头："吃呗，吃呗，我与黄老好说话。"

"您还是考虑我的感受啊？"黄武木举起了大拇指，"您创造了同一爿天下吃，这种胸怀，包容，还是令人感动啊。"

"在您赞美我的时候，我不赞美您，"方靖北说，"可是您不赞美不行，您这个倔老头儿。"

"是啊，是啊，倔了一辈子了，"黄武木也抑制不住说话的冲动，"这里边确实有私心在作怪，什么私心？我是党员，我为这个国家服务这么久，都认为是我党我国了，当然有了极力维护的私心，是不？"

"真想着党，想着国家，也是难能可贵呢。"

"不是揶揄，也不是取笑，我想方先生也不曾怀疑过我的人格，"黄武木将杯中的啤酒喝完，一只手倒着啤酒，"不管咋样，我也是想着人民的，因为我也是人民之一。您认为我是管窥之见？曲径通幽吧，舍此还会有更好的办法？"

"我不会问您自问自答是缺乏自信还是不相信别人的脑子有智慧存在，但我非常有信心您是有拨开云雾见太阳的冲动和本能，因为您把自己定格在人民。"

两个人都大笑，不约而同举起杯子，一起将一杯啤酒喝完了。

"我们是惺惺相惜。"黄武木笑着差些喷出口中的啤酒。

"黄老功夫在诗外，"方靖北说，"您约我吃饭，不就为了我的商铺案吗？"

"不是吗？吃饭为了商铺案，吃饭更不在商铺案，我关注商铺案，更不在商铺案，这一点，您比我还明白，是不是？"

"我像理解自己一样理解黄老。您是说，精英人士的堕落，是整个社会的堕落，是吗？司法界，包括公务员、教师、医生，都没有正确的价值观、人生观，是吗？"

"是的，从您的角度，重视商铺案是对的，"黄武木此刻有了些醉意，"也要有人关心我所关注的事啊。"

"您说，我是个好听众，您的话恰好说到我的心坎上了。"方靖北做了一个请的手势。

黄武木站起来，恰好有一阵风吹过，让他觉得这是在闹市的排档，不是以往的报告台，他看看左右坐了下来，却依旧将双手撑住排档桌，说："同志们啊……"

方靖北觉得黄武木想笑，却极力抑制住。方靖北后来觉得也不可笑。这个神奇的感觉就瞬间产生，也瞬间破灭。

"我们像是寻找光明一般，在寻找更好的治理国家的方式啊。社会发展、社会稳定，人民幸福，不错，这是我们追求的目标，这是赢得人民对我们政党、政府肯定的前提，问题是，哪一种方式更适合我们中国的国情，哪一种方式既实现目标了又付出较少的代价？我们的同志啊，习惯了用老办法思考工作，即人民民主专政和人治那一套，而忽视了新方法，即依法执政啊。方靖北同志，你们，一个个看着我的同志，这不是问题吗？这不重要吗？"

方靖北站起来，将一些凑热闹不明情况的听客从桌边劝离。

"方靖北同志，您别赶他们走，让他们也听听，听听我这个老同志的唠叨，我，哪里去找这么好的讲台啊？"

方靖北抱拳，不断向前来的市民拱拱手，恳切地希望他们离开。

看见众人离开，方靖北向黄武木拱拱手："您关心政治，所以是领导是政治家，而我只关注商铺案，所以是商人。"

"您，您不是简单的一个商人，"黄武木指指那个桌上一边喝酒一边拿目光注视他俩一举一动的影子，"听说前段时间都有人绑架您？是白道还是黑道都不知？现在您都有杀手盯梢，不，他对你的肉体不感兴趣，他只对您的精神感兴趣。他要生吞了您，您的精神。"

"而那些人只是注意您的热闹，娱乐您，不关注您的精神。"

"所以，我更重要，我的存在，更有启蒙意义啊，问苍茫大地，谁，谁要我只要十元钱代理费的律师啊？"黄武木感激得泪水都出来了，"您有商人犀利如剑的观察力，可还是暖心。"

方靖北面前有一堆经手剥或咀嚼过的龙虾壳，黄武木面前也有一大堆。

散场的时候，方靖北买了两个桌子的单。他们离去，那个影子也消失了。呜呼，那个影子临消失时，发出吃饱了惬意的声音。

六十三

那是王正中自找的。因为，施大男在气头之上。

而最要紧的，王正中也正在气头上。

两气相聚就有核武器爆炸的力量，摧毁这个世界的可能都有了。

见面的时候，两个人没有拥抱，这是极其反常的。自从两个人相好以来，每次见面，他们都会互相拥抱。也许是真情，也许是假意，但拥抱是必需的，被视为两人情感的底线。

因为早上起来，王正中在电脑上看到那三张照片，幽灵般让他打了几个战栗。"见鬼了吗？魂不守舍的？"他夫人问。他回答："你，你才见鬼，大白天的你乱说什么？"夫人走过来看电脑，早被他关了。

今天就尝到了见面不拥抱的苦果。

拥抱的好处说不完啊。如果拥抱了，就不会出现今天的种种不测。

拥抱的最大作用是敞开自己接纳对方。看动物界这种类似动作，只能是咬一下对方的皮毛。人的这种敞开，包括肉体到心灵；人的这种接纳，除了对方的明处，还有暗处，除了长处，更有短处。而动物间的接触，只限在很小的局部。

在施大男的经验中，拥抱能瞬间减少与他的距离。

在王正中的经验中，拥抱能唤醒某种沉睡的能力。

施大男凭借这距离的减少实现她的人生目的，王正中借这能力的提高精彩他的生命。施大男感觉王正中身体的某个部位会发生变化，屡试不爽。王正中感觉施大男的口齿清楚了不少，源源不断。

接着，王正中没有烧开水。而以往，他每次都烧好开水待她。施大男爱喝水。他说，女人是水做的。她觉得温暖。今天王正中将一瓶矿泉水递给她，连瓶盖也没有拧开。

"这，这，你……"施大男说。由于没有拥抱，施大男将眼前的男人视作平常交往的男性，而要说一句，"你……你要喝吗？"这是客套话，却是必需的。

王正中终于耐不住，仇人吧？肯定是，那条染了猜忌狂想病毒的舌头毒蛇似的战栗在风中："你有话就请直说，哪里要三番五次地变个法子考验我的聪明程度，我，是个笨人啊，有名的笨人。"

尽管是王正中极力压抑愤怒，施大男听了心里仍是十分震动，如果换在家里，刚才的话是秦明说的，她肯定拍案而起，怒目而视，说不定会烧了眼前的一切。

"谢谢您，正中，墙倒众人推，只有您，还主动约我，我感动还来不及呢。"施大男咬住嘴唇，努力不使自己心里的火泄出来。

王正中上前主动抱了一下施大男，因为他觉得自己纵然有太多的牢骚，也不便对面发在一个弱女子面前。

施大男就觉得是向火的冰，先自软了下来。她就直接进了浴室，淋了一下身子，裹了浴巾就上了床。以往，他们会反复说笑，然后，共同进浴，上床。她以为自己的肉体，是对王正中最大的奖赏。

王正中觉得被人打了耳光，又被人抚着哄着。他像是发疯的狼一般对天嗥叫起来，这，这到底是为了什么？可这，仅仅是瞬间的想象。人类倏忽而逝的想象，比瞬间放掉的屁更伟大吗？

"你，你，真的不是你？不是你，会是谁？"王正中平心静气地问。而那平静下面的汹涌波涛，谁识得？

"来，来，"施大男少有的聪慧，把王正中的手拉向自己，让他的手活动起来，"你说，正中，是谁？会是谁？如果真的不是我，这世界会有谁？"

"你，你，当然是宝贝你。"

"来吧，来吧，你当然是来找她们来的。"

"我，是找到了？是吗？"王正中眼前又闪现那三张魔鬼似的照片。

"找到了，"施大男摸了他一下，"但你又为何心不在焉？"

"心？宝贝，心？"王正中似乎有些哭笑不得，"你知道我们在三个地方，刻下三颗心？"

施大男说："关帝庙墙角瓦片，中山公园老槐树，跨江大桥桥墩下，没错吧？"

"没错，没错，你？"王正中从对方不加思考的回答中似乎可以肯定，"你，宝贝，你不能放过我吗？你到底要我干什么？"

施大男的手又摸了一下，目光于是露出不屑："你的心，都不在这里，你不想要我吗？"

"三颗心，三张照片。"王正中还是没有把话挑明，似乎自言自语，在于他没有死心，他觉得该马上找到真正的网络敌人了。

"哈，哈，"施大男再次摸他，"怪不得，你有三颗心，所以……"

"我，都想着你呢宝贝，我要你呢。"王正中不得不从那一条已经走黑的道撤出来。

"你，你要到哪里去，在这里呢。"施大男说。

"正中，我，现在只有你一个男人了，"施大男说着眼中有泪水生成，"我，离婚了。别怕，我不会赖上你缠上你，只是，想跟你说一声，这事，多少有些关系。"施大男说完擦干没有流出眼眶的泪水。

王正中贪恋着眼前的幸福，极力想挤掉那些不如意。这是人的动物本能的异化。在人的眼里，有如神的力量。

施大男说："正中，区领导市领导批示，这案子，真成铁，铁案了吗？"

王正中忽觉得寒风吹来，冰雪复至。

"你，正中，你怎么了？中邪了？"施大男不加掩饰地说。

"你，还责怪我呢？"王正中把想要说的后半句话咽了回去，其实，他不说她也应该明白。

施大男不顾一切地坐起来，身上裸裸的，却披着一身光。

圣洁，淫邪，都有光。

王正中下了床，立在地板上，恰好与施大男的高度保持一致。王正中身上也有光。

光，与光，有区别吗？

王正中脸上带着微笑，看着施大男，说："好好谈谈吧，谈了再做不迟。"

"你，你笑了？王院长，您有什么说？"施大男忽然改了口，她与他以往的交往中，她就独怕他的笑。

王正中也觉得自己有些失态。王正中咬了咬牙，将那微笑收了回来，说：

"宝贝，我，正在思考那案子的事，今天约你，就是想跟你商量。"其实他今天是兴师问罪来的，此刻，顺口说了一句假话。说假话时，他的良心没有半点不适。

施大男伸出玉手，招了招："来吧，正中，来啊小狗舔我咬我来啊。"

这是施大男的绝杀。不知怎么的，今天王正中还是慢了半拍。最终，还是没有逃过诱惑，两人终于合二为一。施大男就喜欢这样说话。

"说啊说啊正中，怎么个商量法？"

"虽说是市委书记批示的，书记是人，只要是人做出的，就不可能没有通融的余地。"

"说啊说啊正中。"施大男用自己的身体煽火。

"通融……呵呵，得讲究机遇，"王正中喘了粗气，"得有天时，地利，人和，机会总会……"

施大男身上的人性之火终于被点燃了。连王正中都感觉到了。

"正中，今天你一定得给我，"施大男不假思索地说，"你就要上中院，高升了……"

王正中觉得有一股寒风吹来，躲也不是，迎也不是。

"打住，别再说，"王正中忽然想起什么，说，"我们今天都犯了错，大错。"

"什么错？"施大男极力抑制心中懊恼，如果换作别的男人，她都要摔门而去，甚至抄起床边的杯子砸在地上，发出激动人心的响声。

"拥抱，我们忘记了拥抱，以往每一次见面都拥抱的，今天，怎么忘了呢？"

"嗯，是的，怎么忘了呢？"

两个人似乎都在抑止自己的冲动，将双臂伸起，把对方抱在怀里。

然而，今天的两具赤裸裸的肉体，最大程度贴在一起，都没有缝隙了，却没有半点感觉。

就如自己的左手，紧紧握着右手。

六十四

王正中觉得人生最大悲哀是做爱没有爱。

这一种将人心浮在半空下不了地的感觉，那种杀鸡不见血而鸡仍在那里扑腾的恐怖，那种隔了靴搔痒搔至手酸那痒仍在的尴尬，让人如何活下去噢。

回到办公室，沏了茶，打了电话召人，直到门被敲响，林副院长立在办公桌前，响响地喊一声"王院长，我来了"，他也没有从那个世界回来。

眼前空洞。

睁开眼来，依稀是那三张照片，虽然是模模糊糊的，他坚信是那三张照片。

第一张是一座古庙。第二张是一棵老树。第三张是一座大桥。

林果说："师傅，看看小林给您拍的照片。"

"你拍的？真是你林果？"

"是啊，师傅，您忘了吗？"

王正中痛苦地眨了眨眼睛，当眼睛再次睁开时，他看见上一次中院组织的外出海南考察时的情景，小林在一旁，殷勤地在旁边奔忙，一边递茶倒水，一边忙着拍照。第一张是他在苏公祠前做出思索的样子，第二张是他在一棵百年古榕下拉着一条垂下的树根，第三张是他在一座跨海大桥上的笑脸。

瞬间的情绪转变会毁掉一个人的神经，比刀子还快。

"王院长您今天是为了商铺案重审之事吧？我去中院他们都问起了。"

"高院长问起的吗？"王正中忽然警觉起来，看见林果将手伸过来给自己添水，他挡了一下，"我，自己来吧。"

林果问："怎么了师傅？"被挡的手没有收回，再次伸过去时，就没见阻拦，就顺利加了水。

那水从热水瓶的口中泻出，有一个稍稍的弧度，跌落玻璃杯时形成一个瀑布，溅落杯底时，冒起小小的泡泡来，令那些茶叶在那里浮沉不已。

林果问："师傅您在看什么呢？小林不是一直为您添水的吗？"

王正中说："你说，商铺案重审，该让哪个法官任主审法官呢？"

"院长说让谁当就让谁当，"林果说，"师傅您是担心您高升中院后，我不再为您添水？"

"你，你啊，小林子，"王正中终于笑起来，暂时将心头那一团迷雾拨开一些，"你小子简直成了我肚子里的虫了。"

"是！没有师傅，就没有我。"林果立起，一个标准的军礼。

"商量一下，啊，商铺案重审的事。"王正中说话时眉头皱了一下，很微小的动作，林果还是觉察到了。

那是一滴水跌在他的额头上，那水滴是从顶上的空调孔掉下的。林果连说对不起，一边将纸盒上的纸巾抽出，小心折成一个方块，轻轻地擦拭起院长额头上的水渍。

林果最传神的一次，是在冬天的早上，看见风将敞开的玻璃窗吹得哗哗直响，而他身手敏捷地将两张纸巾裹在王正中院长的桌子上，接住了一个来势汹涌无法阻止的喷嚏。按一般人的思路，先起身将玻璃窗关上，再想起别的事。而林果想到的是风已经吹进，领导平日有些弱的身体禁不住会打一个喷嚏。

林果这种对领导关爱带来的仕途上升，一般人是难以企及的。而林果是农家孩子，从小粗手粗脚的，从不关心人（包括老婆孩子），独独在领导面前会有如此的变化，哪是一般人能理解的。自古华山一条路，人多了，还不挤死人摔死人啊。

王正中这么不喜欢被人奉承的人，也经受不住林果的这种无微不至的热情，更何况是自己从法学院选定的高才生后来的接班人呢。

王正中心中那一层疑云也消失了。看着那一块雪白的纸巾被扔进废纸篓，王正中出乎意料地说："这一次，该是你说名单了。"

"民事庭的李鸿，行政庭的黄滔，都是人选，"林果依然小心翼翼地说，"最后还是王院长您点将。"

"李鸿行，忠诚于党的法制建设，业务精，人诚恳，勤劳；黄滔，政治上过硬，业务上是行家里手，善于法制思想，逻辑性强。"

林果故意说："我们只是选法官，不是提拔干部。"

王正中笑一笑，终于说："小林也知道，不要说是林副院长了，哪个法官不知，确定法官人选，特别是上级党委、政府领导重视的官司，政治性总是放在首位。"

林果也笑，"院长训示得好，师傅是得时时敲打徒弟啊，我这木头脑壳。"

"我没有老，别老是哄我开心，"王正中说，"这两人也是我选中进了法院。"

"师傅，您对我的恩情我永远不忘，"林果说，"王院长，我对您，绝对忠诚，您说吧，我坚决支持，不，是服从。"

"我，提祈一水任这次商铺案重审的主审法官。"王正中盯着林果眼睛说。

"不，不，王院长，"林果把头摇起来，"不是我不服从院长，而是我觉得祈一水这人，年轻，心里没有定力，嘴上没有把门的，以往几次平日里的辩论都让您下不了台。"

"年轻怕什么？你不是从年轻过来的？再说，不经风浪，哪会成长？你，刚才还说是服从呢。"

"服从服从，王院长，"林果笑起来，"我又不是小孩子说了不算，我是担心啊。"

"去落实吧，先找小祈谈谈，让他打起精神来，高质量完成这次政治任务，对，光荣任务。"

"是。"林果敬了一个礼。王正中向他挥挥手，知道他在哄自己开心。

不过五分钟，林果返回："王院长，奇事一桩，祈一水这小子，在那里自我吹嘘，说是要任商铺案重审的法官，不是奇事吗？"

王正中听了也觉得奇怪时，祈一水已在门外喊报告。

"进来。"王正中说。

在王正中面前立正时，王正中扫了一眼祈一水。祈一水身上马上一颤，像是挨了一下鞭子。

祈一水像是苏醒了一般："王院长明鉴，不是我想当主审法官，是我在向同事们夸海口，这一次的重审案是个政治案，得向政治靠拢，这样的法官，我也会当。"

"我是说，王院长让你当这个主审法官，你小子又……"

"不是我不想当，"祈一水向两个领导都鞠了一躬，"我，我怎么能当？这话说开去，让我怎么在同事们中不被人笑话？"

祈一水又说："王院长您别说了，我知道，我这人嘴上没有把门的，而且经常与您唱反调。几次，都伤害了您。我，怎么担当得起这个重大的政治任务？所以，我才表示了对林副的不敬。"

"看看，这小祈法官不是成熟多了吗？"王正中笑笑说，"谁没有年轻过？"

"我，成熟了吗？成熟是男人的坟墓啊，没有主见，没有自我，没有……"祈一水说。

"呵呵，坟墓？"林果说，"你刚才一边鞠躬，一边在心里咒骂我们？"

"我在骂自己，为何低下了我至为重要的头颅，"祈一水说，"我不敢骂你们，包括我的内心，我怎么了？"

"你主要是缺乏信心，你进步了，你的心反而脆弱了，"林果说，"在这个进步的社会，不进步是不行的，我们得向王院长学习，我就是在学习前辈中不断进步的。"

王正中反倒说不出话来，他有些惊讶这两个比他年轻的同事说出的话，让他看到了自己的过去。如果，真有过去时的话，他的过去就立在不远处，看领导的目光充满了敬畏。那，就是自己吗？

"王院长，我真的不敢相信，这是真的，会让我任重大案子的主审法官，"祈一水说，"林副院长说我进步了，我确实进步了吗？我有一个发自内心的感觉，我的感觉，是您，是林副院长，是同志们一起，拉着我，拖着我，我才进步。"

"好了好了，少说几句，"林果打断祈一水的话，"这里不是演讲的地方，这是院长办公室，哪有你一个小法官说话的时间，打住，听，你只要带着耳朵就行，听王院长讲话，做重要指示。"

"我，您，林副院长，不是也一直在说嘛。"

看到林果还要发挥，王正中伸出手，越过宽宽的办公桌，握住祈一水的手："你的心，依然在，依然会有力，我盼望年轻同志都进步起来，又能保持自我。"

林果也忙着将手搭上去，说："王院长到底是水平高，高屋建瓴。"

"好了，别忙着表扬领导，忘了我们今天的正事了。"王正中说着盯了林果一眼。林果的脸，像是被针刺了般，霎时颤动了一下。虽是轻轻的，王正中还是感觉到了。

"祈一水，"林果忽然提高了声音，"准备好笔记本，我说过多少遍了，来领导办公室，一定得带笔记本，你看看，又忘了吧？"

"我，我今天没有打算来听领导讲话，我来是为了证实这事是真实的。"

"好啊，祈一水，你也太狂了吧，我堂堂一个副院长，说的话，你居然不信，你今天来院长办公室，就是为了否定一个副院长的话？"

"您，我，不是。"祈一水说不出话来。

王正中看到祈一水的脸猪肝似的涨红起来，额头上渗出汗水。在这法院机关里，院长训副院长，庭长训法官，那是常事，也许自古以来就是这样的。王正中以往被人训过，也训过人。可今天，也许是那三张照片闹的，心里浮云四挂，他居然拍了桌子。

"你，你们别闹了！"

拍过后，连自己都觉得诧异，王正中想，我怎么了？在下级面前轻易就失态。

这时候，民庭庭长赶到，连说对不起来迟了。

林果说："来得正好，把他带回去，好好教育教育。"

庭长狠狠地瞪了祈一水一眼，说："走，别给我丢人现眼了，一天不骂，上房揭瓦，王院长开恩，领导重视，你不感恩，反而无理取闹，哼！"

"带回去，带回去，哼！"林果说。

"哼！"王正中说，再次拍了桌子，"别闹了好不好，我还没有走，我还是区法院的院长。"

院长办公室终于安静下来，但那是暂时的。在场的人都不知道今天院长为何发火。

更大的喧闹，不可抑止地来了。

六十五

施大男觉得身上充满了力量。

她已经与秦明离婚，与王正中分开。她把自己装扮成她那个阶层普遍能接受的性感女人。

"你这个千人睡万人睡的，婊子！"她对着镜子骂自己。

"哼！"她对着镜子中的自己翻了翻眼皮，"身是我的身，我把自己脱光了，与你何干？"

"假惺惺，假惺惺。"施大男用唇膏不停地敲打镜子，镜子上就留下了一颗颗猩红的点，如血，溅在上面。

施大男不怕血，反而更加亢奋。她走出卧室，觉得自己像是装满弹药的武器，加满油的汽车，不，是飞机。

第一个目标是祈一水。施大男把嗓门装扮成清纯的样子。

"喂，是祈法官吗？我啊，小施，大男。"

"施，大男？"祈一水的声音明显有些感兴趣，"我不是告诉你网络上的事了吗？不公平，呵呵，这事……"

"这事，您帮了我大忙了，我得当面……"

"不用，这事不用谢，我祈一水看见任何不平的事，我都会帮吃亏的一方，同情弱者，这是天性，匡扶正义，也是我们法官的本职。"

施大男就及时把电话按了。我的好心佛啊，吓着这孩子了！声音也是女人的武器，就看如何使用。施大男是个善于思考善于总结的女子，她觉得刚才的装清纯有过火之嫌，已经造成了不可挽回的损失。对手变得渺渺茫茫，于是她像是一个好枪手一般，收起了要射击的枪。

但是，心里的那把火越烧越炽，不管自己泼了冷水掩了泥土，总是不行。她重新拿起手机。电话就在这个时候响了，只是一下，她就立即按了通话键。她认为这是一个命运的瞬间，她必定得把握住。

"啊啊打错了，对不起了。"电话那头一个磁性很足的男人声音。

"请再说一遍，"施大男说，"我没听清。"

"对不起，打错了，是我打错了。"

"是吗，错了，错了？错在哪了？"施大男发出银铃般的笑声。施大男坚信自己的笑声，能够融化冬天的坚冰，让天上飞过的大雁落下来，让浮在水面的鱼儿沉到水底去。

"错，错了，错在我，我错了。"

"高院长，亲爱的高院长，"施大男说，"我清楚地记得有一句名言，那就是，在这个世界上你永远不要说别人错了，这话，是您说的吧？"

高院长在电话里难得地笑了笑："是我，拨错了电话，对不起。"

"是吗，是吗？真是吗？"施大男说，"那我搁了电话了，再见。"

两分钟后，电话再次响起，施大男待它响了五遍铃声，才接了："喂，您，不是拨错了吗亲爱的高院长。"

"我没拨错，我找的就是你，市人大代表施大男同志，"高院长一副严肃的声音，"我找你有公事，请一小时后到我办公室来。"

一小时二十一分后，施大男就从中院的大门出来。大门的保安刚见她进去的，问："这么快办事？"

施大男故意摇下车窗，大声笑着回答："碍你什么了，快，我愿意。"

我是不是太激动了？她命令自己，屏住屏住，后边还有更大的战斗等着自己呢。她想，一个小小的胜利，就让自己这么兴奋不已，值得吗？

施大男车子刚出大门，没有想到祈一水就立在车子另一边。她驶过祈一水身边，摇下车窗轻轻向他招了招手："祈法官好。"

祈一水也看到了她："你好，施大男同志。"

"您没有看到中院的高院长吗？"施大男突然问。

"看到了，我刚出来，你进去，看窗口，不正是他吗？正往这里望，脸上还笑呢。"

施大男猛踩油门，加速离开祈一水，离开了中院。直到好远了，施大男才觉得小腹胀胀的，身上在流汗水，从后视镜里看见自己的脸，红得可怕。

那都是憋的。

刚才，她准时走进高院长的办公室。记得只待了不到十分钟。那个时间，她就内急的了。院长办公室里应该有洗手间，她记得王正中办公室里就有。可是，她连找一下的时间都没有。

高院长的目光就没有离开过她。

她笼罩在目光的压力下。

一开始，没有压力，目光里全是愉悦。她觉得对面的他，会像王正中一样，关了门，将她生吞活剥了。那目光里仿佛有很多带钩的小手，挠着自己的痒处。

这个时刻，那目光能加温就好了。就如明亮，变成一把火。可是，没有。自始至终，那明亮就如月光。

高院长笑着说，很高兴认识你，你很优秀，你有自己的前途。你最近听到关于官司的消息了吧？你要相信我们法院，相信法律。

她笑着，不住地点头。她觉得此时只有笑，才不会辜负对面的高院长。

那就这样吧，我马上有个会议，高院长说，我就不送你了。

这时候，才觉得他的目光有了压力。

压力不是上帝给的。原来来自自身。

她看到高院长说完话，就闭上嘴巴，但他的抽屉打开着，里边有一张银行卡。

她走过去和他握手时，往那里丢了一张同样的卡。

哧，她又笑了一下。什么大风大浪没有经历过？她来这里时，就做好了两手准备。要不，就是把自己送了，要不，就是这张卡。

六十六

八点五十七分。周日的小河边。

祈一水再次将鱼竿伸向水里。这是他今天第一百零七次了，保佑保佑，他认为心中的祈祷会让他度过无果的空虚。

水中的浮子在上下沉浮，他的目光也上下跃动。他是早上五点多就起床，然后，刷牙，洗脸，去小区外的早餐店买回早点，就搭着公共汽车来到郊外的。

八点五十七分。小河边。与上景差不了三十米，由于中间相隔一个土墩，上面还长有灌木，所以，互相之间暂时不相识。

施大男手捧一只偌大的塑料盆，在众多媒体镜头的聚焦中，慢慢走向河边，脚步有些沉重，脸上却挂满了笑。

盆中是养在水中的鱼，鲫鱼，一条条，手板宽，虽在水中游，却是懒懒散散，像是人饿久了无精打采一样的。

鱼儿随着倾倒的水，一起进入河水中。保佑保佑，她认为心中的祈愿会让她如愿以偿。

九点零二分。小河边。

祈一水看见浮子再次堕入水中，又浮上水面，如此反复，已经多次。钓鱼不就是锻炼人的耐力吗？人生不就是遍钓鱼儿不着吗？

沉吧，浮吧，我笑看着呢。我都等待半辈子了。

这时候，只见浮子倏地沉入水中，一颗，两颗，三颗，祈一水心里喊，我的运气来了吗？真正的时来运转了吗？祈一水想起前些日子确定下来让他任重点案主审法官的事。

祈一水果断提竿。

一根手板宽鲫鱼钓上岸来。祈一水低头取鱼钩时，看见鱼钩已经入了鱼喉好深好深，可能已经是鱼腹位置。而一般被钓上岸的鱼，鱼钩所扎位置都在鱼唇。可见，这鱼儿是拼死命了吞食。

九点零二分。小河边。

施大男将第三盆鲫鱼往河中倒的时候，记者拦住了她。她对着镜头笑了笑，又顺手搂了搂被风吹乱的刘海儿。现在镜头上出现的是一个成熟的爱心女士。

记者：施大男女士，您别忙着往河里放生，先接受一下我们的采访。您是市人大代表，是我们市有名的青年女企业家，以慈善和实业闻名，请问您这次放生，是出于什么目的？

施大男：我不管人在这个社会有多少钱，有什么社会地位，首先，得做一个善良的人。而放生，是唤起人的善良的一个好方式。其次，我听说市里把生态建设列为重点工作，眼下这条河，已经治理得差不多，只是，河中鱼不多，我今天是雪中送炭来的，让鱼儿满河吧！

九点十五分。小河边。

祈一水一边对着上钩的鱼说"让你贪，让你贪，让你贪一口饵料，就把自己小命断送了"，一边喜滋滋地乐，乐得嘴也闭不住。

祈一水的鱼桶，已经盛了大半桶。如果按目前的趋势下去，鱼桶会满到再也盛不下一条鱼。

祈一水是个不会轻易放弃机会的人。鱼桶将满，他已经在想象将自己的外套脱下，当成盛鱼的工具了。

祈一水没有想到欲壑难填，他此刻想得最多的是如何在妻女面前一改过去钓鱼无鱼的丑陋形象，如果钓鱼无鱼也可算作丑陋的话。

九点十五分。小河边。

五只鱼盆装上公司的工具车，工具车离去。施大男对着媒体朋友说："请大家回吧，等下去，鱼儿也不会游到岸上来，谢谢大家为我们传递爱心，这个社会渴望爱心。"一边与大家握手告别，一边及时将事先准备的由若干人民币组成的"车马费"塞给记者们。

挥挥手，再挥挥手，再见了富有爱心的记者们。

施大男似乎仍有余兴，就朝着河边一路走下去。施大男一边走，一边给自己补妆，让自己的性感暴露无遗起来。

越过了小土墩，和那些阻挡视线的灌木丛。

九点二十一分。小河边。

"祈法官——"施大男立在土路上，朝着河边叫。

祈一水正在整理满满的鱼桶。因为河里再也钓不到鱼，他也正准备回程。他抬头看见施大男正朝他走来。直到很近了，他才回应施大男的叫喊。

"刚才听到那边叽叽喳喳的，是你在那里说话吗？"祈一水剜了一眼施大男露在外边的乳沟。

"没有，"施大男坚决地说，"今天闲着无事，出来散心，恰巧看见了你，哇，这么多鱼！"

"天赐我也，是不？施大男同志。"祈一水觉得对面女性的超短裙颜色有些喜庆。

"您，您说是上天，把我赐给了您？"施大男突然嗔怒，"您，也太欺负女生了吧，我现在是，单身。"

"不，不，"祈一水笑着纠正，"我是说鱼，哪敢说你，我的市人大代表、优秀青年企业家施大男，哦，施，女生。"

"哼，谅你也不敢，"施大男正色，"因为您是大法官，一位绅士。"

"谢谢夸奖，小女生。"祈一水说。

"回吧，我肚子饿了，早上五点多就离家出走，"施大男说，"大法官坐我车回，可，不许您欺负我噢。"

"好，坐，坐，我请你喝早茶。"祈一水出奇地爽快。

九点三十七分。仍然是小河边。

车子在河边土路已经开了十多分钟。车上一言不发的施大男突然脸上羞涩起来，欲说还休。

"真是对不起，我闭着眼睛，看也没看你，女生，不，施大男同志，"副驾驶座上的祈一水说，"你说吧，让我下车？走开也可以。"

"不，不是，"施大男有些难为情地说，"我，要小便。"

车子果然在一个灌木丛旁停住。施大男下车来，让祈一水也下车来。施大男转过身来，满脸红晕，说："你，转过身去，立在这里，看着，不许跑过来。"

祈一水此时木木的，果真转过身，立着，一动不动，脑子里却有一个飞轮，在快速旋转，止也止不住。

不一会儿，祈一水就听见一股水声，还有顺风飘来的尿臊味。

十四点二十一分。市中院王正中副院长办公室。这是前几天刚设的办公室。

急于进入角色周日里仍然加班的王正中开门时，发现门缝里塞着几张照片，还有一些电脑打印的信息。

一看照片和文字，王正中副院长的脸就绿了。

六十七

林果果然知恩图报。王正中感动得都要哭了。

现在，他们都在海南三亚的一个山沟中，嬉戏。

嬉戏一词能写尽这个世界。

林果组织了一次告别旅游。内中的理由是王正中被突然宣布升任市中院副院长，同时免去区法院的院长职务。林果任区法院院长。高院长曾私下找王正中谈话，说他身为要职，却太过于表露，居然在下属前拍桌子，心态浮躁了，不利于正在展开的重点案的重审。旅游的公开理由是人大代表行风监督活动。当然，只请了市人大代表施大男，高院长是作为上级领导身份参与的。这一切，只是嬉戏一词中冰山之一角。

施大男转过头来，嫣然一笑。这笑是王正中看到的她最粲然的笑。因为他们之间在那次床戏后彻底分开。王正中回之一笑，那是一种经历了太多坎坷而不怯场的笑。

"王副院长，您跟我们一起涉水吗？"施大男问。施大男头戴贝雷帽，身着暗红色紧身T恤，下穿齐膝紧身裤，标准的"涉水装备"。却因为生动的笑，生生将整个身子弄出无比的妖艳来。聪明的商家，将一条普通的山沟，打造出一条能嬉水的线路，紧挨着一条能旁观嬉水的栈道。

"不，不，老了，腰骨不行。"王正中说。

"哈哈，怎么称老？升任中院，有些官样了吧？"正在加穿"涉水装备"的高院长打哈哈。

施大男转身看了高院长一眼，看似极为平常的一眼，可王正中看见了里边的奥秘，只有身心相融过的男女才有如此一瞥。施大男以前就这样看王正中的，现在，换成浅薄笑脸。

林果此时也看了施大男一眼。王正中有些惊讶，想不到施大男出手不凡，一下子就新捉了两位"肉"。以往施大男在两人亲热时总是连连呼唤，"肉，我的肉"。

哼哼，你们这些狗男女。想过，觉得不妥，想把这个想法从头脑里挤掉。没想到这个想法更令人难受。

"涉水"者必定湿身，这个先行规定让一些人兴奋不已。能涉水，能湿身，且是公开的，不像某些规则，明明存在，却是潜在。只有王正中走栈道，似乎有违众意，在有些人眼里似乎就是个伪君子。

"你啊，你啊。"高院长一边指着他，一边兴冲冲穿上那些"涉水装备"，头大，那个贝雷帽扣在上面像是一座大山顶了一只小船。

为了增加这次涉水运动的有趣性，景区商人专门为头戴贝雷帽的他们配了一位教练。在装备齐全后，教练引领众位在场地上做热身运动，讲解一些最基本的技巧。

这真是一次慈祥的运动。还有人为你热身，让你各个关节活动了，让你的血液如奔马一样了，让你的思想如弦上之箭了，才让你奋身一跃。而不如别的运动，在你朦朦胧胧之间，在你完全没有准备之时，晴天霹雳似的响了，震你个哭爹叫妈还来不及，洪流下来，裹挟泥沙之时，也顺便带上了你。

王正中一步步往前走，走出铿铿声来，因为皮鞋紧踩着木制栈道。更主要在于他拼命想问题，连脚底下的轻重也控制不了，而平日里他的脚步总是轻轻的。

脚步声是修养，他连修养也不要了。

走在栈道上，眼里仍是盯着河道上，那里乱石密布，一道无孔不入的溪水在那里唱出或平缓或湍急的山歌。王正中想象以往就是这道溪水，那歌唱的吟的，如痴如醉，就算是头破血流粉身碎骨，也在所不惜。那些虚荣之火都烧了他一辈子了。

他庆幸自己不在溪里，才能看出那些人的窘态。他想，以往他在溪里的时候，谁在看着他呢？上帝还是佛？此刻，自己成佛了，或上帝？

首先是夸张的尖叫声，这是施大男发出的。以前，他是多么喜欢她的尖叫啊，在床上也一样。这是雌性动物吸引或诱惑雄性的本能？以前自己怎么就没有这样的认识呢？

王正中寻声望去，原来是施大男的一只脚已经踏入水中，而水里有一条鳝鱼。大胆的鳝鱼不畏人，反而钻进她的裤脚管，不咬人，只用滑溜的鱼身缠人摩人，让人痒痒得不能自持。

高院长、林院长，包括溪岸上的王正中副院长，都被施大男脸上那一层红晕惊讶住了。

那条鳝鱼腾地冲出水面，在空中划过一个弧度，再优雅地入水。

是自然反应，还是极力发挥？只有天知道。王正中知道，熟悉这个女人肉体的男人都知道。王正中的心里就泛起酸来，无法抑制。

不看，王正中命令自己。然而，溪中的声音诱使他的目光再次关注。溪中有一小水潭，不深，躺下去，会湿了全身，立起来，能没了膝盖，最多是淹了屁股沟。商家在潭上凌空设了吊环。人握吊环，一荡而过。胆大的人，抢先过了，人在水面，就如一只笨猴嬉水，十分可笑。这个最吸引眼球的时刻，施大男不可阻挡地出现。

不看，王正中再次命令自己。他凶狠地将目光转向另一边山体，眼前的山草树木仿佛哗哗发抖。他的耳朵塞不了，施大男与男人们的嬉笑声汹涌地灌进来，让他的耳鼓膜嗡嗡作响。他的想象约束不了，施大男在男人们猎艳的目光下，肉弹似的射出，下肢触入水面，湿身！湿身！不知道是溪中的男人在叫，还是自己内心的另一个在叫？

为了减少这种痛苦，王正中加快脚步，把喧闹远远地抛在脑后。开始时，他的视觉和听觉出现空虚，觉得世界没了。渐渐地，树叶掉在地上发出的声音，小虫轻微的吱吱声，他都听到了，眼前的混沌被清晰的华美代替，他都看到山花开放时的一个个瞬间了，噗噗噗往外喷发的香，迅速弥漫了整个山间，包括他身上的每一个细胞。

我是一个出世的仙佛了，有一个声音在心里幼稚地叫。

王正中却突然陷入孤独。一种从未有过的恐惧，让他放慢了脚步。潜意识里他觉得自己仍然在水里。我，我原来是无法从那个世界逃离的。

笑声，尖叫声，一切的喧闹，虽然轻轻的，却是十分亲切，像是久别重逢的亲人。

那些微弱的声音终于扯住了他的脚步。

直到喧闹就在眼前，他的目光也迫不及待地扑到溪上去，狠狠地打在施大男颤动的乳房中。目光稍稍后退一些，才看到施大男坐在两个男人交叉手臂组成的"手轿"上，施大男的两只手臂分别钩住两个男人的脖子。男人的四只脚涉在水中，眼下依然娇美的施大男的屁股只差一点点就淹在溪水中，向前，向前。每前进一步，都会洒落水样的笑声，连那些水做的溪也乐呵呵的。

我是一条嫉妒的毒蛇。

王正中再次加快脚步。一边走，一边将那些缠在身上的笑声、惊叫声一一扯开，看得见那些扯落的声音如断离的蟹脚一般在地上无可奈何地跳跃，直到寂然停止。

那些不死心的掉了一地的声音，乘他不注意时几次从地上跳起来，几次被及时发现阻止了。

渐渐地，再次发生这样的奇景：树叶掉在地上发出的声音，小虫轻微的吱吱声，他都听到了，眼前的混沌被清晰的华美代替，他都看到山花开放时的一个个瞬间了，噗噗噗往外喷发的香，迅速弥漫了整个山间，包括他身上的每一个细胞。

哈哈，我真的与世无争，我超脱了，天塌了，地陷了，也与我无关了。

从三亚回到市里，又遇周末。王正中立在花苑度假山庄的绿荫中，又听到了那些声音，那些蟹脚（带有腥气）一样的东西在地上爬，天上飞，到处都是。

先听到的是施大男的声音，如银铃一般。这个女人生怕别人不知道她的存在。那一辆红色法拉利跑车，也十分耀眼地停在山庄的公共停车场上。

五分钟，这是施大男从停车场到宾馆大堂的时间。五分钟后，宾馆大堂的转门将她和她的声音吞没。

只是相差七分钟，另一个声音出现。那是一辆出租车刹车的声音。车门打开的声音，车门关拢的声音。出租车是停在山庄的大门口，与大堂有一段距离。

没有这一段距离，就不会听到接下来的声音，也没有接下来的故事。

自从车门关住，那一只脚踩在地上的声音出现，王正中就把耳朵各条通道扫净擦亮了。

"咔！咔！"响亮清脆，显出脚的主人年龄与心态——青春、坦诚。这是王正中十分欣赏的。

"咔——咔——"有些张扬，失去了应有的含蓄和人生教养。这是王正中最担忧的。

喜忧参半的王正中，像一只兔子般跑起来，立在那双脚的前面。

"小祈，祈一水，"王正中说，"你，真的来了？"

"王，王副院长？您？"祈一水一脸的尴尬，"您也来了，不是说，只，通知我一人的吗？"

王正中不待细说，一把扯过他来到绿荫边的小亭子上。刚落座，祈一水就迫不及待地说："这就是说，您刚才以奔跑的速度阻止我，是为了阻止一个危险的发生？"

"我虽不是现任的区法院院长，可我是中院的副院长兼纪检小组组长，有权力告诉你，根据有关规定，主审法官不能接受可能影响判决的双方当事人的吃请。"

"何以见得？"祈一水弱弱地问。

"有人给你下了套子，"王正中说着递给祈一水四张照片，"你自己看吧。"

祈一水接过照片。第一张是他在河边持着钓竿垂头丧气的样子，第二张是有人往河边放生鱼类，周围的电视台镜头对准着施大男，第三张是祈一水钓到鱼后喜笑颜开的样子，第四张是祈一水立在法拉利跑车旁，而照片的一角是一只肥大的女性屁股。

"据线报，你经常在钓的那条河很少有鱼，而施大男用来放生的鱼，从市场上买入后，整整饿了一个星期，她放生的地点，就在距离你钓鱼的地方三十米，那个地方恰好有一处灌木，挡住了你的视线。"

祈一水哦了一声，高昂的头颅，终于垂了下来："王，王副院长，要对我立案侦查吗？帮帮我，我，我不想脱离法官队伍，那可是我一辈子的理想追求啊。"

王正中长时间地盯住祈一水看，想把什么东西灌输到对方的脑子里："没有立案，如果这是一个阴谋的话，应该是未遂，而且，这只是出于我们的私人关系，来给你提个醒。"

"王，王院长，谢谢您给了我第二次政治生命，第一次是您当年招了我，我还一直找您的碴儿，跟您理论。"祈一水站起来，直想跪在王正中面前。

王正中连忙拉住祈一水，有些动情地说："小祈是我招进来的，而且是我一直看好的年轻法官。"

王正中本来还想说原因，一是有私情，二是中国的法治，需要像你这样坚持法治理想的法官，中国法治的未来，不应被污染，我，不想你，走我们的老路。话到嘴头时，却说成："我们都是党培养的法官，记住，我们的政法工作一定得围绕党委、政府的中心工作展开，我们必须做社会发展和稳定的保护伞，我们得保证接下来的判决贯彻组织的意图。"

王正中也站起来，三亚许下的不管世事的愿望，在这里彻底破灭了。

两个人都觉得今天的阳光是条河，他们一起幸福地游在河里。湿了，也是阳光的味道。

六十八

我觉得我的刀，已经磨得够快够锋利了。您指哪儿，我杀向哪儿。

方靖北说，我吃，你吃，他吃，大家吃。

方靖北又说，我能吃，你能吃，他能吃，大家都能吃。

您以为我学会饶舌了？没有。这都是方靖北说的。两遍都是他说的。他说第一遍的时候，以为我没有听懂，又说了一遍。

好，好，您不让我再说下去，您要听干货。您说，什么是干货？

方靖北？方靖北！我，我不是正在说方靖北吗？

什么，您说的方靖北与我说的方靖北不是同一个人，不，不是同一回事？

您说的是那一回，那一回您在度假山庄，祈，祈一水法官没有到山庄来？哎呀您啊，我没有听错吧？祈一水法官，与我要监视要做掉的对象方靖北，有半毛钱的关系？

有？是，有。您说像我这样的人根本不需要这样那样的问题，您说什么，我就答什么。对，我的职业宗旨：拿人钱财，替人消灾。

您是说，由于方靖北，祈一水没有应约前来，或者，半途被劝回？

我的回答：没有。那一天，方靖北不在市里，在上海。在上海干什么？这，超出了我的业务范围。如果是您授意，当然，我会即行了解，就如上一次跟踪去浙东温泉一样。那个风雨飘摇的温泉之夜啊，如今想起来，都觉得心惊胆战。我的回答没有令您高兴？那，我缺乏应声虫的本领，也不是我的业务范畴。

接下去我要说的干货，您一定感兴趣的。

啊，您让我停一停。我不明白您的意思，这里边有太多有意思的意思。可是，我要不懂装懂，不要问及主人不想说不敢说的事。

还是听听吧，这个世界，总有自己意想不到的东西，谁也不会知道，下一刻会发生什么。

这世道怎么了，怎么成了没有廉耻的世界？

再次谢谢您的夸奖。我不是道德中人。可我知道，盗亦有道。

您说是？没说，我也听不清楚。您点头了？点了。我看得清清楚楚。

您，流泪了？没有？

我也没有流泪。我要流泪的，就在我接下去要说的。

您别生气，有一拨接一拨的律师，要请方靖北吃饭。这一群专吃死人尸的秃鹫哟，我这不是讽刺中国的律师，这是现状。这个现状不是律师自身造成的。

在成功逃脱这么多律师的纠缠后，方靖北与一位不是律师，却立志在辩护岗位上做出不凡贡献的老人，在一个到处是油烟，到处是噪声，到处是人流的夜排档上吃饭。

选择这些地方吃饭，是天赐良机予我了。我随便找一个位置，就能完成我的监视任务，就算是顶级任务，也是出手最佳的环境。当然，这个顶级任务，得我的雇主，您，授予。

这是一个我吃你吃他吃大家吃的好地方。然而，平等，不一定是公正的。此刻，我坐在一个闲位置上，只拿眼睛和耳朵工作，嘴里却是空空，我无法让嘴嚼动起来。一个是我没有闲工夫；二是我没有这么多钱，就算是这样的一个路边夜排档，像我这样的人，也是消费不起的。

只能眼巴巴地擦亮眼睛和耳朵干等着。这个时候，有蚊子开始侵犯我。看那些消费者的桌下，店主都焚了蚊香，而我这里蚊子到处舞翩跹。还有，我还发现了一个致命威胁，那就是从方靖北桌上射出的警惕的眼光。那眼光，一看就知道以前干过特种兵，那种猎犬似的目光，让我这些人，不，不寒，而栗，对，就是不寒而栗。

我听老人说，赢了官司，只收十元律师代理费。天啊，还不够吃一个简单的晚餐。无欲则刚吗？

肯定是方靖北的阻止，才让这个侵害及时停止。

我还吃上了方靖北买的一份晚餐。当然，我不是与他们共用一桌，这一点，我很清醒，不，不能突破和奢望。这个世界，还是需要等级的，不然，会全乱了套。

告诉您，这位老人叫黄武木。草头黄，武术的武，木头的木。您知道了？

天啊，您的脸色为什么会变得这么难看，像是要哭，像是发了怒？像是要杀人？

天啊，您的脸色为何又变了，那些恐惧，那些怒气，像是乌云被扫光了，有阳光照进来，有小鸟唱歌，天啊，您笑了？

您不想再听我说下去了？这是我向您汇报的最短的一次，我会记住。我，会进行一些职业思考的。

六十九

这个该死的跟踪者，他居然反水了？这就是传说中的盗亦有道？

施大男离开那雇用的职业杀手，她发现身上多了一大沓钱。那钱上附有一张字条：敬爱的雇主，返还您的佣金，我觉得您对我的工作不太满意，所以，决定全额退还。其实，我对您也不满意，但知道您在厚厚的世俗包裹下，还有一点点良心在那里，只是，目前还看不到。看得出，您想用金钱让我折服，站在您的阵线上。不，世上什么都能买到，可我的灵魂不是用来出售的。我知道，离开您，也是我的软弱所致。请原谅我，哪怕我身上有方靖北坚强的百分之一也足够，可是我没有。

该死，该死，该死！施大男骂了，还是朝着那跟踪者逝去的方向，深深地鞠了一躬。

施大男没待跟踪者说完，急于离开他，也是由于他提供的信息十分的重要。这世上有太多的假话，可她坚信唯有他的话，是真实的。

施大男看了看，那字条似乎瞬间有强光发出，一种神圣感和急迫感，迅速像是水一样，淋湿了她的全身。

我的法官，我的律师呢？施大男一下子觉得身上担子的沉重。除了高院长，她身边可以帮忙的法官（祈一水呢，她咬了咬牙）少之又少，而律师，一个也没有。这帮逐臭的苍蝇，她这里没有官司必赢的诱惑了。

她把车子开在一个大道旁僻静的墙角，打电话找人，就如猛虎，盯准了猎物，就猛扑上去。

第一个想打的电话是祈一水，连号码都选好，在最后按的瞬间停住。有些电话是不能轻易打的，施大男又咬了咬牙。

第二个号码按的是叶律师，那个连她唾沫都喜欢的律师。因为以往的几次相见，他总是说，我是闻着施总的唾沫香儿找到您的。几次，都赢，他把律师代理费满满地取走，都说一句幽默的话，这上面有施总的唾沫香。

电话响了五下也没有接。哼，如果能赢的官司，恐怕连我的尿液也是香的吧？直到第八下铃声，对方才接电话。叶律师故意压低了声音，说，对不起，开庭。

嘿，施大男一按手机就笑了起来，连白痴也知道，正开庭的律师能接电话？审判庭里能如此安静？哄鬼去吧，现在连鬼也不好糊弄。

施大男不敢当面揭穿叶律师，她深深地知道，大敌当前，任何内讧都不允许出现。她给他发了一个短信：晚七点，相聚鑫窝酒家。短信即刻回了：吻你！施大男回短信：贼相。

第二个电话打给大章律师，这也是几次得了赢官司代理费的主，曾经放出狠言，只要您以后吩咐，我都敢赴汤蹈火。大章律师在电话那边欢欢地说，您真是我的幸运星，快来接我。

"好，我来接你。"施大男说着，竟然驾车到离城200公里处的一个小城接回了大章律师。来回四百公里，大章不胜感激。说起官司代理的事，大章律师面露难色说，此事得慎重，得集思广益。施大男皱了皱眉说："晚七点，相聚鑫窝酒家。"

第三个电话公司打来的，问及生产业务上的事。施大男冲着电话吼，你们人呢，都死光了？每条线都有人负责，该找谁找谁去。不管？辞了他。

第四个电话里，小王律师让她去他律所等他。她驾车来到律所，却见小王律师满头大汗，正在修理他的台式电脑。小王律师问施大男能不能修，她摇摇头。他说那你在一边等，冷壶上有开水。等了五十九分钟，小王终于修好了电脑。施大男想说官司的事，小王说，你会电脑打字吗？我的助手恰好不在，而我急用这个文件。施大男只得坐下来，飞快地将五页稿子打完，看着清晰的电脑稿从打印机吐出时，小王说你说吧，赶快，我还得去当事人那里去一下，签合同。施大男看着一沓打印稿和小王手里的车钥匙，说："晚七点，相聚鑫窝酒家。"小王爽快地点头称好，感谢不止。话未说完，人就不见了。

施大男怔了一下，容不得多想，就走出律所。律所外，车水马龙，残阳将血一样的光洒在她的脚前，让她怀疑这是不是自己身上流的血。

林小哥就是这个时候打来电话。林小哥的电话结束了她的悲哀情绪。林小哥觊觎她好久，像个跟屁虫，却连屁也没有吃上。林小哥在电话那头兴高采烈地说，知道您在寻找律师，我是首选，这官司，我们肯定赢。

肯定赢，哈哈。施大男本来想在心里笑一下，没有想到，果真笑出声来。

您笑了，您笑了吗？您肯定笑了，林小哥在那头说，亲爱的，施总同志。

这世上只有这笑，自己能掌握得了，施大男硬是闭住嘴，才没有让声音再跳出嘴来。

您不高兴了？亲爱的，您在哪里我马上来您身边，林小哥继续在欢欢地说。

施大男闭住嘴，咬住牙。直到五分钟后，当她立在自己车旁，而眼前立着的是林小哥，终于，她流出眼泪。

"您哭了？亲，亲爱的施大男同志。"

"我没哭，你怎么来了？谁让来的？你是怎么知道我在这里的？我自己也找不到自己呢。"

"这次要给我，给我。"林小哥恳切地请求，就如蛋糕边流哈喇子的孩子。

"晚七点，相聚鑫窝酒家。"施大男说完，拉开车门驾车离开了。说实在的，有些不舍，可此刻施大男不相信温情。

第五个给老向的电话没有打通。打第六个电话的时候，老向却在旁边的街道上悠闲地散步。施大男连忙停住车，老向说，我哪里是散步？我在找我儿子呢。他的儿子智力不健全，却喜欢到处跑。儿子的爷爷一时没看住，就不见了影。去哪儿了，去哪儿了？儿子喜欢旁边的铺管工地，那里的水泥管如一只只狗洞。儿子一边钻水管，一边学着狗叫。眼下这些水管都不见了，可老向不愿走开，他似乎听到留在空中的狗叫声。儿子还喜欢站在马路的斑马线上，看见有老人路过，就马上过去搀扶，尽管自己的脚步比老人更踉跄，有时候反过来让老人扶着他走过马路。儿子呵呵的傻笑让这世界留下最后的暖意。

没有，没有，在哪个斑马线呢？就看到停在路边的法拉利红色跑车，车里的施大男。施大男朝他喊："散步呢老向？晚上七点，相聚鑫窝酒家，不见不散。"

这一天，找律师一共打了十三个电话。施大男在晚六点三十分到达鑫窝酒家时，走廊上远远地听到所定包厢的哄闹声。在快到达的地方，她被一只手扯进了隔壁的包厢。如果那人不早些叫起来，施大男早一掌过去将那只手臂废了。

那人喊着给了施大男一个吻。她对帅哥的吻毫无防疫能力。叶律师就对浑身软绵绵的施大男说："你都找了些什么宝贝？一帮扒粪的家伙！"

叶律师似乎找到了施大男的弱点，说："给我做，包赢，会不赢吗？"说着快速捞了她一下。

也就在这个时候，施大男给了他一个耳光。叶律师猝不及防，天旋地转，跌在地上。耳光与摔跤一样的响亮，以至于外边的服务员都探头进来。

高跟鞋咯咯的声音响起时，施大男走出那间空包厢。

"能不赢……嘿嘿。"

"包赢……包赢。"

施大男听得懂他们省略去的内容。

"乓！"她一脚踢开包厢的门，双手叉腰，母夜叉似的指着一个个男人说："你们靠什么赢？还不是靠了老娘的关系？所以，你们一个个无所事事，一个个白白胖胖蛆虫似的。你们得向黄武木同志学习，他别的不求，只求公平正义，只收律师代理费十元。"

说完，施大男反身就走，将一帮律师扔在鑫窝酒家的包厢里。

七十

为什么，我的心乱如麻？我不是得了院里的肯定和欣赏了吗？我该一展身手啊？

祈一水不断翻动眼前的档案。这些歪歪扭扭的足迹。这些甚至有些荒唐的历史。

为什么？为什么？他拿着一些明显的疑点，去请教前两任主审法官——民事主审法官李鸿、行政主审法官黄滔。上午两位都有庭审，午饭后恰巧在咖啡雅语遇上了。

咖啡雅语不是街上的某一间咖啡馆，而是法院内改进的法官休息室。新官上任三把火，林果院长上任不久，继续上任院长"团结、紧张、严肃"的工作氛围，只是添上"活泼"。在原本只有一个内设阅览室的基础上，新设了乒乓球室，在原来的休息室加上咖啡机，新改室名：咖啡雅语。前者在于增强法官的体质，后者在于增加法官的雅趣。出钱不多，却都是为了提高法官的素质，何乐而不为呢？

祈一水万万没有想到，当他的脚一迈进咖啡雅语，祸事就接二连三地来了。

推门进去，祈一水就一个跟跄跌在地上，原来是咖啡机上包装盒上的一条包装带被人遗在地上，绊了他一下。也是他交了霉运，别人进进出出的却是平安无事。

屋里果然传来小声的笑。这是讪笑无疑，却是极力压低音量的，传达了屋内三五法官的高素质，不是平常的人物。

"这不是祈一水，祈大法官吗？"这是黄滔，行政庭的法官，黄滔正站在咖啡机旁边，脸上没有半点笑意，话音里的笑却在跳跃，"不是我绊倒你的吧，在座的各位法官都能做证。"

一只手迅速扶起地上的祈一水，手的主人是李鸿，他对黄滔说："光说不做，扶一把，你会死啊？"

有一个人，竟然拍手起来，这人刚从法学院毕业，叫金鑫，祈一水转眼看去，似曾相识，特别是他甩头的动作，当年的祈一水也曾用过，生物学的目的在于吸引异性，在这里，更多的是为了夺取众人的眼球，这是一个哗众取宠的年龄啊。

"两位大法官行的是不同的法系，黄滔法官，对不起，为了公正起见，我这里不称老师了，黄滔法官行的是英美法系，判例法，李鸿法官行的是大陆法系，成文法。判例法是由个例到一般，成文法则是由一般到个例。"

黄滔抬头瞪了金鑫一眼："啰唆什么呀？有屁快放！"

"注意文明用语，法庭不允许污言秽语，"金鑫故意学起黄滔在法庭上的口气，"黄滔法官的不扶，反求各位证人做证，是由于之前我国城市曾经发生过扶摔倒老人反被诬陷的案例，这是明显的英美法系判例法的思路，无可厚非。而李鸿法官的扶，是出自一般道德要求，是典型的大陆法系成文法的思路。救死扶伤，从来都是中华民族的优秀传统道德要求，更值得倡导。本法官在经法庭调查后，综合阐述案情完毕，待合议庭合议，最后报审判委员会审定，还有法院党组核定决定，本庭将选时择机判决，本次法庭暂时休庭。"

咖啡雅语里没有一点声音，一潭死水般令人可怕。

"怎么，敬爱的法官先生，"金鑫自我解嘲似的说，"如此没有娱乐至上精神啊？"

黄滔说："滚开，小破孩，看看祈一水大法官，有正事干呢。"

祈一水说："早上找你们两位，没找着，这不，稍等，我去取资料来。"话音未落，祈一水转身就朝门外走。悲剧又发生了。

祈一水又摔倒地上。让他摔倒的，仍然是那条包装带。他刚才被人扶起来的时候，就没有想到，该剪掉那条闯祸的包装带。

"人，不可能在跌倒的地方，再次跌倒！"有人高声朗诵，一屋的人，不管不顾地笑起来。

这一次，是黄滔上前扶起祈一水的。祈一水连说谢谢，要走。黄滔说："别走，就这样说吧，要不要资料，我肚里一本账，是不，李鸿法官？"

"我，我也记得的，"李鸿说，"小祈一定是问他刚接手的商铺案重审的事，是不？"

祈一水点了点头。金鑫就叫起来："两位前辈就是神，祈法官没有开口说话，你们就知道了？"

"滚开，小破孩，我们得谈正事了。"黄滔说。

"我，我不走。"金鑫说着夺过黄滔手中的咖啡机把手，"我要替黄大法官磨咖啡呢。"

"去，去，什么时候学会溜须拍马了？"黄滔骂着，却不再赶他走。

祈一水说："该我为两位老师磨咖啡的，小金捷足先登了。"

"说吧，这点破事，不值得你祈大法官弯下尊贵的脊梁。"黄滔和李鸿都让祈一水早些说，唯有金鑫人在磨咖啡，心在另一处。

"好，我就直说了，"祈一水说，"你们两位都是我的校友，当然包括小金。李鸿法官，您主审的商铺案民事官司，有一个基本概念，您是遗忘了吗？也就是被告方靖北，他拥有国家颁发的房地产证，是财产权，而原告施大男父亲施德富，他手里有房产公司与他签订的销售合同，拥有债权。而我国民法规定，财产权大于债权。但最终，您还是判定拥有财产权的输，拥有债权的赢。黄滔法官，您主审的商铺案行政官司，有偷梁换柱之嫌。原告施一男父亲说被告市房地产局没有起到监管责任，是由于房地产公司只有开发权没有销售权，哈，您只看到后来的房屋销售委托书时间迟于销售时间，却没有看到步行街开发领导小组办公室与房地产公司合作开发合同里，早就规定了甲方只负责动迁安置政策落实，乙方负责建设销售。凭什么撤销发给方靖北的房地产证书？"

无声。

无声。

还是无声。

这就好像祈一水的所问，来自另一个世界。或者说，祈一水的问话，是带有重力加速度的石头，狠狠往深潭里砸，那潭，却是一汪死水。

这时候，却有一点点声音泼辣着过来，那是金鑫的拍手声音。黄滔瞪一眼金鑫："你，一个小破孩，回家让你妈换尿布去，起什么哄？"李鸿也没有好脸色，连祈一水的表情也有些尴尬。

却是祈一水的尴尬激怒了金鑫。

"哼！"

"哼的就是你，我的校友师兄，"金鑫盯着祈一水说，"来法院之前，我就听说你是整个法院最有法律精神的法官，你刚才向二位法官的诘问，也证实了这个说法。"

"烦不烦？"祈一水说，"那还要哼？我还要与两位法官探讨案情呢。"

"我为你的诘问，拍手，声援，你却装作事不关己似的，如果这两位校友师兄采取这样的态度，我就不会追究，偏偏是你，一个我心中的法官偶像，代表中国法律良心的人，居然，对我声援正义的态度，是如此的淡漠，不，是冷淡。我的心，流血了。"

这时候，祈一水禁不住打了一个寒战，轻轻的。瞬时，他觉得有被人当头棒喝：你步入泥潭了，回来！而立在岸上，就是刚从法学院毕业的金鑫，那是当年的他，英姿飒爽，一身的正气。

可是，潜意识告诉他，他回不来了。他甚至有一种悲壮感，古人说的"不入虎穴，焉得虎子"的启示，让他身上仅有堕落感消失了。

"你们说，这到底是为了什么？"祈一水分别盯一眼商铺案的两位前主审法官。他觉得自己的话如剑，尽管它身上的钢质在流失已经不够硬质，可他，仍然举起来了。

"你是弱智，还是生活在真空中？"黄滔说。

"不要激动，"李鸿说，"法院工作要服务中心，这是大家都清楚明白的。"

"别说这些，"金鑫跳了起来，挡在黄滔、李鸿与祈一水之间，"别把责任都推到制度层面，对，你不去执行，有太多人去执行，可是，你别把人性的阴暗，对强权政治的服从，都把它作为脏水泼到别人身上，你把白的说成黑的，你把对的说成错的，你把无罪判成有罪，你得有自己的思考，得有自己的良心，良心懂吗？如果有良心，你们在做这样事的时候，你们就心安理得？你们晚上睡得着觉？"

"小破孩，该干吗干吗去，这里，还轮不到你来做道德的审判者。"祈一水心里有些酸，可是他觉得无论如何也得阻止这个口无遮拦的家伙，因为他太像当年的他了。

"我，我鄙视你，我的偶像，碎了！"金鑫狠狠摔下一句话就走，"告我去，这个世界不缺告密者。"

"你等等。"祈一水说，可金鑫仍然往门外快步走。祈一水追上前去，再次摔跤，绊倒他的仍然是那条该死的包装带。

现在，夜已经深了，他坐在床前，细细翻看那些卷宗，心乱依然没有停止。妻恶狠狠地敲床板说，睡吧，死鬼。

你不睡，别人要睡觉。

七十一

祈一水流泪了，是高兴，也是没有看到女人的另一面。

这个女人，好有母爱，与自己的妻母老虎似的性格完全相反。可是，女人没有看到祈一水在观察她。

这个女人就是施大男。施大男的手正想扼住祈一水女儿的喉咙，这一点，祈一水如何看得到？

施大男疯了似的找到亲近祈一水女儿的机会。这是个周六下午，三点。施大男从她被她的母亲带进少年宫起，就伏在这街道的转角，那是下午一点。车上热，她就开着空调。没事干，就打电话。问了问公司的运行，情况不好，是因为她把心思全花在打官司上。放车上的音乐听，听着烦就关掉。可是，不管干什么，她那双猎犬似的眼睛，始终盯着少年宫的门口。

这时候，猎物出现。她是小鸽子，祈一水的女儿，今天参加少年宫举办的兴趣小组。施大男像是一只猎豹般就要猛扑过去。且慢，一块出来的小朋友

233

们，很快就被前来接送的家人接走。小鸽子呢？没有。

一分钟，两分钟，三分钟，小鸽子抬头望天，像是大人一般摇了摇头。然后，低下头看路，就要迈步走的时候，施大男出现在眼前。

"这不是您，施阿姨吗？我爸爸法院里看到过的。"小鸽子主动抬起头来。

施大男装出路过的样子，笑笑："是小鸽子啊，你有没有记住，不能与陌生人交谈啊？"

小鸽子笑着跳着一把抓住施大男："我不是三岁小孩子了，我妈说，记住，等大人一起走。我爸说，等久了，得靠自己走路，我，认得路。以后，还是靠自己，自己走路啊。"

施大男一把抱住小鸽子，一种亲切感油然而生，小鸽子简直是她孩童时一般的"人小鬼大"啊。"放下我，我要自己走。"怀里的小鸽子挣扎着，最终，自己立在地上，对施大男歉意地笑笑。

这笑笑也与她小时候一般模样，施大男确实是醉了。

施大男弯下腰去，把自己的视线与孩子保持相等。小鸽子说："施阿姨真乖，你是第一个敢为孩子蹲下的大人，除了我爸。"

这，施大男笑起来。心里说，现在孩子都成精了。为吗蹲下？一为喜欢，二为别的目的，孩子再鬼精也不会理解成人的世界噢。

"你要怎么玩？阿姨陪你。"施大男说。

小鸽子认真地盯着施大男看，直看得她身上发毛。如果世上真有神灵，这孩子的目光就是。施大男觉得自己无处可藏身。

"看来你不像我妈，像我爸，"小鸽子突然说，"那就趴下，我要骑马。"

祈一水就是这时候看到自己的女儿与施大男在一起的，本来是妻前来接女儿的，却中途变卦让他前来，所以迟到了十分钟。祈一水本来要阻止女儿这一荒唐的举动，却不知为了什么，他的脚步停住，还把自己隐藏在一棵行道树下面。自己能轻易观察到她们，而对方发现不了自己。

人性的这种弱点往往怂恿了罪恶发生。

施大男今天穿的是一身名牌，这是她心情不好的标志，这种以物欲掩饰心病就如借酒浇愁一般。此刻，施大男咬了咬牙，就跪在有些尘土的地砖上。

小鸽子银铃似的笑声泼了施大男一脸一身："谁，谁要你真的当马了？"

"上吧，来骑我。"

"玩你呢，还当真？"

"当真的，孩子，"施大男说，"这世上有很多不当真的，阿姨对你，当真。"

小鸽子一个箭步上了马，看得出来，小鸽子对施大男的话，当真了。

"这丫头，丫头，野丫头！"祈一水远远地牙齿痒痒的。

"嘚儿，驾！"小鸽子叫了一声。施大男轻轻说了一声坐稳了小鸽子，就施展她从小就学的武功，在地上像一匹马奔走起来。

只转了一圈半，旁边就围了一大圈来往的市民。大多数的人都赞美施大男，只有一个老头儿，指着施大男流泪："闺女，起来，我们生下儿女，不是给他们当牛做马的，起来你这个傻丫头！"

施大男没有停下来，小鸽子却腾地跳下来，抱住施大男的头（她依然如马似的立着四肢），指着周围的人说："都走开，不许你们欺负，欺负我，我妈。"

人群散开后，施大男抱住孩子不放："孩子，我有你妈好吗？"

小鸽子开始不说话，施大男以为自己说错什么了，没想到孩子说："我，我没有妈，她，成天只知道打我，骂，骂我爸。打我是说我没别人家孩子聪明，骂爸爸是说他，没出息。"孩子说着脱下自己的裤子，那上面确实有些乌青，那是受虐的证据无疑。

施大男突然被眼前的孩子感动了，那是孩子真挚的生命之花，以至于让她忘记今天的角色，忘记自己身上的使命。母爱如洪水一般从她心底生起，迅速淹没了自己。

"疼吗？"小鸽子抚起施大男刚才做马时膝盖上的红印，上面的连裤丝袜早磨出两个洞。

"你，小鸽子，你怎么这么乖，这么懂事？"施大男说，"来，来，你要玩什么？我都陪你。"

"好啊，好啊，"小鸽子拍起手，然后低下头去，"我妈，不让我玩，说我是败家孩子。"

"不会的，我现在，就是现在，我做你的妈，暂时的，你要玩什么，妈，都答应你。"

小鸽子高兴得跳起来。

"玩，玩呗！"施大男催促她。

小鸽子又低下头去："我，没有纸，家里的纸，都让我玩，玩完了。"

"怎么会，会玩完呢？你说，要多少，妈给。"

小鸽子用手示意着："不要太多的。"

施大男看着有鸟或类似的东西，从小鸽子手中，往天上，或者往高处远处飞翔。这，代表一种希望，一种理想吧，为何有人会扼杀和反对？施大男觉得不可思议。

"你是要玩纸飞机吧？妈以前玩过。"施大男说着拉起小鸽子，走到那辆红色法拉利跑车旁边，打开车门。里边有纸，却是纸巾，不挺括，太软了些。正在孩子失望之时，施大男拉开手提包。

"有纸，有纸。"小鸽子欢呼起来。

"给，给你。"施大男看一眼，眼角显然有一丝痛苦，可马上被一阵幸福感冲淡了。她递给孩子的是她公司里的业务合同。那是一沓钱。不，不知比钱贵重多少倍的合同纸。

小鸽子拿过纸，不顾一切地撕下一页，快速地折叠，一下，两下，三下……一只有棱有角的洒着爱的光辉的纸飞机，诞生了。

现在，就捧在施大男手心里，她看到自己的心停在这里，盼望着飞翔。

另一只纸飞机折成了，小鸽子又放进施大男的手掌上。施大男感觉得到重量，沉甸甸的，不是物体的重，是精神上的重。精神也分等次，它处在精神的最高层次——爱。

一直到九只纸飞机折成，九个爱，就在施大男的掌心里。小鸽子突然停住不再折了，把小手放在胸口，闭上了眼睛。在等什么？等待来自上天的指令吗？

这时候，有一股风吹来。施大男坚信这股风来自天庭。小鸽子亮亮地睁开眼睛，神情十分虔诚地拿起施大男手掌上的一只纸飞机，迎着风的方向，直直地刺了过去。风被纸飞机刺破的声音，风被纸飞机犁开的形貌，都声声入耳，历历在目。

奇迹出现了。迎面的风，仿佛有许多只温柔的小手，托起了那只纸折的飞机。风力越大，那只纸飞机昂起的劲头更大。当达到最高点的时候，纸飞机转向，向着小鸽子和施大男飞来。

来！来！两人都招手，可纸飞机在她们头顶不高处，倏地一下就飞过去，在不远地方又转弯，再转弯，绕了一个大大的圈，坠落在一个看不到的远处。

远处是神和佛待的地方。神和佛把有的灵魂送进天堂，有的打入地狱。

施大男的目光还在坠落的地方发呆的时候，小鸽子早把第二只纸飞机放飞。

如此往复，施大男直看到小鸽子把九只纸飞机全部放飞，心中的那种爱到了极端："走，小鸽子，车上还有纸呢，咱们接着做。"

这个时候，祈一水就走得很近，他看见施大男的手牵着小鸽子的手，就如母亲牵着女儿的手一般模样，不，比小鸽子的母亲他的妻子更爱小鸽子一点。

到了车子旁，施大男先行一步，将右车门打开，把手贴在车门上方，怕小鸽子上车时碰着上门框了。看得出来，那手由于激动，有些颤抖。仿佛越是想贴紧车框，那车框越是逃离她。最终，她使出了浑身力气，这力气足够推倒一头牛，那橡皮包边的车门框都陷进她的皮肤好深了，那里的皮肤都要破了，都要出血了。

小鸽子就是这时候上了车，从后车窗玻璃的角度看，已经安稳地坐在座位上。这以后的两分钟内发生的事，祈一水就成了盲区。

人在自己制造的幻觉里破碎，是残酷无比的事。看着车里可爱的小女孩，不是自己的孩子，施大男就是这时候省悟的。人一思考，上帝就笑了。施大男的思维坑道里，突然涌进了许多东西，她与前夫秦明无子女，本来用来生养儿女的年轻肉体，却用来侍候那些男人，以换取所谓官司上的"赢"，其实，她输了，输得很惨。她的手，就是这时候扼住小鸽子的咽喉的。

小鸽子没有逃避，小鸽子躲不开比母亲还爱的爱。小鸽子这时候咳嗽起来，本来只是一种本能反应，后来，忍不住大声咳嗽了起来。生命的咳嗽，让施大男猛地抽回自己的手。再放到小鸽子身上的手，就是轻轻的抚摸了。

祈一水就是这时候出现的，他立在车门旁，看着施大男像一个母亲般抚摸自己的孩子。

祈一水手里有一大沓纸，那是折了纸飞机飞走的合同纸，全给找回来了。祈一水怎么也按压不住感激的心，说了一大堆感激的话，还说是自己来晚了。

施大男觉得祈一水的感激是真的，表白也是真的。趁孩子不留意时，施大男悄悄问："我，不是好女人？"

"好，好的。"

"我希望，你能，依法重审商铺案。"施大男战战兢兢说。

"会的。"祈一水毫不迟疑答。

"你不喜欢我？"

"喜欢，"祈一水略一迟疑答，"我更喜欢，真理。"

直到祈一水带着小鸽子走得很远了，施大男才发动车子，汽车轰鸣着。施大男发现自己全身是汗，湿透了，包括灵魂。

七十二

两把剑碰见了，会是如何结果？

一把剑是从施大男眼里射出来的。另一把剑是从方靖北眼里射出来的。剑铮铮作响，仿佛空气都要爆炸了。

施大男恨得要死。方靖北也绝不是软蛋一只。

也许不是冤家不聚头，两个人事先没有约过，却在小巷里相遇，不是迎头，而是同路。施大男要穿过这条小巷去办事，方靖北也得穿过这里去一个地方。两旁都是高大的建筑，压迫得这条小巷如一条毛细血管似的。昏黄的路灯被行道树遮去大半，投在路人的脸上，把人一个个描成鬼样。

"你，是你？"施大男惊讶地后退一步，她先是用余光打量到的，侧眼看时果然是。

"是你啊施女士？"方靖北看见旁边走的女子侧脸过来，也是十分惊奇。

施大男的感觉迅速与谋杀连在一起，那个断魂岭丧魂落魄的一幕似乎重演。

方靖北想起那个神秘的盯梢者，那些无数的危险关头，怎么，元凶会亲自上阵来？

人的思考永远都是这样。

"方，方先生，是您？"施大男突然客气起来，也许是因为刚才对方称她为女士。

方靖北忽然笑起来，又停住，觉得不该在这个地方发笑，让人以为这笑里隐含了阴谋："没想到，在这里遇见你？"

施大男果然打了一个寒战，有句话脱口而出："你，没有在这里设了埋伏吧？"

"你，你哪有这个福分啊？"方靖北干脆笑出声来，"我，就有。"

"你有？天啊！"

"我有，嗯，有，自从商铺案重审开始，我一踏入市里，对，它的每一寸土地。有一次，都扩大到了浙东的温泉，有一个人，形影不离伴随我，嗯，是保护我，"一种笑在方靖北脸上漾起来，他侧身抱拳说，"谢谢。"

施大男调皮地嘟嘟嘴唇："嗯，嗯，滴水之恩，当涌泉相报。嘿，莫不是恩将仇报？我问你，几次有人想杀我，那断魂岭让我的车差些掉下悬崖，是你派人干的吧？"

"不会。"方靖北斩钉截铁地说。

施大男将疑问的目光盯住他，他的脸色没有半点变化，就如经风霜多年的一块岩石。施大男心里都点起炸药了，炸药即将爆炸。施大男心里开来一辆大型挖掘机，挖掘机轰鸣着。

"请。"方靖北十分绅士地给施大男让行，因为刚才他用他的身体阻挡了一批不知从哪涌出的人。

"您先请，您是长者。"施大男说，因为她坚信不能走在潜在敌手的前边。果然，前边的那人流，又哄地从另一个巷口消失了。小巷里又人影稀少。

"那，我们并排走，说说话。"方靖北提议。

"嗯，嗯。"施大男极力微笑着，心底的那些火，随时会喷射出来。施大男感觉前所未有的煎熬。人啊人，她坚信狗啊猫啊猪的没有这种痛苦。

"你的公司咋样？听说不咋样？"方靖北说，"要不要我帮你一下，你别客气，我们是熟人了，熟人就是朋友了，朋友帮朋友，你不用客气的。"

"哼！还不是你这贼！"施大男猛地闭住嘴，才没有将这句话轰出来。闭嘴的结果，是思想的狂奔。她想象眼前的地裂了，把这贼吞进去。不，是两边的房子塌了，将这贼埋了。

"怎么不说话了？"方靖北的语气像是兄长对小妹一样。

"嘿嘿，"施大男竟然笑起来，"我们是官司对手，是冤家呢。"

施大男的话音刚落，就有一个大家伙从天而降。甚至来不及思考，施大男就飞起一掌，击在方靖北的头顶。方靖北的身体瞬间向前，原来立着的地方，一个重物落地，乒的一下，陶片和泥土四溅，原来是一个花盆。

方靖北分明踉跄了好几步才停住身子。

"你这贼，我，差一些，我就杀了你！"施大男努力装出恶狠狠的样子，可嘴上在笑。说这话的时候，她真的联想起那一次在水库餐厅吃饭时，那个走廊，那些个堆放的油桶，可恶的尿急啊……

方靖北回过身来，踢了踢地上的残片，正了正眼，抱拳，说："谢谢不杀之恩。"

两人重新开始走路时，施大男时不时地将手掌伸到方靖北的头顶，仿佛那上面会随时砸下什么致命的凶器来。方靖北都笑笑。

"你刚才那是内家风意拳，有一个口诀叫：风到意到拳到。"方靖北说这话的时候，施大男的手机恰好响了，她忙着去接电话，没有听清他在说什么。

电话打完时，小巷已经到了尽头。

"吃过你们公司的瓜子，好吃。"方靖北不经意地说，挥挥手走了。

"真的？"施大男挥挥手，也走了。

方靖北走进的是向南的一座门，施大男走进的是向北的一座门。

直到那座门把方靖北的身影全部吞没了，施大男才隐隐回想起方靖北刚才说过的关于内家风意拳的话，她的脸马上绿了，心头乒乒跳起。

天啊，他说了什么？如果他知道这套拳法的来路，说明他有比她更好的武术功夫，那么，遇见危险时他为何不避让？他在等待什么？等待她出手相救吗？就是被她推了一掌向前踉跄的脚步，他也没有乱了半点步法。还有，她触及他顶部的瞬间，似乎触及的是一团软棉花，却不是寻常人的天灵骨。天啊，天啊，他的身上到底包藏了多大秘密？

下意识里，她的心里有一股温暖，不可抑制生成，扩散至全身。

七十三

五点三十分。主审法官祈一水准时起床，起床的时候，他的手还未碰着开关，台灯就亮了。伸手去拿杯子，床头柜上的杯子忽然翻倒，跌到地板，发出清脆的响声。他弯腰去捡地上的碎片，轻轻的。床上传来妻子厌恶至极的骂声。他就先去关电灯，开关似乎失效，按了好几次，才把灯关了。黑暗中踩着了地上的玻璃残片，发出嘎吱嘎吱的声音。

他先刷牙，左三次，右三次，上下五次，漱口七次，天天如此，一次不多，一次不少。洗脸的时候，先刮胡子，先从右边刮起，再左边，最后是下巴。每一个地方，刮三次，不管上面有没有胡子。

走出门之前，他先叫醒女儿。小鸽子翻了翻身，想眯一会儿，看着操劳的父亲，却懂事地从床上跳起来。他立在小区旁边的早餐店，要新鲜锅贴，从进炉到出炉，他盯牢时间，一分不差，他拿到恰到火候的五个锅贴，再买三袋豆浆，三根油条，装进自己刷得干干净净的竹筐里。

回家，与女儿一起吃早餐，咬下第一口锅贴之前，敲了一下卧室门，门里响起拖鞋声。在两分钟内，吃完早餐，看小鸽子还在咀嚼，就把竹筐内留给妻子的早点放置在一个盆子上，将竹筐在洗碗槽内敲三下，再用水转圈淋三遍，再搁在灶台一角。

出门前的最后一道程序，是在穿衣镜前整理领带，用梳子左三下右三下将头发梳正直，顺着回头看了看女儿。

小鸽子边用纸巾擦嘴，边挤眉弄眼说："知道了，左三下，右三下。程序公正，法官女儿。"

出门时，必须回一下头，说："老婆，我们走了。"

妻子正在咬第一口锅贴，点了点头，说："看你慌张，大法官，不是你去上刑场，不就是一场小小庭审吗？"

来到小学门口，直到女儿走进班级门口，祈一水才往法院走。先与传达室的保安老王打一个招呼，才走进门厅，在上电梯之前，又在整容镜前细细整理了一下领带。

不时有同事在周边走动，他一一与大家打招呼，才走进电梯门。电梯内有五人同乘，祈一水与他们一一用目光问候。祈一水在三楼下梯时，听得梯内有同事说话："小祈今天怎么了，心事重重的？"

打开法官办公室的门时，钥匙掉地上了，他弯腰去捡，有人却从里边打开门，是有人比他更早上班。这是怎么了？我的心不是在心上吗？

他依然如平日里一般，先打了一盆清水，用一块抹布，将所有办公桌都来回擦了三遍。然后用拖布，每个角落，都来回拖了三下。

他坚信自己一切已经准备就绪。所以，这些源于法学院严谨的生活规律没有丝毫改变，包括他的法律精神。

从抽屉里取出卷宗。解了封壳上的小绳，取出内页，一页页匆匆翻阅。内页翻过时发出哗哗的声音，有十分均匀的节奏。对他来说，翻阅不是为了检查有无遗漏，而是程序。因为他的严谨，已经将庭前的一切材料都准备妥当。心仍然乒乒跳个不停，这是为什么？

哗地，他将内页竖起在桌子上蹾了一蹾，旋即装回卷宗袋，合上外封，将那细绳再绕上。

他立起来的时候，觉得自己像一架有规律的钟表，已经按时走到某一个指定的位置。

他走出法官办公室的时候，早来的法官都不约而同抬起头，向他行注目礼。同事的目光是动力，也是压力。

从三楼到二楼，他没有乘电梯。走楼梯时，恰好遇到拾级而上的林果院长。林果院长向楼道里上下的法官问好，独与祈一水握了握手，却没有说任何话，交臂而过。

林果院长脸上带着领导式微笑，却不知道他的内心。

这世界人人把心封锁起来看不到一丝阳光，唯独他的内心没有阴影。

走完二楼长长的走廊，他转弯来到另一个大厅。大厅里一片早晨的阳光，尤以正中位置悬挂的国徽，金光闪闪的与他的心情十分吻合。

这是审判法庭楼，上上下下一共有七个法庭。也就是说，法院可以同时进行七个官司的庭审。此刻，法庭的门都虚掩着，当事人代理人律师等或立或坐，都在等待那个时刻到来。

他看了一下分配给他的法庭编号："一"，这是编号的开始，在这里作为最大，还暗含最重要。有清洁工正在那里擦拭那块"第一法庭"铜牌，还有两个法警，法警队队长来了，还带了一个，整个法警队只有八个法警，一下来了两个，可见这场庭审的重要性。

祈一水快步赶上前去，重重握了一下队长的手。旁边的年轻法警向他敬礼。

瞬时，祈一水觉得自己在长高，长高，很快，都快撞到天花板了。他在上面俯视地面，竟然看见人的头顶，有几个平日掩藏得十分深的秃子。嘿嘿，他忍不住笑了。大战在即，我，怎么了？

队长说："祈法官，你没事吧？"

"没事，我能有什么事？"

旁边的法警说："队长问你有没有事，是由于您无缘无故，笑了。"

"呵呵，这两天太忙，"祈一水掩饰地说，"昨晚没睡好呢。也望两位等一会儿使使劲帮我。"

"大堂之上高喊威武——"队长呵呵一乐。

祈一水难得一展愁眉，说罢走向审判厅。从一排排排列整齐的旁听席穿过时，遥望远处正墙上悬挂的国徽，国徽下法台上的法椅、法座，正对法桌而置的凹落的书记员座、呈四十五度面对法桌而置的原被告及诉讼代理人席，顿有一种异样的情愫生起。他没有丝毫亵渎宗教的意思，可他总是觉得这里应该比教堂和佛堂更为神圣和庄严，因为这里是人类关于尊严和公平的最后救赎，它这里行使的法律是人类道德的最后底线，没有了它，人类要回到洪荒年代去。

祈一水走上法台。今天的法桌一字排开有些长，因为是重点民事重审案，一般只有三人组成的合议庭，今天扩充到了七人。

他走到审判长位上，看到桌子已经放了法槌和盘子。不要小看这法槌，竟然由最高院监制。它的敲击，代表法律的力量，它在敲击中发出的声响，代表着公平公正。他的心跳起，血要喷射出来。

祈一水看了看手表，现在是早上八点三十分。离开庭还有十分钟，届时，这里空着的座位会全部坐满人，旁听席上还有媒体记者出席。按他的推断（不是想象，法律人拒绝想象），这里将充满唇枪舌剑，比真实意义上的战场还要残酷好几倍，因为战场上损害的是肉体，而这里损害的是灵魂。而他，一个主审法官，不，是他代表的法律权威，将主宰这场战争的正义性。

八点三十五分。他打了一个手势，法庭大门立着的法警，顺势将门打开。一股阳光如水一般扑了进来。阳光如门一般宽大，却远比门要长，竟然铺着铺着，狭狭长长的，一路照亮了旁听席、原被告席，直至上了法台、法桌、法椅，亮了一下祈一水的双眼，最后，涂在墙上的国徽。

那些有关的人，才三三两两进了门来。

七十四

八点四十分。大门关了。阳光没了。屋里开了灯。

人们很快适应了那些雪白的，清凌凌的，没有半点热度的光。

坐在审判长位置上的祈一水望过去，没有了刚才直对大门直对阳光的刺眼，也看清了法庭上的角角落落。他的目光如同羽毛做的刷子一样将法庭扫了一遍，不管它有没有尘埃。

他要极力维护审判厅的圣洁。

施大男是在厅外等候的时候发现祈一水的，她不敢去打招呼。刚才开门时，她随着众人一拥而进，与那些她不喜欢的气味在一起，她像一条马上要窒息的小鱼。她抬起头，看见祈一水坐在高高的审判长位置。最高的男人头，她也坐过，可她不得不向眼前的这位男人低头。

黄武木挺了挺脊梁。他觉得周围的空气都因自己的一挺而震颤。人生到了他这个阶段，绝不放弃，是他活出生命质量的唯一追求。

那些嗡嗡乱嚷的声音，本来到处乱碰乱撞，渐渐各自找到了自己的附着物。

祈一水向左右转身，向今天参加合议庭的法官和非法官致意。

施大男的第二眼是看一看今天的对手。她像是赤膊上阵的勇士，她觉得身体的任何部位都是武器。乒！她觉得自己的目光之剑戳到了对方——方靖北的诉讼代理人黄武木。

黄武木有些惊讶。这么漂亮的女人，不该立在这里。她们应该是优雅的代名词。因为，战场自古以来就是男人的专利。但是，不怕。慈悲为怀，绝不会是向邪恶低头。

这个时候，书记员站起来面向当事人和旁听席宣布法庭纪律。末了，转向法台向审判长报告，可以开庭。

祈一水拿起沉甸甸的法槌敲了一下。法槌敲得周围的空气都战栗了一下。

审判长祈一水宣布："现在开庭！"

"今天的案由：步行街商铺案重审。"

整个法庭轰了一下，特别是旁听席上。祈一水按程序核对当事人身份及委托代理人权限，看到被告席上施大男的脸时，仍然有些意外。这世上真的没有一个男人愿意替她挡风遮雨了吗？看到黄武木苍老但仍坚挺的身子时，他有些感动。他隐约闻知黄武木对每一个案子代理的费用是人民币十元，他知道这里边隐含的意义。

审判长告知双方当事人权利、义务，询问是否在开庭前收到法院送达的相关材料，特别是被告是否收到起诉书副本，包括举证期限、权利、义务。

被告施大男有问必答，毫不含糊。

审判长接着宣布审判人员、书记员名字。再问：本庭审判员、书记员与本案有无利害关系影响公正审理？如果有，可以向法庭提出申请回避。

回答是二字：没有。

审判长祈一水审视了一下法庭。不是我在巡视法庭，是法律。

那只神圣的法槌被高高举起，砸下，发出神圣的响声。

"法庭调查开始。"

祈一水努力使自己的声音保持字正腔圆，但仍然掩盖不了内心的紧张。恶战终于要开始了，这是文明人的战争。他要扮演公正的角色，我会是公正的吗？在他的眼里，当事人双方都保持了脸色与语言的克制，但他们的内心，早就掀起了滔天大浪。他们的枪早已经子弹上膛，只等待那一记扣动。

原告席上，方靖北的委托代理人黄武木立起来，就如大树立在灌木丛中。

"我，黄武木，受当事人方靖北先生委托，在此向敬爱的审判长宣读起诉意见。因为我方起诉书副本在开庭前已经报送法庭和被告方，所以，这里只是做简要介绍。"

哗地，旁听席上传来一阵议论声。"呵呵，一看就知道是位正直的好人，听说当过兵，代理官司只收十元钱。""是啊，好人，我们家乾大的官司，如果有他代理，乾大就有救了。"

审判长祈一水看了看旁听席上发出声音的地方：一个中年女子，另两个年轻女子。他敲了一下法槌："肃静！"

"我要说三点，"黄武木继续说，"一、取得合法房产。我的当事人在1999年，先后投资一千万元，购买了商业街门面房，并于2000年1月在市房产局依法办理了产权证书。二、房产证被非法取消。2006年2月21日市中院行政庭做出第70号行政判决，将我当事人合法取得并使用了六年之久的财产判为无效。理由是：被告在我当事人购房前已经购买了二十二点六平方米的房产，付了款签了合同，且包含在我当事人购的房产里，被告为了权利取得而上街游行示威于稳定不利。三、诉讼请求：撤销原有判决，还我当事人合法权益。理由：房产取得合法，物权大于债权，不应以维稳为由影响法律的公正性。我的话完了，谢谢审判长。"

黄武木的话音未落，旁听席上响起了叫好声和掌声。审判长抬头看，又是那三位女子发出的。审判长不得不再次敲击法槌："肃静！如果再不遵守法庭纪律，将由法警请出庭外。"

"是，审判长。"两个法警啪的一个立正，敬礼。祈一水看见那三个女子噤了声不敢再说话。

施大男站起来的时候，听到一阵嘘声。施大男说："审判长，有人侮辱贬低我的出庭，我抗议。"

"抗议有效，如果有谁再不遵守法庭纪律，将被赶出法庭。"审判长习惯性地盯了一眼那三个女子，可这一次，声音确实不是她们弄出的。

待法庭寂静后，施大男朝天作揖："爸，如果您在天有灵，就看看今天正在发生的事，一个弱女子如何遭受别人的唾沫与白眼。"

"被告，请不要陈述与本案无关的煽情内容。"审判长提醒。

"我也有陈述意见的文本交给审判长，为了节省时间，这里也学着这位代表社会正义、良心的大哥的样子，也讲三点：一、先人一步得到财产权的有效部分。1997年1月28日，我父亲即与商业步行街开发办签订了一份商品房预售合同，并付清了购房款。之后，是开发办没有继续履行合同。二、诈骗形成的财产是非法财产。开发办与房产公司以欺骗的手段，出售了本预售给我们的房产，属于欺诈，它形成的财产关系，不属于法律保护。三、维持法律的严肃性。之前的民事官司、行政官司充分衡量了法律文本的适用性，我们这一次重审，应该维护之前的几次有效判决。我的讲话完了，谢谢敬爱的公正的审判长和各位合议庭的同志。"

施大男陈述完时，黄武木禁不住望了对方一眼，不仅仅是由她表述时的有礼。旁听席上却有人轻声议论：装，装，披着羊皮的狼。

审判长祈一水又敲了一下法槌："旁听席请注意，保持肃静，不能使用侮辱性语言。"说完，觉得诧异。我怎么了？为什么要这样？

审判长很快将双方陈述的焦点进行归纳，并征询了双方意见。根据争议的焦点，审判长进行了举证责任分配，即让双方根据自己的主张提供证据。

双方都提供了证据：购房合同、发票、房产证副本等。双方都提出一个人证。审判长就命令法警，把证人带上庭来。

一道侧门被打开。证人远未露面，旁听席上三个女人就在高声喊："乾大，我来看你来了。""沈总，你好吗？""沈哥，沈哥。"话音未落，法警押着一个证人进到法庭来。大家注目探看，原来是正在服刑的原房产公司董事长沈乾大。

沈乾大的双手戴了手铐，三个女人冲向他，被法警拦在外边。沈乾大早已满脸泪水，默默立在证人席上。

黄武木首先发问："证人沈乾大，我的当事人方靖北在1999年，先后投资一千万元，购买了你们公司商业街门面房，并于2000年1月在市房产局依法办理了产权证书。是事实不？"

证人沈乾大答："是的。"

施大男问："1997年1月28日，我父亲与商业步行街开发办签订了一份商品房预售合同，并付清了购房款。之后，是你们没有继续履行合同。是事实不是？"

沈乾大答："是的。我们不能履行合同，是为了打包出售整个商铺。"

法警押着履行完证人义务的沈乾大出了法庭。旁听席上三个女人与几个人都退出法庭。远远地，仍然听到三个女人压抑了的哭声和喊声，"乾大，我会等你出来""沈哥，我们会一起等你"。随着大门的关闭，法庭里忽然变得寂静起来。

庭审进入辩论阶段。

黄武木首先陈述："尊敬的审判长，我们共产党人的立世之本，就是实事求是，根本的宗旨就是为人民服务，最好的治国理念就是依法治国。我的当事人依法取得财产权，这就是事实，我们法院依法保护人民的合法权益，就是为人民服务的最好方式，在整个商铺案重审中，保持法律的尊严，维护法律的公正公平，就是为依法治国出了最大的力气。"

施大男接着陈述："尊敬的审判长，我的对方诉讼代理人以他的资历以他的理念令我信服，可是我想请教：对实事求是的理解？我们早于对方两年，就签订了合同付了款，这可是事实呢。我们是当地小企业，都是依靠合法的手段一分一厘取得的，可一分一厘都包含我们的心血汗水，现在，对方就是仗着有钱要欺负弱者，如果法律不保护弱者的利益，这叫良法吗？何谈依法治国呢？而法院的共产党人何谈为人民服务呢？"

"抗议，对方当事人以'仗着有钱欺负弱者'等字眼攻击我的当事人，以'法律保护弱者'为名混淆法律的正义性公平性。"

"抗议有效，被告得在辩论中注意措辞。原告辩论继续。"

"尊敬的审判长，"黄武木接着说，"我，我不说了。"

"是的，"施大男马上说，"我，也不说，说完了。"

审判长祈一水一时语塞，他眼前的法庭辩论多像一条汹涌奔腾的河，两个当事人的能力水平恰好棋逢对手，让当事人充分行使法律授予的权利，充分表达自己的法律主张，一个正常的法庭不就是这样的景象吗？

"你，你，都不想说了？"

"是的，不说。""说完了。"

书记员让双方在庭审笔录上签字。合议庭成员简单交流意见。有一个看上去见多识广的人民陪审员笑指祈一水，你怎么问别人有没有说完，你不知道吗？事先定的几句话，就如剧本，谁敢说错词，更何况多说一句？

祈一水愣了一下，仿佛沉醉梦中却被惊醒一般。

须臾，审判长祈一水猛敲法槌，宣布休庭，待择日宣判。那记震颤法庭的槌声响过后，祈一水竟然脸色刷白，大口大口喘气，就如搁在浅滩上濒死的鱼。

七十五

因为重审案的重要性，区法院审判委员会当天晚上就召开会议。

历史不敢不记住今天这个日子。

会议室里的人，清楚地听到了夜莺的啼叫。这是自从区法院建院以来，从来没有过的。开始，有人以为听错了，有人以为是隔壁电视里的声音，却都不是，那个声音，只有夜莺才有，只有真实环境中的夜莺才是。有人干脆打开了窗户，夜莺清脆的声音传来时，一股热浪也随着涌进来。

有人就说："关窗，关窗，这是什么秋天，还不热死人？"

有人关住窗，窗外的夜莺却更响，里边的空调却失灵热得大家耐不住，就有人起身开了窗。窗外泼进来夜莺，还有阵阵凉风。

党组书记、院长兼审判委员会主任林果就是这时候说话的。

"开会了，开会了。"林果说。林果想起以往王正中主持审判委员会的时候，也是这样说的。不过，王正中那时候只说一遍，会场就会静下来，而他连续叫了好几次。

"我先说。"祈一水说，说过自己也惊讶。

"哧——"一阵冷笑，是行政庭的黄滔发出的，今天会议除了审判委员会成员，还让此案以往的主审法官包括李鸿、黄滔列席，黄滔说："没有规矩了，让领导先说，懂吗？这是你随便说说的地方吗？"

"规矩是人定的，"祈一水说，"关你什么事？"

黄滔站起来，指着祈一水说："关林果院长的事，你小子在王正中院长在的时候为何不声不响伏着像一只听话的乖乖猫？林果院长刚主持工作你就不放在眼里，以为自己成了一只老虎吗？"

"你小人，你挑拨离间！"

林果敲了敲桌子，压抑着不让自己激动起来，说："坐，坐，都坐同志们。"前任王正中院长正常敲桌子，林果不想敲桌子，还是敲了。

两人果然坐了，会场静下来。祈一水想开口说话，被一旁的李鸿拦住。林果院长本来想说一个简单的开场白，把问题提出来，再让大家一起商议，这比较符合他的民主集中制思路，可是，他很快否定了这种幼稚的想法。他把脸上弄出一派严肃来，说："同志们，在各级领导、高院、中院领导关心下，步行街商铺案终于重审。今天召开审判委员会会议的目的，就是为了贯彻执行上级党委、上级法院的指示精神，让法律为社会发展服务。今天的会议开得简单一些，不再展开讨论，就是为了统一思想。等一会儿，小祈，嗬，主审法官，简单汇报一下庭审情况，我们再弄一个集体审定的意见，呵呵，体现民主集中制嘛，体现法律程序嘛，不要让别人找出我们法律上的漏洞，谁让我们是专业的法律工作者呢？啊，大家清楚了吗？"

会场突然变得异常安静，连死人也不想发出声音来。

"说啊，说啊，"黄滔指着祈一水说，"让你说，不说。"

祈一水的头重新抬了起来。一旁的李鸿拍拍他的手背，被他一下子甩开。李鸿此刻看见一匹脱缰的野马从他面前疾驰而过，想拉也拉不住。

"我先说我的论点：商铺案重审是个伪命题，如果非要重审，也一定得保持原判不变。"祈一水的话音不重，却像是一个炸弹。

林果腾地立起来，像是被炸弹炸飞似的，在场的人都看到有一股烟从他的头顶蹿出来，直冲天花板了。可是，却有一股力量，让他的身子慢慢坐下来，坐下来。尽管头顶仍在冒烟，他还是说了一句同样让大家惊讶的话。

"同志们，静静，谁也别说话，让，让祈一水同志把话说完。"

其实现场除了他说话，没有一个人说话。

"我，我不怕，我从来没有怕过，"祈一水说，"如果怕，要我们这些年轻人干什么，要我们这些年轻法官，又干什么？"

会场哄的一声。有一个老庭长悄悄说："闹剧，这算什么？从没见过，这是法院审判委员会会议吗？这难道是大学生或电视台辩论会吗？"

祈一水听见了，却当没听见一样。他先扫视了一下四周，然后，仰了仰头，让那些长发如大学时期一样往后飘起来，就如猎猎飘扬的战旗。

"下面我说的，不是庭审意见，也不是判决文本，而是我的一点思考，对这个案子在法律上、道德上、社会学上的一点思考，供我们的审判委员会在定案时参考。"

"哼，你以为你是哪一根葱，哪一根葱也不是。"黄滔按压不住仍然低声说。也有别的杂音嗡嗡地响。

祈一水却如石板下的春笋一般挺起来。

"我简单说三点。其一，我们为什么要先定输赢，再去套用法律条文，就如刑法上的有罪推论？我不想贬低步行街商铺案前二任民事、行政官司的主审法官的个人在法律上的修养，我想，为什么适用法律时，都寻找有利于支撑输赢定论的法律条文，却不可避免地出现一些张冠李戴的情况，甚至明显的漏洞？我们在座的都是一些法律专家，心里都曾想过，有罪推论，让刑法蒙羞，让当事人合法权益甚至生命得不到法律保护，而我们的民法实施，又为何任意阉割、各取所需呢？这样体现公平、公正的法律精神吗？"

由于林果坚定的眼神，在座的各位法官都没有开口说话，只是有一些咳嗽伸懒腰喝水把眼镜摘下又戴上的动作。

"其二，主审法官就是一颗棋子吗？主审法官的权力是法律规定，或者说是法律授予的，表面上看起来是法院授予的。主审法官对本案最具发言权，因为他对本案研究最为深透，是深入河中捕鱼的人，河中有鱼有蟹他最清楚，对不起，法律人应该不讲比喻之类的语言修辞，但是，我觉得还是这样会引起大家更深的思考。这问题就来了，站在河岸上的人，距离河水很远，甚至看不见鱼蟹的影子，凭什么就指手画脚，让河里的人捕这抓那呢？这能说是'以事实为依据，以法律为准绳'吗？事实又在哪里？在岸上人凭空想象中吗？"

有人在桌子上弹手指弹出曲调来，有人的眼睛喷出火来，有人嘴里的舌头就如即将离弦的箭，看看林果，林果肃然的神色，都摸不透他的心思，都不敢贸然反击。倒是祈一水，每说完一个话题时，总是略为停顿一下，像是在等待什么，然后再继续他的发言。

"其三，"他再次停顿，看了一遭四周，四周仍然寂静，他像是独立前行的战争之使，"我们的法律应该保护弱者。大家都知道发生在1935年美国纽约一个贫困区法院的审判故事吧，一个老太太由于偷盗面包房里的面包而被告上法庭，法官的判决有两个，一个是判罚十美元，二是拘役十天，老太太回答说，我如果有十美元，为何会去偷面包，我拘役十天不要紧，可是我的三个失去父母的幼小的孙子如何过日子？老太太说完，在场的人也没有太在意，可是，一个人站起来，他就是纽约市市长拉瓜地亚，他为老人代付了十美元的罚金，转身向旁听席上的众人说：'现在，请诸位每人交五十美分的罚金，这是为我们的冷漠付费，以处罚我们生活在一个要老祖母去偷面包来喂养孙子的城市。'这就是法律对弱者的冷漠，美国的市长都注意到了，我们社会主义国家的法律，难道也要这样保持冷漠吗？

"据我所知，商铺案的施大男一方，是个以炒货为主的家族小型企业，光为这个案子，父亲去世，丈夫离婚，可以说是家破人亡，而另一方的方靖北先生，是个具有亿万资产的富商。我仔细地查看过档案证据，及房产公司沈乾大的人证，可以断定沈乾大的商业诈骗，导致了这场本不应该发生的官司的发生。我们的这一次判决，大可抓住沈乾大的诈骗行为，推及房产销售无效，进而，维持原有判决。这，就是我三个小小的不成熟的思考，抛砖引玉吧。"

轰的，如炸弹响，不是祈一水的话，而是现场众人的反应。林果第一个站起来。

"慢，慢着。"

阻止林果说话的，竟然是金鑫。他代表他们的庭长出席会议，事先约定：不发言，院长说啥是啥，负责传达会议精神。

"报告，我要发言，我代表我自己，向这个狂妄的祈法官发言。"

"可以。"林果说，现场又有哄声，却明显比刚才的弱许多。

"尊敬的祈法官，我的校友，师兄，"金鑫捋了捋手臂说，"我，个人同意您刚才所说的前两点，不愧是法学院的高才生，小弟我，十分钦佩。可是，我不同意您的第三点，因为，它太臭。按照您的思路，我也说一个发生在中国的关于老人的官司。就在2006年，发生在中国的某一个城市，有一位老人过马路时摔倒，有一个好心人，就叫他路人甲吧，扶了老人到医院，并送了两百元资助医药费，但老人将路人甲告上法庭说是他撞倒了他。法庭真的如你说的同情弱者，判路人甲给老人四万元的赔偿费，证据竟然是那两百元，法官最著名的一句话：不是你撞的你为什么要送她去医院？呵呵，这故事是顺着您的意思吧？我尊敬的校友，师兄？

"中国法律，面对弱者，哪有冷漠呢？可是，弱者真是弱者吗？原来是道德堕落者。说起本案您说的所谓弱者，据我所了解，她在企业经营上不是十分在行，在行的是利用官司，得到正常经营中得不到的好处，我们的法律，如何去同情这样的弱者？我反倒对您的思考有些想法，我，鄙视你。对不起，我这同样是一个思考，供会议和领导参考。我，说完了。"

现场一片赞声。有人响响地拍起手。大家朝着拍手的方向看，原来是祈一水。

祈一水笑了。在他心理的天平上，他自认为没有明显的偏向，他是故意设置这样一个话题。在所谓的辩论战术上，故意露这样一个破绽，让对方有话可说。终于，有鱼上钩。他太需要打破这可怕的寂静。

会场上的人都被祈一水的笑弄糊涂了。只有林果不糊涂，林果说："祈一水同志今天说话的出发点是好的，向组织提意见提建议，出于公心，应该受鼓励。至于说了一些不该说的话，说了一些不成熟的话，也是可原谅的。对于出现这种令人痛心的后果，作为组织，特别是我，有责任。会议结束后，务请同志们注意保密纪律，不准扩散，不准传播。

"会议审定结论，就让祈一水同志来做，高院的高院长、王副院长，包括我和在座的同志们，都信任你，"林果说，"如何写，你是明白的。"

祈一水还像好斗的公鸡似的把头昂在那里。"傻蛋啊傻蛋，"一边的李鸿轻轻地说，"大是大非面前，你还把握不住，你想不想当法官了？你想不想养老婆孩子了？"

此刻，像是有利器击中他一般，祈一水终于低下头，像是斗败了的公鸡。

"嗯，是的，林院长，我会的。"

全场爆发掌声。只有金鑫一人没有拍手，不过，不影响审判委员会会议顺利结束。

出了会议室的门，祈一水赶上前去，想握金鑫的手，金鑫慌忙避开，如避开毒蛇一般。倒是林果院长上来握手，还用左手在上面按了又按。

七十六

接到王正中的电话，祈一水连死的心都有了。

电话就在这个时候响了。

上班前，刚吃早饭，妻子也恰好在场。小鸽子说，爸爸今天得表扬一下妈妈，妈妈起床早了，与我们一起吃早饭了，吃爸爸买的早饭了。

小鸽子从妈妈那里收获了一个白眼。

祈一水打了一个寒战，就开始接听电话。妻白了他一眼："这么早？莫不是施大男这个骚狐狸精？"

"妈妈，不准你乱说施阿姨的坏话，她可是好人。"

这时候，祈一水脸色严峻得像是要下雨，把左手往下面压了压，母女俩看见都闭了嘴。

"祈一水吗，我是王正中。"王正中的声音在电话里响了起来。

"王副院长，您好，我是祈一水，小祈啊。您有什么吩咐，请说。"王正中在电话那头笑起来。

"我虽然是中院的副院长，可是，县官不如现管啊。我只是想告诉你一件事。那天你看到的施大男在少年宫门口与你女儿小鸽子的事。那天啊，你所看到的两件事不是事实。第一件事，你看到施大男用自己的合同纸给小鸽子用来折纸飞机，合同纸不假，可合同是空合同，施大男一直沉迷于官司，哪有合作单位与她公司签合同，你没有看到施大男看合同纸时不屑一顾吗？你以为为了爱可以施舍所有的钱，你错了，施大男是一个视财如命的人，她的一次次官司，全为了钱。第二件事，你看到施大男的表情和动作，无不显示对小鸽子的爱。爱是爱，爱到极点，就成了恨。那天你没有看到的是施大男扼住小鸽子的喉咙，想扼死小鸽子。亏得是你早一步到达，否则，小鸽子没命了。你看看小鸽子脖子上，有没有乌青的地方，这样的乌青，几天不会轻易散失，那是她的杰作。你看施大男是爱神，我看是魔鬼。你问小鸽子为何事后不告诉你？被幸福，被一种母爱一样的幸福蒙蔽了。"

"您等等王副院长，"祈一水说着，绕到小鸽子一边，将了将她被长发遮掩的脖子，果然，那里有一圈乌青，祈一水的脸色就变了，"请，请继续。"

妻惊讶地看着女儿脖子上的乌青，嘴里突然噎了什么东西，使劲地咳，咳。女儿懂事地将豆浆递给母亲。母亲接过，喝了一口，仍然咳。

"对，我在现场。不光是我，林果也在现场。我看到现场飞来的纸飞机，里边根本没有使用的痕迹。从我这个角度，恰好看到施大男用手在卡住小鸽子的脖子。为什么在现场？这不是今天要说的话题。可是，我今天所说的，全是事实。"

王正中在电话里咳嗽了一声。

"不要说你女儿，连你，也被她的所谓的对你女儿的爱，冲昏头脑了。小祈，拍着良心，你敢说，审判委员会会议上你说的话，只是一时心血来潮，只是想唤起对法律的维护，想在辩论中澄清所谓的法律公正性？不，不是。你的心理天平早已经偏向，如何会偏向？就是让所谓的爱蒙蔽了头脑和理智。"

王正中又咳嗽了一下。

"不是感冒，是喝水呛到了。好了，你也要准备送女儿上学了，我不多说了。记住，你是我从学校亲自招来的大学毕业生。我所说的一切，都是为了对你负责。对了，有一件更为重要的事，林果这些天，要把你这个主审法官换一个人，换谁？黄滔，李鸿，对，可能换成李鸿。嗬，中途换法官，况且是更换重点案的主审法官，非紧急情况，非特殊情况，一般不能。你自己想想，这事有多么坏的结果？你今后如何在法院立足？有了污点的你今后如何发展？告诉你，这事只有一个可能，才能挽回局面。你，上班后，马上去林果办公室，向他做深刻的检讨，为了那天你在审判委员会说错的话检讨。记住，是深刻，如何的深刻？你自己看着办吧。还有，必须保证以后坚决不会重犯这样的错误，保证完成这次重点案的重审工作。快去，晚了，连神仙也救不了你。"

"您，您，王副院长，"祈一水冲着电话喊，"为什么告诉我？而林果，他，为什么不早些告诉我真相？"

电话对方没有半点回声，不，是电话早已没了声音。而此刻的真正原因，是王正中被纪委的同志按住电话。之后，他就因有重大的渎职受贿巨额来源不明财产（包括色贿）嫌疑等原因被组织"双规"。可以说，是他残存的从父辈遗下的不可磨灭的正义感，让他在成为罪人堕入深渊之前，打电话提醒警告祈一水，让别的人不再走入歧途。这自然是后话。

"哧！"妻极力笑了一下，"蠢猪啊，早关机了。"

"老师说过，小朋友不能骂人。"小鸽子似乎也懂得母亲的笑。

妻瞪了一眼女儿："快些吃，老娘我今天送你上学。"

"那，爸爸呢？"

妻说："别再烦你爸，你爸，已经到了生死关头了。"妻转向祈一水，"还不快上班去，晚了，我也救不了你。"

小鸽子拍起手来："妈妈是神仙。爸爸，快去快去，犯错误改正了就是好孩子。"

小鸽子说着说着就开始流眼泪。祈一水知道她是看着她母亲流泪才流泪的。显然，他在这里接电话，在这么安静的早晨，母女俩是隐约听到电话内容的。祈一水开始谴责自己，干吗在妻子和孩子面前袒露自己的不幸。可是，他自己也不知道厄运会突然降临。

祈一水今天比平日早了二十分钟到法院，经过传达室门口时，脚步轻轻的，像是做贼一样，怕被人发现了。

他小心翼翼地走到院长办公室，前后看了看，没有一个人影，就举起手要敲门。手未落门，门却开了。林果院长笑着立在门口，像是知道祈一水会在此刻来临似的。

林果说："来了？"

"来了。"

"坐。"林果手指沙发。

"坐。"祈一水在沙发边立着，却不敢坐下，心头汹涌如潮水，嘴里却始终倒不出，像是横亘着一道坚固的堤坝。

"没事，走吧。"林果说。

祈一水嗯了一声，反身就走。走到门口时，突然转身，嘴里未说话，眼里已经含了泪水。这泪水分明与妻子女儿的相似，他觉得，那一条大坝开始溃坝了，挡也挡不住。

"我，我检讨，我愧对组织对我的信任，愧对领导对我的培养，我，深刻检讨，检讨。我，我保证，保证完成组织交给我的光荣任务，我保证，保证……"

林果哈哈笑起来，转身从桌子上取了纸巾，亲手给祈一水拭去泪水："别说了小祈，祈一水同志，我不是在审判委员会会议上已经宣布，这决议由你来写吗?"

"真的吗?"

"真的。"

"不换主审法官吗?"

"怎么，你不信我的话? 还是听信了别人的嘴乱说?"

祈一水低下头，心里有两头牴牛在较量，牛角咣咣地响，戳得他的心都要跳出来了，他想："王正中，林果，两人之间，总有一人在说谎，是谁呢?"

"好了，"林果说，"你别瞎琢磨了，你，小祈，祈法官，慢慢会成熟起来的。有些事情，你不用费心去猜想，也会慢慢理解的，只是时间问题。"

祈一水如释重负般走出林果院长的办公室。老远了，还隐约听见林果院长的说话声："小王，取消上班时间召开的紧急院务会议。"

院务会议? 还是紧急? 是要研究决定调换他这个主审法官吗? 祈一水想起王正中的电话，他打了一个势不可挡的寒战。

我真的走出人生险境了吗? 那把锋利的剑时刻悬在头顶。

祈一水定了定神，昂起头来，大步流星走去，他知道接下来要做什么了。但他不知他的恩师王正中现在的情况。

七十七

意想不到的事，终于发生了。

那一辆车出发了。从城市的另一头。车轮在平展展的马路上走，这不是魔鬼的脚步。

在之前的庭审准备阶段，直至正式开庭，都没有异样。

是秋末了，大楼的中央空调都停止了运转，灯光与室外的温度，都是十分舒适。

谁也不承想，法庭里会飞起一只鸽子。黄黄的喙，灰白的毛，那绿豆似的眼珠仿佛在瞧着庭里每一个人。它就在那里飞翔，一圈，一圈。审判长祈一水宣布。

"全体起立。"

全体向上的霎时，小鸽子直直地跌下来，摔在地板上。

全体在庭人员，都把眼睛牢牢盯住审判长的嘴巴，一点余光也没给那只可怜的小鸽子。

"本庭综合前次开庭情况，本案合议庭意见，报请审判委员会决定，根据《中华人民共和国行政诉讼法》第五十四条'人民法院公开审理行政案件'的规定，判决如下：

一、原告第三人方靖北所购步行街商铺房产合法。

二、原告市房地产管理局颁发的市房权证产字第064130号房产证合法。

三、撤销（2003）区行初字第34号区人民法院行政判决书。

诉讼费二百元，由被告施大男负担。

如不服本判决，可在判决书送达之日起十五日内，向本院递交上诉状，并按对方当事人的人数提出副本，上诉于市中级人民法院。

"宣判完毕，闭庭。"审判长祈一水敲响法槌。

庭里的人，就如人在世上一般，不管输还是赢，都一一散去。

书记员小张看到庭里空了，没了人声了，却看见审判长祈一水瘫倒在法台上。刚才还看见他好好的，与合议庭的同志一一握手道辛苦。

她几步登上法台，叫着"祈法官，祈法官"。

正要关门的法警闻讯也赶过来，审判长祈一水一动不动伏在法台上。法警的胆子大一些，探手试了试鼻息。

"活着，活着，你别咋呼，"他指着书记员说，"只是困了吧。"

书记员也高兴起来："看，脸上身上湿湿的，流了那么多的汗，像是刚登山，不，是刚打仗一样。"

祈一水果然醒了，说："什么登山打仗？我是堕落，从一个悬崖堕落，堕落懂吗？"

书记员看着脸色有些异样的法官，紧闭了嘴，不敢说话。法警说："祈法官，能走路吗？要不我扶您？"

"别扶，能走。"祈一水用了十分凄凉的嗓音回答，让书记员和法警听了很是惊讶。

从审判楼到办公室，一路上都有人对他笑。只是他的脸上没有，挂着厚厚的似乎是哭的乌云，仿佛稍微动一下，这朵云就会下起倾盆大雨。

虽然虚弱，他还是跌跌撞撞依靠自己的力气走到了。

他走到自己的办公桌前，先将庭审材料放下，再坐下，想用电脑将判决书写好。可是，他的手指软绵绵的，没有半点力气。身子也软软的，像是随时要瘫倒一样。

他决定请假回家休息。庭长问是什么原因。他回答没有什么原因，只是有些头晕。旁边的一位老资格的法官说，那是晕庭。在场的法官都笑了，都说听说过晕车晕船从没有听说过会晕庭。老法官说，没见过的东西多着呢，这世界，会有更多的稀奇事等着你呢。

庭长挥挥手，走吧，走吧，好好休息。休息好了，就没事了。

从法院出来，祈一水觉得自己是逃兵。我是谁？我怎么了？我是跪倒，还是立起？那张嘴是谁的？那些蚂蚁似的思想，咬着他的身心，让他极度的烦躁，却连烦躁的力气也没有。

祈一水出法院门时，那棵树还立在那里，高高地看四周来往的人行车辆。它是祈一水进法院时，从地底冒出来的。有人说，法院的旧址是一片树木，后来砍了树，建了法院。

回到家，连做中饭的力气也没有，只好打一个电话给妻子。妻子闻讯赶来，见到床上连衣服也没脱的丈夫，衣服早被汗水湿透了，全身上下，没有一处是干的。丈夫没有进入睡眠，只是虚弱得说不出话来。

妻的眼泪一下子掉下来了。

她马上烧中饭。在她的记忆里，结婚以后，还是自己第一次动手给丈夫烧饭，以往，只要他在家，这些家务活，都是他干的。

烧好饭，她把饭菜端进卧室，祈一水挣扎着想坐起来，她说，你坐着，我喂。

祈一水吃着妻子喂进嘴里的饭菜，想说感激的话："谢谢你喂他。"

妻马上问："喂他？他不是你？"

"是，我吗？是我的嘴吗？"

"不是你，会是谁？神经病啊。"

"丢了，丢了。"

妻以为祈一水在开玩笑，因为平日里，他老是逗着孩子玩。待饭一吃完，立刻让他躺下。妻子剥了他的衣服，给他擦了澡，他很想说话，可是没力气。

没有发烧，没有别的症状，只是觉得没有力气，祈一水倒头便睡。不一会儿，就进入梦乡。

妻在餐厅吃饭，不一时就听见卧室内有啮咬声，吱吱咕咕的，仿佛是老鼠在啮咬碗盏之类的硬物，一股恐惧迅速袭扰着怕鼠的她。她情急之中拿了厨房的擀面杖，举着它，小心翼翼地推开卧室门，那声音更大更清晰。她猫着腰，把目光盯准床角窗台下面，没有老鼠，可那声音仍在。她把目光抬起来，就看见男人闭着嘴，可是，薄薄的嘴皮包不住那里的运动。原来是磨牙。

稍稍把对老鼠的恐惧减去一些，心里又滑向另一个险处：这磨的什么牙啊？像是包含了仇恨，要把眼前的什么东西磨碎了，然后，血淋淋地吞下嘴去？

不一会儿，磨牙停止，胸腔里响起另一个声音：饱嗝儿。

胸腔不时一抽一抽的，声声震人。像是一个人吃了一锅饭，吃了一只羊，不，是吃了一头牛。

不一会儿，磨牙消停，另一个声音爆响：屁。

妻尽管是性格暴躁之人，可也不敢这样不顾一切，甚至肆无忌惮。

结婚七八年了，我的妈呀，妻含着眼泪忍不住想，白天里喜笑颜开，睡觉时一声不响的他，会有这一副狠劲？原来，静静的皮囊下，竟然隐藏着刀枪剑戟、千军万马？抑或豺狼虎豹？

想着怕，妻就给丈夫的单位打电话。

恰好是黄滔接的电话。他们都在行政庭。不到十五分钟，祈一水的家像是开了流水茶，前一拨人刚喝完，茶杯还未洗好，后一拨人就到了。

最早到的是黄滔。黄滔捧了祈一水妻的茶杯，进了卧室去，迎头来的是一声响屁。"好，好，好个屁！"黄滔说，"弟妹，放心，这兄弟有救了。你想想看，老是闷在肚子里，会把人闷坏的。放了，就好了。"

妻是直肠子的人："说话不太响的人，放了重屁就好？"

"好，好，保证好。"

妻突然放了一个响屁，脸瞬时红了。很臭，黄滔不敢掩鼻，用尽全身的力气，也放了一个屁。不是很响，但仍然是屁。自此，妻脸上的红晕才渐渐散去，代之而起的是感激之情。

李鸿是第二拨来的，看着一桌子的茶杯，直说来迟了。祈一水妻说，不迟，你的工作那么忙。

李鸿看到祈一水正磨牙，就把双手托在下巴下，做思考状。祈一水妻说，别看了，还是到客厅喝茶。

"秀才磨牙，地动山摇。"李鸿冷不丁说了一句，随行一个女法官附和："法官审案，甲乙丙丁。"

妻带着哭音问："都说李大哥是智多星，我这一水到底怎么啦？中了邪了？"

"别别，弟妹放心，人人都会碰见的问题，"李鸿说，"庄稼生长，晚间安静时能听到拔节的声音，如果孩子磨牙，要嘛肚子有蛔虫，要嘛，是长骨，对，长骨。"

"我，我这一水，要长什么骨吗？原来没有骨，还是骨头要另外的长法？"

"这？"李鸿突然被问住了似的，"都说弟妹平日里说话直，这几句，我得带回去，请我的老师，法学院的教授回答了。"

林果是吃晚饭之前赶到的。小鸽子开的门，她已经被从小学接回，当看到门外立着的是林果时，小鸽子回头朝屋里喊："妈，法院最大的法官，来了。"

"丢了，丢了。"祈一水已经苏醒，坐在床上惭愧地对林果说。

"捡回了，回了。"林果以领导的胸怀摆了摆手。

祈一水说起早上庭审的时候，竟然看见有只鸽子在庭里飞翔，忽然就折翅跌在地上。林果分明听见了，却当作没听见一般。

祈一水妻留林果吃晚饭，林果摆摆手，与祈一水说了几句冷热话就回了。来到车上，立即给中院的高院长、王副院长打电话。

"老是说丢了，丢了。"林果给高院长说。高院长在电话里表扬："好，小林做得好，你这一次不容易，又挽救了一个被西方观念毒害的青年法官，我们的队伍又增加了一个有生力量。"其实这时高院长打完这个电话几天后，纪委找他谈话了。他向上级纪委详细汇报了这个案子的前后经过，尽管事先就向组织上交了施大男向他行贿的银行卡，终因领导责任，包括凭私情袒护自己的同学王正中，后来被追责并予以党内严重警告处分。原区委书记江枫也因过多插手影响法院公正判决，加上秘书妻子的律师事务所打着他的旗号有违规行为被多次举报，也被调离原岗位行政降级处分。

王正中的电话关机。打了三四遍，仍然是关机。他开始有不祥的预感。半小时后，中院高院长给他打电话，第一句竟然是："丢了，王正中同志，丢了。"随后说了被组织"双规"的事，并让他不要受此事影响，坚守好自己的岗位。最后说："他丢失的是小我，损失的是大我。"

林果若有所思，他想起王正中任院长时对他的知遇之恩，当年还挽救了自己，这事让他一辈子都不会忘记。想不到，他倒自己先倒下了。

金鑫是最后一个到达的。祈一水吃了晚饭，正在洗手间。可是他不愿多等片刻，说既然祈法官身体无恙就坚持要走。可走之前，金鑫还是与小鸽子讲了一个见闻。

不知哪里来的一辆车，将法院门口路边那棵树，撞断了，撞断了啊。

小鸽子的眼中瞬时流出泪水来："我知道，那辆车，是从城市的另一头驶出来的，在宽宽的马路上行驶，为什么，就偏偏撞了那棵树呢？好可怜。"

金鑫也不知道怎么回答小鸽子的问题，可金鑫凭他的爱和智慧，让小鸽子破涕而笑了。

"乒！好响的，我正好走出法院，要到这里来，那辆车就撞上来了。我想拦住那辆车，可是等我赶到，那辆车开走了，现场留下一摊碎玻璃，还有几滴鲜血。

"我低头看到了，那棵被撞的树旁边，好多棵树苗，正在呼呼地往上长。"

祈一水从洗手间出来的时候，金鑫已经走了。小鸽子向爸爸转达了金鑫刚才讲的故事。祈一水说："这孩子，都不想见我一面，以为他在会议上驳斥我，让我受伤了？"

小鸽子问："爸爸，你在说什么啊？"

尾　声

第二年春天。方靖北的故乡。位于县城的徐霞客大道。太平洋国际大酒店。

施大男宴请方靖北。

"找您好难。"施大男在酒过三巡后说。

"怎么难了？"方靖北问。

"说难也难，说不难也不难。"

"愿闻其详。"

"说难，是不听您指引，自己乱闯乱寻，我都找了好几个月了，就是找不到，"施大男满脸春风说，"听了您的指引，我把盖仓山摩天柱爬了，把伍山石宕钻了，把下洋涂看了，把许家山石头村前童古镇逛了，把潘天寿故居、柔石故居瞻仰了，把跃龙山登了，才在飞凤山上看见这个徐霞客大道，才看见这座宾馆，才遇见了您。"

"哈哈，"方靖北笑起来，说，"这是物质的访游，还是精神的访游？"

施大男没有答，只是举起杯，与方靖北碰了一下，把杯中的酒全喝了下去。

施大男将酒杯放到桌子上时，眼里溢满了泪水，又拿起酒瓶咕咕地往杯里斟酒。

"我，我，"在方靖北的疑问中，施大男说，"我让您遭受了损失给您添了不少麻烦，还有，几个男人，他们都是一些好干部好人啊，却为了我，进去的进去了，处分的处分了，我，只是被依法罢免了市人大代表的资格，我有罪，有错，我去他们当面忏悔道过歉。我还去了监狱看望王正中。他对所得刑罚没有异议，对我有异议。其中最大的是三张照片，问我为什么拍了照片算计他？我说，我没有拍过那样的照片。那，这照片的事是怎么回事？今天，我斗胆问您，您知道吗？或者，这就是您雇人的作品？"

方靖北摇摇头。施大男说："邪了，这事邪了。"

"邪就是斜。斜了，是由于自己站的位置不正，"方靖北又说，"也好比由于这房子正的没有撑住，只有斜的撑在那里。哈，斜着撑起的房子早晚得塌。"

"亏得有您这样正的，这房子最后才没有塌下来。啊，我得再罚几杯！"施大男似乎明白了似的，咬了咬牙根，说，"邪的斜的不正的，是我自己。"

方靖北夺下了她的酒杯。

"邪的，斜的不可怕，那是人的欲望，因为邪了，不正了，才需要法律限制。我听说了，你不以邪道打官司而以实际行动维护法律尊严了，因此公司业务快速发展了，与前夫复婚了。没了仇恨，这世界都是鲜花铺地了。"

"说得好！"施大男加重了语气，"这，就是我寻您几个月想要报恩的缘故啊。没有您的支持，您对遍布全国商铺的号召，哪会有这么多的商家要我们的炒货。我是个知恩图报的人。有恩必报，是我施大男的做人本分。"

"帮你公司业务的事，我是出于两方面的考虑。"方靖北喝了一口酒，说，"一是我们是熟人，因官司而互相熟悉，熟人得帮熟人，这是正常道理。二是我得感谢恩人。你有蛮多机会能杀我，没杀。最感激还是雇了人，不是杀我，而是保护我。就说那次水库餐厅走廊上，你完全可以杀我，你却没有杀我。放下屠刀就是救人。真正救我的还是最近，那个高空跌落的花盆差些掉我脑袋上是你推开我救了我。滴水之恩，当涌泉相报。你这是对我太有恩了。我做这些小事，不是太多啊。"

施大男脸上先是红，渐渐变成青，再变成乌。又不知怎么的，乌中透出青来，那青里透出粉红，粉红渐渐加深，变成大红，染遍了整张脸。

方靖北最后问："为何要杀我？尊父猝死，与官司有关，可非我直接责任啊？"

"就是想杀。"施大男想了想，答，"这个世界，疯狂的不止我一个人。听说，连祈一水法官，在开庭宣布审判结果后，竟然当场晕倒，后来竟然持续磨牙，不断放响屁。"

"可我发誓，从没有想过真正杀您。"施大男又说。

方靖北点了点头。

施大男忍不住想说："方先生，您，您好坏！"同时上前去，在对方身上加一阵碎拳。可是，面对方靖北，她浑身是劲却使不出。她坚信自己能撼动一座山，却奈何不了方靖北。

她只得问："您，您早就看出？"

"我只知道你运用的武器不多，而杀气，只是加重这气势的筹码，是吗？"

"除了法律，什么都不是真正的武器，那都是一些邪器，对吗？"施大男勉强笑了起来。

方靖北想笑笑不出来。施大男却突然告知方靖北一个事实。

"方先生，为了报恩，这次回去后，我将继续上诉。"

"这，这是为何？"连方靖北都有些惊讶。

施大男不回答，立起来，站到包厢的门框下，用自己的身体，摆了一个形象。

"这是'大'字，"方靖北问，"上诉就是最'大'的事？"

"不，请看看上面的门框，与我的身体组合了，分明是个'天'字。"

"为何是天？"

"您现在的赢，是政治上的赢。我要让你，在法律上赢一次，真正的赢。我要让我输一次，在法律意义上的输。"

方靖北理解地笑笑，指着桌子边一张报纸。施大男拿过一看，那是一张刚出版的报纸，里边有方靖北读了用笔画出的文章段落。

"党的十八大精神以为，依法治国就是依照体现人民意志和社会发展规律的法律治理国家，而不是依照个人意志、主张治理国家；要求国家的政治、经济运作、社会各方面的活动通通依照法律进行，而不受任何个人意志的干预、阻碍或破坏。"

"那才是天！"两个人异口同声说了一声。

"但愿不是他，一个神话人物。"方靖北说。

"孙悟空？大闹天宫的孙悟空？"施大男有些神采飞扬起来。

"不是，"方靖北边说边摇头，"希腊神话里推巨石上山不止的西西福斯呢。"

"却不是无用功呢。"施大男说着，坚定地拍起手来。方靖北看了一眼她，也毅然拍起手来。

2020年5月18日晚，5月19日晨于南书房

后　记

　　本来不想写后记了。

　　不想写，原来是有更多想法的。

　　这想法首先是在作品里表现的。好比作为下这个蛋的母鸡，不叫唤，别人也知道这蛋的品质的。但作为母鸡，也可以在下了蛋后，"咯哒咯咯哒"，既为庆生，又为宣示世界。

　　为了写作这部书，我自己兴冲冲驾车长驱苏州和上海采风。作家有时候真的很天真。一边驾车，一边想象，我这是一把勺子，能在这里舀取不曾有的。之后，我在写作《桥墩不是桥》时也曾经有这样的遭遇。尽管走的方向不同，一个是城市，一个是乡村。

　　舀取的是什么？梦吗？

　　想不到，《桥墩不是桥》比这部书先行出版，让大家先看到这个梦的大概。是圆，是方，是彩色，还是黑白的，仿佛早已经让世人看了个透。

　　其实，这世上的事，是看不透的。因为宇宙是混沌的。

　　作家能不能写作自己不熟悉的生活？有两方面的说法。一方论及此话题，以史上那些成功案例证明生活对于作家的重要性，比如曹雪芹与《红楼梦》，写的就是作者亲历的生活；另一方论及时，则有保留地反对。

　　之所以反对，是说文学艺术创作的本质属性，即生活与想象不可偏废，尤其是后者，是让生活变成艺术品的关键。

　　这里说的保留，是人类生活的必要存在，那就是人的欲望。

　　这样就能解释历史上那些成功的作品产生的原因了。比如《三国演义》与作者罗贯中，《水浒传》与作者施耐庵，《西游记》与作者吴承恩。再比如当今十分流行的科幻作品。这些作者写的都不是自己的生活经历。但他们无一例外地写了人的欲望。

　　毫不掩饰地说，我是后一方了。其实，早在我写作"王庄三部曲"（《龙窑》《独山》《大中》）时，就大部分地站在反方了。三部曲里的前两部，都是我

262

生活不曾经历的。

人类的创造，源于生活。文学创作也是这样。这些话不假。这部书的源流也与"王庄三部曲"一样。虽然书里主人公方靖北的家乡叫方庄，不叫王庄，但都属于虚拟的浙东山海县，价值观上高度的统一。即王庄里的一个强悍的男人王世民来自外部，却带来山村王庄不曾有的先进观念，搅起古老的封建的王庄翻天覆地的变化，逐渐形成既遵守秩序又对外开放的价值规范，而从这里方庄农村走入城市的方靖北，携带着既有精神财富，有如中流砥柱一般，挺立在传统道德体系被"文革"等政治运动摧毁后欲望横流的河中，更如北斗星般在浩繁复杂的星空闪亮，给市场经济中的中国企业不仅仅以道德规范上的典范。正是这一批来自中国农村敦实有爱的企业家，铺垫了中国未来经济发展的成功基础。而这一切，不是我的生活，是别人的生活。

这是一部有关法律领域题材的小说，这对于我也是一个挑战。

可我有中央党校法学本科的修为，并通过采风和不同渠道，感知他们的生活，更多的是想象。

这世上，没有想象到不了的地方。

有梦比无梦好。

现代心理学的研究说明，梦的起因比梦重要。

法律的底线是良心，作家梦的底线毫无疑问，也是良心。文王拘而演《周易》，仲尼厄而作《春秋》，司马迁刑而著《史记》，贝多芬失聪而谱《命运交响曲》，尽管这些作者的良心是在遭受厄运时发现的。"愤怒出诗人"，据说是西方流传的一句名言。它从创作的心理角度谈到了诗人往往诞生于愤怒，诗作往往是人的愤怒感情的发泄。无独有偶，在中国的古典《诗经》中，有无名氏吟唱曰："心之忧矣，我歌且谣""君子作歌，维以告哀"。这里的忧，与良心有关。

很多人认为，作家应该远离敏感的领域，只对于社会变化中的人性复杂性感兴趣。但变化与人性之间的把握，每个作家都有自己认为的恰当的度。这个度就是对于国家民族前途的希望及担忧。这里就需要良心在里边起主要的作用。

社会前进了，作家不能沉湎于既往的生活经验。

与新鲜的生活在一起，才有鲜活的作品问世。

小说的故事虽然是虚构的，但作为作家的心灵史，却是真实的。虚构，是为了抵达生活的真实深处。

感谢宁波市委宣传部，因为这部书是宁波市文艺精品工程之一；感谢与这部书直接间接有缘并提供帮助的朋友。

2020年6月16日于南书房